metro

Claudia Piñeiro

Der Privatsekretär

metro wurde begründet
von Thomas Wörtche

Zu diesem Buch

Román Sabaté wundert sich über seinen rasanten Aufstieg in der aufstrebenden neuen Partei *Pragma*. Als persönlicher Assistent des charismatischen Parteichefs steht er im Zentrum der ausgeklügelten Kampagne, die unter Einsatz von Desinformation, Halbwahrheit und manipulierten Emotionen versucht, ihren Chef an die Macht zu bringen. Als er erkennt, welches Spiel mit ihm und dem Land getrieben wird, versucht er, sich und die junge Journalistin Valentina Sureda aus dem Netz der Lügen zu befreien – und löst damit ein politisches Erdbeben aus.

»Suspense ist nur eine von der erfahrenen Drehbuchautorin Piñeiro meisterlich beherrschte Ingredienz. Der Plot lässt sich phasenweise als realistisches Handbuch für gewissenloses Machtstreben lesen.«
Bayerischer Rundfunk

Die Autorin

Claudia Piñeiro (*1960) ist der Shootingstar der argentinischen Literatur. Nach dem Wirtschaftsstudium arbeitete sie als Journalistin, schrieb Theaterstücke und führte Regie fürs Fernsehen. 2005 erhielt sie den Premio Clarín; 2010 wurde sie mit dem LiBeraturpreis ausgezeichnet.

Im Unionsverlag sind außerdem lieferbar: *Ganz die Deine; Elena weiß Bescheid; Die Donnerstagswitwen; Der Riss; Betibú; Ein Kommunist in Unterhose* und *Ein wenig Glück.*

Der Übersetzer

Peter Kultzen (*1962) studierte Romanistik und Germanistik in München, Salamanca, Madrid und Berlin. Er lebt als freier Lektor und Übersetzer spanisch- und portugiesischsprachiger Literatur in Berlin.

Mehr über die Autorin und ihr Werk auf *www.unionsverlag.com*

Claudia Piñeiro

Der Privatsekretär

Thriller

Aus dem Spanischen
von Peter Kultzen

Unionsverlag

Die Originalausgabe erschien 2017 im Verlag Alfaguara, Buenos Aires.

Im Internet
Aktuelle Informationen, Dokumente und Materialien
zu Claudia Piñeiro und diesem Buch
www.unionsverlag.com

Unionsverlag Taschenbuch 882

Originaltitel: Las Maldiciones

Neptunstrasse 20, CH-8032 Zürich
Telefon +41 44 283 20 00
mail@unionsverlag.ch

Die erste Ausgabe dieses Werks im Unionsverlag erschien 2018
Reihengestaltung: Heinz Unternährer
Umschlagfoto: Luke Braswell (Unsplash)
Umschlaggestaltung: Peter Löffelholz
Lektorat: Anne-Catherine Eigner
Satz: Sven Schrape, Berlin
Druck und Bindung: CPI – Clausen & Bosse, Leck
ISBN 978-3-293-20882-7

Der Unionsverlag wird vom Bundesamt für Kultur mit einem
Verlagsförderungs-Strukturbeitrag für die Jahre 2016–2020 unterstützt.

Auch als E-Book erhältlich

Für Ricardo,
dieser Roman ganz besonders

Hinweis:
Die Figuren dieses Romans existieren nur in der Fiktion.
Jede Übereinstimmung mit der Wirklichkeit ist reiner Zufall.
Manche PR-Berater und Kampagnenleiter kommen auf Ideen,
von denen alle noch so begabten Schriftsteller bloß
träumen können.

»Erdosain blickte eine Sekunde in das rhombenförmige Gesicht des anderen, dann sagte er spöttisch lächelnd: ›Wissen Sie, dass Sie Lenin ähnlich sehen?‹
Und ehe der Astrologe antworten konnte, ging er fort.«

Roberto Arlt, *Die sieben Irren*

»Ja … aber Lenin wusste, wohin er ging.«

Roberto Arlt, *Die Flammenwerfer*

»Es gibt also keinen Grund, die Wirksamkeit gewisser magischer Praktiken in Zweifel zu ziehen. Gleichzeitig sieht man aber, dass die Wirksamkeit der Magie den Glauben an die Magie impliziert und dass dieser sich unter drei ergänzenden Aspekten darstellen lässt: zunächst der Glaube des Zauberers an die Wirksamkeit seiner Techniken; dann der des Kranken, den jener pflegt, oder des Opfers, das er verfolgt, an die Macht des Zauberers selbst; schließlich das Vertrauen und die Forderungen der öffentlichen Meinung.«

Claude Lévi-Strauss, *Der Zauberer und seine Magie, Strukturale Anthropologie I*

I

Jeder Mensch schleppt einen Fluch mit sich herum. Manche bemühen sich ihr Leben lang, diesen Fluch abzuschütteln. Im Glauben, sie seien stark genug, um ihn auszutricksen, führen sie bis zum bitteren Ende einen unsinnigen, aussichtslosen Kampf. Andere versuchen es gar nicht erst und fügen sich in ihr Schicksal. Hin und wieder werfen sie einen Blick über die Schulter, um zu überprüfen, dass die Last auf ihrem Rücken nicht verrutscht ist, davon abgesehen, schenken sie ihr so gut wie keine Aufmerksamkeit. Und dann gibt es noch die Glückspilze, die nichts von dem Fluch merken, der auf ihnen liegt. Leute wie Román Sabaté. Er ist ahnungslos und somit gleichsam unberührbar.

Trotzdem ist Román heute schwindlig, und er hat starke Magenschmerzen. Auf die Idee, dass die Schmerzen etwas mit einem Fluch zu tun haben könnten, kommt er aber nicht. Für ihn ist der Ort, an dem er sich befindet, schuld daran. Er sieht sich um, schnüffelt. Nein, an der Müdigkeit und Anspannung kann es nicht liegen, ebenso wenig an seiner Schuld. Und auch nicht an seiner Angst. Die Bar des Retiro-Bahnhofs, wo er auf den Bus wartet, ist ein grauenhafter Ort. Ein passenderer Ausdruck fällt ihm nicht ein. Dafür weiß er jedoch genau, wer ständig alles »grauenhaft« findet. Oder zumindest fand. Warum muss ihm dieses Wort ausgerechnet jetzt einfallen? Er sagt und sagte doch sonst nie »grauenhaft«, trotzdem drängt sich ihm der Ausdruck in diesem Moment geradezu auf: »Grauenhaft.« Das grelle Neonlicht reizt seine übermüdeten

Augen. Dann die über den grauen Boden verteilten wackligen Rohrstühle, deren verdreckte Schaumstofffüllung durch die Risse in dem roten Kunstleder quillt. Und schließlich diese Mischung aus Essensgerüchen und den Ausdünstungen eines scharfen Putzmittels aus der Toilette, kaum auszuhalten. In der Ecke ist knapp unter der Decke ein – im Gegensatz zum restlichen Mobiliar – hochmoderner Fernsehapparat angebracht. Gerade laufen die Nachrichten, der Ton ist allerdings ausgestellt. Wahrscheinlich haben die Betreiber der Bar ihn zur letzten Fußballweltmeisterschaft angeschafft, sagt sich Román. Wo er selbst damals die meisten Spiele sah, weiß er noch genau, auf einem riesigen 60-Zoll-LED-High-Definition-Bildschirm, fast wie im Kino, umgeben von einer Unmenge Sushi – was ihm aber noch nie geschmeckt hat – und dem gesamten Team. »Team«, auch so ein Wort, das er am liebsten nie mehr verwenden würde.

Er nimmt die Flasche und gießt in beide Gläser Sodalimonade. Früher war er öfter in solchen Bars, an solchen Bahnhöfen, aber das ist lange her. Er ist noch jung, nicht mal dreißig, fünf oder sechs Jahre sind für ihn deshalb viel. Plötzlich wird ihm klar, wie lange er schon bloß noch mit dem Flugzeug oder – falls die Strecke kurz war oder es keinen passenden Flug gab – mit dem Auto gereist ist, beziehungsweise mit dem Schiff, wenn er wieder einmal nach Montevideo oder Colonia musste, um Geld auf gewisse Konten einzuzahlen oder abzuheben. Manchmal war er sogar im Hubschrauber unterwegs. Aber im Bus nie, nie wieder. Das heißt, doch, damals in Cariló, aber auch daran möchte er jetzt nicht denken. Außerdem war das so nicht geplant gewesen – er war mit dem Auto hingefahren und hatte eigentlich auch mit dem Auto zurückfahren sollen. Aber früher, da waren solche Bars an solchen Orten die Regel. Etwa wenn er mit seinen Freunden verreiste, als er zum ersten Mal nach Buenos Aires fuhr, und ebenso, als er noch regelmäßig seine Eltern in Santa Fe besuchte. Oder als er einmal überstürzt nach Mendoza aufbrach, auf der Suche nach Carolina, seiner damaligen Freundin, von der er immer noch ab und zu träumt – dann sieht er sie mit einem riesigen Neun-Monate-Bauch vor sich. Er war also schon oft an solchen Orten, jedoch nie mit einem todmüden dreijährigen Kind. Einem Kind, das den kleinen Arm auf die Tischplatte aus Kunststoff gelegt hat und den Kopf darauf und so vor sich hindämmert. Einem Kind, das sich bereitwillig in alles fügt und für nichts von alldem verantwortlich ist.

Ob es richtig war, nicht einmal China zu sagen, wohin er unterwegs ist und aus welchem Grund? Seit er in dieser Bar sitzt, fragt er sich das immer wieder. Vielleicht sollte er es ihr doch sagen. Zeit genug wäre noch. Er braucht sie. Er holt sein Mobiltelefon hervor, sucht ihren Namen auf der Kontaktliste, betrachtet ihr Foto, zögert. Nach einer Weile sagt er sich, dass es unvernünftig, ja, der reine Wahnsinn wäre, sie jetzt anzurufen, sosehr es ihn auch dazu drängt. Gleich darauf entnimmt er seinem Telefon Chip und Akku. Ob das reicht, weiß er nicht, aber so hat man es ihm damals beigebracht – so könne man seiner Spur nicht folgen, hieß es. Das war eine der Verhaltensvorschriften. Bis jetzt hat er sie noch nie anwenden müssen, aber nachdem sie ihm das extra für solche Fälle erklärt haben, wird es wohl funktionieren.

Der Kellner kommt mit der Rechnung. Román kann sich nicht daran erinnern, darum gebeten zu haben, doch der Kellner hält sie ihm hin, bis er irgendwann den Arm senkt, den Zettel unter die halb leere Limonadeflasche schiebt und mit Blick auf den Fernseher sagt: »Die lügen doch alle, einer wie der andere.«

Román schaut auf – wie erwartet ist in Großaufnahme Fernando Roviras Gesicht zu sehen. Das konnte gar nicht anders sein. Nicht weil Rovira der einzige Lügner ist oder niemand diese Bezeichnung so verdient wie er. Rovira nutzt vielmehr in der letzten Zeit jede Gelegenheit, um in den Nachrichten zu erscheinen, auch außerhalb der Hauptsendezeit. Außerdem verkörpert Fernando Rovira gewissermaßen Románs Schicksal. Auch ohne Ton weiß Román genau, was Rovira in diesem Augenblick sagt, dafür braucht er nicht einmal den Lauftext am unteren Bildrand zu verfolgen: »Rovira bekräftigt, dass die Teilung der Provinz Buenos Aires noch vor den nächsten Wahlen durchgeführt werden soll.« Román kann an Roviras Verhalten gleich mehrere Dinge ablesen. Erstens: Inzwischen scheint es Wichtigeres zu geben als die Aufklärung des Mordes an Roviras Frau Lucrecia Bonara – bis vor wenigen Monaten kam Rovira jedes Mal sofort darauf zu sprechen, wenn man ihm ein Mikrofon vor den Mund hielt. Zweitens: Das Einzige, was Rovira jetzt wirklich am Herzen liegt, ist die Teilung der Provinz und der Gouverneursposten in der von ihm bevorzugten Hälfte. Drittens, und das ist für Román das Wichtigste: Offensichtlich weiß Rovira weder, dass Román sich von ihm abgesetzt hat, noch, wie er das getan hat. Das Interview nähert sich seinem Ende, und Román Sabaté fragt sich, ob wenigstens der Journalist sich zu einem früheren Zeitpunkt nach dem Mord erkundigt hat, dem Stand der Ermittlungen und ob es mittlerweile irgendwelche brauchbaren Hypothesen oder ernst zu nehmenden Tatverdächtigen gibt. Oder ist dieser Mord auch für die Medien nach einem Jahr kein Thema mehr, dem man mehrere Minuten Sendezeit zugesteht, weil sich längst andere Dinge in den Vordergrund gedrängt haben? Die Teilung der Provinz Buenos Aires, zum Beispiel.

Der Kellner sagt noch einmal: »Das sind doch lauter Lügner, einer wie der andere.«

Und als wollte er seine Behauptung untermauern, zieht er die Fernbedienung aus der Tasche, hält sie in Richtung Fernsehapparat und stellt den Ton laut. Das Interview ist ans Ende gelangt, Rovira verabschiedet sich mit den Worten: »Unser Ziel heißt nicht: die Provinz Buenos Aires nachhaltig machen. Wir wollen zwei nachhaltige Provinzen und keinen unregierbaren Moloch. Vielen Dank.«

»Schwätzer …«, sagt der Kellner.

»Papa?« Joaquín, der mit dem Rücken zum Bildschirm am Tisch sitzt, hebt den Kopf und sieht Román verwirrt an. Offensichtlich ist er noch nicht ganz wach.

»›Nachhaltig‹, was soll denn das für ein Scheiß sein, he?«, sagt der Kellner.

»Wüsste ich auch gern …« Román legt das Geld auf den Tisch und steht auf. »Komm«, sagt er zu Joaquín, »gleich fährt unser Bus.«

Statt vom Stuhl zu klettern, streckt der Kleine die Arme aus, damit Román ihn hochhebt. Román setzt zuerst den Rucksack auf. Er hat nur wenig Kleidung eingepackt, dazu ein paar Bücher, den Umschlag mit dem Foto und einen Stapel Papiere – beim Aufbrechen wollte er sie schon vernichten, zuletzt hat er sie für alle Fälle aber doch mitgenommen. So ist die Ladung ziemlich schwer. Außerdem pikst ihn der Ladekran eines Lastwagens in den Rücken – das einzige Spielzeug von Joaquín, das sie dabeihaben. Das Auto ist aus Holz, vor einiger Zeit haben sie es gemeinsam zusammengebastelt und angemalt. Als Román zu Joaquín sagte, er könne nur eine Sache auf ihren »kleinen Ausflug« mitnehmen, hat dieser zu Románs Freude auf den Laster gedeutet. Erst als Román das Gefühl hat, dass das Gewicht gleichmäßig zu beiden Seiten seiner Wirbelsäule verteilt ist, lächelt er Joaquín an, der immer noch mit ausgebreiteten Armen wartet, hebt ihn vom Stuhl und sagt: »Los gehts, mein Augenstern!«

Sie verlassen die Bar. Die grauenhafte Bar. Hinter ihnen erscheint wieder Fernando Rovira auf dem Bildschirm. Ohne sich darum zu kümmern, geht Román mit Joaquín im Arm zu dem Fahrsteig, den man ihm am Kartenschalter genannt hat. Joaquín wird wahrscheinlich schon wieder schlafen, wenn sie dort ankommen. Román stellt sich in der nur von den Scheinwerfern der einfahrenden Busse erhellten Dunkelheit ans Ende der kurzen Warteschlange, die Tickets und ihre Ausweise in der Jeanstasche. Er fragt sich plötzlich, ob er wohl beim Einstieg in den Fernbus einen Nachweis vorlegen muss, der ihn berechtigt, mit diesem Kleinkind in seinem Arm auf Reisen zu gehen. Warum hat er nicht vorher daran gedacht? Wenn der Bus in ein paar Minuten eintrifft und er versucht, zusammen mit Joaquín einzusteigen, wird es sich zeigen.

Klappt es nicht, kann er das Ganze vergessen. Nur weil er diese eine Sache nicht bedacht hat, geht womöglich alles schief.

Oder auch nicht. Er vertraut auf sein Glück.

Ja, doch, er vertraut auf sein Glück.

Und sonst muss er die Karten eben neu mischen und noch einmal ausgeben.

Für ihn wäre es nicht das erste Mal.

2

Man kann aus allen möglichen Gründen bei der Politik landen. Völlig zu Recht, oder nicht ganz so. Oder auch aus Versehen, aus Nachlässigkeit, weil man nicht Nein sagen kann. Weil man zur richtigen Zeit am richtigen Ort war. Oder zur falschen Zeit am falschen. Weil man von irgendwas leben muss – das war für mich ein berechtigter Grund, damals, vor fünf Jahren. Das bisschen Geld, das ich bei der Ankunft in Buenos Aires besaß, hätte bestenfalls gereicht, um zwei, drei Monate gerade so durchzukommen.

Ich begriff allerdings schnell, dass es viel zu viele Leute gibt, die, bald besser, bald schlechter, von der Politik leben. »Sag mal, du sitzt jetzt doch an der Quelle, kannst du nicht dafür sorgen, dass das Finanzamt bei mir nicht so genau hinschaut?«, war mit das Erste, worum mich jemand bat, kaum dass ich angefangen hatte, für eine Partei zu arbeiten. Derlei Bitten würde ich ab sofort ständig zu hören bekommen, auch das war mir sofort klar. *Wie* ich das machen sollte und was für mich dabei herausspringen würde, wusste ich allerdings nicht. Eine neue Welt. Und alles bloß, weil ich einmal, ohne mir viel zu denken, meinen Zimmergenossen Sebastián Petit zu einem Vorstellungsgespräch begleitet hatte. So landete ich bei der Politik. Beziehungsweise bei den Politikern. Mit Politik im eigentlichen Sinn habe ich, ehrlich gesagt, bis jetzt kaum etwas zu tun gehabt.

Das Vorstellungsgespräch fand in den Räumen von *Pragma* statt, einer wenige Jahre zuvor von Fernando Rovira gegründeten Partei. Rovira war im Norden des Großraums Buenos Aires als Bauunternehmer tätig. Durch Grundstücksspekulation, die Errichtung mehrerer Gated Communities und die eine oder andere Finanztransaktion hatte er in kurzer Zeit ein gewaltiges Vermögen angehäuft und eines Tages beschlossen, eine eigene Bürgerbewegung zu gründen, »weil ich genug habe von der Art und Weise, wie bei uns Politik gemacht wird. Wer hierzulande etwas für den Fortschritt tun will, bekommt nichts als Knüppel zwischen die Beine geworfen.« Die Wahlen um den Gouverneursposten gewann er mit Riesenabstand zu seinen Mitbewerbern, denen das fehlte, was Rovira im Übermaß besaß: Charisma. Durch den Erfolg angelockt, schlossen sich ihm alle möglichen Unternehmer, Politiker kleinerer Gruppierungen, Medienleute und weitere einflussreiche Akteure an und halfen ihm, jeder auf seine Weise, bei der Gründung von *Pragma*, der Partei mit dem Wahlspruch: »Damit es wieder aufwärtsgeht – packen wir es an!« Sebastián glaubte fest daran, dass mit Fernando Rovira ein echter Wandel möglich wäre. Hatte Rovira etwa nicht jedes Mal Erfolg gehabt, sowohl bei privaten wie öffentlichen Unternehmungen? Typen wie er waren Ausnahmegestalten unter den Politikern – Rovira hatte sich früher nie politisch engagiert, hing keiner besonderen Ideologie an und ließ sich weder einem der großen Konzerne noch einer der einflussreichen Familien des Landes zuordnen. Stattdessen umgab er sich mit den besten und fähigsten Mitarbeitern und Beratern.

Sebastián bewunderte ihn, während ich gerade einmal sein Gesicht aus dem Fernsehen kannte. Mein Freund studierte Politikwissenschaften und war mit der dazugehörigen Theorie bestens vertraut, worauf er sich eine Menge einbildete. Trotzdem hatte seine Begeisterung angesichts des Vorstellungsgesprächs offensichtlich mehr mit seinen Gefühlen als seinem Verstand zu tun. So kam es mir jedenfalls vor. Den ganzen

Abend schwärmte er von der grandiosen Chance, bei einer politischen Gruppierung mitzuarbeiten, die auf »Exzellenz« setze. Das Wort »Exzellenz« konnte er nicht oft genug wiederholen, was mir ein wenig auf die Nerven ging. Auch weil er so tat, als sei »Exzellenz« der Schlüssel zu jeder Art von Erfolg. Wenn er das Wort aussprach, kniff er leicht die Augen zusammen und tippte zu jeder Silbe mit dem Zeigefinger in die Luft, als dirigierte er ein unsichtbares Orchester: »Ex-zel-lenz.« Während er in unserem Zimmer hin und her ging, lag ich auf dem Bett und hörte ihm zu. Er redete pausenlos auf mich ein und fuchtelte dazu wie besessen mit den Händen.

Ich kannte Sebastián von einem Ferienaufenthalt in Mendoza, der einige Zeit zurücklag. Wir waren damals beide allein unterwegs und hatten gemeinsam mehrere Tage in einer Berghütte bei Uspallata verbracht. Ursprünglich hatte ich mich wegen Carolina auf die Reise gemacht, meiner damaligen Freundin, an die ich mich heute noch sehr genau erinnere, nicht weil ich so verliebt gewesen wäre, sondern weil vieles von dem, was mir in den letzten Jahren passiert ist, mich auf die Worte verwies, die seinerzeit das Ende unserer Beziehung herbeigeführt hatten: »Ich weiß nicht, ob ich jemals Vater werden will.« Carolina hatte mich daraufhin verlassen, und ich war ihr hinterhergereist. Ich fand, dass sie übertrieb, dass sie unsere eher scherzhafte Unterhaltung über das Thema Kinder zu ernst genommen hatte. Ich redete mir ein, in Wirklichkeit habe sie nur deshalb so heftig reagiert, damit wir uns anschließend einmal mehr würden aussöhnen können – wie in den Romanen, die sie so liebte. Und ich war mir sicher, dass nach einer gründlichen Aussprache alles weitergehen würde wie bisher. Als ich sie in Mendoza bei ihren Großeltern aufgestöbert hatte, küssten und umarmten wir uns, doch schon bald fing sie wieder mit dem Thema an, diesmal noch hartnäckiger. Ich wusste nicht, wie ich das Missverständnis – falls es sich tatsächlich um eines handelte – aufklären sollte. Unsere Beziehung wollte ich keinesfalls beenden, und trotzdem sah ich mich außerstande, etwas anderes zu sagen als beim Mal davor. Also versuchte ich, das Thema zu wechseln, küsste sie wieder und wieder, aber Carolina ließ sich nicht beirren. Doch was ihre Kinderwünsche anging, konnte ich ihr nichts vormachen, sosehr ich es gewollt hätte. Im Augenblick war eine Vaterschaft für mich kein Thema, wir waren beide kaum älter als zwanzig, keiner meiner Freunde hatte in dieser Hinsicht irgendwelche Pläne. Alles, was wir damals wollten, war ausgehen und uns betrinken, studieren, manche hatten schon angefangen zu arbeiten, wir träumten davon, bald von zu Hause auszuziehen, in der Welt herumzureisen, schöne Mädchen kennenzulernen, uns zu verlieben. Aber ein Kind in die Welt setzen? Jetzt doch nicht, auf keinen Fall. Carolina dagegen sehr wohl. Und so stellte sie mich an jenem Nachmittag in Mendoza vor die Wahl – für sie war es ausgeschlossen, eine Beziehung mit jemandem fortzusetzen, »der mich dazu verdammt, niemals Kinder zu bekommen«. Aber tat ich das? Waren wir nicht selbst fast noch Kinder?

Was mich anging, stimmte das, nicht so jedoch im Fall von Carolina. Also trennte sie sich von mir.

Da es offenkundig keine Aussicht auf Versöhnung mehr gab, ich aber nicht schon einen Tag nach meiner Abreise wieder zu Hause erscheinen wollte, beschloss ich, noch eine Weile in der Gegend zu bleiben. Ich ging zum Bahnhof, wählte einen der nächsten abfahrenden Busse aus und fuhr nach Uspallata. Sebastián war schon seit zwei oder drei Tagen dort. Auch er war allein unterwegs, wie er sagte, brauchte er nach einem Jahr intensiven Studiums und harter Arbeit ein wenig Ruhe und Zeit für sich selbst. Erst viel später erfuhr ich, dass Sebastián vor dem Aufbruch nach Uspallata eine ziemliche Weile sehr deprimiert gewesen war und sein Ausflug dazu beitragen sollte, einen Zustand zu überwinden, den er niemals beim Namen nannte.

Außerdem hatte er nur wenige Freunde, weil er die Menschen in seiner Umgebung durch seine unmäßige Energie oder seine finstere Verschlossenheit rasch ermüdete. In Uspallata wussten wir voneinander bloß, was man eben von jemandem weiß, den man gerade erst in einer Berghütte kennengelernt hat. Allerdings verführt einen eine solch ungewohnte Nähe leicht zu dem Glauben, jemanden besser zu kennen, als es tatsächlich der Fall ist. Trotzdem wäre es wahrscheinlich hierbei geblieben, und wir hätten uns mit den Worten verabschiedet »Bis dann«, »Ich schreib dir«, »Ich ruf mal an«, ohne dem jemals Taten folgen zu lassen, hätte ich nicht, kurz bevor wir endgültig auseinandergingen, erwähnt, dass ich mich mit dem Gedanken trug, womöglich nach Buenos Aires zu ziehen. Das war eher laut gedacht, doch Sebastián bot mir sofort einen Platz in dem Pensionszimmer an, in dem er wohnte, seit er bei seinen Eltern ausgezogen war und sein erstes Gehalt bekommen hatte. Und er drängte mich, rasch zu entscheiden.

»Ich habe noch andere Interessenten, also lass dir die Gelegenheit nicht entgehen«, mahnte er mich unentwegt. Er schrieb mir sogar die Adresse und alles, was dazugehörte, genau auf, um die Ernsthaftigkeit seines Angebots zu unterstreichen. Außerdem wäre es für uns beide von Vorteil, die Kosten zu teilen, fügte er hinzu, und nachdem wir uns schon hier in dieser Berghütte fast wie Brüder verstanden hätten, könne das doch auch in Buenos Aires funktionieren. Aber *warum* auch in Buenos Aires?, hätte ich mich fragen sollen. Stattdessen teilten wir beiden, die eigentlich so gut wie nichts miteinander verband, uns schon bald darauf einen Raum, der um einiges kleiner war als die Berghütte in Uspallata, und das nicht nur für eine begrenzte Zeit.

Bei uns zu Hause wurde normalerweise kaum über Politik gesprochen, mit einer Ausnahme: Wenn mein Onkel Adolfo, der ältere Bruder meines Vaters, zu Besuch kam, war von nichts anderem die Rede. Adolfo war zweimal Abgeordneter der Radikalen Bürgerunion im Rat seiner Heimatstadt San Nicolás gewesen.

»Demokratisch gewählt«, wie er gerne betonte. »Aus meiner politischen Karriere ist nur deshalb nichts geworden, weil ich mich zu früh habe scheiden lassen, und in unserer Partei können Geschiedene bekanntlich keine Karriere machen. Deshalb halten die anderen ihre Ehe auch um jeden Preis aufrecht, selbst wenn es die reinste Hölle ist.« Auch seine Ehe war die Hölle gewesen, wie mein Onkel unermüdlich wiederholte. »Ich hatte die Wahl: Entweder ich ruiniere mein Leben oder meine politische Karriere. Aber ich gehöre nicht zu den Leuten, die imstande sind, jeden Tag mit einem Fluch zu beginnen und mit einem Fluch zu beenden. Doch genau das war meine Ehe – ein einziger, endloser Fluch.« Also hatte er sich scheiden lassen. »Strategisch gesehen ein Fehler, zumindest was meine politische Zukunft anging. Aber meiner Gesundheit hat es gutgetan. Bei den Peronisten ist es anders, wenn die von ihrer Frau rausgeworfen oder im Fernsehen beschimpft und zur Sau gemacht werden, ist das egal. Wir Radikalen dagegen können uns so was nicht erlauben, das heißt, wir können auch tun, was wir wollen, aber es muss unbedingt geheim bleiben. Und scheiden lassen geht bei uns gar nicht.« So richtig in Fahrt geriet Adolfo jedoch, wenn die Rede auf Parteigenossen kam, die in seinen Augen längst nicht so fähig waren wie er und trotzdem herausragende Posten besetzten. »Sieh dir den an. Ich habs bloß bis zum Stadtrat gebracht, aber dieser Idiot da ist inzwischen fast ganz oben angelangt …«

»Lass gut sein, Adolfo«, sagte mein Vater dann jedes Mal, und wenig später waren beide damit beschäftigt, ein altes Möbelstück auf Hochglanz zu polieren.

Beide betrieben Möbelgeschäfte, mein Großvater war Tischler gewesen und hatte ihnen das Handwerk beigebracht. Mein

Onkel war in San Nicolás geblieben, während mein Vater in Santa Fe, der Heimatstadt meiner Mutter, ein Geschäft aufgemacht hatte. Im Lauf der Jahre waren sie dazu übergegangen, fast nur mehr mit Möbeln aus anderer Fabrikation zu handeln, selbst stellten sie bloß noch Stücke her, die ihnen besonders gut gefielen. Und so ging die Schreinertradition der Familie mit ihrer Generation zu Ende. Adolfo hatte keine Kinder, und obwohl ich über Grundkenntnisse der Möbelherstellung verfügte und manchmal sogar zum Zeitvertreib etwas Einfaches baute, hätte ich mir nicht vorstellen können, das Geschäft meines Vaters eines Tages zu übernehmen. Auch meine Mutter stellte sich für mich nichts dergleichen vor, im Gegenteil. Sie war die große Träumerin der Familie und wünschte sich für ihren einzigen Sohn all das, was sie selbst nie hatte verwirklichen können. Zumindest bis zu jenem Vorfall auf der Bundesstraße von Santa Fe nach Paraná – seitdem wirkte sie stets ein wenig ängstlich und zurückhaltend.

Ich glaube, mehr als all die Geschichten von politischen Manövern und Betrügereien genoss mein Vater die feste Stimme und den begeisterten Tonfall unerschütterlicher Selbstgewissheit, mit dem Adolfo sie wiedergab. Zudem war dieser Bruder seit dem Tod meines Großvaters – als er starb, waren die beiden gerade einmal acht beziehungsweise fünfzehn Jahre alt – wie ein Vater für ihn gewesen. Nur eine Woche nach der Beerdigung hatte Adolfo das Geschäft der Familie übernommen und seitdem für ihren Lebensunterhalt gesorgt. Für meinen Vater war er der vergötterte Ersatzvater und Superheld, auch jetzt noch, wo beide längst erwachsen waren und ihr eigenes Leben führten. Weshalb er ihm auch bei seinen Besuchen – jedes Jahr kam Adolfo zwei oder drei Mal zu uns nach Santa Fe – seine gesamte Zeit und Aufmerksamkeit widmete. Und der größte Teil dieser Besuche bestand darin, dass wir ihm dabei zuhörten, wie er über Politik sprach. Auch meine Mutter mochte ihn sehr – wer hätte ihn nicht gemocht? –, allerdings war sie ihm nicht so bedingungslos ergeben wie mein Vater. Und so hatte sie entdeckt, dass Adolfo die meisten seiner politischen Weisheiten und Sentenzen einfach von weit bedeutenderen Mitgliedern der Radikalen Bürgerunion übernommen hatte. Der Großteil stammte von Raúl Alfonsín, dem mein Onkel angeblich bei dem Attentat in San Nicolás im Jahr 1991 das Leben gerettet hatte, indem er sich über ihn warf, kaum dass der erste Schuss zu hören war. Als er wieder mal Äußerungen dieses ersten argentinischen Präsidenten nach dem Ende der Militärdiktatur ungeniert als seine eigenen ausgab, wies meine Mutter Adolfo darauf hin, worauf dieser ungerührt erwiderte: »Tja, das hat er von mir, den Satz habe ich mal auf einem Parteitag gesagt, und er hat ihn übernommen. Da bin ich natürlich stolz drauf, klar, und ich gehe doch jetzt nicht hin und sage: Hallo, das stammt aber von mir.«

So war mein Onkel Adolfo für mich also der Urheber so bekannter Äußerungen Alfonsíns wie: »Auf die Ideen kommt es an, wer sie umsetzt, ist nicht so wichtig«, »Die Freiheit haben wir jetzt, was wir brauchen, ist Gleichheit«, »Wenn Politik bloß das Mögliche erreichen will, gibt sie sich selbst auf«, »Unsere Schulden werden wir nicht damit bezahlen, dass das Volk hungert«, ja sogar »Demokratie heißt satt machen, erziehen, heilen«.

Ich hörte bei diesen Unterhaltungen aufmerksam zu, verstand aber bestenfalls zum Teil, wovon die Rede war. Neben den erwähnten, vor allem von Alfonsín übernommenen Äußerungen, prägten sich mir vor allem einzelne Begriffe ein, die immer wieder vorkamen – Komitee, Gleichheit, Freiheit, Volkssouveränität, Sozialdemokratie, Mitstreiter. Was ich dagegen nie hörte, war der Ausdruck »Exzellenz«, das könnte ich schwören.

»Du siehst ja, was dabei rausgekommen ist«, lautete Sebastiáns Kommentar, als ich mich lange danach – wir waren bereits seit einiger Zeit *Pragma*-Mitglieder – bei einer Diskussion beklagte, allmählich hätte ich genug von seinem ewigen Gerede, man müsse »pragmatisch« sein, um anschließend von meinem Onkel Adolfo und seinen so ganz andersartigen Äußerungen zu erzählen. Sebastián ist übrigens der Einzige bei *Pragma*, dem gegenüber ich jemals von der Existenz dieses Verwandten gesprochen habe. In Anwesenheit von Fernando Rovira wäre mir das niemals eingefallen. Als gehörten Adolfo Sabaté und *Pragma* zwei völlig verschiedenen Welten an, die, zum Wohle aller, möglichst nicht in Berührung kommen sollten. Zumindest solange es sich irgendwie vermeiden ließ.

Obwohl mir Sebastiáns »Exzellenz«-Schwärmerei an dem Abend vor dem Vorstellungsgespräch auf die Nerven gegangen war, beneidete ich ihn um seine Begeisterung. Vielleicht ließ ich mich auch deshalb darauf ein, ihn zu begleiten. Seit ich von Santa Fe nach Buenos Aires gezogen war, hatte ich mich eigentlich für nichts wirklich erwärmen können, nicht einmal für eine Frau. Die Geschichte mit Carolina hatte ich noch längst nicht verdaut – konnte man wirklich nur mit einer Frau zusammen sein, wenn man auch Kinder mit ihr haben wollte? So bald würde ich mich jedenfalls nicht wieder verlieben.

»Weißt du was? Warum kommst du nicht mit?«, sagte Sebastián.

»Wohin?«

»Zu dem Vorstellungsgespräch morgen, bei *Pragma*.«

»Möchtest du das denn?«

»Ich finde, du solltest dich auch bewerben. Die Ausschreibung ist total weit gefasst, irgendwas von dem, was du kannst, passt bestimmt dazu.«

Ich überlegte einen Moment, ob der letzte Satz von Sebastián eine bloße Tatsachenbeschreibung oder ironisch gemeint war, aber bevor ich antworten konnte, setzte er nach: »Komm, du hast nichts zu verlieren.«

»Da hast du recht«, sagte ich, und wir legten uns endlich schlafen.

Als wir am nächsten Morgen pünktlich um acht bei der angegebenen Adresse eintrafen, warteten vor uns schon an die hundert Personen.

»Ein Vorstellungsgespräch, um Mitglied bei einer Partei zu werden? Die Dinge haben sich wirklich vollkommen verändert. Wie ist das passiert, Román, und wann? Wo war ich da?«, sagte mein Onkel, als ich ihm ein paar Wochen später davon berichtete. Obwohl ich bei *Pragma*, wie gesagt, nie von ihm erzählte, wollte er von mir natürlich alles über *Pragma* wissen. Er hatte durch meinen Vater erfahren, dass ich dort arbeitete. Das, was ihn meiner Vermutung nach am meisten irritieren würde, ließ ich möglichst weg. Dazu gehörte auch, wie das Vorstellungsgespräch verlaufen war. Die Männer und Frauen, die sich eingefunden hatten, waren fast alle in unserem Alter und gaben sich positiv, selbstsicher, ja fast kämpferisch.

»Puh, das wird nicht so einfach«, seufzte Sebastián. Allzu große Sorgen schien er sich trotzdem nicht zu machen, er war sich viel zu sicher, dass er eine der zehn ausgeschriebenen Stellen bekommen würde. »Wenn es nur eine oder zwei wären, wäre es was anderes, aber bei zehn Stellen muss einfach eine für mich dabei sein, diese Leute sind schließlich nicht blind.«

Er hatte vergeblich versucht, mir eins seiner Jacketts aufzudrängen. Auf ein weißes Hemd ließ ich mich aber ein. Ich zog es zu der einzigen Jeans an, die ich besaß und die ich zum Glück gerade erst hatte reinigen lassen. Und dazu ein paar Mokassins von Sebastián, die mir allerdings eine Nummer zu klein waren. An die Blase an der Ferse erinnere ich mich bis heute. Ich selbst hätte nur mit einem Paar ausgelatschter Sandalen oder nicht weniger abgetragener Bastschuhe aufwarten können, abgesehen von meinen Joggingschuhen, die Sebastián aber völlig unpassend fand: »Hier gehts nicht darum, wer am schnellsten läuft, hier ist Teamarbeit angesagt.«

Er selbst zog sich eine graue Hose, ein blaues Jackett und ein weiß-blau gestreiftes Hemd an, dazu feine Schuhe mit Schnürsenkeln. Außerdem steckte er eine sorgfältig gefaltete Krawatte ein.

»Ob ich die anziehe, entscheide ich erst kurz vorher, wenn ich die Lage überblicke. In manchen Firmen trägt kein Mensch irgendwas um den Hals, und dann fällst du mit Krawatte natürlich total aus der Rolle«, belehrte er mich, während wir in der Bar gleich neben der Pension noch schnell einen Kaffee tranken.

Der erst vor Kurzem eingeweihte Sitz von Roviras Partei befand sich in einem sanierten und in dem dunkelvioletten Farbton, der damals sehr in Mode war, gestrichenen Gebäude, das auf den ersten Blick an ein schickes Boutique-Hotel erinnerte. Die Warteschlange zog sich den gegenüberliegenden Bürgersteig entlang. Vor dem Eintreten musste man also zunächst noch die Straße überqueren. Wahrscheinlich soll der Eingang nicht verstellt werden, sagte ich mir – die beiden riesigen Pflanzkübel zu beiden Seiten sowie mehrere teure Motorräder, die ebenfalls dort abgestellt waren, ließen ohnehin nicht viel Platz frei. Allmählich beschlich mich aber das Gefühl, mich auf einer Art Laufsteg fortzubewegen, abgesehen davon, dass ich den Eindruck hatte, ab und zu bewege sich die Gardine eines der Fenster im ersten Stock, als wollte uns jemand beobachten. Mehrere junge Leute, die bereits zum »Team« gehörten, verteilten Formulare, die wir während des Wartens schon einmal ausfüllen sollten. Ich bot Sebastián meinen Rücken als Schreibunterlage an, anschließend würde ich seinen benutzen, aber er fand das keine gute Idee.

»Die achten auf alles. Aus allem, was du tust oder nicht tust, ziehen die ihre Schlüsse. Und wir gehören doch wohl nicht zu den Leuten, die sich anderen freiwillig als Schreibpult zur Verfügung stellen, oder?«

Ich sah ihn erstaunt an und musste daran denken, wie oft ich genau das mit meinen Freunden in Santa Fe gemacht hatte. Doch bevor ich etwas hätte erwidern können, wechselte Sebastián das Thema.

»Eine Krawatte wäre wirklich total fehl am Platz gewesen, siehst du?« Er deutete unauffällig auf die übrigen wartenden Männer, die fast alle, scheinbar locker und ungezwungen, bloß in Hemd und Hose erschienen waren, auch wenn es sich eindeutig um teure Markenprodukte handelte. Zusätzlich zu dem Formular bekamen wir Kugelschreiber mit dem Logo von *Pragma* sowie dem eingeprägten handschriftlichen Namenszug Fernando Roviras darauf ausgehändigt. Weder bei dem Punkt »Abgeschlossenes Universitätsstudium oder andere abgeschlossene Ausbildungen« noch »Derzeitiges Universitätsstudium oder andere laufende Ausbildungen« hätte ich etwas eintragen können. Bestenfalls hätte ich einen der Studiengänge anführen können, die ich nie abgeschlossen hatte und wohl auch nie abschließen würde. Zuletzt beschloss ich jedoch, mir die Mühe zu sparen, schließlich war ich aus reinem Zufall hier gelandet, eigentlich nur um Sebastián einen Gefallen zu tun. Fast wie zum Spaß trug ich dafür unter dem Punkt »Andere Fähigkeiten und Kenntnisse« ein: Möbelschreiner, Chauffeur, Fitnesstrainer. Und übergab mein Formular anschließend als Erster von allen, die in der Warteschlange standen.

Wir hatten angenommen, dass wir anschließend persönlich befragt würden, aber so war es nicht. Worüber Sebastián sehr enttäuscht war – wie er zugab, hatte er sich eine ganze Woche lang vorbereitet, um eine »exzellente« Präsentation parat zu haben, die er jederzeit auf Abruf hätte abspulen können. Ich hatte in der Tat mitbekommen, wie er Nacht um Nacht irgendwelche Grafiken zusammenstellte, mit Leuchtstift Textstellen markierte, ganze Sätze aufsagte oder plötzlich fluchend vom Stuhl aufsprang, weil wieder einmal die Internetverbindung unterbrochen war. Dass der ganze Aufwand nur der Vorbereitung auf das Vorstellungsgespräch bei *Pragma* diente, hatte ich allerdings nicht geahnt.

»Die hätten mich anschließend sofort eingestellt, echt«, jammerte er.

Das Einzige, was nach Abgabe der Formulare passierte, war, dass wir im Erdgeschoss des Gebäudes ein Frühstück serviert bekamen, woraufhin man uns für unser Erscheinen und das Interesse daran, Teil des *Pragma*-Teams zu werden, dankte und abschließend mitteilte, dass die zehn ausgewählten Kandidaten telefonisch benachrichtigt würden, damit sie so schnell wie möglich mit der Arbeit beginnen könnten. Sebastián spazierte aufgeregt wie ein kleiner Junge in Disneyland in dem Empfangsraum umher und lächelte sehnsüchtig vor sich hin – zum letzten Mal hatte ich ihn so selig lächeln sehen, nachdem wir in Uspallata gemeinsam eine Flasche Malbec geleert hatten, dessen Preis die Grenzen meines Budgets weit überstieg. Und obwohl es ihm versagt blieb, seinen grandiosen Monolog zur Aufführung zu bringen, nutzte er jede Gelegenheit, um mit einem der Mitglieder des *Pragma*-Teams ins Gespräch zu kommen, wobei er tat, als wäre er bereits einer der Ihren.

Als wenige Tage später der Anruf erfolgte und es hieß, ich solle mich am nächsten Tag in der *Pragma*-Zentrale einfinden, war Sebastián sichtlich geschockt. Ich war ans Telefon gegangen, und Sebastián machte mir anschließend Vorwürfe, weil ich nicht gefragt hatte, ob er auch zu den Auserwählten gehörte.

»Vielleicht rufen sie jeden einzeln an und haben nicht gemerkt, dass wir beide dieselbe Telefonnummer haben«, sagte ich und schaffte es, ihn damit vorläufig zu beruhigen.

»Du hast recht, bestimmt rufen sie gleich noch mal an«, erklärte er versöhnlich.

Aber wir warteten vergeblich, dass das Telefon noch einmal klingelte. Woraufhin ich einen Sebastián kennenlernte, wie ich ihn noch nie erlebt hatte. Seine Gesichtszüge verhärteten sich, er fing an, hektisch mit den Fingern auf dem Tisch zu trommeln, sprang irgendwann auf, lief mit gesenktem Blick im Zimmer hin und her und fing irgendwann an, wütende Flüche auszustoßen. Bis er plötzlich mit der Faust an die Tür schlug, dass ich erschrocken zusammenfuhr.

»Was hast du denn in dieses Scheißformular eingetragen? Aus irgendeinem Grund müssen sie dich schließlich genommen haben«, sagte er später in derselben Nacht, in der keiner von uns in den Schlaf fand. Die Empörung war ihm deutlich anzuhören.

»Keine Ahnung, Sebastián«, sagte ich.

Er starrte mich an, als überlegte er, wo in meinem Gesicht er den ersten Fausthieb platzieren solle.

»Wenn du willst, gehe ich morgen einfach nicht hin, für mich ist das schließlich …«, sagte ich in dem Versuch, zu verhindern, dass die Sache ein schlimmes Ende nahm.

Aber er fiel mir ins Wort: »Natürlich gehst du morgen hin, und dann strengst du dich mehr an als alle anderen, machst dich überall beliebt und sorgst dafür, dass sie mich auch einstellen, ganz egal, wie und warum.«

Jeder andere hätte in diesem Augenblick geantwortet, jetzt sei es aber genug mit seinen Chefallüren. Doch obwohl es sich tatsächlich so angehört hatte, als würde er mir Befehle erteilen, war mir sehr wohl klar, dass er mich in Wirklichkeit verzweifelt um Hilfe gebeten hatte.

Für Sebastián war das mit *Pragma* mehr als irgendein Job, was er auch sogleich bestätigte: »Dir ist hoffentlich klar, dass das für mich total wichtig ist, oder?«

»Natürlich ist mir das klar. Und keine Sorge, ich besorg dir einen Job bei *Pragma*«, versprach ich.

Und so war es dann auch.

3

Román Sabaté lernte ich vor ungefähr fünf Jahren kennen, kurz nachdem er nach Buenos Aires gezogen war. Ich wusste damals allerdings weder, um wen es sich handelte, noch, woher er kam. Wir waren uns einfach ein paar Mal im Rahmen meiner Arbeit als Live-Reporterin für *TvNoticias* über den Weg gelaufen: vor dem Haus von Fernando Rovira, der damals schon nicht mehr Bürgermeister von San Isidro war; vor der *Pragma*-Zentrale im schicken Stadtteil Palermo; in den Büroräumen von Arturo Sylvestre, dem Strategen und Kommunikationschef von *Pragma*, in Puerto Madero, dem in ein Luxusquartier umgewandelten ehemaligen Hafenbezirk von Buenos Aires; außerdem an verschiedenen Orten, die Rovira regelmäßig aufsuchte, also eine Reihe feiner Restaurants, ein Fitnessstudio, Büros von Anhängern und Gegnern – ob jemand Ersteren oder Letzteren zuzurechnen war, konnte sich rasch ändern. Als Live-Reporterin hatte ich stets dort zu sein, wo Rovira und seine Leute sich aufhielten. Román war zu der Zeit, die mir heute schon so weit zurückzuliegen scheint, für mich bloß einer aus dem Team Roviras, offensichtlich jedoch ein festes Mitglied. Dass ich ihn, schüchtern, wie er war, und sich stets im Hintergrund haltend, überhaupt wahrnahm, hatte eigentlich nur einen Grund – er sah besser aus als alle seine Mitstreiter, sein Chef eingeschlossen, und das obwohl für viele Argentinierinnen kein anderer Politiker so sexy war wie der attraktive Mittvierziger Fernando Rovira. Beide hatten einen dunklen Teint und leuchtend grüne Augen und waren über einen Meter neunzig groß. »Gut aussehen« und »sexy sein« ist für mich aber nicht das Gleiche – um gut auszusehen, braucht man nicht mächtig zu sein, sexy ist man ohne Macht und Einfluss dagegen nicht.

Besser lernte ich Román dann vor ungefähr drei Jahren kennen, als ich die Arbeit an einem Buch für Salvatierra Editores begann, ein mit angeblich spanischem Kapital gegründeter Verlag, der erst wenige Monate davor seine Zelte in Argentinien aufgeschlagen hatte, um »absatzträchtige Projekte« auf den Weg zu bringen. Den Kontakt hatte Iván mir verschafft, mein Exfreund, der mich ab und zu auf einen Kaffee einlud, als wollte er sich überzeugen, dass ich mir noch nicht das Leben genommen hatte und das auch nicht tun würde, nachdem er mich wegen meiner besten Freundin verlassen hatte. Er sagte, ich solle mich unbedingt dort melden, die Leute von Salvatierra seien sehr aufgeschlossen für Projekte aller Art, darüber entschieden würde allerdings stets durch ein »Editionskomitee«. Das allerdings dämpfte meine Begeisterung, schließlich hatte ich schon öfter Verlagen Projekte angeboten, und wenn ich es daraufhin mit einem »Editionskomitee« zu tun bekommen hatte, hatte das meistens daran gelegen, dass sich niemand persönlich für eine Ablehnung verantwortlich erklären wollte. Ich stellte mich trotzdem dort vor und traf zu meiner Überraschung auf einen alten Bekannten, Eladio Cantón, einen Journalisten und Kritiker, den ich schon seit Jahren nicht mehr gesehen hatte. In den Neunzigern war Cantón der Star des Feuilletons gewesen, bis er einmal das Buch eines Sohns des Zeitungseigentümers verrissen hatte, was ihn nicht nur seinen Posten gekostet, sondern es ihm auch unmöglich gemacht hatte, bei irgendeiner anderen wichtigen Zeitung unterzukommen.

»Was hätte ich tun sollen, China? Das Buch war wirklich der letzte Dreck. Und dazu der Titel, *Ich und der Mount Everest – Die geilste Besteigung der Welt* … Ich wollte das Buch auch nicht besprechen, aber der Typ hat nicht lockergelassen, also musste ich die Sache übernehmen, ich konnte schließlich keinen meiner Kollegen aufs Schafott schicken.«

Eladio Cantón, der damals nicht nachgegeben hatte und dafür mehrere Jahre lang keinen festen Job mehr finden konnte, hatte also inzwischen seine Lektion gelernt und arbeitete jetzt an vorderster Front für einen Verlag, der sich das unbedingte Geschäftemachen auf die Fahnen geschrieben hatte.

»Das hier ist einfach was anderes, bei uns arbeiten alle total professionell, ich brauche niemandem was vorzumachen, und auch wenn ein Buch von einem Freund des Verlegers stammt oder von jemandem, dem er einen Gefallen schuldet, brauche ich es nicht in den Himmel zu jubeln, auch wenn es der letzte Schrott ist. Wir beschränken uns darauf, halbwegs ordentlich geschriebene Texte zu verlegen, und solange sie interessant sind, brauchen es keine literarischen Wunderwerke zu sein. Unsere Autoren müssen nicht unbedingt den Nobelpreis gewinnen. Hauptsache, die Leute haben Lust, unsere Bücher zu lesen. Und wenn es Sachbücher sind, umso besser. Die Belletristik ist sowieso bloß noch ein Schatten ihrer selbst. Lauter Zeug, das nichts taugt, schlecht geschrieben, die reinste Nabelschau. Bei Sachbüchern hast du ein klares Thema, da wissen die Leser, woran sie sind. Wenn sie das Buch in der Buchhandlung sehen, und das Thema gefällt ihnen, gut, und wenn nicht, dann nehmen sie eben etwas anderes. Da wird niemandem etwas vorgegaukelt. Also, bring mir ein Buch über ein Thema, das die Leute interessiert, dann werden wir schnell einig.«

Ich wunderte mich, Eladio Cantón so reden zu hören, er, der früher mit anderen erbittert und unermüdlich darüber stritt, was gute Literatur sei und was nicht.

»Du hast mich eben nicht verstanden, China, wir verlegen hier keine Literatur, wir verlegen Bücher. Wenn du willst, gehen wir mal zusammen einen Kaffee trinken, und dann sprechen wir in aller Ruhe über Literatur. Oder gehörst du zu den Leuten, die bloß noch Tee trinken? Aber was solls, bring mir einfach ein spannendes Buch. Damit machst du mich glücklich.«

Und im dritten Anlauf – die ersten beiden Vorschläge hatten ihn nicht überzeugt – hatte ich tatsächlich ein Projekt im Gepäck, das ihn glücklich machte: *Der Alsina-Fluch.*

»Das taugt erst mal nur als Arbeitstitel«, sagte er, markierte aber sogleich mit gelbem Leuchtstift das Wort Fluch. »Fluch zieht immer«, erklärte er.

Auf die dazugehörige Geschichte war ich bei einem Auftrag in La Plata gestoßen. Seitdem ging mir die Sache nicht mehr aus dem Kopf. Vorläufig hatte ich bloß das Thema – die historisch belegte Tatsache, dass es noch niemand geschafft hatte, argentinischer Präsident zu werden, wenn er davor das Amt des Gouverneurs der Provinz Buenos Aires bekleidet hatte. Und dazu zwei, drei Sätze, mehr nicht. Aber der Rest würde sich schon einfinden. Cantón bat mich um ein vorläufiges Inhaltsverzeichnis sowie Kurzbeschreibungen der einzelnen Kapitel. Mehrere davon sollten sich der gründlichen Erforschung der Geschichte dieses Fluchs widmen, der »la Tolosana« genannten Hexe, die angeblich seine Urheberin war, und den von seinen Auswirkungen betroffenen Amtsinhabern. Dazu sollten Interviews mit ehemaligen Gouverneuren und anderen einflussreichen Politikern kommen wie auch mehrere Kapitel über die im Lauf der Jahre gemachten Vorschläge zur Teilung der Provinz. Wenigstens ein Drittel des Buches sollte sich mit Fernando Rovira und seinen hartnäckigen Bestrebungen beschäftigen, diese Teilung endlich und nach *seinen* Vorstellungen durchzusetzen, ein Vorhaben, dessen Verwirklichung inzwischen immer wahrscheinlicher schien. Ohne über eine belastbare Grundlage für meine These zu verfügen – am wichtigsten war mir in diesem Augenblick, mit Cantón zu einem Vertragsabschluss zu kommen –, behauptete ich, Roviras Teilungsvorhaben sei weniger technischen, demografischen, institutionellen, wirtschaftlichen oder politischen Gründen geschuldet als seiner Furcht vor dem berühmten Fluch der Tolosana. Und genau da biss Cantón an, dies schien ihm eindeutig das verführerischste Element.

»Verwünschungen, abergläubische Vorstellungen, Mythen, Hexen, Magie, Politiker, auf denen ein Fluch lastet, nichts funktioniert so gut wie dieser ganze Hokuspokus, China«, erklärte er begeistert. Und unversehens seine frühere Belesenheit zur Schau stellend, legte er mir Claude Lévi-Strauss' Aufsatz »Der Zauberer und seine Magie« ans Herz, ein Hinweis, für den ich ihm womöglich nie genug gedankt habe.

Da Fernando Rovira also eine der Hauptfiguren des Buches werden sollte, versuchte ich als Erstes, Gesprächstermine mit ihm zu organisieren. Er ließ mich wissen, dass er sich durch meine Anfrage geschmeichelt fühle, aber zeitlich so eingeschränkt sei, dass er sich außerstande sehe, meinem Wunsch nachzukommen. Als Ersatz empfahl er mir seinen Mitarbeiter Román Sabaté, der berechtigt sei, mir in allen ihn betreffenden Punkten Auskunft zu geben. Die ideale Lösung war das nicht – irgendwann würde ich trotz allem mit Rovira persönlich sprechen müssen –, aber bis dahin war es nicht schlecht, sich mit einem so gut aussehenden jungen Mann unterhalten zu können. Bei den Begegnungen mit Román versuchte ich, über mein Projekt hinaus so viel Persönliches wie möglich über seinen Chef herauszufinden. Um die Theorie zu untermauern, dass die Verbissenheit, mit der Rovira sein Provinzteilungsvorhaben verfolgte, sich weniger rationalen Gründen als dem Alsina-Fluch verdankte, war ich auf Elemente aus seiner Familiengeschichte angewiesen, irgendwelche Ereignisse aus seiner Kindheit, seiner fernen Vergangenheit, die er im Dunkeln hielt. Weder in alten Interviews noch in sonstigen Aufzeichnungen aus Presse, Funk und Fernsehen ließ sich etwas über seine ersten Lebensjahre, geschweige denn seine Eltern finden. Als ich mich, dadurch misstrauisch geworden, an die Erstellung einer Liste von »Politikern mit der Öffentlichkeit nicht zumutbaren Eltern« machte, wurde mir aber bald klar, dass Rovira in dieser Hinsicht kein Einzelfall war. Wie ich mir eingestehen musste, war auch meine eigene Familiengeschichte hochempfindliches Material.

So ergiebig, auch in den Augen Eladio Cantóns, mein Thema war, war ich doch überzeugt, dass die Leser noch etwas anderes wollten – das, was sie immer wollen: dass ihnen jemand die Geschichte erzählt, die sie sich erhoffen. Eine zwingende, spannende Geschichte, die sie nicht loslässt. Wenn mir das gelänge, wäre das Buch wirklich gut. Wenn nicht, wäre es bloß Mittelmaß, eines der vielen Sachbücher, die zunächst abzugehen scheinen wie eine Rakete, um zuletzt doch nicht über die erste Auflage hinauszukommen. Ich beharrte also darauf, dass ich wenigstens zwei oder drei Mal persönlich mit Rovira sprechen müsse. Was mir dieser zu meiner Überraschung schließlich nicht mehr verwehrte, ja, er teilte mir sogar mit, er empfinde Stolz darüber, »dass jemand so viel Interesse für mich aufbringt«. Sosehr Eitelkeit eine unverzichtbare Eigenschaft ist, wenn man es als Politiker zu etwas bringen will, war in Roviras Fall meiner Ansicht nach ausschlaggebend, dass er offensichtlich den Eindruck hatte, auf diese Weise könne er mich auf seine Seite ziehen, mich seinem »Team« einverleiben und die Kontrolle darüber erlangen, was ich über ihn und sein Vorzeigeprojekt schreiben würde. Glaubte er wirklich, dass ich mich auf so ein Spiel einlassen würde? Dass ich nichts veröffentlichen würde, was ihm nicht behagte? Womöglich setzte er auch auf eine weniger direkte Strategie: nicht offen sagen, was er dachte, nicht von vornherein zensieren, sondern sich darauf verlassen, dass die Tatsache, dass er sich mir öffnete, sich auf mein Gewissen auswirken und mich dazu bringen würde, dies selbst zu tun, wenn es um bestimmte Dinge ging, die sein Leben und sein Projekt betrafen. Dinge, von denen ich vorläufig nichts wusste, die jedoch zweifellos irgendwann auftauchen würden. Wie es schließlich immer geschieht. Anders gesagt, er würde eine Verbindung aufbauen, an der er selbst nicht wirklich beteiligt war, ich dagegen schon, eine manipulative Strategie, wie sie Rovira – wie vielen anderen Politikern – mit größter Selbstverständlichkeit von der Hand ging. Der Einsatz Román Sabatés war im Rahmen dieser Strategie ein besonders geschickter Schachzug. Oder wäre es gewesen, wenn die Dinge sich nicht zuletzt in ihr Gegenteil verkehrt hätten.

Bei meinen Treffen mit Román – zunächst einmal pro Monat, später öfter, zuletzt wann immer wir Lust hatten und unter egal welchem Vorwand – erfuhr ich jedoch viel mehr über ihn selbst als über Rovira. Nicht nur, weil wir uns dabei, wenngleich zurückhaltend, auch über uns unterhielten. Vielmehr konnte ich beobachten, wie Román sich bewegte, Telefongespräche annahm, sich mit Rovira unterhielt, anderen dessen Mitteilungen weitergab, errötete, log, wenn er Fragen beantworten sollte, zu denen er auf Anweisung Roviras nichts preisgeben durfte, für uns beide in der Küche seines Chefs kochte und dabei so selbstverständlich mit allem hantierte, als wäre er bei sich zu Hause, oder im Garten mit Roviras Sohn spielte.

Bei einem meiner Besuche in dem riesigen Gebäude öffnete ich einmal aus Versehen die falsche Tür und stand plötzlich im Kinderzimmer, wo Román gerade dabei war, den Kleinen in der Wiege zum Schlafen zu bringen. Er summte ein Lied und klopfte ihm dazu sanft im Takt auf den Rücken. Bei meinem Anblick legte er kurz einen Finger auf die Lippen, um mir zu verstehen zu geben, dass ich leise sein solle, schickte mich jedoch keineswegs hinaus, sondern fuhr seelenruhig fort, bis der Junge endgültig eingeschlafen war, woraufhin Román ihn zudeckte, das Licht ausschaltete und mit mir das Zimmer verließ. Am meisten wunderte mich, dass er sich kein bisschen zu genieren schien, als ich ihn in einem so intimen Augenblick überraschte. Vielleicht, sagte ich mir, wäre das eigentliche, wirklich lohnende Buch die Biografie dieses jungen Mannes, der eines Tages auf gut Glück von Santa Fe nach Buenos Aires gezogen und wie durch Zufall bei *Pragma* untergekommen war.

»Wie das Leben so spielt«, antwortete er jedes Mal auf die Frage, warum einer wie er an der Seite von Fernando Rovira gelandet war.

Es sollte lange dauern, bis er mir genauer verriet, wie das Leben in seinem Fall gespielt hatte, beziehungsweise wie es dazu gekommen war, dass ein junger Kerl wie er, der sich nie besonders für Politik interessiert hatte, zur rechten Hand eines der Politiker mit den größten Erfolgsaussichten dieses Landes geworden war, eines Mannes, der, wenn die Wähler mitmachten, beste Chancen hatte, schon bald Gouverneur der Provinz Buenos Aires und später argentinischer Präsident zu werden. Aber eine Biografie dieses Román Sabaté hätte Eladio Cantón mir niemals abgekauft. Zumindest damals nicht. Die Biografie eines scheinbar ganz normalen und durchschnittlichen Menschen, der sich aber – so kam es mir wenigstens vor – eines Tages möglicherweise als Held erweisen würde. Möglicherweise. Ebenso wenig hätte mein Verleger mir abgenommen, dass sich die Leser dieser Biografie ebenso für diesen Menschen begeistern könnten, wie ich es tat. Oder wie Fernando Rovira es empfunden haben musste, als er ihn in seine Partei aufnahm und zum Mann seines Vertrauens machte, ja ihn geradezu adoptierte – so stellte es sich zumindest für Außenstehende dar. Was die physische Erscheinung der beiden betraf, hätten sie mühelos als Brüder oder Vettern durchgehen können. Bei vielen unserer Unterhaltungen betrachtete ich Román, fast ohne ihm zuzuhören, und fragte mich, was der tatsächliche Grund für die so unübersehbar enge und unverbrüchliche Beziehung zwischen den zwei Männern gewesen sein mochte. Und jedes Mal, wenn ich mich so auf der Suche nach Antwort in seinem Anblick verlor, kam ich unweigerlich zu dem Ergebnis, dass ich mich früher oder später nackt in einem Bett an der Seite von Román Sabaté wiederfinden würde.

Wirklich lernte ich ihn aber erst vor etwas mehr als einem Jahr kennen – an dem Tag, an dem Lucrecia Bonara ermordet wurde, Fernando Roviras Ehefrau. Ich musste für *TvNoticias* darüber berichten. Damals arbeitete ich bereits seit fast zehn Jahren für den Sender. Zu Beginn hatte mir das großen Spaß gemacht, mittlerweile fühlte ich mich jedoch zusehends ausgelaugt. Die Arbeit an meinem Buchprojekt erschien mir viel verlockender. Aber von den Verkaufserlösen eines einzelnen Buches kann niemand leben, nicht einmal wenn es sich um ein Buch ganz nach dem Geschmack Eladio Cantóns und der Salvatierra Editores handelt. Erst recht nicht, wenn das Buch noch gar nicht fertig ist. Die Arbeit fürs Fernsehen bedeutete dagegen sichere Einnahmen, allerdings auch jede Menge Stress, Ärger und Kopfschmerzen und dazu den Zwang, mich jederzeit, und sei es um fünf Uhr morgens, in angemessener Kleidung und sorgfältig frisiert und geschminkt zu präsentieren. Schreiben aber kann man zu Hause in Bademantel und Pantoffeln, es sei denn, man muss zu einem Gesprächstermin mit Román Sabaté und träumt davon, an dessen Ende nackt neben ihm unter einer Bettdecke zu liegen. Die Arbeit fürs Fernsehen konnte ich also nicht aufgeben, abgesehen davon, dass ich für das Buch bislang noch nicht mal einen Vorschuss erhalten hatte. Cantón hatte grünes Licht signalisiert, sich mit dem geplanten Inhalt einverstanden erklärt und gesagt, ich solle mich an die Arbeit machen und ihnen möglichst bald etwas vorlegen. Außerdem hatte er mir aus einem Antiquariat eine alte Ausgabe von Lévi-Strauss' *Strukturaler Anthropologie* besorgt. Dass ich vorläufig ohne jede Entlohnung arbeiten würde, hatte er jedoch nicht dazugesagt. Als ich mit dem Schreiben anfing, war Roviras Frau allerdings noch nicht ermordet worden. Danach wuchs das Interesse des Verlags an dem Projekt beträchtlich.

»Hast du schon einen ersten Entwurf, China? Kann man hier nicht irgendwie eine Beziehung zum Alsina-Fluch herstellen?«, bedrängte mich Cantón am Handy, als die Leiche Lucrecia Bonaras noch nicht mal richtig kalt war.

Ich stand im selben Augenblick vor dem Haus der Roviras und musste live berichten.

»Oder wäre das übertrieben?«

»Du kannst mich mal, Eladio«, sagte ich und brach das Gespräch ab.

Für die Arbeit am *Alsina-Fluch* musste ich also einen Teil der Zeit opfern, die ich ansonsten zum Ausruhen, für Unternehmungen, gelegentlichen Sex mit dem einen oder anderen wohlgesinnten Freund oder erotische Tagträume von Román Sabaté nutzte. Zu allem Überfluss hatte ich mir zusätzlich zu den Reportagen das Verfassen einer täglichen Kolumne für die Website des Senders aufschwatzen lassen.

»Du schreibst doch so gern«, wie mein Chef scheinheilig erklärte. Es handelte sich jeweils nur um einige wenige Zeilen, aber damit verdammte ich mich dazu, zumindest einen Teil der schriftlichen Kommentare der Zuschauer zu beantworten, die ich natürlich zunächst lesen musste, nur um mich immer wieder neu davon zu überzeugen, wie viel sinnlose und geifernde Wut eine Unmenge von Leuten auf diesem Weg loszuwerden versucht. Andererseits war mir längst klar, dass ich weder innerhalb der Nachrichten- noch sonst einer Redaktion des Senders Aussicht auf irgendeine Art Karriere hatte. Jedes Mal, wenn ich mich um eine frei werdende Stelle bewarb, wimmelte man mich mit einer Ausrede ab. Eines Tages klärte mich eine Kollegin über den wahren Grund für die ständigen

Zurückweisungen auf. Der Chef habe behauptet, es habe mit meinen Augen beziehungsweise meinem Blick zu tun, die kämen im Studio einfach nicht gut rüber.

»Den Spitznamen ›China‹ hast du schließlich nicht nur zum Spaß, sondern wegen deinen schlitzartigen Augen, du hast sie außerdem meistens halb geschlossen, man fragt sich jedes Mal, ob sie entzündet sind, oder gereizt. Also mir gefallen sie ja, aber ein bisschen wie bei einer Chinesin sieht es trotzdem aus. Und Perales sagt, bei einer Live-Reportage ist es kein Problem, da bist du in Bewegung, aber wenn im Studio die Kamera nur auf dich draufhält, schlafen die Leute ein.«

»Na, ist ja gut zu wissen …«, erwiderte ich getroffen, war ihr aber insgeheim dankbar für ihre Offenheit. So wusste ich wenigstens, dass ich mir keinerlei Hoffnungen auf was auch immer zu machen brauchte, zumindest solange Perales oder jemand wie Perales das Sagen hatte. Einen kleinen Ausgleich für meine zunehmende Frustration gab es allerdings doch, auch wenn ich keinem meiner Kollegen jemals davon erzählte: Eine Familie aus La Plata, zum Beispiel, die bei der letzten großen Überschwemmung dort alles verloren hatte – wie gewohnt hatte ich live darüber berichtet –, schickte mir seitdem jedes Jahr zu Weihnachten einen Panettone. Oder eine junge Frau, die bei einer Prominentenparty in Puerto Madero vergewaltigt worden war – erst nachdem wir darüber berichtet hatten, nahmen sich die Strafbehörden der Sache an. Drei Jahre später sandte sie mir eine Einladung zu ihrer Hochzeit. Oder der Vater eines kleinen Jungen, der in eine Grube gefallen war – wir hatten die ganze Nacht zusammen mit ihm am Unglücksort ausgeharrt, bis es gelungen war, den Kleinen herauszuholen. Der Mann nannte sein zweites Kind, eine Tochter, die bald danach zur Welt kam, Valentina – so wie mein richtiger Name lautet. All diese Leute und die Freunde, die ich im Lauf meines Lebens um mich gesammelt habe, bildeten irgendwann die Familie, die ich nie gehabt habe beziehungsweise die meine Mutter mir verwehrte, indem sie unermüdlich wiederholte, sie und ich seien völlig allein auf dieser Welt.

»Vergiss es, du wirst niemand anderen finden, da kannst du noch so lange suchen.«

Bis sie eines Tages starb, wodurch ich auch noch meine letzte familiäre Bindung verlor.

Diese kleinen Freuden also entschädigten mich ein wenig für die endlosen Stunden, die es mich kostete, Leuten wie Fernando Rovira eine Aussage zu entlocken. Natürlich war es nicht das Gleiche, ob ich von ihm etwas über irgendwelche strategischen Allianzen, politischen Gegner oder Gesetzesvorhaben hören wollte oder aber über den Mord an seiner Frau zu berichten hatte. Der Tod weist eine Gewissheit auf, nach der man in der Politik vergeblich suchen wird – es gibt eine Leiche. Was die genaueren Umstände eines Todes betrifft, sieht es dagegen anders aus, hier ist es mit aller Gewissheit schnell vorbei. Dass Lucrecia Bonara tot war, stand außer Zweifel. Sie war gestorben, als sie im Auto unterwegs zu der Stiftung war, die Rovira für sie ins Leben gerufen hatte, »um ihr eine ihrer Rolle angemessene Aufgabe zu verschaffen«. Eine Idee von Roviras Imageberater und Kampagnenleiter Arturo Sylvestre, wie dieser im Interview für eine spanische Zeitung mit unüberhörbarem Stolz erklärt hatte. Anders als die Gattinnen so vieler Politiker war Lucrecia Bonara weder Ex-Model noch Schauspielerin. Sie war aber auch bis zu ihrer Heirat keine politische Wegbegleiterin Roviras gewesen. Rovira selbst war seinerseits bis zur Gründung von *Pragma* nie Mitglied einer Partei gewesen, auch wenn er zu Beginn seines Aufstiegs, wahrscheinlich auf Anraten Arturo Sylvestres, wie viele andere erklärte, er komme aus dem Peronismus. Und wenn nur wenig über seine Vergangenheit bekannt war, galt das erst recht für die Vergangenheit Lucrecia Bonaras. Sie war einnehmend und freundlich und sah zwar gut aus, aber keineswegs so auffallend gut, dass die Leute sich auf der Straße nach ihr umgedreht hätten. Dazu war sie eher schweigsam und in sich gekehrt. Ihre wirkliche Schönheit fiel erst auf, wenn man sie bewusst ansah. Die beiden hatten sich kennengelernt, als Lucrecia bei einer Bank arbeitete, wo Rovira einen Tresor besaß. Nicht ehrenrührig, aber auch nicht glanzvoll, wie sich Arturo Sylvestre ausgedrückt hatte. Da man sie trotz aller Beziehungen nicht einfach zur Bankdirektorin hätte befördern können, ließen er und Rovira sich etwas anderes für sie einfallen. Lucrecias Aufgabe bei der Stiftung bestand darin, jeden Dienstag eine Sitzung zu leiten, was sie bereitwillig übernahm, als hätte sie erkannt, dass dies eine der wenigen sich ihr bietenden Möglichkeiten war, für eine Weile aus dem Schatten Roviras zu treten. Sie verzichtete auf einen Chauffeur und lenkte ihr Auto selbst, wahrscheinlich wollte sie beim Fahren ohne Zuhörer telefonieren können – nahm ich wenigstens an, und Román gab es eines Tages widerstrebend zu. Zu ihrem Schutz folgte ihr ein Auto mit einem Bodyguard, eine Rolle, die an diesem Tag Rogelio Vargas übernommen hatte, der Sicherheitschef von *Pragma*. Er sah seine Aufgabe jedoch vor allem darin, allfällige Neugierige oder Paparazzi zu verscheuchen. Auch Rovira selbst bewegte sich trotz angeblicher Drohungen weitgehend frei und ungezwungen in der Öffentlichkeit. Als Lucrecia, die auf der Avenida del Libertador unterwegs war, an der Kreuzung mit der Avenida Austria vor einer roten Ampel warten musste, hielt links von ihr ein Motorrad. Der Fahrer lächelte ihr zu und gab durch Zeichen zu verstehen, dass sie das Fenster hinunterlassen solle. Lucrecia war damals bereits daran gewöhnt, dass die Leute sie, die Gattin Fernando Roviras, auf der Straße ansprachen, weshalb sie zurücklächelte und das Fenster hinunterließ, um sich anzuhören, was der Mann zu sagen hatte. Der zog darauf eine Pistole – laut Polizeibericht eine 9-Millimeter –, zielte auf ihr rechtes Auge und drückte ab.

Die Kugel drang in die Augenhöhle ein, durchquerte das Gehirn, durchschlug die Schädeldecke und kam auf der gegenüberliegenden Seite wieder heraus. Dem Motorradfahrer gelang mühelos die Flucht, er schlängelte sich einfach zwischen den vor ihm in nördlicher Richtung fahrenden Autos hindurch und verschwand. Der Leibwächter ließ ihn ziehen und kümmerte sich um Lucrecia, doch auch der sofort benachrichtigten Polizei gelang es nicht, den Täter zu fassen. Beim Eintreffen des Krankenwagens war Roviras Frau bereits tot. Und das war und bleibt die einzige Gewissheit. Alles Übrige verlor sich im Nebel von Mutmaßungen und Spekulationen. Ein Raubüberfall wurde gleich wieder ausgeschlossen – der Mörder hatte ja nichts an sich genommen. Als weitere mögliche Erklärungen wurden eine Beziehungstat oder eine Vergeltungsaktion gehandelt.

Fernando Rovira und Román Sabaté befanden sich zum Zeitpunkt der Tat in Montevideo und kehrten sofort mit einem Privatflugzeug nach Buenos Aires zurück. Ich stand vor der *Pragma*-Zentrale, die zugleich der Familie Rovira als Wohnhaus diente, als die beiden aus dem Auto stiegen, das sie am Flughafen abgeholt hatte. Fernando Rovira legte einen kurzen Halt vor den wartenden Kameras ein. Hinter ihn stellte sich Román, der offensichtlich unter Schock stand.

»Sie werden sich vorstellen können, wie schrecklich all dies für mich ist«, sagte der Politiker und räusperte sich, als hätte er einen Kloß im Hals. »Aber der Schmerz wird mich nicht davon abhalten, die Wahrheit herauszufinden. Das Gesetzesvorhaben, an dem ich und mein Team zurzeit arbeiten, berührt viele verschiedene Interessen. Die Teilung der Provinz Buenos Aires wird zahlreichen korrupten Geschäften ein Ende bereiten, und manche Leute sind offensichtlich nicht bereit, das hinzunehmen. Der Tod meiner Frau trifft mich hart, weiß Gott, sehr hart. Aber wer glaubt, mich auf diese Weise von meinem Vorhaben abbringen zu können, hat sich getäuscht.«

Ich wunderte mich, dass er imstande war, so schnell und selbstgewiss seine Schlüsse zu ziehen, die andere mögliche Erklärungen ausschlossen, vor allem aber war ich erstaunt darüber, aus welchem Blickwinkel er das Ganze betrachtete – die Ermordung seiner Frau schien längst nicht so wichtig wie die Tatsache, dass niemand ihn von seinem Vorhaben würde abbringen können. Von was für Interessen redete er? Gab es wirklich für manche so viel zu verlieren, wenn die Provinz geteilt wurde? Ich suchte in Románs Augen nach Antwort, aber Román war wie abwesend, er sah nirgendwohin, und seine Augen waren rot, offensichtlich hatte er geweint. Vor allem aber zitterte er, und das eindeutig nicht aus Angst, sondern aus Schmerz, aus tief empfundenem aufrichtigem Schmerz. Rovira dagegen schien überhaupt nichts zu empfinden, aber vielleicht stand er ja unter der Wirkung von Medikamenten, um mit der Situation fertigwerden zu können, sagte ich mir. »Sie werden sich vorstellen können, wie schrecklich all dies für mich ist«, wiederholte er. Doch wirklich schrecklich war es offensichtlich nur für Román. Menschen, die so mächtig sind wie Fernando Rovira, neigen leicht dazu, sich für unverwundbar zu halten, selbst wenn man gerade eine ihnen so nahestehende Person ermordet hat. Wie falsch und unstimmig sein Verhalten war, erwies sich aber erst bei seiner nächsten Äußerung. Auf die Frage eines Reporters, was in diesem Augenblick das Schwierigste für ihn sei, antwortete Rovira nach kurzem Zögern: »Ich muss jetzt mit meinem Sohn sprechen, ich muss hier reingehen und ihm erklären, dass seine Mutter ermordet worden ist, ich muss ihm sagen, wie und warum das passiert ist.«

Einer Kollegin von *TV Pública*, die neben mir stand, traten Tränen in die Augen. Es wurde still. Rovira legte die Hände kurz vors Gesicht.

»Entschuldigen Sie mich jetzt«, sagte er schließlich, öffnete die Tür und verschwand im Haus.

Román stand immer noch wie angewurzelt und völlig geistesabwesend da, bis ihn einer aus Roviras Team am Arm nahm und ins Haus führte. Er sah mich in keinem Augenblick an, aber nicht, weil er meinem Blick ausweichen wollte, er war nur offenkundig überhaupt nicht bei sich selbst. Die Tür ging zu, und ich blieb mit dem unangenehmen Gefühl zurück, dass irgendetwas an dem, was ich gerade zu sehen bekommen hatte, nicht stimmte. Unser Kameramann stupste mich an, und ich stellte mich vor ihn, um die Reportage zu beenden. »Gerade haben wir gesehen, wie Fernando Rovira sein Haus betreten hat, um die schwierige Aufgabe zu bewältigen, die jetzt vor ihm liegt – er muss seinem zweijährigen Sohn sagen, dass seine Mutter ermordet worden ist, er muss ihm erklären, wie und …« Weiter konnte ich nicht. »Entschuldigen Sie, bitte, wir geben jetzt zurück ins Studio.«

Die Zuschauer müssen geglaubt haben, dass ich von meinen Gefühlen überwältigt wurde, so wie die Kollegen um mich herum. Das war es aber nicht. Als ich Roviras Worte wiederholen wollte, merkte ich vielmehr, was der Grund für das unangenehme Gefühl war, das mich befallen hatte: Ich glaubte ihm nicht. Ich war oft in Roviras Haus gewesen und hatte selbst erlebt, dass er sich seinem Sohn nur zugewandt hatte, wenn es darum ging, Fotos für irgendwelche Journalisten zu machen. Wer sich dagegen wirklich mit dem Kleinen beschäftigte, mit ihm spielte, sich um ihn kümmerte, wenn er weinte, oder ihn in den Schlaf sang, wenn er in seinem Bettchen lag, war Román. Viel mehr als selbst seine Mutter. Und so würde deshalb sicherlich auch er und nicht Rovira es übernehmen, dem Jungen mitzuteilen, dass seine Mutter tot war. Und davor hatte Román große Angst, das hatte ich seinen Augen angesehen – das hatte ihn zurückgehalten, als er Rovira ins Haus hätte folgen sollen. Roviras Lüge ging aber noch weiter.

»Ich muss ihm erklären, dass seine Mutter ermordet worden

ist, ich muss ihm sagen, wie und warum das passiert ist.« Wie und warum? Einem Zweijährigen? Wollte er ihm etwa klarmachen, welche geheimen Interessen der Teilung der Provinz Buenos Aires entgegenstehen? Wohl kaum. Einen Zweijährigen nimmt man in solch einer Situation fest in die Arme und sagt bestenfalls: »Mama ist jetzt im Himmel«, oder etwas in der Art. Ganz abgesehen davon, dass normalerweise nicht einmal wir Erwachsenen imstande sind, zu begreifen, wie und warum passiert, was um uns herum passiert.

Dass Lucrecia Bonara tot war, war das einzig Klare. Alles Übrige war ein vollkommenes Rätsel.

Und wenigstens für mich stimmte irgendetwas nicht an Roviras Worten. Román Sabaté ging es genauso, das war offensichtlich.

4

Valentina Sureda

Der Alsina-Fluch (Projektskizze)

1. Der Alsina-Fluch

Dem Gouverneur Adolfo Alsina gelang es nicht, Präsident Argentiniens zu werden. Und so blieb es seit Dardo Rocha: Nie schaffte es ein Gouverneur der Provinz Buenos Aires, die Wahl zum argentinischen Präsidentenamt für sich zu entscheiden.

Trotz intensiver Vorbereitung auf die Wahlen des Jahres 1880 scheiterte Adolfo Alsina bei seinem Versuch, die Präsidentschaft zu erringen – im Dezember 1877 erlag er einem Nierenleiden. *(Krebs?)* Daher der Name: »Der Alsina-Fluch.« Der Legende nach verfluchte die sogenannte Tolosana, eine Hexe aus dem Städtchen Tolosa, im Jahr 1882 die gerade erst auf Regierungsbeschluss hin gegründete Stadt La Plata. Der angeblich auf allen Gouverneuren der Provinz Buenos Aires lastende Fluch hat womöglich hier seinen Ursprung.

Hierzu noch mehr Informationen suchen! Wer war diese Hexe? Hat sie tatsächlich existiert? Im Zeitschriftenarchiv des Museo Dardo Rocha nachforschen.

Zu den Beweggründen gibt es verschiedene Theorien:

Einer Verschwörungstheorie zufolge handelte die Hexe im Auftrag des damaligen Präsidenten Julio Argentino Roca, der sich mit Juan José Dardo Rocha, dem Gouverneur der Provinz Buenos Aires, überworfen hatte.

Roca gegen Rocha – nur ein Buchstabe unterscheidet die zwei Todfeinde.

Roca wollte verhindern, dass Rocha – wie die beiden ursprünglich, als Roca noch auf Rocha angewiesen war, vereinbart hatten – sein Nachfolger im Präsidentenamt würde. Roca zog es zu diesem Zeitpunkt vor, seinem Schwippschwager Miguel Ángel Juárez Celman das Amt zuzuschanzen, was ihm schließlich auch gelang.

Juárez Celman sollte dafür später der Fluch aller Präsidenten aus der Provinz Córdoba treffen – keinem von ihnen gelang es jemals, seine Amtszeit zu vollenden.

Die romantische Version besagt, dass die Hexe aus Tolosa in niemandes Auftrag, sondern einzig aufgrund ihrer engen Freundschaft zu Roca handelte. Demnach wusste sie, was Rocas geheimer Wunsch war, und tat das Ihre, um ihn Wirklichkeit werden zu lassen. Angesichts dessen, was über das Privatleben dieses Präsidenten bekannt ist, eine kaum glaubwürdige Theorie.

Die soziopolitische Erklärung passt am besten zu den wenigen historischen Daten, die zum Thema vorliegen. Demnach wurde die Tolosana von einer Gruppe von Teilnehmern der feierlichen Grundsteinlegung von La Plata zu der Tat angestachelt. Diese Leute, einfache Bürger, waren weder zum offiziellen Festbankett eingeladen worden, noch konnten sie sich an dem für das niedere Volk bereitstehenden Bratgrill satt essen, da das dafür zur Verfügung gestellte Fleisch verdorben war.

Das Fass endgültig zum Überlaufen gebracht haben dürfte die Tatsache, dass diese Leute nach dem Festakt zu Fuß heimkehren mussten – in dem für die Amtspersonen und Angehörigen der besseren Gesellschaft bereitgestellten Zug war für sie angeblich kein Platz. Wahrscheinlich von Anhängern Rocas, die sich in dessen Auftrag unter sie gemischt hatten, aufgehetzt, brach ihr Ärger sich auf verschiedene Weise Bahn. Dazu gehörte, dass einige von ihnen die Tolosana aufsuchten und sie aufforderten, den frisch verlegten Grundstein von La Plata zu verfluchen.

Mehrere Quellen behaupten, Roca selbst habe Anweisung gegeben, verdorbenes Fleisch zu servieren. An verdorbenen Charakteren herrscht in jedem Fall in unserer Geschichte kein Mangel … Und zu kurz, nicht nur beim Essen, kommen auch jedes Mal die Gleichen.

Was auch immer die Tolosana dazu gebracht haben mag, sich in jener Nacht auf die heutige Plaza Moreno in La Plata zu begeben – was sich dort abspielte, war offenbar Folgendes:

Die Hexe und die Gruppe wutentbrannter Bürger versammelten sich rings um den Grundstein, um in einem seltsamen Ritual die Wein- und Champagnerflaschen auszugraben, die man unter dem Stein deponiert hatte, um sie bei der ersten Hundertjahrfeier der Stadt wieder hervorzuholen. Die Hexe trank von dem geraubten Wein – den Champagner verschmähte sie angeblich –, drehte sich drei Mal gegen den Uhrzeigersinn und stieß eine Reihe von Flüchen und Verwünschungen aus. Als krönenden Abschluss stellte sie sich breitbeinig, mit leicht angewinkelten Knien und in die Luft gerecktem Hinterteil, über den Grundstein und entleerte ihre Blase, darauf bedacht, den angehobenen Rocksaum nicht zu bespritzen. Anschließend forderte sie ihre Begleiter dazu auf, ihrem Beispiel folgend entgegen dem Uhrzeigersinn den Grundstein zu umkreisen.

Damit war der Fluch besiegelt.

Eine Reihe von Fragen lassen sich jedoch weder durch die Verschwörungstheorie noch durch die romantische oder die soziopolitische Erklärung beantworten: Wurden seinerzeit wirklich bloß Wein, Champagner und Goldmünzen entwendet? Als 1982 bei der Hundertjahrfeier wie geplant der Grundstein angehoben wurde, fehlten sowohl die Gründungsakte als auch der Originalstadtplan und die Urkunde mit der Botschaft Dardo Rochas an die Nachwelt. All diese Dokumente hätten sich eigentlich unter dem Stein befinden müssen. Hat die Tolosana sie seinerzeit an sich genommen? War das die eigentliche Beute? Was hatte Dardo Rocha den Angehörigen späterer Generationen mitteilen wollen, beziehungsweise welche Botschaft sollte nach dem Willen Rocas (oder eines anderen) keinesfalls an die Nachwelt gelangen? Und handelte es sich um normale Goldmünzen, oder waren diesen irgendwelche freimaurerischen Symbole eingeprägt?

Eine zusätzliche tragische Note bekommt das Ganze – worauf jedoch nur wenige Quellen hinweisen –, wenn man bedenkt, dass Dardo Rocha als Datum für die Grundsteinlegung den 19. November ausgewählt hatte, weil dies der Geburtstag eines seiner Söhne war. Dieser Sohn, Dardo Ponciano, starb wenige Monate, nachdem die Tolosana die Verwünschung ausgesprochen hatte, an Pseudokrupp.

Eine per Dekret gegründete Stadt.
Verdorbenes Fleisch.
Eine Hexe.
Hunger und Aufstand.
Mehrere Todesfälle.
Politik, die sich der Zauberei bedient.

»Ein Individuum, das sich bewusst wird, Objekt einer Verhexung zu sein, ist aufgrund der feierlichsten Traditionen seiner Gruppe zutiefst überzeugt, dass es verdammt ist; Verwandte und Freunde teilen diese Gewissheit. Von da an zieht sich die Gemeinschaft zurück: Man bleibt dem Verdammten fern, man verhält sich ihm gegenüber, als sei er nicht nur bereits tot, sondern ein Gefahrenherd für die ganze Umgebung; bei jeder Gelegenheit und durch alle Verhaltensweisen legt die Gesellschaft dem unglücklichen Opfer den Tod nahe, das dem, was es für sein unvermeidliches Los hält, gar nicht mehr entgehen möchte.«

Claude Lévi-Strauss, »Der Zauberer und seine Magie«, *Strukturale Anthropologie I*

Vielen Dank, Eladio Cantón!

Ein Fluch kann jeden treffen, Mann oder Frau, öffentliche oder scheinbar bedeutungslose Persönlichkeiten. Welchen Fluch schleppt wohl Román Sabaté mit sich herum? Gleicht er meinem Fluch? In meinem Fall sind die Dinge wahrscheinlich klarer. Was hat meine Mutter wohl damals gesagt, als sie mich, im Wissen, dass sie mich ganz allein würde großziehen müssen, in der Wiege liegen sah? Unser Leben lang versuchen wir, dem Fluch, mit dem wir geboren sind, auf die Spur zu kommen, unserer Bestimmung, unserem Karma, unserer Erbsünde, unserem tragischen Schicksal, unserem Urtrauma, oder wie immer man es nennen mag. Aber nicht, um diese Bestimmung zu erfüllen, sondern um uns ihr zu entziehen. Oder um herauszufinden, wem wir die Verantwortung für all unser Übel zuschieben können.

5

Auf der Straße wird es hell«, sagt sich Román, als am Horizont der erste Lichtschimmer aufscheint, und diese Liedzeile, die in seinem Kopf erklingt, führt ihn auf direktem Weg zu seiner Mutter. Er hat die ganze Nacht kein Auge zugetan. Die Gedanken und Mutmaßungen schwirren seit Stunden nur so in ihm herum. Joaquín, der, mit Románs Jacke bedeckt, in seinem Schoß sitzt, ist dagegen zum Glück gleich eingeschlafen. Er sieht hinaus – Felder, ein paar Kühe, eine Allee, die wahrscheinlich zu einer Estancia führt, die aber von der Straße aus nicht zu sehen ist. Und ein Käseverkaufsstand ohne Käse – eine einfache Bretterbude und das Hinweisschild »Landkäse«, in Erwartung der nächsten Lieferung und des dazugehörigen Verkäufers. Nach dem Unfall lag seine Mutter wochenlang auf der Intensivstation, nur sein Vater und er besuchten sie damals. Sie sprachen mit ihr, streichelten sie, lasen ihr vor. Und spielten immer wieder »Auf der Straße wird es hell« von der Gruppe *Suéter*, die Román nur von seiner Mutter kannte. Immer wieder dieses Stück. Mit seinem seltsamen Text – nach einem Unfall liegt jemand schwer verletzt, dem Tode nahe, in seinem Auto. Viele Jahre davor hatte Román seine Mutter gefragt, weshalb ihr das Stück so gut gefalle. Sie hatte geantwortet, die bloße Tatsache, dass das Stück entstanden sei, berühre sie sehr.

»Wer das geschrieben hat, muss einen Unfall überlebt haben, sonst gäbe es das Stück nicht.«

»Beim Fahren bin ich eingeschlafen und habe tief geträumt …« Als Román damals im Krankenhaus eintraf, fiel ihm die Geschichte wieder ein, und schon bald waren er und sein Vater überzeugt, dass genau dieses Stück die Mutter aus der Bewusstlosigkeit zurückholen könne. Und vielleicht gelang ihm das ja auch. Von dem Foto einmal abgesehen, das Román vor Kurzem gefunden hat – es steckt in seinem Rucksack, und er weiß noch nicht, wie sehr es seine Vorstellung davon, was damals passiert ist, verändern wird –, lässt sich unmöglich sagen, warum seine Mutter tatsächlich zuletzt die Augen aufschlug, ihn und seinen Vater erkannte, ihre Namen aussprach und sich anschließend, wenn auch langsam, so gut von dem Unfall – oder was auch immer es war – auf der Straße von Santa Fe nach Paraná erholte, dass ihr nur noch ein leichtes Hinken geblieben ist, das sie ziemlich gut überspielt. Sie trifft sich sogar wieder mit ihren Freundinnen zum Tennis. Geblieben sind ihr auch der völlige Gedächtnisschwund und eine leise Melancholie. Die Ärzte sagen, es sei nur normal, dass sie eine solch traumatische Erfahrung nicht mehr ins Bewusstsein zurückrufen könne. Ihre Erinnerung endet einige Stunden, bevor sie seinerzeit ins Auto stieg, ja, sie weiß nicht einmal mehr, warum sie sich damals auf den Weg nach Paraná gemacht hat. Das, woran sie sich erinnert, ergibt jedenfalls keinerlei Sinn. »Beim Fahren bin ich eingeschlafen und habe tief geträumt.« Die Worte werden von jemandem ausgesprochen, der nach einem Unfall dem Tode nahe in einem Auto liegt. Ob es bei ihr auch so war? »Wo bin ich? Wohin gehe ich? Wer bin ich? Wie spät ist es jetzt? Und wo werde ich anschließend sein?« Die gleichen Fragen könnte sich Román Sabaté stellen, der in diesem Augenblick im Bus sitzt und sich von Buenos Aires – und von *Pragma* – entfernt.

An die Stelle der Originalversion tritt in seinem Kopf die Stimme seiner Mutter: »Draußen ist es weder hell noch dunkel«, singt sie, »und traurig bin ich nicht, nur Freude ist in meinem Herzen.« Er wirft einen Blick auf Joaquín und fragt sich, ob der Kleine in diesem Augenblick wohl schlafend in seinem Schoß sitzen würde, wenn seine Mutter damals nicht den Unfall gehabt hätte. Er hat keine Antwort und will sie auch nicht erzwingen. Er weiß noch, wie mitten in dem aufwühlenden Treffen mit Fernando Rovira der Anruf erfolgte – gerade als Román seine Kündigung bekannt machen wollte.

Die gebrochene Stimme seines Vaters, der verkündete: »Mama, Mama, wir müssen sie retten …«

Woraufhin er sich, zunächst ohne zu begreifen, seine Schilderung des Unfalls, ihrer lebensgefährlichen Verletzungen und der Schwierigkeiten mit dem Krankenhaus anhörte. Um anschließend Rovira den Hörer zu überlassen, der sich von Románs Vater wie auch von dem zuständigen Arzt alles noch einmal erzählen ließ. Darauf hatte Rovira sofort alles Weitere in die Wege geleitet – das Rettungsflugzeug, die Verlegung in die beste Klinik von Buenos Aires, die Behandlung durch den angesehensten Neurologen des Landes – und sämtliche Rehabilitations- und Medikamentenkosten wie auch alle übrigen Ausgaben übernommen. Trotzdem weiß Román jetzt, dass seine Mutter nicht durch Fernando Rovira und all sein Geld gerettet worden ist, auch wenn er noch nicht die endgültige Bestätigung dafür hat. Im Grunde hat er es schon immer gewusst. Inzwischen ist er sich nahezu sicher. Doch letztlich hat die Geschichte – ganz wie der berühmte Schmetterlingseffekt – dazu geführt, dass Román heute mit dem schlafenden Joaquín auf dem Schoß in diesem Bus sitzt und durchs Fenster sieht, wie es auf der Straße hell wird. Wohin die Straße ihn führen wird, weiß er aber nicht, nur die nächste Station ist ihm bekannt.

Und wie in dem Lied fragt er sich, wie spät es wohl ist. Er trägt keine Uhr, und wie sonst auf dem Handy nachsehen kann er nicht, er hat ja selbst den Akku rausgenommen. Nachdem die Sonne gerade erst über dem Horizont steht, müssten sie jedoch in einer guten Stunde in San Nicolás sein, schätzt er.

In Buenos Aires wusste er nicht, wohin er gehen sollte, bei China Zuflucht zu suchen, wäre Wahnsinn gewesen, nicht nur weil sie so nahe bei der *Pragma*-Zentrale wohnt. Seine alten Freunde wiederum, die er ohnehin schon seit Langem bestenfalls einmal im Jahr sieht, wollte er nicht in Gefahr bringen. Und seine Eltern hätten sich bestimmt dermaßen aufgeregt und auffällig verhalten, dass sie ihm mehr geschadet als genützt hätten. Onkel Adolfo in San Nicolás erschien ihm da noch die am wenigsten schlechte Wahl. Er lebt allein, ist vertrauenswürdig und würde zudem nicht zum ersten Mal jemanden »verstecken« – während der Diktatur gewährte er einmal einer ganzen Familie in seinem Möbelgeschäft Unterschlupf. Und noch etwas sprach für Onkel Adolfo, auch wenn Román sich da womöglich falsche Hoffnungen machte: Adolfo verfügte über eine Reihe alter politischer Kontakte, die ihm vielleicht zu einem Ausweg aus seiner katastrophalen Lage verhelfen konnten. Er kündigte seinen Besuch allerdings nicht an. Er sagte niemandem etwas. Vor allem aber hat er sein Handy deaktiviert und wird es auch nicht wieder in Gang setzen. Mit eingeschaltetem Handy ist man mühelos aufzuspüren. Das hat man ihm bei *Pragma* eingeschärft, auch wenn damals wohl niemand an eine Situation wie seine jetzige gedacht hat. Klar ist ihm ebenso, dass Rovira über alle nötigen Kontakte verfügt, um nach ihm suchen zu lassen, bei der Justiz wie beim Geheimdienst. Und falls er weder auf die eine noch auf den anderen zurückgreifen will, kann er sich auf die Hilfe seiner Verbindungsleute bei den Telefongesellschaften verlassen, die ohne Weiteres an alle gewünschten Informationen herankommen: wen er angerufen hat und wann und von wo aus. In den Jahren an der Seite Roviras hat Román oft genug miterlebt, wie jener zu seinen eigenen Gunsten oder um seinen Freunden einen Gefallen zu tun, zu diesem und ähnlichen Mitteln gegriffen hat. Ja, selbst seinen Feinden zuliebe, falls es nützlich für ihn war, schließlich kann man in der Politik für derlei Gefälligkeiten normalerweise ein Gegengeschenk erwarten, wann auch immer man es in Anspruch nehmen möchte.

Der Bericht von Rogelio Vargas, dem Sicherheitschef von *Pragma,* über den Killer, der gestanden hatte, Lucrecia Bonara ermordet zu haben, hat Román nie wirklich überzeugt. Ein Auftragsmord? Vargas nannte als Verantwortliche eine »Mafiabande, die gegen die Teilung der Provinz Buenos Aires ist«. Kaum waren sie am Tag von Lucrecias Ermordung aus dem Flugzeug gestiegen, hatte Vargas ihnen bereits nachdrücklich diese These präsentiert. Genauere Erklärungen darüber, wer im Einzelnen zu der Bande gehörte, zu wem sie Beziehungen unterhielt, wo ihre Treffpunkte waren und dergleichen, kamen jedoch von Vargas nicht. Das Einzige, was er sie wissen ließ, war der Name des angeblichen Killers, der seinerseits während der Untersuchungshaft unter ungeklärten Umständen ums Leben kam. Fernando Rovira und die Medien nahmen diese Version nahezu widerspruchslos hin, für Román dagegen wurde der Fall dadurch allzu glatt und einfach beendet. Er rief einen der Kontaktleute bei der Telefongesellschaft an, deren Kunde *Pragma* war, und tat – wie schon des Öfteren –, als sollte er im Auftrag seines Chefs etwas in Erfahrung bringen. Es gehe um »diese Beileidsgeschichte«, fügte er hinzu. So hatte Vargas sich ausgedrückt, als er ein paar Tage davor in Románs Anwesenheit einen Anruf entgegengenommen hatte. Román gingen die Worte seitdem nicht mehr aus dem Kopf. Er vermutete, dass Vargas die Telefongesellschaft im Auftrag Roviras angewiesen hatte, die Daten sämtlicher Anrufe aus den Tagen unmittelbar vor und nach Lucrecia Bonaras Ermordung von deren Konto zu löschen. Was die Kontaktperson der Telefongesellschaft in gewisser Weise bestätigte.

»Alles okay«, sagte der Mann, sie seien genauso vorgegangen »wie beim letzten Mal, für alle Fälle«. Und wenn doch jemand misstrauisch werde, könne man sich auf »Systemfehler« berufen.

Das alte Allheilmittel.

Joaquín wird unruhig, wacht aber noch nicht auf. Im Frühnebel jenseits der Scheibe glaubt Román in der Ferne die Umrisse der Stadt zu erahnen, zu der sie unterwegs sind. Er muss sich unbedingt mit China in Verbindung setzen, aber ohne Spuren zu hinterlassen. Seinet-, doch vor allem ihretwegen. Rovira darf nicht auf den Gedanken kommen, dass sie ihm bei der Flucht hilft. China ist die Einzige, der er vertrauen kann, China und sein Onkel. Allein schafft er das alles nicht. Was Sebastián Petit betrifft, hat er ein zwiespältiges Gefühl. Es wäre gut, jemanden zu haben, der ihn vom Inneren von *Pragma* aus unterstützt, und Sebastián ist intelligent, effizient und imstande, egal welches Problem zu lösen, doch trotz der uneingeschränkten Zuneigung, die sein ehemaliger Zimmergenosse ihm all die Jahre entgegengebracht hat, hat er auf Sebastiáns Hilfe verzichtet. Wertschätzung, ja Freundschaft, ist das eine, Vertrauen etwas anderes. Sosehr Román ihn mag, ist ihm bis jetzt nicht wirklich klar, was für ein Mensch Sebastián ist. Anfangs schien Sebastián Román unendlich dankbar zu sein, dass dieser dafür gesorgt hatte, dass auch er bei *Pragma* unterkam. Doch im Lauf der Zeit hatte er sich angewöhnt, ihm auf ziemlich eingebildete, ja arrogante Art zu verstehen zu geben, um wie viel besser er für egal welche anfallende Aufgabe geeignet sei.

»Ich sag das bloß aus Freundschaft, ehrlich«, fügte er jedes Mal hinzu, wenn er Románs Kleidung oder die Art kritisierte, wie dieser sich an die Journalisten wandte oder bei einer Teamsitzung auftrat. Und wenn Fernando Rovira wieder einmal Román und nicht ihm eine wichtige Aufgabe zuteilte, war Sebastiáns neidvolle Erbitterung nicht zu übersehen. Sebastián war sich dessen bewusst und schämte sich dafür, weshalb er im Anschluss an solche Vorfälle unweigerlich mit einem Geschenk für Román erschien, einer LP, einem Konzertticket oder einem schicken Sweatshirt. Bis Rovira ihn eines Tages der Arbeitsgruppe zuwies, die sich mit dem Gesetzesvorhaben zur Teilung der Provinz Buenos Aires beschäftigen sollte. Sebastián war wie ausgewechselt und schien keinen Gedanken an irgendwelche Rivalitäten oder Ungleichbehandlungen mehr zu verschwenden.

»Jetzt spiele ich wirklich in der ersten Liga«, sagte er zu Román und wollte diese frisch eroberte fesselnde Welt fortan auch außerhalb seiner eigentlichen Arbeitszeit nicht mehr verlassen. Er forschte unermüdlich, befragte Leute, schloss sich tagelang in Bibliotheken ein. So viel hatte kein Mensch von ihm verlangt. Aber er war wie in Trance und hätte sich von nichts und niemandem aus seiner neuen Wirklichkeit reißen lassen. Zugleich wurde er immer seltsamer und versuchte, Román auszuweichen, wenn sie sich auf dem Flur begegneten, verdeckte die Papiere, an denen er arbeitete, sobald jemand in seine Nähe kam, und verwendete am Telefon alle möglichen seltsamen Ausdrücke, als bediente er sich eines Geheimcodes: Chaos, Kreuz, Diagonale, Freimaurer, dreifache Sechs. Román fragte sich zeitweilig, ob sein Freund nicht psychisch erkrankt sei. In jedem Fall schien er nicht die Person, von der er sich in seiner gegenwärtigen Lage Schutz vor Fernando Rovira erhoffen konnte.

Sie erreichen den Busbahnhof. Nach dem Aussteigen hebt Román zuerst Joaquín auf seine Schultern, dann setzt er den Rucksack auf. Anschließend machen sie sich auf den Weg zu dem Möbelgeschäft seines Onkels, wo dieser auch wohnt – hinter dem Verkaufsraum und der Werkstatt liegt die alte, von den Großeltern übernommene Wohnung. Die Stadt erwacht, weshalb Román die Schritte beschleunigt, aber allzu große Sorgen, um diese Uhrzeit einem Bekannten über den Weg zu laufen, macht er sich nicht. Er vertraut auf sein Glück, immer noch, sonst hätte er sich auf dieses Abenteuer nicht eingelassen.

Aber man muss dem Glück auf die Beine helfen, sagt seine Mutter immer, weshalb er Vorsorge getroffen hat. Sein Gesicht dürfte durch seine gelegentlichen Auftritte im Fernsehen bekannt sein. Deshalb trägt er Sonnenbrille und eine Schirmmütze, die er bei seinem überstürzten Aufbruch noch schnell eingesteckt hat.

Bevor er klingelt, wirft er einen Blick durchs Schaufenster. »Möbel Sabaté.« Vollkommen andere Möbel als all die eleganten Designermodelle, von denen er in den letzten Jahren umgeben war, bei *Pragma*, in den Räumen von Rovira, im Büro von Arturo Sylvestre, im Loft von Zanetti – dem Unternehmer, der *Pragma* und die unterschiedlichen Kampagnen Fernando Roviras mit dem meisten Geld unterstützt – oder in den Häusern anderer einflussreicher *Pragma*-Anhänger. Die Möbel im Schaufenster gleichen denen im Haus seiner Eltern in Santa Fe. Einfache Gegenstände aus glänzendem braunem Holz, ein Tisch und vier Stühle, eine Couch mit sandfarbenem Kunstlederbezug. Am liebsten würde er sich in einem der Sessel hinter der Glasscheibe niederlassen und so tun, als würde er schlafen, in der Hoffnung, dass seine Mutter kommt und ihm vorsichtig, um ihn nicht zu wecken, die Schuhe auszieht, damit der Bezug nicht schmutzig wird. Auf einmal glaubt er den Duft von Möbelpolitur und den penetranten Geruch des Mittels wahrzunehmen, mit dem sein Vater die Stoffbezüge festklebte, und dazu feinen Holzstaub in Augen und Nase, fast muss er niesen. Gleichzeitig spürt er, wie sehr ihm all das in den letzten Jahren gefehlt hat. Vor allem aber fragt er sich, was aus ihm selbst seitdem geworden ist. Gibt es den Román Sabaté von damals überhaupt noch? Als er gerade auf die Klingel drücken will, öffnet sein Onkel die Tür – was will dieser Unbekannte mit Sonnenbrille und in die Stirn gezogener Kappe, der am frühen Morgen vor seinem Schaufenster stehen geblieben ist und ins Innere des Ladens stiert? Dass er ein

Kind dabeihat, macht das Ganze nicht weniger verdächtig. Román bemerkt seine Verwunderung und gibt sich zu erkennen: »Hallo, Onkel Adolfo.«

»Hast du mich erschreckt!«, sagt der und will Román umarmen, was aber wegen des Jungen auf dessen Schulter nicht ganz gelingt.

Da setzt Román den Kleinen ab – obwohl der protestiert – und stellt die beiden einander vor. »Joaquín, das ist mein Onkel Adolfo. Adolfo, das ist Joaquín.«

Der Onkel beugt sich vor und verwuschelt dem Jungen zur Begrüßung das Haar. »Hallo, Joaquín.«

Der Kleine schmiegt sich verschlafen und ängstlich an Románs Bein. Adolfo sieht seinen Neffen erwartungsvoll an. Und der kommt sogleich zur Sache.

»Du musst mich ein paar Tage bei dir verstecken. Uns, meine ich, ihn und mich. Niemand darf wissen, dass wir hier sind.«

»Nicht mal deine Eltern?«

»Nicht mal meine Eltern.«

Adolfo sieht ihn stumm an, offensichtlich weiß er nicht, was er von der Sache halten soll. Román merkt es und fügt hinzu: »Es ist besser für sie, wenn sie es nicht wissen.«

»Was für einen Mist hast du denn schon wieder angestellt, Kleiner?«

»Das ist eine lange Geschichte … erzähl ich dir später.«

Ein Nachbar kommt vorbei und grüßt. Román senkt den Kopf, um sein Gesicht zu verbergen. Und Adolfo begreift, dass sie keinen Augenblick länger hier vor dem Geschäft stehen bleiben dürfen.

»Los, geht rein, schnell. Besser, es sieht euch niemand. In so kleinen Städten wie dieser wissen immer alle sofort über alles Bescheid.« Er führt sie durch den Geschäftsraum in die Wohnung. »Ich mach erst mal Frühstück, und wenn du dich satt gegessen hast, erzählst du mir alles ganz genau, einverstanden?«

»Einverstanden«, sagt Román, obwohl er noch nicht weiß, wie weit er seinen Onkel tatsächlich einweihen wird.

»Macht es euch bequem.« Adolfo deutet auf ein kleines altmodisches Sofa, das gegenüber einem Fernsehapparat steht.

»Danke«, sagt Román und stellt erstaunt fest, dass ihm Tränen in die Augen treten.

Auch sein Onkel bemerkt es und tätschelt ihm die Schulter. Nicht unbedingt sanft, es ist eher ein ermutigendes Klopfen, offensichtlich möchte er vermeiden, dass sein Neffe vor dem Kleinen, der sich immer noch an sein Bein klammert, die Fassung verliert. Román setzt den Rucksack ab, holt den Lastwagen heraus und gibt ihn Joaquín, der allmählich auftaut.

»So ein ähnliches Auto habe ich mal mit deinem Papa für dich gebastelt, als du ein Kind warst.«

»Ich hab lange gesucht, bis ich den Bausatz gefunden hatte. Ich hab es dann mit Joaquín zusammengebaut und angemalt.«

Adolfo sagt nichts, wartet ab, dass Román weitererzählt. Aber der verfällt in nachdenkliches Schweigen, während sein Onkel das Frühstück vorbereitet. Irgendwann fragt er Román leise: »Ist das dein Sohn?«

Román sieht Joaquín an und sagt nichts.

»Ist er ein Sabaté?«, fragt Adolfo.

Román starrt versonnen vor sich hin, als wüsste er nicht, was er antworten soll. Oder als wollte er nicht antworten. Schließlich setzt er zum Sprechen an, sagt zuletzt aber doch nichts.

»Ist er ein Sabaté, Kleiner?« Adolfo lässt nicht locker.

»Nein, er ist kein Sabaté«, erwidert Román. »Er heißt Joaquín Rovira.«

Adolfo begreift die Tragweite dieser Antwort sofort. Als er gerade darauf eingehen will, fügt Román hinzu: »Aber er ist mein Sohn, ja.«

»Ich glaubs nicht …«, sagt Adolfo und lässt sich seufzend in einen Sessel sinken.

6

Als ich *Pragma*-Mitglied geworden war, hätte ich eigentlich gleich merken müssen, dass man mich nicht wegen meinem ziemlich bescheidenen Leistungsausweis ausgewählt hatte. Von den übrigen Bewerbern, die sich zusammen mit mir vorgestellt hatten, kannte ich zwar nur Sebastián Petit. Aber schon allein der war ganz offensichtlich viel besser vorbereitet als ich, um innerhalb einer solchen Partei Karriere zu machen. Trotzdem war ich so hochmütig, mir einzubilden, man habe ein Potenzial in mir entdeckt, das ich selbst bloß noch nicht wahrgenommen hatte. *Sie* hatten mich ausgewählt, und sie kannten sich schließlich aus – also stellte ich keine weiteren Fragen.

In den ersten zwei Wochen schickten sie uns auf eine abgelegene Estancia in der Nähe von Luján, zum »*Pragma*-Training«. Und am vorletzten Tag teilten sie mir mit, ich sei ausersehen, ein Teil des *GAP* zu werden, des *Grupo de Amigos de Pragma*, also der *Gruppe der Pragma-Freunde.* In den *GAP* würden nur besonders fähige junge Leute aufgenommen, hieß es, mit bestimmten Eigenschaften, über deren Besonderheit ich jedoch nie etwas Genaueres erfuhr. Klarheit sollte ich diesbezüglich erst viel später erlangen, als es offen vor meinen Augen lag, so hartnäckig Rovira es auch abstritt. Selbst an dem Abend, als er mir endlich verriet, welche Rolle er für mich vorgesehen hatte, log er: »Als ich dich ausgewählt habe, habe ich nicht daran gedacht, damals wusste ich es noch nicht, es war reiner Zufall. Aber ich bin sehr dankbar dafür, dass du uns über den Weg gelaufen bist.«

Die anderen Trainingsteilnehmer blieben zwar in der Partei, wurden aber nicht Teil des *GAP*. Im Lauf der Zeit hatte ich jedoch immer weniger Kontakt zu ihnen. Manche gehörten ohnehin kaum länger als die zwei Trainingswochen dazu, sei es, weil sie sich dem Arbeitsdruck nicht gewachsen fühlten und von sich aus kündigten, sei es, weil man sie, ohne besondere Erklärung, höflich dazu aufforderte, sich anderswo »neue Herausforderungen zu suchen«. Der Einzige, der in der *Pragma*-Zentrale landete, war ich. Als es mir später gelang, auch Sebastián anstellen zu lassen, war von irgendwelchen Spezial-Trainings keine Rede mehr. Dafür wurde Sebastián, nachdem er zu seinem Leidwesen mehrere Monate lang untergeordnete Aufgaben hatte erledigen müssen, schließlich aufgrund seines Curriculums dem Team zugewiesen, das an der Entwicklung neuer Formen politischer Aktivität arbeiten sollte, wo er sich sofort hervortat. Allerdings sollte es noch eine Weile dauern, bis er »in die erste Liga aufstieg« und sich fortan dem Thema der Teilung der Provinz Buenos Aires widmen konnte. Heute bin ich mir sicher, dass es ihnen zu dem Zeitpunkt, zu dem ich mich bewarb, nur darum ging, einen einzigen, genau bestimmten Kandidaten ausfindig zu machen, und der war ich. Einige wenige Konkurrenten gab es zwar, alle anderen dienten jedoch nur als Fassade. Ebenso sicher bin ich mir, dass Fernando Rovira persönlich an der Auswahl beteiligt war, zunächst, indem er uns vom ersten Stock der *Pragma*-Zentrale aus in Augenschein nahm, später, indem er sich über mein Verhalten in Luján genau informieren ließ.

Bis er sich zuletzt für mich und niemand anderen entschied.

Während des Trainings wurde ich dermaßen mit Anweisungen gefüttert, dass ich mich irgendwann außerstande sah, noch etwas aufzunehmen. Alle erfolgten in freundlichem Tonfall, sogar die schriftlichen. Und von Anfang an wurden wir geduzt. Und doch war klar, dass man uns Befehle erteilte. Was den

GAP anging, gab man mir unter der Hand unmissverständlich zu verstehen, dass ich weder inner- noch außerhalb von *Pragma* darüber reden dürfe. Das Problem dabei war, dass ich zwar die Geheimnisse anderer sehr gut für mich behalten kann, nicht so jedoch Geheimnisse, die mich selbst betreffen, es sei denn, ich habe den Eindruck, eine von mir eingeweihte Person könne dadurch in Gefahr geraten, wie es später ja tatsächlich geschah. In diesem Fall hatte ich aber nicht das Gefühl, um jeden Preis verheimlichen zu müssen, wozu man mich auserwählt hatte. Außerdem war ich stolz darauf und wollte die erfreuliche Neuigkeit mit jemandem teilen, der ihre Bedeutung zu schätzen wusste, schließlich hatte ich mich zum ersten Mal in meinem Leben – in der Schule war mir das nie passiert – aus einer Gruppe im Prinzip Gleichrangiger hervorheben können, auch wenn ich eigentlich nicht wusste, wodurch. Sebastián, der zu diesem Zeitpunkt noch kein *Pragma*-Mitglied war, konnte ich es allerdings nicht erzählen, er wäre bloß noch neidischer geworden. Meine Eltern wiederum waren so versessen darauf, dass ich mein Universitätsstudium fortsetzte, dass ich fürchtete, meine zeitintensive Arbeit würde sie weniger freuen als ihnen Sorgen machen. Also entschied ich mich für meinen Onkel. Er war immer noch politisch engagiert und würde rasch begreifen, wovon ich sprach. Die Partei, die ich mir als Arbeitgeber ausgesucht hatte, gefiel ihm zwar nicht, aber er würde meine Entscheidung akzeptieren, weil sie nicht aus ideologischen Gründen erfolgt war – ich war allein nach Buenos Aires gezogen und brauchte einen Job. Am ersten Wochenende nach dem Training rief ich ihn an.

»*GAP?*«, fragte er erstaunt. »Wie der *GAP* von Allende?«

»Welcher Allende?«, fragte ich zurück.

»Salvador, Kleiner, Salvador Allende, der frühere Präsident von Chile. Aber von Allendes *GAP* hast du wahrscheinlich noch nie gehört, dafür bist du viel zu jung.«

Ich musste ihm recht geben, wagte aber nicht, es einzugestehen.

Mein Onkel sprach weiter: »Der chilenische *GAP* war die persönliche Schutztruppe Allendes, es waren harte Zeiten, und man musste gut auf ihn aufpassen, weder auf die Militärs noch auf die Polizei hätte er sich verlassen können. *GAP* war die Abkürzung für *Grupo de Amigos Personales.* Dass deine Leute einfach dieselbe Abkürzung verwenden, finde ich unglaublich, mit Politikern wie Allende haben die doch nicht das Geringste am Hut, ganz schön dreist, wirklich!«

»Ich glaube, das ist bloßer Zufall, Onkel Adolfo. Wenn, dann kommt der Name von diesen Kapuzenshirts.«

»Was für Kapuzenshirts?«

»Das ist so eine Marke aus den USA, *GAP* – Kapuzenshirts, Jeans, Jacken und so.«

Mein Onkel begriff nicht sofort, brach dann aber in schallendes Gelächter aus. Es dauerte eine Weile, bis er wieder sprechen konnte.

»Da hast du bestimmt recht, Kleiner, und wie! Mein Gott, so was von hohl … Aber entschuldige, das sind ja deine Leute, so habe ich es nicht gemeint. Außerdem betrifft das die ganze Politik heutzutage.«

»Mir geht es hier nicht um Politik, für mich ist das ein Job.«

»Ja, klar, Román, verstehe. Jeder braucht einen Job, und dass du unter die Besten gewählt worden bist, freut mich für dich, herzlichen Glückwunsch! Aber sobald du was anderes findest, solltest du schauen, dass du da rauskommst. Es gibt so viel zu tun, egal, wohin man sieht … Aber lass dir Zeit, das wird schon …«

»Mach ich, Onkel Adolfo.«

»Versprochen?«

»Versprochen«, sagte ich, hielt das Versprechen aber nicht.

Während des *Pragma*-Trainings wurden wir auf Herz und

Nieren geprüft. Man unterzog uns einer schier endlosen Reihe medizinischer und psychologischer Untersuchungen: EKG, Ultraschall und Blutbild im Wechsel mit Rorschachtest, Intelligenzquotientenmessung und allen möglichen Fragebögen, deren Sinn und Zweck nur schwer zu erkennen war. Sogar unsere Handschrift wurde begutachtet und eine Geburtskonstellation erstellt. In meinem Fall eine falsche. Statt meine Eltern anzurufen, um meine genaue Geburtsstunde in Erfahrung zu bringen, warf ich irgendwann einen Blick auf das Display des Mobiltelefons meines Nebenmanns, sah, dass es fünf nach drei war, und gab daraufhin diese Uhrzeit an, um endlich in Ruhe gelassen zu werden. Die Planeten, die demnach den Verlauf meines Schicksals beeinflussen, gehören in Wirklichkeit also zu einem ganz anderen Schicksal. Bei den Fitnesstests schnitt ich immer am besten ab, keiner war so locker, entspannt und ausdauernd wie ich. Was mir die erste konkrete Aufgabe im Dienst von *Pragma* bescherte – ich wurde zu Fernando Roviras »Personal Trainer« bestimmt. Und blieb das auch bis zum Tag meiner Flucht. Obwohl mir im Lauf der Zeit sehr viel verantwortungsvollere und zeitaufwendigere Aufgaben übertragen wurden, absolvierte ich seitdem Morgen für Morgen eine Trainingseinheit mit meinem Chef. Allerdings hätte niemand mich in der Öffentlichkeit als »Personal Trainer« bezeichnet. Mein Auftrag laute zwar tatsächlich, mich um Fernando Roviras körperliche Fitness zu kümmern, dies aber als sein sozusagen »privatester Privatsekretär«, sagte man mir. Rovira brauche jemanden, auf den er sich hundertprozentig verlassen könne. Der Betreffende müsse ihm von früh bis spät zur Seite stehen, und da das morgendliche Fitnesstraining eine so wichtige Rolle in seinem Tagesablauf spiele, sei es am besten, wenn ich dabei die Anleitung übernähme.

»Du kannst das, das merkt man gleich«, hieß es, »außerdem möchte Rovira, dass so wenige Leute wie möglich um ihn und seine Frau herumschwirren.«

Bei dieser Gelegenheit hörte ich zum ersten Mal von Roviras Frau. Ich hätte mir nie träumen lassen, welche Rolle Lucrecia Bonara eines Tages in meinem Leben spielen würde.

Ich gehörte also zum *GAP*, durfte das aber nicht sagen. Und ich war Fernando Roviras Personal Trainer, durfte mich aber nicht so bezeichnen. Das war überhaupt mit das Erste, was ich bei *Pragma* über Politik lernte – die Dinge nie beim Namen nennen, immer auf Umschreibungen zurückgreifen. Vor allem wenn es um Äußerungen geht, die sich negativ auf das Wählerverhalten oder das Image des aktuellen Kandidaten auswirken könnten.

»Bei dem Trainerjob wird es in jedem Fall nicht bleiben, sobald Rovira sieht, dass wir dir zu Recht vertraut haben, wirst du weitere Aufgaben erhalten«, hieß es. Und so war es dann auch. Beim *Pragma*-Training in Luján mussten wir, zusätzlich zu all den Untersuchungen und Tests, auch eine Reihe von Fallbeispielen bearbeiten, beziehungsweise *cases*, wie es dort, auf Englisch, hieß. An einen solchen *case*, den letzten, erinnere ich mich noch, vielleicht, weil ich dabei so gut abschnitt. Damals ging ich sogar so weit, mir zu sagen, dass sie sich vielleicht genau wegen meiner Lösung dieses *case* für mich entschieden hatten. Gleichzeitig hatte ich das Gefühl, betrogen zu haben. Obwohl zuletzt trotz allem immer ich der Betrogene sein sollte. Wie dem auch sei, der *case* wurde angeblich in Harvard bei den Aufnahmeprüfungen im Fach Betriebswirtschaft verwendet. Zu meiner Überraschung kannte ich ihn bereits, es ging um folgende Situation: »Du bist bei stürmischem Wetter mit einem Auto unterwegs, in dem nur Platz für einen Beifahrer ist. Als du an einer Ampel halten musst, stellst du fest, dass dort an der Bushaltestelle eine alte Frau, einer deiner besten Freunde und ein wunderschönes Mädchen warten. Du weißt, dass wegen eines Fahrerstreiks in den nächsten zwei Stunden kein Bus vorbeikommen wird. Wen nimmst du in deinem

Auto mit? Die alte Frau, die sich sonst vielleicht eine Lungenentzündung holt, deinen besten Freund oder das Mädchen deiner Träume?«

Für die schriftliche Beantwortung hatten wir eine halbe Stunde Zeit. Es galt, eine in moralischer Hinsicht korrekte Lösung zu finden, die zugleich origineller sein musste als die der Mitstreiter.

Nachdem der Teamleiter unsere Antworttexte durchgelesen hatte, gab er jedem die Gelegenheit, seine Lösung genauer zu erläutern. Die besten Antworten sparte er sich offensichtlich für zuletzt auf. Die meisten hatten sich dafür entschieden, die alte Frau mitzunehmen – wie hätten sie es verantworten können, dass sie eine Lungenentzündung bekam und womöglich starb? Die, die so geurteilt hatten, waren von der Richtigkeit ihrer Wahl fest überzeugt. Und genau das machte der Teamleiter ihnen anschließend zum Vorwurf, ihre mangelnde Flexibilität – in der Politik müsse man imstande sein, bestimmte Anstandsgrenzen gelegentlich hinter sich zu lassen. Andere entschieden sich für ihren Freund, weil Freundschaft einfach über alles gehe. Sie gehörten offensichtlich zu den Leuten, die, falls nötig, für ihren Erfolg auch mal den Ellbogen ausfahren. Der Teamleiter lobte ihre größere Flexibilität, verwies aber darauf, dass es trotzdem nicht unbedingt fein sei, die alte Frau dem Risiko einer Lungenentzündung auszusetzen. Auf den Vorschlag wiederum, alle mitzunehmen – die Mitfahrer müssten dann eben ein wenig zusammenrücken –, wie auch auf den Einwand, das Beispiel sei schlecht durchdacht, Autos mit bloß zwei Sitzen gebe es doch eigentlich gar nicht, ging der Teamleiter kaum ein, offensichtlich erübrigte sich hier jeder weiter gehende Kommentar. Vier Kandidaten, unter ihnen ich, waren schließlich noch übrig. Einer von ihnen, er saß neben mir, gab sich siegessicher.

Er flüsterte mir zu: »Tut mir leid, ich hab gewonnen, ich

kannte die Lösung schon aus einem Bruce-Willis-Film. Außer bei dir ist es genauso.«

Der Teamleiter las zunächst die Antwort der anderen beiden vor: »Ich nehme das Mädchen meiner Träume mit. Um die alte Frau soll mein Freund sich kümmern, wenn er wirklich mein Freund ist, wird er mich schon verstehen.« Der Teamleiter lobte die mutige beziehungsweise »leidenschaftliche« Entscheidung, verwies aber dennoch auf die möglicherweise fatalen Folgen, sollte die alte Frau erkranken. Aufgrund ihrer »Flexibilität« und weil sie auf ihre Art auch die Situation der alten Frau berücksichtige, sei diese Lösung zweifellos besser als die vorherigen, die beste sei sie deshalb aber bei Weitem nicht. Der vermeintliche Sieger erwartete lächelnd, dass nun meine Antwort behandelt würde. Zuerst kam jedoch er an die Reihe. Was ihn völlig aus der Fassung brachte, »halt, stopp, das kann nicht sein«, stammelte er. Dass seine Lösung einem Bruce-Willis-Film entstammte, wagte er allerdings nicht zuzugeben. Er riss sich also zusammen, hörte sich den schmeichelhaften Kommentar zu seiner Lösung an und überlegte unterdessen wahrscheinlich, wie er meine Antwort anschließend würde schlechtmachen können. Sein Vorschlag lautete: dem Freund das Auto überlassen, damit er die alte Frau nach Hause bringt, während er zusammen mit dem Mädchen im Regen auf den Bus wartet.

»Eben«, flüsterte er mir aufgeregt zu, »das ist die Lösung von Bruce Willis, der Typ hat da was durcheinandergebracht.« Endlich wurde meine Lösung vorgestellt: »Ich frage die alte Frau und das Mädchen, ob eine von ihnen sich zutraut, bei diesem Wetter Auto zu fahren, und falls ja, überlasse ich ihnen das Auto und warte mit meinem Freund auf den Bus. Ich lasse mir ihre Telefonnummern geben, damit ich das Auto später abholen kann, aber natürlich auch, und das ist der Punkt, um mich mit dem Mädchen für einen anderen Tag und bei freundlicherem Wetter zu verabreden.«

»Wie kommst du auf die Idee, dass eine von den beiden Frauen Auto fahren kann?«, schnappte mein Sitznachbar sogleich mit lauter Stimme zu.

»Warum denn nicht? Du gehst doch auch davon aus, dass dein Freund den Führerschein hat«, erwiderte ich, und der Teamleiter beschränkte sich darauf, Beifall zu klatschen. Alle anderen folgten seinem Beispiel, wenn auch mehr aus Nachahmung als aus Überzeugung. Abschließend hob der Teamleiter hervor, dass ich mich nicht nur von der Vorgabe der Ausgangsfrage frei gemacht hätte – »Wen nimmst du in deinem Auto mit?« –, sondern auch von bestimmten Klischees. »Die heutigen Wähler wissen es zu schätzen, wenn jemand die Geschlechterfrage berücksichtigt.«

Der eigentliche Wert meiner Lösung bemaß sich demnach also nicht an meinem Vorschlag, sondern daran, wie dieser Vorschlag bei den hypothetischen Wählern ankam.

Auch diese Lehre ist mir bei *Pragma* in Fleisch und Blut übergegangen: Man muss den Wählern sagen, was die Wähler hören wollen. Daran bin ich bei meiner Arbeit noch oft erinnert worden, fast jeden Tag.

Beim anschließenden Abendessen hatte ich den Eindruck, die wenigen Frauen aus unserer Gruppe würden mich liebevoller ansehen als bisher, ja, manche schienen mich überhaupt erst jetzt wahrzunehmen. Sie hielten mich offensichtlich für einen Siegertypen – dabei hatte ich in Wahrheit betrogen. Den Bruce-Willis-Film kannte ich auch. Ich hatte ihn mit Carolina gesehen, meiner früheren Freundin aus Mendoza. Sie war es, die damals gesagt hatte: »Warum überlässt der Idiot das Auto nicht dem Mädchen oder der alten Frau?« Worauf ich erwidert hatte: »Die können wahrscheinlich nicht Auto fahren.« Carolina hatte mich böse angeblickt und gesagt: »Wieso soll der Freund Auto fahren können und die beiden Frauen nicht? Du bist wohl auch so ein Macho wie Bruce Willis …«

Dass meine Mitstreiterinnen mich an dem Abend in Luján so freundlich ansahen, hatte ich also nicht mir, sondern einer anderen Frau zu verdanken.

Eine Woche danach arbeitete ich bereits für Fernando Rovira. Und so sollte es in den folgenden fünf Jahren bleiben. Ich war sein »privatester Privatsekretär« und geheimes *GAP*-Mitglied. Ihm und seiner Familie kam ich dabei immer näher. Vielleicht zu nahe. Bis ich mir zuletzt fast einbildete, tatsächlich Teil von Roviras Familie zu sein.

Was aber weder damals stimmte noch heute, Rovira und ich werden nie zur selben Familie gehören.

Auch Joaquín ändert daran nichts.

7

Der Wecker klingelt zum dritten Mal. Erneut zurückstellen kann sie ihn nicht. Außerdem reizt sie das, was sie vorhat, sehr – ohne den Kater vom Abend davor wäre China längst frisch geduscht, angezogen und parfümiert. Immerhin dient dieser Kater ihr dazu, sie von der Frage abzulenken, ob Román überhaupt so viel Aufwand und Hingabe wert ist, schließlich hat er sie versetzt. Zumindest aus weiblicher Sicht hat er sie versetzt. Einmal davon abgesehen, dass er in der letzten Zeit ein bisschen seltsam war, sehr seltsam sogar, als wäre er mit den Gedanken ganz woanders. Weswegen er aber kein bisschen schlechter aussah, im Gegenteil. Als sie sich das letzte Mal trafen, in der *Pragma*-Zentrale, nahm er sie irgendwann völlig unerwartet an der Hand und führte sie zu einer Stelle, wo der Gang, der den Bürotrakt mit den Privaträumen der Familie Rovira verbindet, einen Knick macht. Bei einer früheren Gelegenheit hatte er ihr erklärt, dass sich genau hier ein toter Winkel befinde, anders gesagt, die einzige Stelle im ganzen Gebäude, die von keiner der Dutzenden von Überwachungskameras und Mikrofonen erfasst wird. Was außer ihm, der seit einiger Zeit ebenfalls dort wohnt, offenbar kaum jemand weiß.

Dort hatte er ihr, den Mund gefährlich nah an ihrem Ohr, zugeflüstert: »Ich muss unbedingt mit dir sprechen, aber nicht hier drin.«

Danach hatte er ihr tief in die Augen gesehen. In der Erwartung, dass er noch mehr sagen würde, hatte sie seinem Blick standgehalten. An das Kribbeln zwischen ihren Beinen erinnert sie sich noch jetzt. Die Spannung zwischen ihnen war greifbar, und sie wusste, dass auch er das spürte. China hätte das Ganze gern so lange hinausgezögert, bis sie es irgendwann nicht mehr ausgehalten hätten und hemmungslos übereinander hergefallen wären. Aber dann war am Ende des Gangs eine weitere Person erschienen, und Román hatte sich rasch abgewandt und war in den Bürotrakt zurückgekehrt. Erst als sie in seinem Büro standen, hatte sie antworten können. »Von mir aus gern, wann immer du willst«, hatte sie gesagt. Eigentlich hätte Román ihr an diesem Tag eine Reihe von Unterlagen zeigen sollen, für die Arbeit an ihrem Buch über Fernando Rovira. Doch jetzt erklärte er, er habe einen dringenden Termin, und sie würden die Sache am nächsten Mittwoch nachholen.

»Gut, dann also bis nächsten Mittwoch«, hatte sie mit einem Augenzwinkern erwidert. Sie hatte jedoch angenommen, dass das mit dem Mittwoch nur überdecken sollte, was er ihr kurz davor im toten Winkel des Gangs zugeflüstert hatte, und dass er sie lange vor dem nächsten Mittwoch anrufen und sich mit ihr verabreden werde. Womöglich würden sie irgendwo gemeinsam zu Abend essen, und falls die Spannung, die auf dem Gang zwischen ihnen zu spüren gewesen war, anhielt, landeten sie zu guter Letzt ja vielleicht doch endlich gemeinsam in einem Bett. Bei der Vorstellung hatte es sofort wieder zwischen ihren Beinen gekribbelt. Aber bis zum heutigen Mittwoch ist nichts dergleichen geschehen, und so steht sie jetzt frisch geduscht, angezogen und geschminkt bereit, aber nicht, um mit Román essen zu gehen, sondern um, wie verabredet, in seinem Büro über den Alsina-Fluch, die Teilung der Provinz Buenos Aires und vor allem über seinen Chef Fernando Rovira zu sprechen.

Es geht doch nichts über gute Freundinnen. Als sie gestern Abend allein zu Hause saß und schon den dritten Campari trinken wollte, riefen sie an und lotsten sie aus dem Haus. China schilderte die Geschichte in allen Einzelheiten – wie sie beide im toten Winkel gestanden hatten, die Spannung, die zu spüren gewesen war, Románs Bitte um ein Treffen an einem anderen Ort. Ihre Freundinnen hatten auf unterschiedliche Weise versucht, Románs Beweggründe – oder vielmehr die Gründe für seine Unbeweglichkeit – zu erklären. Während eine die Ansicht vertrat, als Politiker sei man nun mal sieben Tage die Woche eingespannt und könne über seine Terminplanung nicht frei verfügen, war für eine andere klar, »dass der Typ einfach Schiss bekommen hat«. Ob ihre Freundinnen mehr der einen oder der anderen Erklärung zuneigten, hing von ihrem Charakter, ihrer eigenen Erfahrung mit den Männern, ihrem Mitgefühl für China und der Menge an Alkohol ab, die sie zu sich genommen hatten. Lachend tranken sie weiter, rauchten schließlich noch gemeinsam draußen vor dem Lokal einen Joint und setzten sie zuletzt in wesentlich besserem Zustand als beim Abholen vor ihrer Haustür ab. Bekifft oder beschwipst ins Bett zu fallen, ist in jedem Fall besser, als seinen Ängsten ausgeliefert dazuliegen.

China geht zum Fenster, zieht die Gardine ein Stück zur Seite und sieht hinaus. Als ihre Augen sich an das grelle Tageslicht gewöhnt haben, stellt sie fest, dass draußen bereits das Auto von Roviras Leibwache wartet, mit dem Román sie jedes Mal abholen lässt. Der Fahrer steht rauchend daneben, blickt auf die Uhr und dann zu dem Fenster, durch das sie ihn beobachtet. Rasch tritt sie zur Seite, damit er sie nicht bemerkt, zieht ihr Handy hervor und sieht, dass sie zu spät ist. Sie überlegt, wie sie sich verhalten soll, wenn sie Román gegenübersteht.

»Pokerface«, lautete der Ratschlag ihrer Freundinnen, »immer schön ruhig bleiben, tu einfach, als wäre nichts.«

Dabei hat sie es während der letzten Tage kaum ausgehalten, nicht eine Sekunde konnte sie stillsitzen und an etwas anderes denken. Sie wird versuchen, den Rat zu befolgen. Sollte es doch mit ihr durchgehen, will sie zumindest so klug sein, Román in den toten Winkel abzuschleppen, bevor sie über ihn herfällt. Zu irgendwas muss er ja gut sein, dieser Winkel.

Als sie beim Auto ankommt, sitzt der Chauffeur drinnen. Sie winkt ihm durchs Seitenfenster zu und steigt rasch ein, bevor der Mann sich anschicken kann, ihr die Tür zu öffnen. Er entschuldigt sich, sie tauschen die üblichen Floskeln über das Wetter aus und hören sich anschließend schweigend an, was ein gefeierter Morgenmoderator im Radio zu verkünden hat: Der Anführer der Opposition hat den Präsidenten gerade wegen Amtsmissbrauchs und Veruntreuung von Steuergeldern angezeigt.

»Da wird der Präsident aber Angst haben …«, sagt der Fahrer und kichert höhnisch. »Diese Politiker … Als ob die sonst nichts zu tun hätten, ständig zeigen sie sich gegenseitig an, aber passieren tut danach gar nichts.«

China lächelt ihm wortlos im Rückspiegel zu. Sie wundert sich, dass der Mann sich so äußert, schließlich arbeitet er selbst für einen Politiker. Sie fragt sich, ob er nicht merkt, dass er damit auch seinen Chef schlechtmacht, oder ob er der Ansicht ist, dass der eine Ausnahme darstellt. Oder ob ihm das egal ist.

»Ist doch wahr, alle versuchen krampfhaft, dass ihnen keiner in die Karten schaut, und sie wissen auch, warum – alle haben nämlich das gleiche miese Blatt.«

»Oder sie haben gute Karten, aber sie haben Angst, die von den anderen könnten noch besser sein, und deswegen decken sie ihre nicht auf«, ergänzt China.

»Wer Angst hat, sollte nicht in die Politik gehen. Angst ist nur was für uns, für die kleinen Leute. Die Politiker kommen doch gerade deshalb so weit, weil sie vor nichts Angst haben.«

China würde den Satz am liebsten gleich aufschreiben. Da sie weder Papier noch Stift zur Hand hat, tippt sie ihn in das Notizbuch ihres Mobiltelefons. Für ihr Buch über den Alsina-Fluch kann sie ihn bestimmt gut brauchen.

Gerade einmal zehn Minuten zu spät halten sie vor der *Pragma*-Zentrale. Románs Sekretärin führt China in dessen Büro und sagt, sie habe ihn heute noch nicht gesehen, aber sie werde ihm Bescheid geben, dass sie jetzt da sei. China ärgert sich, dass sie sich so beeilt hat, nur um am Ende einmal mehr dazusitzen und auf Román zu warten.

Kurz darauf kehrt die Sekretärin mit einer Tasse Kaffee zurück und sagt entschuldigend: »Ich kann ihn nirgendwo finden, und ans Telefon geht er auch nicht.« Dann fügt sie wie augenzwinkernd hinzu, als wüssten beide, wovon die Rede ist: »So ist er nun mal, dieser Ro …«

China weiß weder, »wie er nun mal ist«, dieser »Ro«, noch ist sie im Geringsten daran interessiert, mit der Sekretärin Vertraulichkeiten auszutauschen, die bestimmt auch davon träumt, nackt mit ihm im Bett zu liegen – falls der Traum für sie nicht schon längst Wirklichkeit geworden ist. Auf jeden Fall will sie sich nicht noch einmal von Román versetzen lassen, und so tut sie jetzt, als wäre ihr das alles egal, und sagt: »Schon gut, macht doch nichts. Ich nehme mir jetzt die Unterlagen vor, die ich letztes Mal nicht geschafft habe, und wenn er dann nicht kommt, geh ich eben wieder, ich hab sowieso noch jede Menge zu tun.«

»Wenn Sie mich fragen, hat er Joaquín in den Kindergarten gebracht und wurde danach irgendwo aufgehalten«, sagt die Sekretärin.

»Kann schon sein«, erwidert China und fügt wie augenzwinkernd hinzu: »So ist er nun mal, dieser Ro …«

Die Sekretärin scheint die Ironie nicht zu bemerken, nickt lächelnd und geht wieder aus dem Zimmer. China würde vor Wut und Enttäuschung am liebsten den Aktenordner an die Wand schmeißen, aber sie holt tief Luft, zählt bis zehn und beruhigt sich wieder – sie lässt sich doch von diesem Román Sabaté nicht fertigmachen! Sie versucht, sich auf den Text mit den letzten Änderungen an dem Gesetzesvorhaben zur Teilung der Provinz Buenos Aires zu konzentrieren, das der Fraktionschef von *Pragma* auf Drängen Fernando Roviras in wenigen Tagen ins Parlament einbringen soll. Bereits morgen will Rovira ihn ausgewählten Journalisten, Bürgermeistern und womöglich zur Unterstützung bereiten Oppositionspolitikern vorlegen. China wird an der Pressekonferenz teilnehmen. Der neue Entwurf trägt die Handschrift Sebastián Petits. Sie mag diesen Petit nicht besonders, auf sie macht er immer einen etwas wirren Eindruck. Allerdings sagen alle, dass er einer der fähigsten Mitarbeiter von Roviras »Team« ist, sogar Rovira selbst hat das in ihrer Gegenwart erklärt. Und Rovira lässt so leicht niemanden neben sich bestehen. Dass er Petits Leistungen anerkennt, kann also nur heißen, dass sie noch weit bedeutender sind, als es den Anschein hat.

Dieser ganze Teilungsplan kam China schon immer ziemlich überflüssig vor, in ihrem jetzigen Zustand – müde, enttäuscht und verkatert – kann sie jedoch überhaupt keinen Sinn mehr darin entdecken. Sie sagt sich, dass heute einfach nicht ihr Tag ist und dass sie jetzt lange genug auf Román gewartet hat. Trotzdem kann sie es nicht lassen und versucht, Román auf dem Mobiltelefon anzurufen, bevor sie aufbricht. Eine Stimme informiert sie darüber, dass der »Teilnehmer zurzeit leider nicht erreichbar« sei. Verwirrt beendet sie den Anruf und geht nervös im Zimmer hin und her. Da fällt ihr Blick auf Románs Terminkalender auf dem Schreibtisch – das ist auch so etwas, was ihr an Román gefällt: Mitten im 21. Jahrhundert und obwohl er Mitglied einer Partei ist, die sich den technologischen Fortschritt auf die Fahnen geschrieben hat, benützt er weiterhin einen dieser riesigen altmodischen Terminkalender aus Papier, in den er eigenhändig und in Druckbuchstaben alle seine Verpflichtungen einträgt. Vorsichtig – auf keinen Fall will sie von der aufdringlichen Sekretärin dabei überrascht werden, wie sie in Románs Sachen herumwühlt – schlägt sie die durch ein bordeauxrotes Einlegeband markierte Seite auf. Für sieben Uhr ist dort am heutigen Mittwoch vermerkt: Trainingseinheit mit F. Rovira. Acht Uhr: Joaquín in den Kindergarten bringen. Impfpass mitnehmen! Neun Uhr: Treffen mit China Sureda. Zehn Uhr: Teamsitzung im Grünen Salon. Durchaus denkbar, dass Román im Anschluss an die Trainingseinheit mit Rovira von diesem mit allen möglichen unvorhergesehenen Erledigungen beauftragt worden ist, was seine gesamte Tagesplanung durcheinandergeworfen hat, eine Schlussfolgerung, die China in gewisser Hinsicht erleichtert – wenn Román sie wegen Rovira versetzt hat, kann sie ihm eigentlich nicht böse sein. Kaum hat sie den Terminkalender wieder zugeklappt und alle Anzeichen beseitigt, dass sie sich an Románs Schreibtisch zu schaffen gemacht hat, geht die Tür auf, und Fernando Rovira kommt herein.

»Guten Morgen«, sagt er zur Begrüßung.

»Guten Morgen«, antwortet China überrascht.

»Haben Sie eine Ahnung, wo unser Freund Román steckt? Ich muss ihm unbedingt was sagen, aber ich kann ihn nicht auf dem Mobiltelefon erreichen. Gut möglich, dass er es schon wieder irgendwo hat liegen lassen. Mit der Technik hat er es wirklich nicht, der Junge. Mindestens alle drei, vier Monate verliert er sein Mobiltelefon, das letzte Mal ist es ihm in die Toilette gefallen, können Sie sich das vorstellen?«

»Das kommt öfter vor, als man denkt.«

»Alles nur, weil er nie Sakkos anzieht. Ich red ja nicht von Anzügen, bei *Pragma* kann jeder rumlaufen, wie er will. Aber ab und zu ein Sakko, zumindest bei wichtigen Besprechungen, das wäre schon nicht schlecht, oder? Ich steck mein Telefon immer hier rein«, deutet Rovira auf die Innentasche seines Sakkos, zieht ein nagelneues iPhone hervor, hält es ihr entgegen und lässt es dann wieder in der Tasche verschwinden. »Da kann einem nichts rausfallen, schon gar nicht in die Toilette. Zumindest uns zuliebe könnte er also durchaus ein Sakko anziehen, dann hätten wir alle ein Problem weniger.«

»Stimmt, aber Román Sabaté mit Sakko wäre nicht der Román Sabaté, den wir kennen.«

»Da haben Sie auch wieder recht«, stimmt Rovira ihr zu und sieht sie so lange lächelnd an, bis sie anfängt, sich unwohl zu fühlen.

Um die Situation zu überspielen, beginnt sie, in den vor ihr liegenden Papieren herumzusuchen, um sich anschließend etwas zu notieren. Als wäre dies ihr Schreibtisch.

»Na gut, wenn er kommt, sagen Sie ihm bitte, dass ich ihn suche, und zwar dringend. Und er soll an die Sache von heute Nachmittag denken. Ob er sich gerade frisch verliebt hat? In letzter Zeit wirkt er irgendwie völlig abwesend. Heute Morgen zum Fitnesstraining ist er auch nicht erschienen. Einmal lass ich das durchgehen, aber nur einmal. Bei einer Frau wäre das was anderes.«

China sagt kein Wort, lächelt nicht einmal. Nach einer Weile, die ihr wie eine Ewigkeit vorkommt, zwinkert Rovira ihr zu, verzieht das Gesicht zu einer Grimasse, die wohl sympathisch wirken soll, und geht hinaus. China sitzt reglos da und starrt verblüfft auf die Tür, die er hinter sich geschlossen hat – dass Román an diesem Morgen offenbar auch seinen eigenen Chef versetzt hat, ändert die Lage schlagartig.

Sie versucht erneut, ihn anzurufen. »Der von Ihnen gewünschte Teilnehmer ist zurzeit leider nicht erreichbar«, heißt es wieder.

Ein ungutes Gefühl steigt in China auf, nicht etwa, weil Román Sabaté sie versetzt hat. Jetzt macht sie sich echte Sorgen um ihn.

8

Joaquín hat seine Milch getrunken und ist irgendwann wieder eingeschlafen. Auch Román ist trotz der Anspannung ebenfalls auf dem Sofa eingenickt. Adolfo hat unterdessen den Laden aufgemacht und gearbeitet, wie jeden Tag.

»Das ist besser so, sonst werden die Leute bloß neugierig«, hat er zu Román gesagt, und der hat ihm recht gegeben. Aber jetzt ist es Zeit für die Mittagspause, also schließt Adolfo, ebenfalls wie immer, das Geschäft und geht ins Wohnzimmer zu Román. Er setzt sich seinem Neffen gegenüber und fragt:

»Und?«

Román erzählt nur einen Teil. Ihm ist es lieber, sein Onkel weiß vorläufig nicht allzu genau Bescheid – je weniger er weiß, desto geringer ist das Risiko für ihn. Er erzählt also, dass Joaquín sein Sohn ist, unter welchen Umständen er ihn gezeugt hat, dagegen nicht. Danach fragt allerdings normalerweise auch niemand, warum soll er dann von sich aus darüber sprechen? Später vielleicht, falls es nötig sein sollte. Dafür berichtet er jetzt von seinem Verdacht, Fernando Rovira könne, wenn auch nur indirekt, in den Mord an seiner Frau Lucrecia Bonara – Joaquíns Mutter – verwickelt sein. Dass er den Mord nicht selbst begangen hat, ist klar, schließlich waren sie zum Tatzeitpunkt zusammen in Montevideo, aber deswegen ist nicht ausgeschlossen, dass Rovira hinter der Sache steckt. Die Art, wie er die Nachricht damals aufgenommen, und alles, was er daraufhin getan hat, vor allem aber seine völlige Emotionslosigkeit angesichts ihres Todes haben in Román viele

Zweifel aufsteigen lassen. Als er feststellte, dass die Telefongesellschaft Einträge zu Anrufen aus den Tagen vor und nach dem Mord gelöscht hatte, nahm er sich vor, Vargas' Bericht daraufhin zu überprüfen, alte Unterlagen erneut durchzusehen, im Archiv zu stöbern – bis jetzt hat er aber nichts davon getan. Gestern jedoch hat er zufällig eine erschreckende Entdeckung gemacht.

»Worum genau es dabei ging, ist nicht so wichtig, es hätte ebenso gut was anderes sein können, jedenfalls war für mich dadurch klar, dass ich sofort handeln muss«, erklärt er. Was so aber nicht stimmt. Es ging nicht um irgendeine beliebige Kleinigkeit, schließlich hat seine Entdeckung nichts mit Lucrecia Bonara, sondern mit ihnen, den Sabatés, zu tun, und Román hat Angst bei der Vorstellung, wie Adolfo reagieren könnte, wenn er erfährt, dass jemand es auf seine Familie abgesehen hat. Wie Román weiter erzählt, beschloss er daraufhin, sich zusammen mit Joaquín aus dem Staub zu machen. Den Kleinen allein zurückzulassen, wäre viel zu gefährlich gewesen, außerdem ist er ja sein Sohn.

»Weiß Rovira, dass du Joaquíns Vater bist?«, fragt Adolfo.

»Ja«, sagt Román.

»Schon lange?«

»Ja, schon lange.«

»Ich fass es nicht, Kleiner. Glaubst du wirklich, Rovira ist imstande, dir …« Es fällt ihm schwer, den Satz zu beenden. »… dir was anzutun?«

»Wenn du mich fragst – er ist zu fast allem fähig.«

»Da muss er aber zuerst mich aus dem Weg räumen!«

»Danke, dass du mir deine Hilfe anbietest, aber ich möchte nicht, dass du dich wegen mir irgendwelchen Gefahren aussetzt. Eigentlich wollte ich nicht hierherkommen, aber ich wusste einfach nicht, wohin ich sonst hätte gehen sollen. Ich hoffe, das ist in Ordnung.«

»Natürlich ist das in Ordnung. Bei mir bist du in Sicherheit. Ich hab dir doch erzählt, dass ich seinerzeit, bei dem Attentat in San Nicolás, Alfonsín das Leben gerettet habe, oder?«

Ja, das hat er, und nicht nur einmal.

»Weißt du«, fährt Adolfo versonnen fort, »Politiker wie Alfonsín gibt es heute nicht mehr, aber das kannst du dir wahrscheinlich gar nicht vorstellen, die Leute, für die du arbeitest, können einem wie ihm niemals das Wasser reichen, unmöglich.«

Román lässt ihn geduldig seinen Erinnerungen nachhängen, er weiß, dass sie mehr als alles andere seinem Leben Sinn verleihen. Auf einmal sieht sein Onkel ihn an, als wäre er soeben aus einem Traum erwacht, und sagt lächelnd: »Sollen wir essen?«

»Gern«, sagt Román, »nur eine Sache müsste ich vorher noch schnell erledigen. Hast du einen Computer? Und Internetanschluss?«

»Was denkst du denn, Kleiner? Ich lebe doch nicht hinterm Mond, auch wenn ich vielleicht ein bisschen altmodisch bin. Der Computer steht in meinem Arbeitszimmer, er ist schon eingeschaltet, er läuft bei mir den ganzen Tag.«

Adolfo geht in die Küche, um das Essen fertig zu machen. Joaquín bewegt sich im Schlaf, vielleicht hat er einen Albtraum. Román legt ihm zur Beruhigung die Hand auf den Rücken und wartet geduldig, bis er wieder gleichmäßig atmet. Der Junge soll jetzt noch nicht aufwachen, Román muss etwas erledigen, und dafür muss er allein und ungestört sein. Er geht in Adolfos Zimmer, setzt sich an den Computer und überlegt, wie er sich mit China in Verbindung setzen kann, ohne Spuren zu hinterlassen. Über das Mobiltelefon oder irgendwelche Chatdienste geht es nicht, Roviras Leute knacken mühelos jeden noch so verschlüsselten Code, das weiß er, schließlich hat er selbst zu diesen Leuten gehört. Bis vor ein paar Stunden zumindest. Per E-Mail ist genauso ausgeschlossen, sie würden ihn sofort ausfindig machen. Auch wenn er unter falschem Namen eine

Meldung über Facebook oder Twitter verschicken würde. Mit anderen Netzwerken hat er keine Erfahrung, und im Augenblick fühlt er sich nicht imstande, sich in etwas Neues einzuarbeiten. Es muss eine Art anonymer Botschaft sein, die, gerade weil sie vor aller Augen erscheint, keinerlei Verdacht erregt. Er geht auf die Webseite des Nachrichtensenders, für den China arbeitet, und klickt die Kolumne von Valentina Sureda an – er muss sich erst wieder an den Gedanken gewöhnen, dass das dieselbe Person ist wie China. Er hat sie schon lange nicht mehr so genannt. Kaum zu glauben, wie viele Kommentare unter ihrem letzten Beitrag stehen. Auf beleidigende oder sonst wie unpassende Kommentare geht sie offenbar nicht ein. Auf manche davon würde er gern an ihrer Stelle antworten – wie können die Leute es wagen, China solche Sachen zu schreiben? Er versucht herauszufinden, auf welche Art Kommentare sie reagiert, damit sie seinen nicht übersieht. Eine kurze und prägnante Formulierung muss es sein, die nur sie verstehen kann. Und dazu ein Name, an dem sie, aber nur sie, ihn sofort erkennt. Nach kurzem Überlegen schreibt er:

User: Toter Winkel.

Kommentar: Ich muss unbedingt mit dir sprechen, aber nicht hier drin.

Womöglich wirkt das, als wollte er sie zu einem Rendezvous einladen. Macht nichts, die meisten Kommentare sind so absurd, da fällt seiner nicht weiter auf. Trotzdem hofft er, dass China, wenn sie das liest, zwei und zwei zusammenzählt. Letzte Woche wollte er ihr schon einmal alles erzählen, warum, weiß er auch nicht. Im letzten Augenblick überlegte er es sich aber anders. Vielleicht war es ja eine Vorahnung. Jetzt, eine Woche danach, sitzt er jedenfalls hier und versucht, ihr mitzuteilen, was er damals nicht ausgesprochen hat. Aus dem anderen Zimmer hört er das leise Wimmern, mit dem Joaquín normalerweise beim Aufwachen nach ihm verlangt. Gleich darauf steckt

Onkel Adolfo den Kopf zur Tür herein: »Das Essen ist fertig, und der Kleine ruft nach dir.«

»Danke, ich komme gleich.«

Adolfo will schon in die Küche zurückkehren, fügt dann aber noch hinzu: »Hab ich dir schon mal erzählt, dass Alfonsín mich angerufen hat, als ich mich gerade von meiner Frau getrennt hatte? Er hat gefragt, wie es mir geht, und mir ein paar Ratschläge gegeben. Nein, das habe ich dir noch nicht erzählt, das habe ich, glaube ich, noch nie jemandem erzählt. Das hätte mir sowieso niemand geglaubt …«

»Ich schon.«

»Darum erzähle ich es dir ja. Und damit du siehst, wie verschieden die Menschen sein können, und wie …«

Er bricht ab, offensichtlich schnürt sich ihm die Kehle zusammen, woraufhin Román, um ihm aus der Situation herauszuhelfen, fragt: »Und was für Ratschläge waren das?«

»Er hat gesagt, ich soll meine Ehe aufrechterhalten. Er war eben durch und durch Radikaler. Und er hat hinzugefügt: Verhältnisse kannst du haben, so viele du willst, aber die Familie ist die Familie. Ich hab nicht auf ihn gehört, zum ersten und letzten Mal habe ich damals seinen Rat nicht befolgt.«

Lächelnd verschwindet Adolfo in Richtung Küche. Román überlegt, wie oft Rovira ihn in all den Jahren angerufen hat, um zu fragen, wie es ihm geht. Vorgekommen ist es schon, aber der eigentliche Grund war immer Roviras eigenes Interesse. Für ihn war wichtig, dass es Román gut ging, damit dieser die ihm übertragenen Aufgaben erfolgreich durchführen konnte. Und vor allem, dass er nicht anfing, über bestimmte Dinge zu sprechen. Nein – Rovira ist definitiv kein Alfonsín.

Joaquíns Wimmern ist jetzt deutlich durch die angelehnte Tür zu hören. Román wirft einen letzten Blick auf den Bildschirm und aktualisiert die Seite noch einmal, obwohl ihm klar ist, dass so schnell keine Antwort eintreffen wird – China scheint die Kommentare nicht täglich durchzusehen, er wird also Geduld haben müssen. Und ein bisschen Glück braucht er auch, damit sein Kommentar und der Name, den er gewählt hat, ihr tatsächlich auffallen. Toter Winkel. China ist intelligent genug, um die Botschaft zu verstehen. Geduld und Glück. Er vertraut auf sein Glück, so wie gestern auf dem Busbahnhof.

Jetzt heißt es warten. Falls sie antwortet, wird ihm schon etwas einfallen, um ihr mitzuteilen, wo er sich befindet.

Und was er braucht.

Und falls nicht, muss er es eben auf anderem Weg versuchen.

Auch wenn er im Augenblick nicht weiß, wie dieser Weg aussehen soll.

9

Fernando Rovira kommt zu früh, fast zwanzig Minuten. Dass er immer so pünktlich ist, tut ihm jetzt, wo er so unter Druck steht, nicht unbedingt gut. Obwohl er inzwischen so mächtig ist, dass er alle Leute ohne Weiteres warten lassen könnte, trifft er stets als Erster ein und ärgert sich dann umso mehr über die Unpünktlichkeit der anderen. Wen er allerdings, unter egal welchen Umständen, niemals würde warten lassen, ist Enrique Zanetti, ein weltgewandter Pharma-Unternehmer und Lebenskünstler, der schon seit Jahren der wichtigste *Pragma*-Unterstützer ist. Roviras Finanzberater haben ihn zu dem heutigen Treffen gedrängt, da immer noch eine wichtige Geldsumme vonseiten Zanettis aussteht. Worüber sie, wenn sie gleich zusammen essen, aber mit keinem Wort sprechen werden, das übernehmen später andere. Jetzt geht es um reine Kontaktpflege. Rovira weiß, dass Zanetti stets auf mehrere Pferde gleichzeitig setzt – Radikale und Links- wie Rechtsperonisten dürfen sich ebenfalls über Zuwendungen von ihm freuen. Was ihm jedoch egal ist, solange Zanetti seinen Verpflichtungen ihm gegenüber nachkommt, wie er ihm auch klarmachte, als Zanetti sich einmal ertappt und zu einer Erklärung genötigt fühlte, nachdem eine Zuwendung an einen von Roviras Gegnern öffentlich bekannt geworden war und einen Skandal ausgelöst hatte.

»Keine Sorge, Zanetti, ich bin nicht eifersüchtig«, hatte er damals zu ihm gesagt. Abgesehen davon, erhalten Rovira und seine Partei mit Abstand das meiste Geld von Zanetti.

Entscheidend ist jedoch, dass dieser Unternehmer nicht nur finanzielle Unterstützung leistet, viel wertvoller sind seine Kontakte. Leitende Angestellte, Geschäftsführer, Freunde, Familienangehörige – sie alle sind bereit, einen Teil der Wahlkampfunterstützung Zanettis auf ihren Namen laufen zu lassen. Andernfalls könnte Zanettis Unternehmen nicht bei der Vergabe von Trägerschaften öffentlicher Krankenhäuser als Mitbewerber ins Rennen gehen. Die Dinge müssen stets fein säuberlich voneinander getrennt bleiben – wer im Auftrag des Staates tätig wird, darf nicht gleichzeitig Spendengelder an Parteien verteilen. Aber die Ehefrau des Unternehmensbesitzers – warum denn nicht? Und der Marketingchef seines Labors? Und sein Anwalt? Und der Betreiber der nächstgelegenen Drogerie? Nach den letzten Berechnungen seiner Berater, die Rovira kurz vor diesem gemeinsamen Mittagessen vorgelegt wurden, übernahm Zanetti bei der letzten Wahlkampagne mithilfe all dieser Strohmänner und -frauen über fünfzig Prozent der Kosten, die offizielle Unterstützung nicht eingerechnet, die gerade einmal ausreichte, um Plakate drucken zu lassen. Trotzdem wird von alldem beim Essen keine Rede sein. Stattdessen wird es um politische Vorhaben und langfristig angelegte Geschäfte gehen, um die Zukunft des Landes, ihrer Unternehmen, vergangene und bevorstehende Reisen in die unterschiedlichsten Weltgegenden – Zanetti ist in dieser Hinsicht wesentlich aktiver als Rovira –, Golfplätze – Zanetti hat ein quasi religiöses Verhältnis zu diesem Sport – und die raffiniertesten Hervorbringungen der Elektroindustrie – Zanetti ist geradezu süchtig danach, während Rovira sich auf den Besitz des jeweils neuesten Mobiltelefonmodells beschränkt. Aber von Geld für die Partei wird nicht die Rede sein. Keinesfalls soll es Rovira so gehen wie seinem bis dahin stärksten Konkurrenten Lisandro Auzmendi, der über eine Spendenaffäre stolperte. Der Anführer von *Pragma* wird sich hüten, auch nur im Entferntesten mit dem Geld irgendwelcher Parteifreunde in Verbindung gebracht zu werden. Ihm reicht es, die finanziellen Zu- und Abflüsse aus dem Hintergrund zu kontrollieren, unmittelbare Berührung damit braucht er nicht. Das geht so weit, dass er meistens ohne jedes Bargeld unterwegs ist. Nicht nur einmal musste sein Chauffeur oder wer ihn sonst gerade begleitete, den Kaffee für ihn bezahlen. Für gewöhnlich Román Sabaté, den er außerdem gezwungen hat, stets ein auf seinen Namen ausgestelltes Exemplar seiner persönlichen Kreditkarte mitzuführen, um damit gegebenenfalls besonders »heikle« Ausgaben zu begleichen – immer noch eine der harmlosesten Besonderheiten ihres überaus speziellen Verhältnisses.

An diesem Punkt macht Rovira sich klar, dass Román Sabaté sich heute immer noch nicht bei ihm gemeldet hat. Er wählt erneut seine Nummer und erhält die gleiche Antwort wie bei den vorherigen Versuchen: »Der von Ihnen gewünschte Teilnehmer ist zurzeit leider nicht erreichbar.« Seltsam. Sorgen machen will er sich deswegen aber nicht. Román wäre außerstande, irgendwelche Verrücktheiten zu begehen, nicht umsonst hat Rovira sich vor fünf Jahren genau für ihn entschieden, wie er ihm auch nicht umsonst vor einem Jahr einen Platz in seiner unmittelbaren Nähe – und der seines Sohnes – zugewiesen hat. Román war nicht der einzige junge Mann mit dunklem Teint und grünen Augen, der seinerzeit zur Auswahl stand, aber Rovira hatte ihn zusätzlich in jeder nur denkbaren Hinsicht überprüfen lassen. Er kann sich einfach nicht getäuscht haben. Sie können sich damals einfach nicht getäuscht haben. Und trotzdem, dass er ihn nicht nur am Morgen versetzt, sondern seitdem auch keinerlei Lebenszeichen gegeben hat, ist kein bisschen erfreulich. Erst recht nicht, wenn er bedenkt, dass Román am gestrigen Abend so distanziert war, er schien ihm geradezu aus dem Weg gehen zu wollen.

Er ruft den Kellner an den Tisch, bestellt aber vorläufig nur

Wasser, denn ob Zanetti lieber Weiß- oder Rotwein trinkt, erinnert er in diesem Augenblick nicht. Soll Zanetti auswählen, sobald er da ist, und was ihn selbst angeht, darf er um diese Uhrzeit ohnehin nicht mehr als ein Glas Wein trinken, wenn er, wie jeden Tag, noch bis zehn Uhr abends arbeiten möchte. Während er anschließend im Büro anruft, überfliegt er mit den Augen die Speisekarte.

»Irgendwas Neues von Román? ... Okay, sag Vargas, dass ich seit dem Morgen auf der Suche nach Román Sabaté bin ... Ja, Vargas, der ist doch unser Sicherheitschef, oder etwa nicht? Der hat eine Menge Möglichkeiten, Leute ausfindig zu machen ... Nein, Sorgen mache ich mir nicht, aber ich brauche ihn ... Vargas soll mal gucken, wo er abgeblieben ist. Und er soll mich anrufen ... Ja, Vargas, Vargas soll mich anrufen. Danke.«

Entnervt beendet er das Gespräch. Er hasst es, so viel erklären zu müssen, noch dazu einer Sekretärin. Die Kleine redet einfach zu viel, lange macht sie es nicht bei *Pragma*, zumindest nicht als seine Assistentin. Da hat die Personalabteilung wieder mal danebengegriffen. Er bedauert immer noch, dass Marta, die seit seiner Zeit als Bauunternehmer seine Sekretärin war, in Rente gegangen ist. Er hat versucht, ihr das auszureden, aber sie wollte sich auf nichts einlassen. Als sie zum ersten Mal ihre mickrige Rente erhalten hat, hat ihr die Entscheidung bestimmt leidgetan. Auf Marta folgten drei Sekretärinnen, von denen keine länger als zwei Monate blieb. Die neue scheint wenigstens mehr Durchhaltevermögen zu besitzen, anders als ihre Vorgängerinnen hat sie nicht gleich nach dem ersten Ärger das Handtuch geschmissen.

Rovira blickt erneut auf die Uhr, spätestens in zehn Minuten ist Zanetti bestimmt da. Das ist schließlich auch nur so eine Art, sein Revier abzustecken – einer muss warten, der andere lässt auf sich warten; wenn Letzterer es aber mit dem Zuspätkommen übertreibt, kann es passieren, dass Ersterer geht, weil er sich nicht genügend respektiert fühlt, und das ist wiederum für beide Seiten nicht gut. Doch zehn Minuten sind akzeptabel. Bevor Rovira sich wieder in die Speisekarte vertieft, sieht er eine Weile zum Fenster hinaus. Er war schon oft hier, aber von dem Anblick kann er einfach nicht genug bekommen. Ebendeshalb wählt er für die Treffen mit Zanetti immer dieses Restaurant und diesen Tisch. Er weiß, dass der Lunch dauern wird und dass er, wenn es ihm zu viel wird oder er sich langweilt, nicht einfach aufstehen und gehen kann. Er muss sich seinem Partner nämlich so gut verkaufen, wie er es sonst nicht einmal seiner attraktivsten Geliebten gegenüber macht. Und darum ist es so beruhigend, zu wissen, dass ihn jenseits des Fensters in diesem Grillrestaurant zuverlässig eine grandiose Aussicht erwartet – die Pferderennbahn von San Isidro. Bei Tag wie bei Nacht geht von ihrem Anblick eine besänftigende Wirkung auf ihn aus. Indem er mit den Augen dem Verlauf der Rennstrecke folgt, hat er unweigerlich das Gefühl, selbst dort unterwegs zu sein, und der leise Schwindel, der ihn erfasst, während er Runde um Runde zurücklegt, hat einen unglaublich wohltuenden Effekt. Noch besser ist es, wenn ein echtes Pferd die Bahn entlangläuft. Und wenn ein richtiges Rennen stattfindet, ist der Genuss schier nicht zu überbieten.

Heute gibt es jedoch weder ein Pferd noch ein Pferderennen zu sehen, weshalb Roviras Blick schon bald zur Speisekarte und dort zu den Fleischgerichten zurückkehrt. Unter diesen wiederum sucht er nach gegrilltem Nierenzapfen, wie immer, wenn er irgendwo eine Speisekarte aufschlägt, wie immer seit dem Ende seiner Kindheit beziehungsweise seiner frühen Jugend. Woraufhin er nicht zwangsläufig genau dieses Stück bestellt – es ist einfach eine langjährige Angewohnheit.

»Ein Kindheitstrauma«, wie Lucrecia einmal in Anwesenheit eines Gastes – wer genau, weiß er nicht mehr – verkündete. Er musste sich damals sehr zusammenreißen, um sie nicht öffentlich zu beschimpfen. Er fragt sich bis heute, warum er sie überhaupt jemals in diese Sache eingeweiht hatte, wahrscheinlich glaubte er seinerzeit noch, sie könnten irgendwann ein richtiges Paar sein. Sie schien einfühlsam genug, um zu begreifen, welche Spuren die damit zusammenhängende Geschichte aus seiner Kindheit in dem Menschen Fernando Rovira hinterlassen hatte. Aber er täuschte sich, sie war nicht so, wie er dachte, oder aber die Welt der Politik hatte sie nach und nach um die Fähigkeit gebracht, mit anderen mitzufühlen. Außer seiner Frau hat er diese Geschichte nie jemandem erzählt, glaubt er wenigstens, nicht mal Román Sabaté, mit dem er während der letzten Jahre so viel Zeit verbracht hat wie mit niemandem sonst.

Nachdem sein Vater einst die Familie verlassen hatte, hatten sie ihn nie wiedergesehen – er zumindest, bei seinem Bruder war es etwas anderes, aber bei dem war immer alles anders. Mit einer Ausnahme. Einmal musste seine Mutter ins Krankenhaus, um sich operieren zu lassen, und konnte sich deshalb mehrere Tage nicht um die Kinder kümmern. Sie wohnten damals gut fünf Stunden von Buenos Aires entfernt, die Großeltern lebten nicht mehr, und andere Verwandte gab es nicht in der Nähe. Also nahm die Mutter ihren ganzen Mut zusammen, überwand ihren Stolz und machte die Adresse des Mannes ausfindig, der sie verlassen hatte. Sie schickte ihm ein Telegramm, in dem sie mitteilte, dass die Kinder für eine Woche zu ihm kommen würden. Obwohl keine Antwort erfolgte, kaufte sie Busfahrkarten und schickte ihrem Mann ein zweites Telegramm mit der Ankunftszeit am Retiro-Bahnhof. Als die Kinder an einem glühend heißen Sommernachmittag in Buenos Aires eintrafen, war niemand da, um sie abzuholen. Die Mutter, die ihren Mann gut genug kannte, um vorherzusehen, dass er sich nicht geändert haben würde, hatte ihrem älteren, damals zwölfjährigen Sohn Fernando für diesen Fall

Geld mitgegeben, um ein Taxi zu nehmen und es zu der Adresse fahren zu lassen, die sie ihm aufgeschrieben hatte. Und so fuhren die beiden Jungen eine ziemliche Weile durch ihnen völlig unbekannte Straßen, während der Taxifahrer unaufhörlich auf sie einredete und sich zugleich darüber beschwerte, dass sie so wortkarg seien. Bis er grundlos an einer Kreuzung hielt. Fernando erschrak, versuchte aber, sich nichts anmerken zu lassen, damit sein kleiner Bruder nicht auch noch Angst bekam. Sein Schreck wurde gleich darauf durch einen anderen Schreck abgelöst, als er plötzlich seinen Vater mit einer Einkaufstasche in der Hand aus dem nächstgelegenen Haus kommen sah. Er bezahlte hastig das Taxi, und die beiden Brüder stiegen aus. Als ihr Vater sie erblickte, sagte er bloß »Hallo« und ging weiter. Die Jungen folgten ihm in etwa zwei Metern Abstand, keiner sagte ein Wort. Der Vater betrat einen Supermarkt, seine beiden Söhne hinter ihm her. Drinnen nahm der Vater sich einen Einkaufswagen, schob ihn zwischen den Regalen hindurch und legte einige wenige Dinge hinein. Bei der Kühltruhe mit dem Fleisch blieb er stehen und winkte die beiden zu sich. Als sie vor ihm standen, beugte er sich hinab und flüsterte: »Jetzt passt mal gut auf, dann lernt ihr was, was ihr euer ganzes Leben brauchen könnt. Ihr werdet mir dankbar dafür sein.« Anschließend wühlte er eine Weile in der Kühltruhe und hielt ihnen dann ein eingepacktes Stück Fleisch entgegen, dessen Bezeichnung Fernando Rovira an diesem Nachmittag zum ersten Mal hörte.

»Seht ihr, was hier steht?«, fragte der Vater und deutete auf das Etikett. »Da steht Nierenzapfen. Und der Preis. Aber lasst euch bloß nichts vormachen, das ist kein Nierenzapfen, von wegen, die verfluchten Viehzüchter verkaufen den Hurensöhnen von Schlachtern das letzte Drecksfleisch, und ihre Arschkriecher von Angestellten kleben dann ein Etikett mit der Aufschrift ›Nierenzapfen‹ drauf, und so legen sie uns alle zusammen rein. Und wir, wie können wir uns dagegen wehren?

Wir legen sie auch rein, ganz einfach«, sagte er und suchte ein anderes, billigeres Stück Fleisch heraus. »Ha!«, rief er triumphierend: »Beinscheiben. Wisst ihr, was wir jetzt machen? Wir sind doch nicht blöd, wir lassen uns doch keinen falschen Nierenzapfen andrehen. Und darum kleben wir das Preisschild von den Beinscheiben jetzt einfach auf die Packung mit dem Nierenzapfen – das ist bloß gerecht!« Während er seine Ankündigung umsetzte, sah er sich immer wieder aufmerksam um. Zuletzt legte er die Packung mit dem Nierenzapfen in den Einkaufswagen, die andere Packung zurück in die Kühltruhe, und weiter ging es zur Kasse. Als sie sich anstellten, fing Fernando an zu zittern, sein Bruder dagegen nicht, er hatte bereits Zutrauen zum Vater gefasst, hielt ihn an der Hand und lächelte, zufrieden über den Streich, vor sich hin. Fernando aber ging in seiner Aufregung zur Tür, kehrte Vater und Bruder den Rücken zu und sah auf die Straße hinaus. Bis das Geschrei des Vaters ihm bestätigte, dass seine Befürchtungen berechtigt gewesen waren. Ein Wachmann hatte den Vater am Arm gepackt und drängte ihn aus dem Laden. Fernandos Bruder lief weinend neben ihnen her.

»Ihr verfluchten Betrüger, ihr seid hier die Verbrecher, ihr wollt uns falsches Fleisch andrehen, ich werde euch anzeigen, ihr Arschlöcher!«

Fernando hörte, wie jemand zu seinem Vater sagte: »Woche für Woche das gleiche Theater, haben Sie immer noch nicht genug?«

Woraufhin der Vater zurückschrie: »Die verfluchte Viehzüchterbande ist schuld daran, dass unser Land zugrunde geht, und Sie sind ihre feigen Helfer. Aber mir können Sie Ihr falsches Fleisch nicht andrehen. Lassen Sie mich los!«, rief er zuletzt und stieß den Wachmann zur Seite.

»Schämen Sie sich nicht, sich vor Ihrem eigenen Kind so aufzuführen?«, sagte der Mann und deutete auf Fernandos Bruder, während Fernando, in der Hoffnung, von niemandem als ein weiterer Sohn seines Vaters erkannt zu werden, ins Innere des Supermarkts schlich, wo er sich auf der Toilette versteckte und mit aller Kraft die Zähne zusammenbiss, um nicht zu weinen – Rovira hat bis heute nicht gelernt zu weinen. Als irgendwann keine Schreie mehr zu hören waren, verließ er sein Versteck und machte sich auf den Weg zu dem Haus, in dem der Vater wohnte. Draußen wurde es bereits dunkel, und er musste eine ganze Weile suchen, bis er schließlich vor der Tür stand und klingelte. Als der Vater aufmachte, hielt er Fernandos Bruder im Arm – die beiden lachten, als wäre nicht das Geringste geschehen.

»Na, du Angsthase«, sagte der Vater, »komm rein, Hosenscheißer.« Und während Fernando die Wohnung betrat, fuhr er fort: »Merk dir eins: Ein Rovira lässt sich niemals, unter keinen Umständen, falsche Nierenzapfen andrehen, kapiert? Selbst wenn sie ihn dafür ins Gefängnis stecken, klar?«

Fernando sagte kein Wort.

»Ob du kapiert hast, Schwuchtel?«, sagte der Vater und lachte. »Dein Bruder hier war immer schon eine elende Schwuchtel«, fuhr er, an Fernandos Bruder gewandt, fort und verschwand mit diesem in der Küche.

»Ja, ich habs verstanden, Papa«, erwiderte Fernando vom Flur aus, wo er mit fest aufeinandergepressten Zähnen stehen geblieben war. Ob sein Vater ihn hörte, weiß er nicht. Aber er weinte auch jetzt nicht. Nur in seinem Inneren.

Auf der Speisekarte des Grillrestaurants San Isidro steht auch Nierenzapfen, Fernando Rovira wird aber etwas anderes bestellen, er wollte nur wissen, ob es hier heute Nierenzapfen gibt und was der kostet. Und er wollte bereits wissen, was er bestellen wird, bevor Zanetti eintrifft. Wieder lässt er den Blick über die leere Rennstrecke schweifen, genießt den leichten Schwindel, der ihn erfasst, während er ihrem Verlauf folgt. Sein Mobiltelefon klingelt. Vargas. Er teilt ihm mit, dass auch er Román Sabaté nicht finden kann, »der ist wie vom Erdboden verschluckt«. Aber Vargas hat noch etwas anderes mitzuteilen.

»Na, leg schon los ...«

»Joaquín ist auch weg, ich hab in der Schule angerufen, er ist heute nicht gekommen.«

»Dann hat Román ihn also dabei.«

»Sieht so aus.«

»Ist sonst noch was verschwunden?«

»Eigentlich nicht. Allerdings sind die Papiere von dem Jungen weg und auch das Geld aus dem kleinen Tresor, zu dem Román Zugang hat.«

»Okay ...«

»Allzu überrascht kommst du mir, ehrlich gesagt, nicht vor. War irgendwas zwischen euch beiden?«

»Eigentlich nicht, aber jetzt habe ich den Eindruck, dass er nicht vorhat, so schnell wiederzukommen. Ganz auszuschließen war so was ja nie ...«

»Soll ich die Polizei informieren, wegen Joaquín?«

»Nein, besser du findest ihn.«

»Sicher? Nur mit meinen Leuten werde ich bestimmt länger brauchen. Und wegen dem Kleinen würde ich mir schon Sorgen machen.«

»Brauchst du nicht, er wird ihm nichts tun ... Deswegen hat er ihn nicht mitgenommen ... Aber jetzt sieh zu, dass du ihn findest, die Polizei können wir später immer noch informieren.«

»Verstehe. Dann ziehen wir also ordentlich die Daumenschrauben an, so richtig?«

»Nichts übertreiben ... Ich will ihn ganz wiederhaben.«

»Meiner Einschätzung nach ist der völlig durchgedreht, ich würde mir überlegen, ob man nicht noch einen Schritt weitergeht.«

»Daumenschrauben anziehen läuft mit mir nicht, Vargas, das weißt du.«

»Was für Daumenschrauben?«, sagt Zanetti, der gerade angekommen ist und jetzt neben Rovira steht, welcher ihn erst bei diesen Worten bemerkt. »Wovon sprichst du, Fernando?«, fragt Zanetti und sieht ihn lächelnd an, als läge irgendein rätselhaftes Missverständnis vor.

»*Pragma*-Slang«, erwidert Rovira und sieht Zanetti ebenso scheinheilig lächelnd an. Dann steht er auf und klopft ihm zur Begrüßung freundlich auf die Schulter. »Bei *Pragma* drücken wir uns manchmal ein bisschen eigenwillig aus, aber was gemeint ist, ist immer allen klar.«

»Hört sich gut an, ›Daumenschrauben anziehen‹. Da weiß doch jeder gleich Bescheid … Wenn du erlaubst, drücke ich mich vor meinen Leuten künftig auch so aus.«

»Nur zu …«

»Und was habt ihr sonst noch für Geheimformeln?«

Rovira lässt den Blick nachdenklich über die Rennstrecke schweifen, wo jetzt tatsächlich ein Jockey auf einem dunkelbraunen Pferd dahintrabt. Erst nach einer Weile sieht er Zanetti wieder an und sagt: »Falscher Nierenzapfen.« Dann lächelt er, zwinkert Zanetti zu und fragt: »Wie war das noch mal bei dir – lieber Weiß- oder Rotwein?«

10

Der Alsina-Fluch (Projektskizze)

2. Die Teilung der Provinz Buenos Aires

Es gibt mehrere Vorläufer des Teilungsprojekts für die Provinz Buenos Aires – in Form von Gesetzesvorhaben, akademischen Untersuchungen, aber auch als bloßes Wahlversprechen ohne theoretische Unterfütterung. Im Folgenden werden vier davon vorgestellt.

Bernardino Rivadavia

Der frisch gewählte Präsident Bernardino Rivadavia legte dem Parlament im Jahr 1824 einen Entwurf für das sogenannte »Hauptstadtgesetz« vor. Darin wurden die Stadt Buenos Aires sowie das Gebiet bis Ensenada und zum Río Santiago zur Landeshauptstadt erklärt. Der umliegende Rest sollte zu einer eigenen Provinz gemacht werden. Nach Verabschiedung des Gesetzes im Jahr 1826 wurde jedoch erwogen, diese neue Provinz zu teilen. Das im Norden gelegene Gebiet sollte Provincia de Paraná heißen und San Nicolás als Hauptstadt bekommen. Das südlich gelegene Gebiet sollte zur Provincia del Salado werden, mit Chascomús als Hauptstadt. Obwohl die verfassunggebende Versammlung sich dafür aussprach, fand das Vorhaben keine ausreichende Zustimmung.

Juan Carlos Romero

Als Juan Carlos Romero 2003 Teil von Carlos Menems Wahlkampfteam war – Menem gewann den ersten Wahlgang, trat zur zweiten Runde aber nicht mehr an und machte so den Weg für die

Präsidentschaft Néstor Kirchners frei –, präsentierte er den Vorschlag, die Provinz Buenos Aires in verschiedene Regionen aufzuteilen, die jeweils anderen Provinzen zugeschlagen werden sollten, »um unser Land zu stabilisieren«. Der damalige Provinzgouverneur Felipe Solá setzte dem Vorhaben entschiedenen Widerstand entgegen und äußerte in diesem Zusammenhang, »das Leid und die Armut der Bewohner unserer Provinz lassen sich nicht mit irgendwelchen hübschen Ideen von Leuten übertünchen, die sich vorzugsweise mit der Errichtung von Luxusressorts beschäftigen«.

Lucas Llach

Ein weiteres Teilungsprojekt präsentierte der Kandidat für das Amt des Vizepräsidenten Lucas Llach. Er hatte bereits 2005 in seinem Blog einen Aufruf mit dem Titel »Weg mit der Missgeburt!« veröffentlicht. Er machte den Vorschlag, die Provinz in drei Gebiete aufzuteilen: Cien Chivilcoy oder Chacras, Tierra del Indio oder Frontera und Atlántica. Zur Begründung führte er an, dass dadurch unter anderem eine gerechtere Verteilung der Abgeordnetensitze, eine größere Identifikation der Bewohner mit ihrer Region und mehr Überschaubarkeit bei der Ämterverteilung erreicht werden könnten.

Fernando Rovira

Die Darstellung von Roviras Teilungsvorhaben bei Abgabe der endgültigen Projektskizze hinzufügen.

Rovira will es vom Bürgermeister über den Posten des Provinzgouverneurs bis ins Präsidentenamt schaffen. Alles, was er auf dem Weg dorthin unternimmt, dient letztlich dem einen, großen Ziel. Warum versteift er sich aber dermaßen auf das Teilungsvorhaben?

Hat er sich ebenfalls mit den hier aufgeführten Vorläufern beschäftigt?

Sind die Vorteile tatsächlich so groß, dass sie die Hartnäckigkeit, mit der Rovira die Sache betreibt, rechtfertigen?

Oder folgt sein Vorhaben einem eher subjektiven und nicht so sehr technischen oder akademischen Antrieb, über den er nicht sprechen will?

Betrachtet Rovira den Alsina-Fluch womöglich als ernst zu nehmende Gefahr für seine Chancen bei einer Präsidentschaftskandidatur?

Würde ihn die Tatsache, dass er nur der Gouverneur der einen Hälfte der geteilten Provinz Buenos Aires wäre, vor den Folgen des Fluches schützen?

Ist Roviras Chefberater Arturo Sylvestre vielleicht der Ansicht, dass sich der Alsina-Fluch zwar nicht im Sinn eines Fluches, sehr wohl aber als bedeutsamer Faktor, was das Wählerverhalten angeht, auswirken könnte? Hat er Rovira eingeredet, dass hiervon eine Gefahr für ihn und seine politische Karriere ausgehen könnte?

Herausfinden, ob Sylvestre Lévi-Strauss gelesen hat.

»Man muss immer das sagen, was der Durchschnittsbürger hören möchte, das ist das Geheimnis einer guten Rede.« Arturo Sylvestre, Zitat aus einem Artikel der Tageszeitung *El País*, Februar 2015.

Das vollständige Interview suchen.

Sylvestre ist offensichtlich überzeugt, dass der Durchschnittswähler glaubt, dass alles, was mit Magie und Zauberei zu tun hat, wie etwa der Alsina-Fluch, sich auf das Schicksal eines Landes und seiner Politiker auswirkt.

»In einer jungen Demokratie entscheiden sich die Wähler nur sehr selten für einen Kandidaten, dem sie keine Siegeschancen zugestehen, deshalb sind gute Umfragewerte so wichtig. Ganz besonders Wechselwähler setzen zuletzt unweigerlich auf den mutmaßlichen Sieger.« Arturo Sylvestre in der Tageszeitung *La Vanguardia*, Barcelona, März 2015.

Überprüfen, in welchem Kontext diese Aussagen gemacht wurden.

Warum lässt Sylvestre sich viel öfter von ausländischen statt argentinischen Zeitungen interviewen? Zufall, besondere Vorliebe, oder verfolgt er das Ziel, neue Kunden für seine Beratungsfirma zu gewinnen?

Sylvestres Darstellung eines möglichen Szenarios und Empfehlung, wie man am besten damit umgeht:

Szenario:

Wer an den Alsina-Fluch glaubt und zugleich auf den mutmaßlichen Sieger setzt, wird sich bei den Präsidentschaftswahlen niemals für einen ehemaligen Gouverneur der Provinz Buenos Aires entscheiden. Weshalb Rovira als Gouverneur der Provinz Buenos Aires bei den Präsidentschaftswahlen niemals genügend Stimmen erreichen und folglich sein eigentliches großes Ziel verfehlen wird. Womit sich der Alsina-Fluch einmal mehr als wirksam erweisen wird.

Ein sich selbst erfüllender Fluch.

Empfehlung:

Akzeptieren, dass dieser Fluch seine Kraft aus sich selbst bezieht.

Gar nicht erst versuchen, den Fluch zu überwinden, sondern die gesamte Energie darauf richten, die Bedingungen auszuschalten, die ihn so erfolgreich machen.

Nötigenfalls durch Teilung einer Provinz.

(Noch mal überarbeiten, sobald das definitive Teilungsprojekt steht.)

Könnte es sein, dass Rovira, Sylvestre und die Leute an ihrer Seite tatsächlich so beschränkt sind?

Ja, durchaus möglich.

11

Adolfo macht sich Sorgen, auch wenn er versucht, sich das vor Román nicht anmerken zu lassen. Sich selbst im Spiegel gegenüber ist das jedoch unmöglich. Er wäscht sich mit energischen Bewegungen das Gesicht, in der Hoffnung, einen klaren Kopf zu bekommen. Er hat sich ins Badezimmer zurückgezogen, um einen Moment allein sein zu können. In seinem Zimmer geht das nicht, alle paar Minuten kommt Román rein, um im Computer etwas nachzusehen. Er wartet auf eine wichtige Nachricht, das ist Adolfo klar, und er möchte nicht stören. Langsam schüttelt er den Kopf und flüstert seinem Spiegelbild zu: »Mein Gott, worauf hat der Junge sich nur eingelassen, wie soll er da bloß rauskommen?«

Wieder klatscht er sich kaltes Wasser ins Gesicht und betrachtet anschließend seine Augenringe, die in diesem Moment größer und dunkler sind denn je. Schon als junger Mann hatte er stets Ringe unter den Augen, und wenn er müde oder aufgewühlt ist, treten sie noch deutlicher hervor als sonst. Und aufgewühlt ist er, weil der kleine Junge, anders als gedacht, gar nicht Roviras Sohn ist, sondern sein, Adolfos, Großneffe. Nicht dass er etwas dagegen hätte, dass die Familie wächst, im Gegenteil. Das Problem ist, dass der Kleine in den Augen sämtlicher Argentinier der Sohn des *Pragma*-Chefs ist, also des, den Umfragen nach, aussichtsreichsten Kandidaten für das Amt des Gouverneurs der Provinz Buenos Aires. Ein Mann, den er, Adolfo, zudem nicht ausstehen kann. Dass dieser Rovira seinen Neffen Román und den kleinen Joaquín nicht einfach so ziehen lassen wird, ist für Adolfo klar. Falls Román tatsächlich vorhat, künftig mit dem Kleinen zu leben. Er wird ihn verstecken, ihm helfen, ihn unterstützen, alles Notwendige tun, aber begreifen kann er ihn trotzdem nicht. Was vor allem daran liegt, dass Román sich ihm gegenüber bis jetzt nicht offen ausgesprochen hat. Er müsste ihm Zeit lassen, doch so wie die Dinge stehen, hat sein Neffe nicht mehr allzu viel Zeit zur Verfügung. Hoffentlich beauftragt Rovira einen Richter mit der Suche nach Román und seinem Sohn und schickt ihm nicht irgendwelche Killer auf den Hals, die Leuten wie Rovira für solche Fälle zweifellos zur Verfügung stehen. Und die finden einen wie Román auch, es sei denn, ein Wunder geschieht. Immer gewinnen die Bösen. Adolfo muss also mit seinem Neffen sprechen. Es gibt so viele offene Fragen. Was bedeutet es, dass er der Vater von Roviras Sohn ist? Hatte er eine feste Beziehung mit Roviras Frau, oder war das nur ein kurzes Abenteuer? Wusste Rovira von Anfang an, dass Joaquín Románs Sohn ist? Wieso hat er das hingenommen? Wie ist es überhaupt dazu gekommen?

Als Erstes wird Adolfo sich jetzt mit dem Anwalt Ricardo Gutiérrez in Verbindung setzen, der hat ihm einst, in der dunklen Zeit, geholfen, Leute außer Landes zu bringen. Gutiérrez muss inzwischen längst in Pension sein, den einen oder anderen Kontakt hat er aber bestimmt noch. Und er wird Mónica anrufen, seine Freundin, die er jedoch nur ab und zu trifft. Sie wohnt in Villa Constitución, dem ersten Ort, wenn man die Grenze zur Nachbarprovinz überquert. Es ist schon eine Weile her, dass sie sich zum letzten Mal gesehen haben, aber er ist sich sicher, dass Mónica ihm hilft, wenn er sie darum bittet. Warum ist aus ihrem Verhältnis nie eine feste Beziehung geworden? Es liegt nicht nur daran, dass er das Scheitern seiner Ehe so schlecht verkraftet hat – Mónica wollte es offenbar nicht anders. Zumindest hat sie ihn nie gedrängt. Im Grunde hätte er sich wohl gerne von ihr drängen lassen, aber es kam nicht dazu, und da hat er seinerseits auch nichts in dieser Richtung unternommen. Allein der Papierkram, wenn man heiraten will. Doch das Schlimmste sind all die Probleme, die auftreten, wenn man eine Ehe wieder auflösen möchte. Der Streit ums Geld, den Besitz – auch wenn es wenig zu verteilen gibt. Zum Glück hatten sie keine Kinder, sonst hätte seine Exfrau es bestimmt geschafft, dass man ihr das Haus und den Laden zugesprochen hätte. Versucht hat sie es. Er hätte gerne Kinder gehabt, aber nicht mit dieser Frau. Vielleicht mit Mónica, aber auch davon hat sie nie etwas gesagt. Mónica hat ein kleines Auto, das sie ihm schon öfter geliehen hat. Zum letzten Mal hat er es benutzt, um nach dem Unfall seiner Schwägerin Raquel, Románs Mutter, zu seinem Bruder nach Santa Fe zu fahren. Sie wird es ihm auch jetzt geben, ohne irgendwelche Fragen zu stellen. Das ist wahrscheinlich das Geheimnis ihrer Beziehung – dass keiner von beiden jemals Fragen stellt. Oder nur ganz selten. Um Román außer Landes zu bringen, braucht er ein unauffälliges Auto, im Bus wäre es viel zu riskant. Falls Román das Land überhaupt verlassen will, er hat ihm ja noch nicht erzählt, was er eigentlich vorhat. Einen Tag wird Adolfo ihm noch Zeit lassen, und wenn auch dann nichts von ihm kommt, wird er auf eigene Faust eine Rettungsaktion organisieren. Damit kennt er sich aus – manche Sachen verlernt man nicht, so wie Fahrrad fahren, selbst wenn man sie jahrelang nicht gemacht hat.

Er öffnet den Wandschrank, betrachtet den Handtuchstapel und sagt sich, dass die Handtücher in diesem Haushalt eine Zumutung sind. Ihm ist es egal, er ist abgehärtet, aber sein Neffe und sein Großneffe hätten es verdient, sich nach dem Duschen nicht mit Schmirgelpapier abtrocknen zu müssen. Sobald sich heute Nachmittag die Gelegenheit ergibt, wird er ins Zentrum gehen und einen Satz neue Handtücher kaufen. Den Rest der Zeit wird er nutzen, um Kontakt zu verschiedenen alten Freunden aufzunehmen, die er jetzt brauchen wird, und sich ansonsten um Román und den Kleinen kümmern. Und er wird Román auffordern, im Internet nach einer Aufzeichnung der Rede zu suchen, die Präsident Alfonsín im Oktober 1983 anlässlich der Rückkehr zur Demokratie gehalten hat. Falls Román die nicht schon kennt. Kann man sich eigentlich vornehmen, Politiker dieses Landes zu werden, ohne diese Rede zu kennen? Ob die *Pragma*-Leute ihrem Nachwuchs die Rede bei ihren Trainingsseminaren auf dem Land zeigen? Ob sie sie überhaupt im Reden schulen? Ob sie mit ihnen über die Vergangenheit sprechen? Politik scheint heute etwas völlig anderes zu sein als zu seiner Zeit. Er hat geweint, als er damals die Rede Alfonsíns hörte! Für ihn hätte es immer so weitergehen können – mit Tränen der Rührung und der Freude in den Augen dastehen und zuhören, wie Präsident Raúl Alfonsín zum Schluss seiner Rede die Präambel der Verfassung rezitiert, mit lauter Stimme, als wäre es ein Gedicht. Adolfo kann die Passage natürlich auswendig. Und spricht sie sich jetzt, hier im Badezimmer, leise vor: »Die nationale Einheit herstellen, die Gerechtigkeit stärken, den Frieden im Inneren festigen, für die Verteidigung aller Sorge tragen, den allgemeinen Wohlstand befördern und die Früchte der Freiheit sichern, für uns, unsere Nachkommen und die Menschen aus aller Welt, die auf argentinischem Boden leben möchten …« Er ist sich sicher, dass Fernando Rovira die Präambel nicht auswendig kann. Und die meisten seiner Mitstreiter genauso wenig.

»Ich bitte um Verzeihung, für alles, was ich falsch gemacht habe«, rezitiert Adolfo vor dem Spiegel weiter und bildet sich ein, Raúl Alfonsín vor sich zu sehen, »aber Sie können mir glauben, ich handle immer aus leidenschaftlicher Liebe zu Argentinien.«

»Leidenschaftliche Liebe zu Argentinien«, wiederholt Adolfo, »gibt es so was überhaupt noch?«

12

Beim Gemüsestand und im Lebensmittelgeschäft war sie schon. Die Fleischerei lässt sie für morgen. Sie sagt zwar immer, sie sei Vegetarierin, in Wirklichkeit isst sie jedoch sehr wohl Fleisch, wenn auch selten. Seit nach ihrer schon so lange zurückliegenden ersten Schwangerschaft eine Anämie festgestellt wurde, muss sie das. Hafer und Chia-Samen braucht sie auch noch, dafür muss sie in den Naturkostladen. Wenn ihr Supermärkte nicht so verhasst wären, könnte sie ihre gesamten Einkäufe an einem oder höchstens zwei Orten erledigen. Aber bevor sie eins dieser gesichtslosen, anonymen Verliese betritt, klappert sie lieber eine Vielzahl kleiner Läden und Lädchen ab, wo man noch vom Inhaber persönlich bedient wird. Beim letzten Mal hatte sie nur deshalb einen Supermarkt aufgesucht, weil es in Strömen regnete. An diesem Tag hatte sie die Brille zu Hause vergessen. Mehr aus Verzweiflung als in der Hoffnung, fündig zu werden, hatte sie ihre Handtasche durchwühlt, wusste sie doch genau, dass sie die Brille neben dem Telefon hatte liegen lassen, nachdem sie mit einer Frau, die bislang noch nie bei ihr gewesen war, einen Termin vereinbart hatte. Selbst in dem am besten ausgeleuchteten Bereich des Supermarktes war sie unfähig, auch nur ein Etikett zu entziffern. Noch schlimmer war jedoch, dass sie nirgendwo einen Angestellten entdecken konnte. Andere Kunden waren bei dem Wetter und um die Uhrzeit – es war kurz nach dem Mittagessen, also Siestazeit – ebenso wenig unterwegs. Irgendwann ging sie zur Kasse und hielt der Verkäuferin unsicher zitternd eine Tomatendose entgegen. Die Frau sah sie jedoch nicht einmal an und fuhr ungerührt mit ihrer Arbeit fort. Bis Irene haltlos zu schluchzen anfing.

»Was hat die Dame denn?«, fragte der Geschäftsführer, der irgendwann neben der Kasse auftauchte. Sie selbst war unfähig zu antworten, die Kassiererin dagegen sagte bloß: »Sie kann die Aufschrift auf der Tomatendose nicht lesen.« Offenkundig hatte sie sehr wohl mitbekommen, weswegen Irene sich an sie gewandt hatte. Da hatte Irene alles stehen und liegen lassen und war, ohne die beiden noch einmal anzusehen, hinausgegangen, um wenigstens in Ruhe weinen zu können. Den Regenschirm ließ sie im Einkaufswagen zurück. Und hat seitdem nie mehr einen Supermarkt betreten. Und die Brille hat sie auch nie wieder zu Hause vergessen. Jetzt kauft sie bloß noch in Geschäften, wo jemand hinter dem Tresen steht, ein lebendiger Mensch, mit dem man darüber sprechen kann, welcher Käse am besten schmeckt, wie viel die Palmherzen kosten oder dass es draußen mal wieder nur so gießt. Ihr ist egal, dass ihre Freundinnen, ihre Schülerinnen – oder sollte sie lieber Patientinnen oder Anhängerinnen oder Kundinnen sagen? – und ihre Familienangehörigen ihr einreden wollen, so schlimm sei die Sache auch wieder nicht, und sie solle dieses Trauma überwinden, »schließlich gibt es schon bald keine kleinen Läden mehr, und dann musst du immer erst eine Riesenstrecke mit dem Auto fahren, auch wenn du nur ein Kilo Kartoffeln und ein halbes Dutzend Eier kaufen willst«. Falls es tatsächlich so weit kommt, wird sie schon sehen, was sie macht, vorläufig kümmert sie sich darum nicht.

Sie betritt ihr Haus durch die Garage. Seit sie hier wohnt, ist die Garage allerdings keine Garage mehr, zwei Frauen geben dort Unterricht in Yoga, Alexander-Technik und Pilates. Sie beglückwünscht sich regelmäßig zu dieser Entscheidung – so hat sie eine Art Schutzraum oder Puffer vor ihrem eigenen

Behandlungszimmer, das sich hinter der ehemaligen Garage befindet, und steht nicht so sehr im Zentrum der Aufmerksamkeit. Anders als damals bei der Geschichte mit ihrer Lehrerin.

Als sie in der vierten Klasse war, löste sich einmal ein Stromkabel aus seiner Befestigung und fiel auf die Lehrerin, die daraufhin zuckend am Boden liegen blieb, unfähig, sich von dem Kabel zu befreien. Während alle anderen Kinder bloß hilflos zu schreien anfingen, ging Irene zu ihr und legte ihr die Hand auf die Stirn. Unter normalen Umständen hätte auch sie unter Strom stehen müssen. Stattdessen machte die Lehrerin eine heftige Bewegung und kam vom Kabel los. Als gleich darauf die durch den Lärm alarmierten anderen Lehrerinnen und die Direktorin den Klassenraum betraten, riefen die Kinder aufgeregt: »Irene hat die Frau Lehrerin gerettet! Irene hat die Frau Lehrerin gerettet!«

Einige Zeit später kam die Lehrerin eines Nachmittags zu Irene nach Hause. Sie wollte sich bedanken, ihr aber auch eine »Jugendfreundin vorstellen, die sich mit Auraheilung auskennt«. Die beiden Frauen unterhielten sich mit Irenes Mutter und überzeugten sie davon, dass ihre Tochter über eine besondere Gabe verfüge, die gepflegt werden müsse. Von da an kam die Auraheilerin einmal in der Woche zu ihnen und führte Irene in ihre Techniken ein. Irenes Vater war damals verreist, doch sein Widerstand, als er zurückkehrte, half wenig. Als er ein paar Wochen später erneut verreisen musste, vergaß er die Sache. Zumindest vorläufig.

Aber nicht nur die Auraheilerin suchte die kleine Irene von da an regelmäßig auf, es kamen auch alle möglichen Leute, die sich Hilfe von ihr erhofften. Irenes Spezialität war es, die Energie ihrer Patienten wieder ins Gleichgewicht zu bringen – genau das hatte angeblich auch der Lehrerin das Leben gerettet. Was jedoch ihren Vater anging, so kam der aus einer traditionsbewussten Familie aus San Isidro, arbeitete in einem Notariat, und der Widerspruch zwischen seinem Arbeitsalltag, in dem es vor allem darum ging, Dinge zu beglaubigen und rechtskräftig zu machen, und den geradezu magischen Praktiken, die seine Tochter auf einmal ausübte und an die er nicht im Geringsten glaubte, erwies sich schon bald als unerträglich. Um die Ehe und den Zusammenhalt der Familie nicht aufs Spiel zu setzen, beschlossen er und seine Frau, Irenes angebliche Fähigkeiten für immer zu vergessen und umzuziehen, und zwar nach Mar del Plata, wo niemand ihre Vorgeschichte kannte und sie ein neues Leben beginnen konnten. Von Irenes heilenden Händen war fortan nie mehr die Rede, und ebenso wenig von ihrer Lehrerin oder von irgendwelchen besonderen Energien, ja, selbst das Thema Elektrizität war von da an geradezu tabu. So durchlebte Irene eine weitgehend normale Jugendzeit, um später zu heiraten und zwei Kinder zur Welt zu bringen. Und nichts hätte sie dazu gebracht, jemals erneut Gebrauch von ihren Fähigkeiten zu machen, hätte ihr Mann sie nicht verlassen, als die Kinder noch in der Grundschule waren. Zuvor hatte er Irenes gesamtes elterliches Erbe durch Fehlinvestitionen verschleudert und sich dafür noch nicht einmal entschuldigt. Stattdessen bestieg er an einem kalten windigen Nachmittag das gemeinsame Auto und ließ Irene allein mit den zwei Kindern in einem Haus zurück, in dem bereits alles verpfändet worden war, was sich nur irgendwie verpfänden ließ. Da Irene bis dahin nie selbst Geld verdient, sondern sich ganz der Erziehung der Kinder gewidmet und sich daneben mit Yoga, Reiki und den Werken von Krishnamurti und Louise Hay beschäftigt hatte, verfiel sie als Ausweg aus ihrer Situation auf das Einzige, was sie wirklich gut konnte – die Energie anderer Menschen ins Gleichgewicht bringen. Etwas Besseres hätte ihr nicht einfallen können. Schon bald sorgte Mund-zu-Mund-Propaganda dafür, dass sie von ihrer Arbeit leben und ihre Kinder großziehen konnte, ohne dass diesen irgendetwas fehlte. Allerdings wurde sie eines Tages – viele

Jahre später, die Kinder waren bereits aus dem Haus – zufällig zur Zeugin, wie zwei Nachbarinnen sie als »Hexe« bezeichneten. Überrascht und empört sprach sie darüber mit einer Freundin, die ihr nach längerem Zögern gestand, dass sie nicht nur bei diesen Nachbarinnen, sondern im ganzen Viertel Los Troncos als »die Hexe von Los Troncos« bekannt sei. Also beschloss sie, wie seinerzeit ihre Eltern, erneut umzuziehen. San Isidro kam nicht infrage, dort wäre sie womöglich Leuten begegnet, die sie noch aus ihrer Kindheit kannten. Zuletzt entschied sie sich für das Städtchen Adrogué, das ihrem Geburtsort sehr ähnlich war, aber weiter im Süden lag. Hier gelang es ihr schon bald, als elegante neue Nachbarin wahrgenommen und respektiert zu werden, wobei ihr die für eine Frau von inzwischen über sechzig Jahren beneidenswert schlanke und sportliche Erscheinung, ihr federnder Gang und die lässige Kleidung – flache Schuhe, eng geschnittene dunkle Jeans und makellos weiße Blusen – eine große Hilfe waren. Dazu noch der Kurzhaarschnitt, der ihr den Spitznamen einbrachte, unter dem sie bis jetzt in der Umgebung bekannt ist, »die Französin«, was deutlich schmeichelhafter ist als »die Hexe«. Viele halten sie tatsächlich für eine Französin, und sie lässt sie in dem Glauben und spricht ihren Namen, je nachdem, mit wem sie es zu tun hat, auch entsprechend aus – »Irène«.

Auf keinen Fall wollte sie aber an ihrem neuen Wohnort auf das verzichten, was ihr so gut von der Hand geht. Als sie damals die Lehrerin gerettet hatte, hatte sie das Ganze noch für ein bloßes Missverständnis gehalten – die Lehrerin hatte sich wahrscheinlich einfach selbst von dem Kabel befreit, oder dieses war, wie auch immer, von ihr abgefallen, sie, Irene, hatte jedenfalls nichts damit zu tun. Um die anderen – ihre Lehrerin, ihre Mutter, ihre Mitschüler, die Frau, die sie in die Kunst des Auraheilens einführte – nicht zu enttäuschen, hatte sie jedoch so getan, als glaubte sie an ihre geheimen Kräfte. Nur ihrem

Vater hatte sie die Wahrheit gesagt. Im Lauf der Zeit jedoch und nachdem nicht nur der Vater gestorben war, sondern sich auch viele Leute offenbar erfolgreich von ihr hatten behandeln lassen, war sie schließlich selbst überzeugt, dass sie über eine besondere Gabe verfüge. Trotzdem würde sie ihre Fähigkeiten niemals als Hexerei bezeichnen. Und damit sich das, was an ihrem früheren Wohnort passiert war, nicht wiederholte, achtete sie, als sie sich mit finanzieller Unterstützung ihres Sohnes in Adrogué nach einem Haus umsah, darauf, dass darin Platz genug für die Ausübung verschiedener Therapieformen war, also auch so anerkannter Heilmethoden wie Yoga, Meditation oder Tai-Chi. Um im Schutz dieser Umgebung ihrer eigentlichen Berufung nachgehen zu können.

Sie schaltet das Licht ein. Über ihrem Nachdenken und Grübeln ist es dunkel geworden. Sie steckt weiße Margeriten in die zwei Vasen aus geschliffenem Glas, die sie einst zur Hochzeit geschenkt bekam, eins der wenigen Dinge, die ihr aus der Zeit ihrer Ehe geblieben sind. Ein Sandelholzstäbchen entzündet sie heute nicht, er mag den Geruch nicht, weshalb sie einfach ein wenig Lavendelessenz versprüht, dieser Duft gefällt beiden. Ob er zum Essen bleibt, weiß sie wie üblich nicht. Er hat es immer so eilig. Für alle Fälle hat sie aber etwas im Kühlschrank. Zuerst muss sie ihn ins Gleichgewicht bringen, die Blockaden beseitigen, damit seine Energie wieder ungehindert strömen kann. Und sie muss mit ihm sprechen. Wie intensiv und in welcher Reihenfolge sie vorgeht, wird von dem Eindruck abhängen, den er auf sie macht. Sie sieht auf die Uhr, allzu lange kann es nicht mehr dauern, er kommt zwar nie, wenn noch Leute auf der Straße unterwegs sind, aber zum jetzigen Zeitpunkt sind die Bewohner des Viertels längst zu Hause und essen zu Abend, wenn sie sich nicht schon ins Bett gelegt haben. Er kommt auch nie mit seinem eigenen Auto. Wie er ihr einmal erzählt hat, tauscht er immer ein paar Kilometer vor der

Stadt den Wagen. Er steigt dann in den kleinen blauen und vor allem unauffälligen Pkw, mit dem sein Leibwächter ihm normalerweise folgt, der wiederum seinen Wagen übernimmt und ihm in sicherem Abstand hinterherfährt. Es wäre nicht gut, wenn jemand – einmal pro Woche – Fernando Roviras Auto vor einem Haus parken sähe, in dem Yoga und ähnliche Dinge praktiziert werden. Das haben jedenfalls angeblich seine Berater gesagt. Irene mag diese Leute nicht, am allerwenigsten Arturo Sylvestre. Einmal hat sie seine Energie gemessen – eine derart geballte negative Kraft ist ihr selten untergekommen. Fernando sagt jedoch, für bestimmte Zwecke sei solch eine schlechte Energie gar nicht übel, vorausgesetzt natürlich, sie wird nicht gegen ihn eingesetzt, und die Tatsachen zeigen, wie sehr Sylvestre dazu beigetragen hat, Fernando Roviras politische Karriere zu verfestigen.

»Täusch dich da nicht«, hat sie versucht, ihn zu warnen, »eine Energie, die heute hilfreich scheint, kann schon morgen sehr schädlich sein.«

Aber Fernando hört nicht auf sie, dafür ist er viel zu stur und von sich selbst überzeugt, er glaubt sich im Besitz der Wahrheit, auch wenn die ganze Welt und alle Planeten etwas anderes besagen.

Um zwanzig nach zehn trifft Fernando Rovira schließlich ein. Er gibt ihr einen Kuss, lockert seine Krawatte und lässt sich gleich darauf, ohne dass einer von beiden etwas sagen würde, ihr gegenüber an dem Behandlungstisch nieder. Er sieht ihr in die Augen und sagt: »Er hat den Jungen mitgenommen.«

»Wer?«

»Román, er ist heute Morgen mit Joaquín verschwunden.«

Irene fährt sich mit der Hand über Mund und Kinn, wie immer, wenn sie sich Sorgen macht, und sagt erst nach einer ziemlichen Weile: »Lass mich erst mal nachsehen, wie es Joaquín geht.«

Sie holt ein Stück Pappe aus der Schreibtischschublade, auf das die Silhouette eines Kindes gezeichnet ist, bloß der Umriss, schwarz, ohne weitere Einzelheiten. Danach eine Silberkette, an der ein grüner Stein hängt. Sie bringt den Stein über dem Karton in Position und wartet, aber nichts rührt sich. Sie senkt den Arm, sodass der Stein ein Stück tiefer hängt, aber immer noch tut sich nicht das Geringste. Beide starren stumm auf das Pendel. Rovira wirkt zunehmend besorgt, Irene ebenfalls. Bis der Stein irgendwann anfängt, sacht im Uhrzeigersinn zu kreisen. Irene seufzt erleichtert, und Rovira lockert den Krawattenknoten noch etwas mehr.

»Wahrscheinlich hatte er gerade geschlafen«, sagt Irene. Dann lässt sie den Stein über verschiedene Bereiche der Silhouette wandern – den Rumpf, ein Bein, das andere Bein, einen Arm, den anderen Arm, den Kopf. Die ganze Zeit vollführt der Stein kleine kreisförmige Bewegungen. Schließlich sagt Irene: »Keine Sorge, es geht ihm gut, das ist erst mal das Wichtigste.«

Sie legt die Pappe wieder in die Schublade und zieht eine andere heraus, mit der Silhouette eines erwachsenen Mannes. »Und jetzt mal sehen, wie es Román geht.« Wieder kreist das Pendel im Uhrzeigersinn, diesmal sofort und wesentlich schneller. »Ihm geht es auch gut, aber er ist nervös und unruhig.«

»Blockier ihn«, sagt Rovira in seinem Befehlston, der keine Widerrede duldet.

»Nein«, entgegnet Irene und hält seinem Blick stand.

»Warum nicht?«, fragt Rovira.

»Ich glaube nicht, dass das gut wäre«, antwortet Irene.

»Ich hab gesagt, du sollst ihn blockieren, Mama.«

Sie legt das Pendel zur Seite, sieht ihren Sohn an, und ihr Gesichtsausdruck wird weich. »Weißt du was? Wenn er sich um Joaquín kümmern soll, braucht er seine ganze Energie.«

»Für mich ist am wichtigsten, dass er aufgehalten wird.«

»Schick ihm die Polizei auf den Hals, oder deine Leute, oder einen von den Typen, die man in solchen Fällen anheuert, Vargas wird schon wissen, was zu tun ist, ruf ihn an und besprich dich mit ihm. Aber wenn wir Román jetzt einfach so blockieren, könnte das für Joaquín gefährlich werden, und das Risiko möchte ich nicht eingehen.«

Rovira ist offensichtlich nicht einverstanden. Eine Weile messen sie sich mit den Blicken. Wie bei einem Duell. Keiner blinzelt auch nur ein einziges Mal. Bis Irene irgendwann die Hand ausstreckt und auf die ihres Sohns legt. »Glaub mir, es wäre nicht gut. Weder für Joaquín noch für dich.«

Rovira zögert, es fällt ihm schwer, einfach nur dazusitzen und nichts zu tun. Noch eine ganze Weile schweigen beide, dann nickt Rovira endlich, und Irene sagt, erleichtert lächelnd: »Lass mich mal sehen, wie es dir geht.«

Dieses Mal nimmt sie kein Pendel. Dafür benutzt sie die Methode, die nur sehr wenigen vorbehalten ist. Sie steht auf, geht zu ihrem Sohn und setzt sich auf den Stuhl neben ihm. Dann legt sie ihm die Hand auf die Stirn, schließt die Augen und versucht, seine Energie ins Gleichgewicht zu bringen, seine Aura zu heilen. Wie damals bei der Lehrerin. Nach mehreren Sekunden zieht sie die Hand zurück, öffnet die Augen und sagt: »Du bist sehr angespannt.«

»Ich bin völlig am Ende, Mama.«

»Komm, ich kümmere mich um dich, ich befreie dich von dem Druck, der auf dir lastet.«

Fernando Rovira legt den Kopf in den Schoß seiner Mutter, die ihn sanft streichelt.

»Ich hab dir doch gesagt, du sollst dir diesen Román vom Hals schaffen, und zwar endgültig.«

»Ich bin kein Mörder, Mama.«

»Nein, natürlich nicht. Der Tod kommt sowieso zu jedem, wann *er* will.«

13

Während der Arbeit an meinem Buch über den Alsina-Fluch war ich mir fast bis zuletzt nicht wirklich bewusst, worauf ich mich eingelassen hatte. Wie so oft, wenn man ganz auf eine bestimmte Fragestellung konzentriert ist, ihr obsessiv, um nicht zu sagen, neurotisch die gesamte Aufmerksamkeit widmet, vergisst man darüber, sein Thema gelegentlich auch aus einem gewissen Abstand, als historisches Ereignis, in den Blick zu nehmen. Ich frage mich, ob Román sich schon früher im Klaren darüber war, was sich um uns herum abspielte, oder ob die tatsächliche Bedeutung ihn schließlich ebenso überraschte wie mich. In dieser Zeit geschahen fast täglich seltsame Dinge, die ich nicht angemessen einzuschätzen wusste. Ich schob die Schwierigkeiten, die bei der Arbeit auftraten, ausschließlich dem komplizierten Nachforschungs- und Schreibprozess zu. Unterlagen verschwanden über Nacht, und zugleich tauchten plötzlich wie aus dem Nichts Informationen auf meinem Schreibtisch auf, nach denen ich tagelang vergeblich auf der Suche gewesen war. Hin und wieder klingelte das Telefon, und der anonyme Anrufer verkündete einen Namen oder eine Adresse, die für meine Untersuchung von entscheidender Bedeutung war. Und trotzdem sah ich darin nur das Aufeinandertreffen einer Reihe seltsamer Zufälle und ließ das so erhaltene Material dankbar in den Text einfließen. An die Geschichte mit den Präsidenten, die aus der Provinz Córdoba stammen, kam ich auch auf diese Weise – eines Tages war eine Nachricht auf meinem Anrufbeantworter, die nur aus den Worten bestand:

»Der Fluch der Präsidenten aus Córdoba.« Alles Übrige fand sich mithilfe von Google.

Der Alsina-Fluch (Projektskizze)

3. Weitere Flüche

»Die Provinz Buenos Aires verschlingt ihre Regenten.«

Wer hat das gesagt? Álvaro Abós? Recherchieren.

Laut der letzten Volkszählung von 2010 leben vierzig Prozent der argentinischen Bevölkerung in der Provinz Buenos Aires.

»Bitte, helfen Sie mir, den historischen Fluch zu überwinden, der besagt, dass kein Gouverneur der Provinz Buenos Aires Präsident Argentiniens werden kann.« (Eduardo Duhalde bei einer Wahlveranstaltung in Bahía Blanca im Jahr 1997, Zitat aus der Tageszeitung La Nación.)

Ob Duhalde tatsächlich Angst vor dem Alsina-Fluch hatte?

Oder fürchtete er ihn, wie Arturo Sylvestre, als selbst erfüllende Prophezeiung?

Wie kann man den Alsina-Fluch überwinden?

Nur durch die Stimmen der Wähler. Die scheinen jedoch durch ebendiesen Fluch stark beeinflusst.

Die Henne und das Ei.

Was ist eher Erfolg versprechend? Beweisen, dass es sich um eine bloße Fiktion handelt? Oder im Gegenteil darauf setzen, dass die Magie gerade deshalb funktioniert, weil die Leute glauben, dass die Magie funktioniert?

(Lévi-Strauss.)

In der Johannisnacht des Jahres 1999 versuchte der Hellseher Manuel Salazar aus La Plata, den Alsina-Fluch außer Kraft zu setzen. Zuerst entzündete er auf einer Wiese ein großes Feuer. Dann lief er über die Glut und rief dazu: »Willkommen im Präsidentenamt, Herr Gouverneur!« Schließlich ging er mit einer Gruppe Peronisten zur Plaza Moreno, wo die Hexe La Tolosana den Fluch einst ausgesprochen hatte, und führte ein exorzistisches Ritual durch. Leider vergeblich, denn bei den Präsidentschaftswahlen im selben Jahr unterlag Eduardo Duhalde seinem Konkurrenten Fernando De la Rúa. Auf De la Rúa wartete dafür ein anderer Fluch – »der Fluch der Präsidenten aus Córdoba«.

Dass Duhalde im Januar 2002, inmitten der damaligen großen wirtschaftlichen und institutionellen Krise Argentiniens, durch Parlamentsbeschluss doch noch Präsident wurde, heißt nicht, dass der Fluch überwunden wäre.

Was aber besagt »der Fluch der Präsidenten aus Córdoba«? Kein argentinischer Präsident, der aus der Provinz Córdoba stammte, schaffte es bisher, bis zum Ende seines Mandats im Amt zu bleiben. Santiago Derqui trat nach der Niederlage in der Schlacht bei Pavón vorzeitig zurück. Miguel Ángel Juárez Celman trat 1890 infolge der Wirtschaftskrise und der sogenannten Parkrevolution zurück. Präsident Arturo Illia wurde 1966 durch einen Militärputsch aus dem Amt geworfen. Und De la Rúa musste Ende 2001 inmitten der Krise mit dem Hubschrauber fliehen.

Die Geschichte Argentiniens als endlose Verkettung von Flüchen …

Zu viele Mutmaßungen, zu viele Informationen, die sich nicht überprüfen ließen. Und zu viele Hexer, Gurus, Heiler und dergleichen. Während der Arbeit an meinem Buch fiel mir wirklich alles Mögliche in die Hände, manches davon war brauchbar, manches weniger, manches überhaupt nicht. In vielerlei Hinsicht interessant war die Fotokopie einer Lithografie, auf der die Gründung der Stadt La Plata dargestellt war. Sie traf eines Tages in einem einfachen Briefumschlag, ohne Absender, bei mir ein. Als Empfänger war mein Name darauf vermerkt, Valentina Sureda, also nichts Persönliches wie etwa »China« oder so. Auch dieses Mal dachte ich mir nichts Besonderes dabei. Was auf dem Bild dargestellt war, die Gründung von La Plata, wusste ich, weil es zur Erklärung auf der Rückseite mit Bleistift hinzugefügt worden war – eine flüchtige, schwer lesbare

Schrift, als ob man mir ein Geheimnis hätte zuflüstern wollen. Das war alles. So schien es wenigstens. Dass das Bild an meine Privatadresse und nicht an den Sender geschickt worden war, war ungewöhnlich, außerdem kennen nur sehr wenige Leute meine persönliche Anschrift. Die Sendung traf wenige Tage nach der Ermordung Lucrecia Bonaras ein. Das weiß ich noch genau, weil ich erst fast zwei Wochen später mit Román darüber sprechen konnte, da er bis dahin weder ans Telefon ging noch in der *Pragma*-Zentrale auftauchte. Jedes Mal, wenn ich dort nach ihm fragte, hieß es, aufgrund des Vorgefallenen gehe es ihm sehr schlecht, er kümmere sich jedoch vorbildlich um Joaquín und die Familie in diesen so schwierigen und schmerzhaften Tagen. Genauso äußerten Roviras Sekretärin und seine anderen Assistenten sich aber nicht nur mir gegenüber. Offenbar alle, die sich damals nach ihm erkundigten, bekamen diese Auskunft, die sich mehr wie eine offizielle Verlautbarung denn eine ehrliche Antwort anhörte.

Eines Tages nahm ich die Fotokopie noch einmal mithilfe einer Lupe in Augenschein. Eine mögliche Künstlersignatur entdeckte ich aber auch auf diesem Weg nicht. Am linken Rand war dafür der Stempel eines bekannten Versteigerungshauses zu erkennen. Allzu viele Leute, die wussten, an was für einem Buch ich gerade arbeitete, gab es nicht. Zunächst wandte ich mich an Eladio Cantón, der jedoch erklärte, er habe keine Ahnung, woher die Sendung stammen könne. Dass jemand anders als mein Lektor und Verleger sich die Mühe machen sollte, mich auf diese Weise bei der Arbeit zu unterstützen, war für mich schwer nachzuvollziehen. Und dazu ohne seinen Namen bekannt zu geben. Irgendwann hatte ich das sichere Gefühl, es müsse eine geheime Botschaft hinter dieser Fotokopie stecken, die ich bloß nicht zu entziffern verstand. Ich versuchte es mit noch stärkeren Lupen und allen möglichen Lichtquellen. Auf die Idee, mich an einen Spezialisten zu wenden, kam ich leider erst später, andernfalls hätte sich des Rätsels Lösung wesentlich schneller eingestellt. Auf den ersten Blick schien alles ganz klar: Das Bild zeigte die Plaza Moreno voller hellblau-weißer Fahnen, Wappenschilder, frisch angepflanzter Bäume und einer Vielzahl von Leuten – Beamte, Bürger und andere Schaulustige –, die sich um eine Art Bühne herum gruppierten, zu deren Füßen sich wahrscheinlich der Grundstein der Stadt befand. Sonst war auf dem Bild nichts Besonderes zu erkennen. Als ich jedoch einmal die Hand sanft über die Oberfläche gleiten ließ, spürte ich plötzlich eine leichte Vertiefung, als hätte jemand dort unsichtbare, aber sehr wohl ertastbare Markierungen hinterlassen. Wie sich herausstellte, handelte es sich um Kreise, die um fünf der abgebildeten Figuren gezogen worden waren. Doch um wen handelte es sich bei diesen Leuten? Ich rief Eladio Cantón an, um ihn um einen Vorschuss für eine Reise nach La Plata zu bitten, wo ich ein paar Tage bleiben und genauere Nachforschungen zum Thema der Stadtgründung anstellen wollte. Selbstverständlich lehnte er meine Bitte ab, einen Zuschuss gebe es bestenfalls, wenn das Buch nahezu satzreif sei, vor allem aber »richtig gut verkäuflich, China«, wenn es also beispielsweise vom Mord an Lucrecia Bonara handeln würde.

»Ich habs dir doch gesagt, da steckt eine richtig große Sache dahinter. Irgendwer hat Rovira mit dem Blut seiner Frau für eine fette Schuld bezahlen lassen, verstehst du? Schreib dir den Satz mal auf, ich find den klasse: ›Irgendwer hat Rovira mit dem Blut seiner Frau für eine fette Schuld bezahlen lassen.‹ ›Blut oder Leben‹ wär auch kein schlechter Titel für dein Buch.«

Ich legte auf, ohne noch ein Wort zu sagen. Auf die Idee, zu fragen, was ich eigentlich in La Plata wolle, kam Cantón nicht, wo kein unmittelbarer Profit winkte, machte er sich nicht die Mühe, irgendwelchen komplizierten Gedankengängen zu folgen. Auf eigene Kosten hätte ich mir den Ausflug in diesem Moment aber nicht leisten können. Davon abgesehen, hatte ich ohnehin schon so viel Material zusammengetragen, dass ich nicht wusste, wie ich all das in meinem Buch unterbringen sollte. Am vernünftigsten wäre es folglich gewesen, die Fotokopie beiseitezulegen und mich auf das zu beschränken, was ich bereits hatte. Trotzdem ließ mir das Thema keine Ruhe, wie immer, wenn ich es mit Geschichten zu tun bekomme, die sich nicht richtig auflösen lassen. Das ging so weit, dass eine Kollegin vom Fernsehen mich dabei ertappte, wie ich im Schminkraum vor mich hin fluchte: »Dieses Scheiß La Plata, verdammt noch mal, mit seiner ganzen dämlichen Stadtgeschichte ...«

Als sie mich darauf ansprach, musste ich ihr wohl oder übel eine Erklärung für meinen Ausbruch geben. Ich sagte irgendwas von einer Lithografie mit der Darstellung eines historischen Ereignisses, das sich in La Plata zugetragen habe, und dass mich das nerve, weil ich einfach nicht dahinterkäme, worum es dabei gegangen sein könne. Da holte meine Kollegin ihr Mobiltelefon hervor und gab mir die Nummer eines befreundeten Historikers aus La Plata.

»Wenn der es nicht weiß, weiß es niemand«, versicherte sie. »Er war früher mit einer Schwester von mir verheiratet, wenn wir zusammen waren, schläferte er uns jedes Mal mit endlosen Geschichten über die ›Diagonalenstadt‹ La Plata ein. Aber er ist ein netter Typ, und er hilft dir bestimmt. Ruf ihn an.«

Ein paar Tage später folgte ich ihrem Rat und meldete mich bei dem Mann. Er wusste sofort, worum es ging, und ich kam mir ziemlich dumm vor – offensichtlich waren jedem halbwegs gebildeten Bewohner La Platas die auf der Lithografie dargestellte Geschichte und deren Umstände geläufig. Für alle Fälle zeichnete ich das Gespräch auf. »Nach der feierlichen Grundsteinlegung beauftragte Dardo Rocha den Fotografen Thomas Bradley mit der Anfertigung einer Fotomontage aus den Bildern, die während der Veranstaltung aufgenommen worden waren. Zusätzlich zu diesem Material sollte Bradley Porträts einer

Reihe von Persönlichkeiten verwenden, die an diesem Tag nicht erschienen und damit wortbrüchig geworden waren. Womit sie nicht nur ihn, Dardo Rocha, sondern die ganze Stadt vor den Kopf gestoßen hatten, sollte diese doch das große Symbol für die nationale Aussöhnung sein. Nach außen hin gab man sich versöhnlich, während man sich hinter der Fassade bekämpfte.«

Der Historiker war von dem Thema offensichtlich so besessen, dass er sich fast verhielt wie ein Schauspieler, der bald den einen, bald den anderen Protagonisten der Ereignisse darstellte. So war er abwechselnd Dardo Rocha, Roca oder Sarmiento. Wobei Gouverneur Dardo Rocha, der es nie ins Präsidentenamt schaffen sollte, offenkundig sein Favorit war.

»Als Historiker kann ich selbstverständlich nicht gutheißen, wenn jemand die Ereignisse nach Lust und Laune verfälscht, nicht einmal auf einer Abbildung. Aber ich verstehe Dardo Rocha. Er forderte Bradley nämlich auf, auch seine ›undankbaren‹ abwesenden Konkurrenten in das Bild einzufügen. Bradleys Fotomontage wurde anschließend nach Italien geschickt, zu dem Mailänder Kupferstecher Quincio Cenni, der daraus eine farbige Lithografie herstellte. Das Bild, das heute im Museum von La Plata zu sehen ist, zeigt also nicht, was an jenem Tag geschehen ist, sondern was nach dem Wunsch Dardo Rochas hätte geschehen sollen. Aber ist die Geschichte jemals etwas anderes als eine besser oder schlechter kostümierte Erzählung?«, fragte er, und ich konnte nicht anders als ihm recht geben.

»Sarmiento steht links, in der zweiten Reihe, er ist leicht zu erkennen«, sprach der Historiker weiter. Ich fuhr mit der Fingerspitze über meine Fotokopie und stieß an der genannten Stelle auf eine kreisförmige Vertiefung.

»In der Mitte, hinter dem Priester, befindet sich Roca.« Auch dessen Gesicht war von einem unsichtbaren Kreis umgeben, den ich ertasten konnte.

»Wo die anderen beiden stehen, weiß ich im Moment

nicht, dazu müsste ich das Bild vor mir haben«, sagte er entschuldigend.

»Kann es sein, dass noch eine weitere Person eingefügt worden ist?«, fragte ich, schließlich waren auf meiner Kopie fünf Köpfe markiert worden. Der Historiker lachte.

»Ja, natürlich, das war Quincio Cennis Rache. Ich kann mir vorstellen, was Rocha für ein Gesicht gemacht haben muss, als er es bemerkte. Die fünfte Person ist Quincio Cenni selbst, er tat also, als wäre auch er dabei gewesen, womit er das Täuschungsmanöver von Gouverneur Rocha natürlich offenlegte. Der arme Rocha, ihm blieb wirklich nichts erspart.«

Nach dem Telefongespräch war ich fast noch nervöser als davor. Die Geschichte dieses Bildes war wirklich kurios und würde zweifellos in mein Buch über den Alsina-Fluch eingehen, zumal die Sache durch den »Cenni-Fluch« ihren krönenden Abschluss erfahren hatte. Wesentlich beunruhigender fand ich jedoch die Geheimnistuerei des unbekannten Absenders. Wozu hatte er auf fast unmerkliche Weise jene fünf Köpfe markiert? Die einfachste Erklärung war, dass ich es mit einem Spinner zu tun hatte, vielleicht ein Mensch, dem diese Geschichte aus einem persönlichen Grund besonders naheging. Und wahrscheinlich hätte ich mich auch mit dieser Erklärung zufriedengegeben, hätte ich nicht bei meinem nächsten Treffen mit Román Sabaté auf seinem Schreibtisch eine weitere Fotokopie derselben Lithografie entdeckt. Ich fragte sofort, woher er das Bild habe.

»Keine Ahnung«, sagte er, »das habe ich vor ein paar Wochen zugeschickt bekommen, und dann ist es erst mal unter meinem Papierberg verschwunden. Ich habe es gestern entdeckt, als ich nach langer Zeit zum ersten Mal wieder hier im Büro war und meinen Schreibtisch aufgeräumt habe. Ein Absender oder eine Visitenkarte war nicht dabei. Wahrscheinlich ein Geschäftsgeschenk oder so was. Falls ich mich dafür bedanken soll, weiß ich allerdings nicht, bei wem.«

Ich nahm die Fotokopie und drehte sie um. Auch hier stand etwas auf der Rückseite, allerdings nicht das Gleiche wie auf meinem Exemplar: »Wer die Macht hat, kann die Erzählungen verändern. Manchmal geht das schief.« Als ich daraufhin die Vorderseite abtastete, stellte ich fest, dass nur ein Kopf umkringelt war – der von Gouverneur Dardo Rocha, und der war seinerzeit ja tatsächlich dabei gewesen.

»Ein Geschäftsgeschenk ist das, glaube ich, nicht«, sagte ich.

»Was ist es denn dann?«, fragte Román.

»Ich weiß es nicht, aber ich werde es herausfinden.«

Und die Bilder stammten tatsächlich von einer Art Spinner. Doch wer das war, hätte ich mir in diesem Augenblick nicht mal träumen lassen.

»La Plata wurde zum Symbol der aufstrebenden neuen Macht Argentinien. (...) Dardo Rocha aber wollte noch mehr, wie alle Gouverneure der Provinz Buenos Aires wollte er Präsident Argentiniens werden. Dass er schon 1881 seine Kandidatur bekannt gab, war Wahnsinn, fünf Jahre vorher. (...) Daraufhin zeigte ich ihm immer mehr die kalte Schulter – dass deine Freunde die Anzüge anprobieren, die du nach dem Tod hinterlassen wirst, ist schon nicht besonders angenehm, aber dass sie es tun, wenn der angeblich im Sterben Liegende sich bester Gesundheit erfreut, ist eine schwere Kränkung.« (Zitat aus: Félix Luna, *Ich, Roca*, Buenos Aires, Editorial Sudamericana 1989.)

Diese Worte legt der Schriftsteller Félix Luna dem einstigen argentinischen Präsidenten Julio Argentino Roca in den Mund. Historisch überliefert sind sie nicht – aber könnte der wahre Alsina-Fluch nicht gerade in diesem »Immer-mehr-die-kalte-Schulter-Zeigen« bestehen?

Ein Land, in dem die Leute sich gegenseitig verfluchen.

Verwünschungen als Mittel der Politik.

Eine lange Abfolge verfluchter Politiker.

Ein Volk, das an Zauberei und Magie glaubt.

Politische Führer, die ebenfalls daran glauben oder sich die Tatsache zunutze machen, dass das Volk daran glaubt.

These überprüfen.

Andere Erklärungen verwerfen.

Warum tauchen Fernando Roviras Eltern in Interviews oder in egal welchen Unterlagen so gut wie nicht auf? Wer sind seine Eltern? Leben sie noch?

14

Sebastián Petit ist jetzt schon vierundzwanzig Stunden wach, vielleicht noch länger. Er kann einfach nicht aufhören, und er will auch nicht aufhören. Bereits seit mehreren Wochen sind in dem Luxusapartment mit riesigem Balkon, das Sebastián vor einem Jahr im Stadtteil Villa Crespo gekauft hat, die Rollos heruntergelassen. Die Wände, ja sogar die Balkontüren sind über und über mit Grafiken, Fotos, Landkarten und allen möglichen Plänen bedeckt. Zwischen ihnen und den Papieren, die sich auf seinem Schreibtisch türmen, geht Sebastián hin und her und macht Eintragungen, zieht Verbindungslinien und markiert Punkte und Namen. Oder er stellt sich in die Mitte des Raums und fängt an, sich ganz langsam um sich selbst zu drehen, um Wand für Wand – auch die Glasfront zum Balkon hin – in den Blick zu nehmen, bis er irgendwann die Augen schließt, sich eine Weile nachdenklich die Kopfhaut massiert, die Augen wieder aufmacht und zum Schreibtisch zurückkehrt, um etwas in ein Heft zu schreiben oder im Computer eine Suche zu starten. Sobald er das Gewünschte gefunden hat, trägt er es ebenfalls in das Heft ein, wobei er manchmal so hastig drauflosschreibt, dass er über den Rand hinausgerät und mit dem Stift auf der Schreibtischoberfläche landet. Dann tritt er an eine der Grafiken und schreibt drei Sechsen darüber. Alles, was sich an der dazugehörigen Wand befindet – es ist die, die nach Süden blickt –, hat mit der Stadt La Plata zu tun. Als Nächstes markiert er auf einem Stadtplan die Stelle, wo sich die Calle 6 und die Calle 51 kreuzen. Von hier aus zieht er eine

Verbindungslinie zu einem Foto, auf dem ein Denkmal zu sehen ist, und schreibt daneben:

6 und 51
51 = 5 + 1 = 6

Anschließend verbindet er die Kreuzung Calle 24 und Calle 60 mit der Plaza Juan Domingo Perón und notiert:

24 und 60
2 + 4 = 6
6 + 0 = 6

Eine Zahlenkombination – für die dritte Sechs – fehlt ihm noch. Er tritt einen Schritt zurück, betrachtet die Wand, kratzt sich am Kopf und kehrt zum Computer zurück.

Jede Wand ist einem eigenen Thema gewidmet. Während der letzten Monate hat er vor allem an der nach Norden blickenden Wand gearbeitet, die dem Teilungsprojekt der Provinz Buenos Aires vorbehalten ist. Morgen wird Fernando Rovira die Ergebnisse von Sebastiáns Arbeit probeweise auf einer Pressekonferenz vorstellen, zu der auch Bürgermeister und Vertreter anderer politischer Gruppierungen eingeladen sind, die Rovira auf seine Seite ziehen möchte, um sicherzugehen, dass das Projekt bei der Abstimmung die nötige Mehrheit erhält. Sebastián hat verschiedene Möglichkeiten durchgespielt und nach ausführlichen Untersuchungen und Berechnungen unter Berücksichtigung unterschiedlichster demografischer und wirtschaftlicher Faktoren ein Teilungsmodell entworfen. Unverzichtbare Voraussetzung bei alldem war jedoch, dass die Stadt La Plata nicht zu dem Gebiet gehören würde, über das sein Chef künftig regieren und von wo aus er schließlich zum Sprung ins argentinische Präsidentenamt ansetzen möchte. Für den Ausschluss La Platas gab es keinerlei technische Gründe, er war einzig und allein Fernando Roviras Willen geschuldet. Sebastián wären andere Teilungsmodelle lieber gewesen, womöglich sogar eine Dreiteilung, aber unter den gegebenen Umständen scheint ihm die jetzige Lösung die vernünftigste. Sobald das Projekt beschlossene Sache ist – und Sebastián zweifelt nicht im Geringsten, dass Rovira auch in diesem Fall, so wie immer, seinen Willen durchsetzen wird –, wird der südliche Teil der Provinz Atlántida heißen und der nördliche Vallimanca, Letzteres nach einem kleinen Fluss, der einen Teil der Grenzlinie beider Hälften bildet. Fernando Rovira wird der Gouverneur des nördlichen Teils sein, dem Sebastián in seinem Projekt die wohlhabendsten und einflussreichsten Gemeinden zugeschlagen hat. Logischer wäre es gewesen, den nördlichen Teil nach dem Fluss Matanza zu benennen, der ein wesentlich größeres Stück der Grenze bildet, aber die Erinnerung an das Massaker – »la matanza« – an den Ureinwohnern, das sich im 16. Jahrhundert hier abgespielt und der Gegend ihren Namen gegeben hat, sprach eindeutig dagegen. Dafür brauchte Sebastián gar nicht erst mit Arturo Sylvestre Rücksprache zu halten, von dem er ohnehin schon seit Längerem mehr als genug hat. Anfangs nahm Sebastián noch alles, was Roviras Starberater von sich gab, für bare Münze und lauschte seinen Äußerungen mit fast schon religiöser Hingabe. Was Wortwahl und Kleidung anging, folgte er Sylvestres Ratschlägen bis ins letzte Detail, und ging sogar so weit, als Beilage zum Fleisch statt der herkömmlichen Pommes frites fortan nur noch Quinoasalat zu wählen. Einmal meldete er sich sogar zu einem Seminar an, bei dem ein von Rovira auf Betreiben Sylvestres angeheuerter tibetanischer Zen-Meister die Teilnehmer in Selbstkontrolle und mentaler Wachsamkeit schulen sollte. Im letzten Augenblick machte er jedoch einen Rückzieher, da er bezweifelte, dass er stundenlang schweigend und reglos würde dasitzen können. Sylvestres Glanz verblasste in seinen

Augen zusehends. Eins kam zum anderen, bis Sebastián sich während der letzten großen Kampagne die Mühe machte, sich mithilfe eines Schaubilds einen Überblick über den Rhythmus von Sylvestres An- und Abwesenheitszeiten zu verschaffen. Wie sich herausstellte, waren Erstere in den Tagen unmittelbar vor Auszahlung seines Beraterhonorars deutlich höher als danach. Wie Sebastián außerdem feststellte, gab es für einen guten Teil der Daten, die Sylvestre während der Teamsitzungen ins Spiel brachte, keine belegbare Quelle, was aber nie jemanden zu beunruhigen schien. Als er sich einmal mit einem Kollegen über seine Zweifel an der Glaubwürdigkeit von Sylvestres Zahlenmaterial austauschen wollte, meinte der bloß: »Wenn Sylvestre das sagt, kannst du es ruhig glauben.« Viele der von ihm angeführten Prozentsätze, Trends und Statistiken waren reine Erfindung, wie sich schon durch einfache Überprüfung nachweisen ließ. Die für Sylvestre und seine Kampagnenpläne wichtigsten Daten dagegen ließen sich weder be- noch widerlegen. Wie hätte man auch nachweisen sollen, dass es den Leuten nicht darauf ankommt, dass man ihnen all die Krisen und die sich aus deren Lösung ergebenden Kosten mit genauem Datenmaterial erklärt? Wer hätte bestreiten wollen, dass man automatisch glaubwürdiger wirkt, wenn man ständig abstrakte Begriffe wie Glück, Liebe oder Güte im Mund führt? So sorgte Sylvestre dafür, dass Roviras Reden immer inhaltsleerer wurden, bis sie zuletzt nur noch aus reinem Nichts bestanden. Aber genau dies werde ihm Stimmen einbringen, versicherte Sylvestre, und das sei schließlich das Einzige, was wirklich zähle.

»Wie viele Stimmen bekommt ein Kandidat denn genau, wenn er ›Glück‹ verspricht? Oder wenn er sagt: ›Ich liebe euch alle.‹ Und wenn er sagt, ›allen wird es besser gehen‹? Aber was heißt eigentlich besser? Hat das schon mal jemand objektiv untersucht?«, fragte Sebastián vollkommen ernst bei einem Teamtreffen.

»So viel Genauigkeit wird dir nicht guttun, glaub mir, am Ende stirbst du noch an deinem Herumreiten auf dem Wortsinn«, erwiderte der Beraterguru. »Jeder Wähler weiß, was er unter ›Glück‹ versteht, da brauchen wir uns keine Sorgen zu machen, probiers doch einfach mal selbst, falls du dazu in der Lage bist«, fügte er hämisch hinzu und ging zur nächsten Frage über.

Niemand sonst schien Sebastiáns Zweifel zu teilen. Auch noch den letzten Rest an Sympathie für Sylvestre verlor Sebastián jedoch, als jener Rovira darin unterstützte, dass La Plata keinesfalls Teil des Gebiets sein dürfe, dessen Gouverneur Rovira vor dem Sprung ins Präsidentenamt sein wollte – wegen des lächerlichen Gouverneurs- beziehungsweise Alsina-Fluchs. Wenn es bloß an einem der vielen Spleens Roviras gelegen hätte, die Sebastián längst kennt, wenn Rovira also La Plata einfach deshalb nicht hätte dabeihaben wollen, weil er nun mal nicht wollte, oder weil ihm die Stadt mit ihren vielen Diagonalen nicht gefiel, oder weil er ihre Bewohner nicht ausstehen konnte, hätte Sebastián das verstehen können. Aber dass er tatsächlich an den Fluch und dessen angebliche Folgen glaubte, war zu viel für ihn. Entweder war Sylvestre gar nicht so intelligent, wie es immer schien, oder er kassierte sein Geld vor allem dafür, dass er sagte, was sein Auftraggeber hören wollte. Und Rovira wollte nun mal, dass man ihm sagte, dass La Plata nicht mit im Paket sein dürfe, weil ihn sonst der mit dieser Stadt verbundene Fluch treffen werde. Der reine Wahnsinn. An der nach Westen blickenden Wand wiederum sammelt Sebastián Material für eine gerade erst begonnene Untersuchung zu den Lithium-Lagerstätten in der nordwestargentinischen Provinz Jujuy. Abgesehen von dem geradezu furchterregenden Potenzial, das darin steckt – kaum irgendwo sonst auf der Welt kommt dieser Stoff in solchen Mengen vor –, macht Sebastián sich Sorgen wegen einer Reihe damit verbundener geschäftlicher Unternehmungen. Auf das Thema Lithium ist er gestoßen, als es ihm eines Tages als Heilmittel verschrieben wurde. Er ist überzeugt, dass eine Gruppe von Ärzten und pharmazeutischen Labors in diesem Zusammenhang ganz eigene Absichten verfolgt. Er hat sich vorgenommen, ihre korrupten Machenschaften aufzudecken, sobald seine übrigen Aufgaben ihm Zeit dafür lassen.

An der Wand zum Balkon hin – beziehungsweise nach Osten – sind nicht nur die Rollos heruntergelassen, Sebastián hat die Fenster zusätzlich mit Packpapier abgedeckt, um ganz sicher zu sein, dass niemand von draußen hineinsehen kann. Hier sammelt er alle Informationen, die er benötigt, um seinem Freund Román Sabaté zu helfen. Schon seit Längerem hat er den Verdacht, dass Román in Gefahr ist. Nach der Ermordung Lucrecia Bonaras nahm dieser Verdacht noch zu. Wer Fernando Rovira aufhalten will, muss attackieren, was ihm am wichtigsten ist – seine Frau, seinen Sohn, Román Sabaté. Seine Frau haben sie bereits erledigt. Sein Sohn und Román könnten als Nächste dran sein. Dass Rovira sich so schnell mit der Erklärung abgefunden hat, der Mord an seiner Frau müsse von einem Killer im Auftrag einer dubiosen Mafiagruppe durchgeführt worden sein, kann Sebastián nicht verstehen. Er hat auf eigene Faust Informationen zusammengetragen und seine Schlüsse daraus gezogen, und obwohl er das Gefühl hat, der Wahrheit schon ziemlich nahe zu sein, fürchtet er, die Schuldigen trotzdem nicht rechtzeitig überführen zu können. Er muss Román also schützen. Er ist überzeugt, dass die, die ihn bedrohen, zu Fernando Roviras Umfeld gehören, schließlich hat sich Rovira für seinen Aufstieg zwangsläufig mit den besten, aber auch den übelsten Elementen aus Politik und Gesellschaft zusammentun müssen. Den Unfall, der Románs Mutter fast das Leben gekostet hätte, muss er auch noch genauer untersuchen. Ihm ist bereits aufgefallen, dass da manches nicht richtig zusammenpasst, und er fürchtet, dass es hier eine Verbindung zu der Gefahr gibt, die Román bedroht. Bis jetzt hat er seinem Freund aber nichts davon gesagt. Ja, nach der Ermordung Lucrecia Bonaras ist er sogar auf Distanz zu Román gegangen, damit niemand denkt, er stehe auf seiner Seite. Obwohl er immer auf der Seite Románs stehen wird, ganz egal, wer sich ihm in den Weg stellt. Román weiß nichts davon, aber Sebastián ist sich sicher, dass er Román das Leben verdankt. Damals in der Berghütte in Uspallata steckte er in einer tiefen Depression. Auch wenn er sich dessen seinerzeit nicht vollkommen bewusst war, hatte er damals vor, sich umzubringen, heute ist ihm das klar. Doch dann traf er auf Román, der so anders war – einfach und unverstellt – als die Leute, mit denen er sonst zu tun hatte. Genau an dem Abend, an dem er sich mit Tabletten hatte vollstopfen wollen, erschien Román in der Hütte und fragte, ob er ebenfalls dort übernachten könne. Zunächst hätte er ihn am liebsten unter irgendeinem Vorwand weitergeschickt. Der gutmütige Typ aus Santa Fe durchkreuzte seine Pläne, denn sich in seiner Anwesenheit umzubringen, schloss er selbstverständlich aus. Er würde den anderen also einmal in der Hütte übernachten lassen und sein Vorhaben eben am nächsten Tag umsetzen. Doch Románs Freundlichkeit und seine Einfühlsamkeit stimmten ihn um. Schon lange hatte sich niemand ihm gegenüber so verhalten, wie Román es tat. Normalerweise bekamen die Leute früher oder später genug von ihm und ließen ihn das auch merken. Román dagegen legte eine grenzenlose Geduld an den Tag, und so ist das bis heute geblieben. Nie wäre ihm einer dieser Sätze über die Lippen gekommen, die Sebastián jedes Mal so verletzen, wenn er sie von anderen zu hören bekommt: »Jetzt beruhig dich doch, Sebastián«, »Es reicht, Mann«, »Komm, lass gut sein.«

Er hasst solche Äußerungen, sie bewirken das genaue Gegenteil. Am schlimmsten ist es, wenn seine Mutter derlei von sich gibt – manchmal auch noch auf Englisch: »*Keep calm, boy*« oder »*Rise and shine*«.

Da würde er jedes Mal am liebsten schreiend davonlaufen, deshalb hat er sie auch schon so lange nicht mehr gesehen. Mit seinem Vater ist es anders, doch da es die Eltern nur im Doppelpack gibt, verzichtet er lieber ganz. Seiner Mutter ist klar, dass er und sein Vater einen besonderen Draht zueinander haben, und so fügt sie am Ende derartiger Auseinandersetzungen oft hinzu: »Wie dein Vater, bloß noch schlimmer.«

Aber Sebastián ist nun einmal nicht in der Lage, auf Befehl ruhig zu werden. Wenn ihn etwas aufwühlt, gibt es kein Halten, er bekommt sich dann nur mit sehr viel Mühe wieder in den Griff. Román versteht ihn. Wenn er merkt, was mit ihm los ist, kommt er nicht daher und verlangt Dinge von ihm, die er nicht erfüllen kann. Statt auf ihn einzureden, hilft er ihm, indem er etwas tut. Damals in Uspallata nahm er ihn mit auf eine Bergtour, er ließ ihn steile Hänge hinaufklettern, zusammen überquerten sie einen Wildbach, doch obwohl Sebastián immer wieder mit verlorenem Blick stehen blieb und in die Tiefe starrte, fragte er nicht: »Was ist denn mit dir los?« Stattdessen schlug er ihm gleich die nächste Tour vor. Und als später Sebastiáns Bewerbung bei *Pragma* scheiterte und er vor Wut und Kränkung fast gewalttätig geworden wäre, forderte Román ihn wiederum nicht auf, sich zu beruhigen, sondern sagte bloß: »Ich kümmere mich darum.«

Und das tat er. Vor ein paar Monaten hatte Román ihn einmal überrascht, als er schreiend allein in seinem Büro stand. Er war vollkommen außer sich, hatte seinen Stuhl umgeworfen, den Papierkorb ausgekippt und ein Regal umgestoßen. Als er Románs Anwesenheit bemerkte, der ihn fassungslos anstarrte, hatte er gesagt: »Ich bin verrückt, stimmts?«

Román aber hatte erwidert: »Hier sind doch alle verrückt. Nenn mir einen einzigen Menschen, der mit Politik zu tun hat und nicht verrückt ist.« Gleich darauf hatte er sich ans Aufräumen gemacht, und wenig später sah alles wieder so aus wie vor Sebastiáns Ausraster.

»Manche verstellen sich bloß besser, wenn sie mit anderen zusammen sind, das ist alles«, hatte Román hinzugefügt. »Sie ziehen sich elegante Sachen an, drücken sich gewählt aus, geben bedeutungsvolle Dinge von sich. Aber wenn du sie mal allein erlebst, kommt das ganze Elend raus.«

»Du bist jedenfalls nicht verrückt, Román«, hatte Sebastián erwidert.

»Ich gehöre eben nicht wirklich dazu. Ich hab noch nie wirklich dazugehört, und das wird auch immer so bleiben. Obwohl ich im selben Haus wie Rovira wohne, erlebe ich alles dort wie von außen.«

»Und dieser Verwandte von dir?«

»Mein Onkel? Der ist auch ganz schön durchgeknallt. Aber im guten Sinn, also ich meine, er ist ein guter Typ. Das ist eben der Unterschied: Die Politik macht zwar alle krank und verrückt, aber manche werden am Ende gutmütige Verrückte, so wie mein Onkel, und manche werden bösartig.«

»Bösartige Verrückte«, zu dem Begriff fällt Sebastián in diesem Augenblick eine ganze Reihe von Namen ein, und er schreibt sie alle untereinander auf ein Blatt Papier. Wichtige Daten zu jedem Einzelnen trägt er daneben mit einem grünen Stift ein. Verbindungen zwischen den Listenmitgliedern wiederum kennzeichnet er durch orangefarbene Linien. Die Nachnamen unterstreicht er mit Rot. Dazu kommen noch weitere Informationen in Blau. Irgendwann schiebt er die Liste zur Seite und tritt hastig an die Wand, wo er zwischen einer Karte der geteilten Provinz Buenos Aires und einem Foto, das mehrere Männer bei einer öffentlichen Veranstaltung zeigt, eine orangefarbene Verbindungslinie zieht. Um die Köpfe von dreien der Männer macht er Kreise in derselben

Farbe. »Bösartige Verrückte«, schreibt er in Blau daneben. Dann geht er zum Schreibtisch zurück. Nach kurzer Zeit wiederholt er das Ganze, schreibt jetzt allerdings einen anderen Ausdruck neben ein anderes Foto, von dem er anschließend eine Verbindungslinie zu einer weiteren Karte zieht. Und wieder kehrt er zum Schreibtisch zurück. Sein Stuhl steht seit einiger Zeit exakt in der Mitte des Zimmers – die genaue Stelle hatte er zuvor ausgemessen und mit einem Kreuz markiert und anschließend seinen Schreibtisch davorgeschoben. Willkürlich über den Raum verteilt, erheben sich außerdem alle möglichen wackligen Bücherstapel. Die geheime Ordnung darin kennt nur Sebastián selbst – mehrere Atlanten, *Ich, Roca* von Félix Luna, *Symbole des Freimaurertums* von León Meurin, *Die 33 Aufgaben des Freimaurerschülers* von Adolfo Terrones Benítez und Alfonso León García, drei Algebra-Lehrbücher, *Die sieben Irren* und *Die Flammenwerfer* von Roberto Arlt, *A First Rate Madness (Uncovering the Links Between Leadership and Mental Illness)* von Nassir Ghaemi, eine Ausgabe des *I Ging* mit einem Vorwort von C. G. Jung, der erste Band der gesammelten Werke von Borges – zwischen den Seiten steckt eine Fotokopie des Manuskripts seiner Erzählung »Thema vom Verräter und Helden« –, *Roberto Arlt – Wahnsinn und Politik* von Horacio González sowie mehrere Bände des Wörterbuchs der Real Academia Española. Drei sorgfältig aufeinandergeschichtete Stapel heben sich aus dem Chaos hervor. Der eine besteht aus zwanzig Exemplaren des Buchs *Die Vorgeschichte der Stadt La Plata* von Daniel Badenes, die Sebastián in La Plata in verschiedenen Buchhandlungen zusammengekauft hat, sowie fünf Exemplaren von *Geheimnisse der Stadt La Plata* von Nicolás Colombo – mehr hat Sebastián bislang nicht auftreiben können. Den zweiten Stapel bilden mehrere Exemplare von *Geheime Geschichte der Stadt La Plata* von Gualberto Reynal, die Sebastián erst nach langer Suche in einem Antiquariat aufgestöbert hat. Und den dritten bilden fünfzig Fotokopien des Buches *Mythen und Legenden von La Plata. Kurze Stadtgeschichten* von Román Tarruela. Sebastián ließ sich das nirgendwo käufliche Buch in der Universitätsbibliothek von einem Praktikanten kopieren und fertigte die weiteren neunundvierzig Kopien selbst an, für alle Fälle. Dazu kommt ein Berg Schmutzwäsche, der von Tag zu Tag höher wird. Und unausgepackte Einkaufstüten aus dem Supermarkt, deren Inhalt längst hätte verstaut werden müssen – zumindest der Joghurt. Aber zum Aufräumen braucht man Zeit, und Zeit hat Sebastián nicht. Er steht kurz vor dem Durchbruch – das Bild rundet sich, die Zusammenhänge werden deutlicher, es gibt immer weniger Lücken. Die Lithiumtabletten auf dem Schreibtisch rührt er schon seit einer Weile nicht mehr an. Er muss klar im Kopf sein, zupackend, hellwach. Román zuliebe, der nicht in der Lage ist, für sich selbst zu sorgen. Aber Sebastián kümmert sich darum, dass seinem Freund nichts passiert. Auf unterschiedliche Art und Weise, auch mithilfe dieser Journalistin, dieser China Sureda, die mit Román befreundet ist. Er hat ihr, ohne Absender, Material zukommen lassen, das ihr für das Buch, an dem sie arbeitet, nützlich sein kann. Das war kurz nach der Ermordung von Roviras Frau, Román ging es damals sehr schlecht. Er hoffte, ihr Interesse und ihre Recherchen könnten Román aus seiner Zurückgezogenheit locken. Ob es tatsächlich etwas genützt hat, kann er bis jetzt nicht erkennen. Román brauchte jedenfalls sehr lange, bis er seine gewohnte Routine wiederaufnahm, und die Journalistin war offenbar doch nicht so intelligent, wie sie auf ihn gewirkt hatte. Oder zumindest nicht so schnell im Denken. Nicht so schnell wie er, aber in der Hinsicht kann es niemand mit ihm aufnehmen. Und das, wo es ihm so schwerfällt zu warten. Er würde ja langsamer machen, wenn er könnte, aber das schafft er nicht. Erst recht nicht jetzt, wo die Dinge sich endlich klären. Er weiß aber auch, dass in seinem Kopf jederzeit ein heilloses Chaos ausbrechen kann. Es wäre nicht das erste Mal. Lieber denkt er nicht daran zurück.

Das Telefon klingelt, er zögert, auch ein Gespräch kostet Zeit und lenkt von der Arbeit ab. Auf dem Display erscheint der Name des Anrufers, Fernando Rovira. Um diese Uhrzeit? Wenn er jetzt noch etwas an dem Projekt geändert haben möchte, das morgen vorgestellt werden soll, bedeutet das, dass Sebastián bis dahin keine Minute wird schlafen können. Für ihn ist die Sache aber schon seit mehreren Stunden abgeschlossen, er möchte nichts mehr anrühren. Am liebsten würde er den Anruf ignorieren, aber er weiß, dass Fernando Rovira nichts so schlecht erträgt, wie wenn einer seiner Untergebenen ihm egal zu welcher Stunde nicht sofort zur Verfügung steht. Vor zwei Monaten hat er einen seiner effizientesten Angestellten nur deshalb gefeuert, weil der einen Sonntag lang nicht zu erreichen gewesen war.

»Hallo Fernando, was gibts?«

»Hallo. Alles so weit okay?«

»Ja, für morgen ist alles vorbereitet …«

»Gut …«

Schweigen. Sebastián fragt sich nervös, was der Anruf soll. Er hat Rovira doch schon vor ein paar Stunden erklärt, dass alles in bester Ordnung ist – der Computer, die Leinwand, die PowerPoint-Präsentation, sein Beitrag, die Liste der zu erwartenden Fragen samt vorbereiteten Antworten.

»Brauchst du noch was, Fernando, oder hast du noch irgendwelche Fragen wegen morgen?«

Erneutes Schweigen am anderen Ende der Leitung.

»Hallo?«

»Ja, ich bin noch dran. Nein, alles in Ordnung, wir sehen uns morgen. Nur eins noch, Sebastián, hast du Román heute gesehen?«

»Nein, ich war den ganzen Tag hier und hab die letzten Vorbereitungen abgeschlossen, ich hab keinen Menschen gesehen.«

»Angerufen hat er auch nicht?«

»Nein. Ist irgendwas?«

»Nein, nein. Sein Akku ist bloß leer, und ich kann ihn nicht erreichen. Gib mir Bescheid, falls er sich bei dir meldet.«

»Ja, ich sag ihm, er soll dich anrufen.«

»Genau, er soll mich anrufen.«

»Bis morgen, also.«

»Ja, bis morgen.«

Nachdem Rovira das Gespräch beendet hat, betrachtet Sebastián einen Moment lang sein Mobiltelefon und wählt dann Románs Nummer. »Der von Ihnen gewünschte Teilnehmer ist zurzeit leider nicht erreichbar.« Sebastián geht zur Balkonwand, stellt sich vor ein Foto Románs, das er in der Mitte einer Grafik angebracht hat, und flüstert: »Was ist los, Román? Was ist da zwischen dir und Rovira? Um die Macht geht es diesmal nicht, jedenfalls nicht nur um die Macht. Aber worum dann?«

15

Kurz nachdem mein erstes Jahr bei *Pragma* vorbei war, eröffnete Rovira mir endlich den wahren Grund für meine Aufnahme in sein Team. Und darauf war ich in keiner Weise vorbereitet. An einem Freitagnachmittag machte er plötzlich den Vorschlag, mit ihm und seiner Frau nach Cariló zu fahren und dort das Wochenende zu verbringen. Er log, er behauptete, die Idee sei ihm erst am Morgen gekommen, in seinem Terminkalender habe sich eine Lücke aufgetan, und statt sie gleich wieder mit einer anderen Verpflichtung zu schließen, wolle er die Gelegenheit lieber zum Ausruhen nutzen. Er ließ mir keine Zeit zu überlegen, ich musste mich sofort entscheiden – ja oder nein. Spätestens in zwei Stunden sollte es losgehen. Ich war schon mehrmals mit den beiden auf Dienstreise gewesen, aber in diesem Fall handelte es sich offenkundig um etwas anderes. Hinter der Bitte steckte jedoch kein Befehl, es ging nicht um einen Auftrag, den ich auszuführen hatte, er war vielmehr auffällig bemüht, mich zu überzeugen, ja, zu verführen. Ich zögerte, obwohl ich an dem Wochenende nichts Besonderes vorhatte. Nach den zermürbend langen Arbeitstagen blieb mir bestenfalls ein wenig Zeit, um zu schlafen, seltener, um mich mit Freunden zu gemeinsamen Unternehmungen zu verabreden. Doch die Vorstellung, in eine allzu familiäre, um nicht zu sagen, intime Situation zu geraten, der ich mich nur schwer würde entziehen können – zudem vierhundert Kilometer von Buenos Aires entfernt –, bereitete mir Sorgen, und dennoch war die Aussicht, den eleganten Badeort Cariló kennenzulernen, durchaus verlockend.

Rovira setzte nach: »Wir nehmen nichts zu arbeiten mit, keine Computer, keinen Terminkalender, keine sonstigen Aufgaben – Entspannung pur. Jeder macht, wozu er Lust hat.«

So seltsam das Angebot war, so verführerisch war es gleichzeitig, und das war Teil von Roviras manipulativer Strategie. Aber warum wollten sie ausgerechnet mich dabeihaben? Dass der eine oder andere Leibwächter, ein Chauffeur oder einer der Köche von *Pragma* mitkam, schien mir einleuchtend. Aber wenn ausdrücklich nicht gearbeitet werden sollte, warum dann den »privatesten Privatsekretär« mitnehmen?

Als könnte er Gedanken lesen, fügte Rovira hinzu: »Ich will keinen Druck ausüben, aber du weißt, dass ich dich brauche. Cariló ist ein traumhafter Ort, ich bin imstande, mich dort an den Strand zu legen und nicht mehr vom Fleck zu rühren. Mit meinem Fitnessprogramm sieht es dann allerdings schlecht aus. Der Einzige, der mich trotzdem auf Trab halten kann, bist du – meine Gesundheit hängt von dir ab, ganz einfach.«

Dass ich täglich mit ihm trainierte, stimmte, und dass er angeblich ohne mich nicht auskam, war so schmeichelhaft, dass ich seinen offensichtlichen Manipulationsversuch verdrängte. In Wirklichkeit brauchte jemand wie Rovira niemanden, er war sehr wohl imstande, alle nötigen Übungen allein auszuführen.

»Ich will mich entgiften, die Lungen freikriegen, Endorphine produzieren – in der nächsten Zeit steht so viel bevor. Und allein bekomme ich das nicht hin.« So ging es noch eine Weile weiter, doch obwohl ich seine Begründungen nachvollziehen konnte, blieb ein gewisses Unbehagen. Fernando Rovira und Lucrecia Bonara waren für mich nicht das typische Paar, das sich nichts mehr zu sagen hat und sich für alle Fälle einen Aufpasser mitnimmt, der sie davor bewahren soll, plötzlich ganz sich selbst ausgeliefert zu sein. Lucrecia war noch jung,

Mitte dreißig, und wie lange genau die beiden schon verheiratet waren, wusste ich nicht, aber allzu lange war es nicht. Es stimmt natürlich, dass die Politik wenig Platz für Gefühle lässt, die über bloße Oberflächlichkeiten hinausgehen. Es reicht gerade einmal für schnellen Sex, um die Anspannung loszuwerden, Zärtlichkeiten spielen dabei nur eine untergeordnete Rolle. Wie es in dieser Hinsicht bei Lucrecia Bonara und Fernando Rovira stand, konnte ich schwer einschätzen, aber mein Eindruck war, dass Lucrecia ihren Mann tatsächlich liebte. Sie sah ihn stets voll Bewunderung an, sprach liebevoll von ihm und hielt sich zwar respektvoll im Hintergrund, wusste aber trotzdem jederzeit genau, was Rovira gerade machte. Wie groß Roviras Liebe zu ihr war, hätte ich hingegen nicht sagen können. Klar war für mich nur, dass seine Leidenschaft in jeder Hinsicht der Politik galt. Der kleine, vielleicht auch etwas größere Rest, der dabei übrig blieb, war jedoch Lucrecia vorbehalten – falls Rovira überhaupt Liebe für eine Frau empfinden konnte, dann für sie. Und eine andere Frau in seinem Leben gab es nicht. In der Hinsicht war ich mir sicher.

Ich sagte also zu. Und noch bevor es dunkel wurde, brachen wir auf nach Cariló. Roviras Sekretärin besorgte Kleidung zum Wechseln für mich. Unterwegs aßen wir in einem Restaurant kurz hinter der Ortschaft Dolores, und um Mitternacht waren wir bereits am Meer. Lucrecia zog sich sofort zurück, sie sagte, ihr sei schlecht vom Autofahren, und sie müsse sich hinlegen. Rovira führte mich einmal rasch durchs Haus, in dem er sich ziemlich gut auszukennen schien, obwohl es, wie er mehrfach wiederholte, nicht ihm, sondern einem Freund gehörte.

»Einem Freund«, sagte ich.

»Einem Freund«, sagte er noch einmal.

Dass er über den Besitzer weiter nichts verraten wollte, war offensichtlich. Vielleicht handelte es sich um einen Unternehmer, der seinen Wahlkampf mitfinanzierte, oder einen ihm nahestehenden Politiker, einen hohen Beamten oder einfach jemanden, der ihm als Strohmann diente. Der Betreffende schuldete ihm jedenfalls einen Gefallen. Oder er wollte, dass Fernando Rovira das Gefühl hatte, ihm etwas schuldig zu sein. Letztlich konnte es mir auch egal sein. Das Haus war beeindruckend, mindestens fünfhundert Quadratmeter Wohnfläche, die sich auf ein Erd- und ein Obergeschoss verteilten. Jenseits der Glasfront des Wohnzimmers erstreckte sich eine riesige Terrasse mit einem Holzboden. Sehen konnte ich das Meer um diese Uhrzeit nicht, aber riechen. Trotz der nächtlichen Kälte öffnete Rovira die Glastür und schaltete die Außenbeleuchtung ein. Von der Terrasse führten mehrere Stufen zum Pool hinab, neben dem etliche blau-weiß gestreifte Liegestühle standen. Außerdem gab es dort eine kleine Bar. Erst dahinter war Sandboden zu sehen. In der Ferne konnte ich trotz der Dunkelheit eine Düne und Büsche ausmachen, die das Gelände auf angenehme Weise abschirmten. Es war September, zu dieser Zeit des Jahres sind nicht allzu viele Leute am Strand, erst recht nicht um diese Uhrzeit. Kein Wunder, dass ich den Eindruck hatte, wir seien vollkommen allein.

Rovira bot mir einen Whisky an, ich lehnte jedoch ab, und so trank er, am Fenster stehend, allein, bis er irgendwann sagte: »Gehen wir schlafen? Dann können wir morgen früh aufstehen und am Strand joggen.«

»Gerne«, erwiderte ich.

Er führte mich zu meinem Zimmer. »Falls du was brauchst, wir sind gleich nebenan, okay?«, sagte er, als wir davorstanden, und deutete auf die Tür neben meiner.

»Gut«, sagte ich und ging hinein. Wo der Fahrer und der Leibwächter schliefen – Letzterer war uns in einem zweiten Wagen gefolgt –, wusste ich nicht. Ich hatte sie kurz nach der Ankunft aus den Augen verloren. Offensichtlich sollten wir drei uns völlig ungestört fühlen können. Die Tasche mit den wenigen Sachen, die ich dabeihatte, stellte ich einfach auf den Boden, ohne etwas in den Schrank einzuräumen. Ich war todmüde, zog mich aus, legte mich ins Bett und schlief sofort ein. Ob es an den Geräuschen lag, die aus dem Nebenzimmer drangen, oder woran auch immer, jedenfalls wachte ich irgendwann aus tiefem Schlaf auf und begriff sehr bald, dass das, was ich hörte, das Keuchen Roviras und seiner Frau war. Jedes Mal, wenn er in sie eindrang, stieß das Kopfteil des Betts ganz offensichtlich an die Wand zwischen unseren Zimmern. Ich stellte mir vor, dass er oben war und sie unten, aber wer weiß. Irgendwann stieß Lucrecia mehrere leise Schreie aus, dann einen lang gezogenen, der zuletzt in eine Art Schluchzen überging, danach wurde es still. Ich lag eine Zeit lang reglos da und fragte mich, ob es wohl gleich noch einmal losgehen würde. Dass sie, bloß durch eine Wand von mir getrennt, vögelten, fand ich keineswegs erregend, im Gegenteil, es war mir unangenehm, ja, ich ärgerte mich darüber. Merkten sie nicht, dass ich alles buchstäblich live mitbekam, oder war es ihnen egal? Ich brauchte lange, um wieder einzuschlafen, drehte mich im Bett hin und her und wollte irgendwann aufstehen und hinausgehen, doch der Gedanke an die Kälte draußen schreckte mich ab. Erst kurz vor der Morgendämmerung fand ich endlich wieder in den Schlaf.

Um acht klopfte Rovira bei mir an die Tür und öffnete sie, ohne meine Reaktion abzuwarten, einen Spaltbreit. »Sollen wir frühstücken und dann mit dem Training anfangen?« Ich brauchte eine Weile, bis mir klar war, wo ich mich befand. Ich hatte eine Erektion und wollte auf keinen Fall, dass Rovira es bemerkte.

»Ja, einverstanden«, sagte ich und verwünschte mich dafür, dass ich im Schlaf einen Steifen bekommen hatte. Ich wartete, bis die Erektion sich ein wenig gelegt hatte, ich konnte schließlich nicht mit steil aufgerichtetem Glied im Pyjama durch den Flur ins Bad gehen. Wenig später schlüpfte ich in meine Kleider, begab mich ins Bad und danach in die Küche. Rovira und Lucrecia saßen schon am Tisch und warteten, aber nicht auf mich, sondern darauf, dass das Frühstück serviert wurde. Eine Frau, die ich bis dahin nicht gesehen hatte, stellte Kaffee, Toast, Croissants, Marmelade, Orangensaft, Joghurt und Haferflocken auf den Tisch, fast ein komplettes kontinentales Frühstück wie im Hotel.

»Hast du gut geschlafen?«, fragte Rovira.

»Ja, wunderbar«, antwortete ich knapp und spürte, wie der Ärger darüber, wegen ihres Liebeskonzerts um den Schlaf gebracht worden zu sein, wieder in mir aufstieg.

»Kommst du mit zum Joggen, Liebling?«, wandte sich Rovira als Nächstes an seine Frau, die in einer Illustrierten blätterte, die offenbar seit dem letzten Sommer hier gelegen hatte.

»Ich bin doch nicht verrückt«, sagte sie lachend, »sobald die Sonne richtig rauskommt, lege ich mich an den Strand und lass mich bräunen, mehr brauche ich nicht.«

Rovira küsste sie auf den Mund, und wir brachen auf. Ich glaube, es war das erste Mal, dass sie sich in meiner Gegenwart küssten, abgesehen von einer Gelegenheit, als sie bei einer von Sylvestre organisierten Fotositzung vor Journalisten scheinbar leidenschaftlich verliebt die Münder aufeinandergedrückt hatten.

Am Strand blies ein eiskalter Wind. Wir zogen den Reißverschluss unserer Trainingsjacken bis oben zu, für die Beine in den kurzen Hosen gab es jedoch keine andere Lösung, als sich möglichst schnell warm zu laufen. Wir setzten uns in Richtung Villa Gesell in Bewegung. Zuerst langsam, dann ein kleiner Zwischensprint, anschließend wieder langsam. Irgendwann hielten wir an und machten Dehnübungen, Kniebeugen und Liegestützen. Das und die stärker werdende Sonne vertrieb allmählich die Kälte. Auf dem Rückweg schlugen wir auf Bitte

Roviras zwar ein höheres Tempo an, doch ohne jemals zu rennen. Als ich Rovira anschließend fragte, ob er müde sei und deshalb nicht mit voller Kraft habe joggen wollen, erwiderte er bloß, nein, es gehe ihm darum, »in Ruhe nachdenken zu können«, während er am Meer entlanglaufe. Das nahm ich ihm nicht ab – dass er so kurz angebunden reagierte, führte ich vielmehr darauf zurück, dass er vom Laufen noch außer Atem war.

»Alles okay?«, fragte ich, woraufhin er mich bloß wortlos ansah.

Erst eine ziemliche Weile später sagte er: »Ja, alles okay. Ich bin einfach zurzeit mit den Gedanken woanders, verstehst du?« Um kurz darauf hinzuzufügen: »Lucrecia möchte ein Kind.«

Ich sah ihn erwartungsvoll an. Und sagte schließlich, als von ihm nichts kam: »Aber du nicht«, im Glauben, seine Antwort vorwegzunehmen. Nur zu genau erinnerte ich mich, wie Carolina mich seinerzeit in der gleichen Angelegenheit so sehr unter Druck gesetzt hatte. Ich konnte ihn gut verstehen, auch er hatte das Recht, nicht Vater werden zu wollen.

Aber bevor ich in dieser – falschen – Richtung weitermachen konnte, stellte Rovira klar: »Es ist nicht so, dass ich nicht wollte, ich *kann* nicht.«

Dazu fiel mir nichts ein. Nachfragen wollte ich aber auch nicht. Ich überließ es also ihm, sich genauer zu erklären. Und falls nichts weiter käme, schiene mir auch das gerechtfertigt, ja, ich wäre sogar erleichtert. Ich fühlte mich nicht wohl beim Anhören von Fernando Roviras intimsten Geheimnissen.

Nach einiger Zeit sprach er weiter: »Was die Sache noch komplizierter macht, ist die Tatsache, dass wir unbedingt ein Kind brauchen. Sagt Arturo Sylvestre wenigstens. Die Wähler stimmen für Leute, die Kinder haben, verstehst du? Das steht für Sylvestre außer Zweifel. Er sagt, ein Kandidat mit einem Kind hat bei Wahlen viel größere Siegeschancen. Ich habe ihn gefragt, wie er sich dann den Erfolg von Perón erklärt. Und er hat gesagt, das mit Perón und Evita und dem Peronismus versteht er schon seit Langem nicht mehr.« Rovira lachte und ging eine Weile schweigend weiter, als wäre er in Gedanken in die Zeiten des wohl berühmtesten – wenn auch kinderlosen – aller argentinischen Präsidenten zurückgekehrt. Schließlich griff er das Thema wieder auf: »Da so was wie mit Perón wohl kaum noch mal vorkommen wird, meint Sylvestre, soll ich mir lieber so bald wie möglich ein Kind zulegen.«

»Nicht schlecht«, sagte ich in ironischem Tonfall, »leg dir ein Kind zu, und du gewinnst die Wahlen …«

»Na ja, einfach so aus der Luft gegriffen ist das nicht, Sylvestre beruft sich auf alle möglichen Umfragen und Statistiken, und wenn sich einer da auskennt, dann er. Aber ausschlaggebend ist, dass Lucrecia unbedingt Mutter werden möchte. Sie braucht das einfach. Sie sagt, sie fühlt sich allein. Die Politik ist eine ganz schön komplizierte Angelegenheit, das wirst du inzwischen selbst gemerkt haben. Ein Kind wäre da in vielerlei Hinsicht eine gute Lösung. Aber von mir kann sie keins bekommen«, sagte Rovira und verstummte erneut.

Logisch wäre es zu diesem Zeitpunkt gewesen, nach dem Grund dafür zu fragen, und ich glaube, Rovira erwartete das auch. Aber ich brachte den Mut nicht auf, abgesehen davon, dass ich mich immer unwohler fühlte. Einfach das Thema zu wechseln, schien mir allerdings auch nicht passend. Inzwischen waren wir in der Nähe des Hauses angekommen, und zum Glück wechselte Rovira von sich aus das Thema, er fing an, vom Trainieren zu sprechen, überlegte, ob wir am Nachmittag noch einmal joggen gehen sollten oder lieber eine Runde im Meer schwimmen, obwohl das Wasser eiskalt sein musste. Irgendwelche Erklärungen für das, was er davor gesagt hatte, blieben dagegen aus – als hätte es diese Äußerung nie gegeben.

Mittags stellte er sich an den Grill, das übernehme er selbst, verkündete er, es mache ihm großen Spaß, früher sei er berühmt für seine Grillkünste gewesen. Als der Chauffeur zuvor aufgebrochen war, um Fleisch einzukaufen, hatte er ihm aufgetragen: »Bring unbedingt auch Nierenzapfen mit.«

Ich wunderte mich ein wenig über diesen besonderen Wunsch, umso mehr aber, als Rovira später, als alles fertig war, erklärte, er wolle bloß ein Stück Filet. Das Mittagessen verlief in angenehm entspannter Atmosphäre, musikalisch untermalt durch eine CD von Ligia Piro, die Rovira selbst aus dem Auto geholt hatte. Die Frau, die am Morgen das Frühstück serviert hatte, räumte das schmutzige Geschirr ab und stellte zum Abschluss eine Schüssel mit frischem Obstsalat auf den Tisch. Kurz darauf waren wir wieder zu dritt, blickten aufs Meer und machten bloß ab und zu den einen oder anderen Kommentar. Irgendwann stand Rovira auf, entschuldigte sich und erklärte, er müsse jetzt unbedingt Mittag schlafen. Dann deutete er auf Lucrecia und sagte: »Pass gut auf sie auf.«

Ich lächelte und wusste nicht, was ich erwidern sollte. Rovira verschwand im Inneren des Hauses, und seine Frau und ich blieben auf der Terrasse sitzen und tranken Kaffee. Ehrlich gesagt, hätte ich mich liebend gern auch ein Weilchen hingelegt, aber Lucrecia einfach allein zu lassen, ging unter diesen Umständen natürlich nicht. Worüber wir uns unterhielten, weiß ich nicht mehr. Die Zeit zog sich quälend langsam dahin. Irgendwann streckte Lucrecia sich in einem Liegestuhl aus, und obwohl es ziemlich frisch war, legte sie bis auf einen Bikini alle Kleider ab.

»Willst du dich nicht sonnen?«, fragte sie und deutete auf den Liegestuhl neben ihr.

Ohne lange zu überlegen, stand ich auf und sagte: »Ich geh lieber ein Stück spazieren, ist das in Ordnung?«

»Wie du möchtest«, erwiderte sie und schloss die Augen.

Ich ging bis ans Wasser. Ich war fast so entnervt wie in der Nacht davor, als ich die beiden gemeinsam hatte stöhnen hören. Wie hatte ich nur so dumm sein können, mich auf diesen Wochenendausflug einzulassen? Ungefähr zwanzig Minuten ging ich in Richtung Pinamar, dann drehte ich um, ich kannte mich hier nicht aus und hatte keine Lust, mich womöglich zu verlaufen. Kurz bevor ich meinen Ausgangspunkt erreicht hatte, legte ich mich in den Sand und schlief ein. Als ich aufwachte, saß Rovira mit übereinandergeschlagenen Beinen neben mir und starrte aufs Meer.

»Das hab ich wirklich gebraucht«, sagte er, kaum dass er merkte, dass ich wach war, »am liebsten würde man gar nicht mehr zurückfahren, stimmts?«

Am liebsten hätte ich erwidert: »Du hast ja keine Ahnung, wie gerne ich von hier verschwinden würde, und zwar sofort.« Selbstverständlich sagte ich nichts dergleichen, sondern fasste insgeheim den Entschluss, die gut vierundzwanzig Stunden bis zu unserer Rückkehr zu überbrücken, so gut es ging, und mich über nichts mehr aufzuregen, mochten die Roviras auch tun oder lassen, was sie wollten. Lange hatte der Entschluss jedoch nicht Bestand.

»Kryptorchismus«, sagte Rovira.

Ich sah ihn verständnislos an.

Worauf Rovira das Wort wiederholte, mir dabei jedoch direkt in die Augen sah: »Kryptorchismus.«

Ich hatte den Begriff noch nie gehört und keine Ahnung, worauf er sich beziehen oder was er mit unserer bisherigen Unterhaltung zu tun haben könnte.

»Deswegen kann ich keine Kinder zeugen«, fuhr Rovira fort.

»Und was ist das?«, fragte ich.

»Hast du es gut, dass du das nicht weißt«, sagte Rovira und erklärte: »Bei manchen Männern wandern die Hoden nicht in den Hodensack hinab. Wenn das im frühen Kindesalter erkannt wird, ist es kein Problem, es lässt sich durch einen chirurgischen Eingriff in Ordnung bringen. Andernfalls verkümmern die Hoden irgendwo im Bauchraum und sind dann kaum noch auffindbar, und wenn doch, müssen sie entfernt werden. In jedem Fall wird man dadurch unheilbar steril.« Solange er sprach, hielt ich mit einer großen Kraftanstrengung den Blickkontakt aufrecht, sobald er aber seine Erklärungen beendet hatte, wandte ich die Augen ab, sah aufs Meer hinaus und fragte mich verbittert, warum ich hier saß und mir irgendwelche Geschichten über Fernando Roviras Hoden anhörte.

Nach einer Pause fuhr er gleichmütig fort: »Lucrecia lässt nicht locker, Sylvestre auch nicht, und ich stehe zwischen beiden und weiß nicht, was ich tun soll, um sie zufriedenzustellen.«

»Weiß Lucrecia denn nicht, dass du keine Kinder zeugen kannst?«

»Doch, inzwischen ja, aber als wir geheiratet haben, wusste sie nichts davon. Darum habe ich ihr auch nicht gesagt, woran genau es eigentlich liegt, sonst könnte sie leicht darauf kommen, dass ich es schon vorher gewusst haben muss. Ich habe ihr damals nichts gesagt, weil … Ich weiß auch nicht, ich hielt es nicht für nötig. Wenn *sie* keine Kinder hätte bekommen können, hätte ich sie trotzdem geheiratet. Aber es fällt mir schwer, mich in den Kopf einer Frau zu versetzen. Als ich dann gesehen habe, wie besessen sie von dem Thema ist, habe ich mir gesagt, dass ich es ihr am besten auf andere Weise beibringe. Ich wollte sie nicht verlieren. Ich hoffe, du verrätst mich nicht«, sagte er und sah mich erwartungsvoll an.

»Natürlich nicht«, erwiderte ich.

»Sie glaubt also, dass meine Unfruchtbarkeit erst irgendwann nach unserer Hochzeit eingetreten ist, durch eine Infektion, oder dass mir das zumindest erst nach der Hochzeit klar geworden ist. Bis vor Kurzem hat Lucrecia sogar noch gehofft, dass sich die Sache irgendwie behandeln lässt. Ich habe ihr nach und nach beigebracht, dass das ausgeschlossen ist.

Sie weiß also, dass ich keine Spermien produzieren kann, aber warum das so ist, weiß sie nicht.«

»Verstehe«, sagte ich. Hoden, Skrotum und Spermatozoen waren ganz neue Töne in meinem Umgang mit dem Chef von *Pragma*.

»Wir haben auch überlegt, ein Kind zu adoptieren. Sylvestre findet das gut, er sagt, solange offen bleibt, an wem es liegt, dass wir keine eigenen Kinder bekommen können, kann eine Adoption uns sogar Pluspunkte bringen. Und noch besser sei ein Kind aus einem anderen Erdteil, ein Flüchtlingskind oder so. Aber Lucrecia will nichts davon wissen. Sie will ihre neun Monate Schwangerschaft, mit dickem Bauch und allem, was dazugehört, und zum Schluss eine richtige Geburt. Du weißt ja, wie die Frauen sind.«

Ich nickte. Ich war zwar nicht der Ansicht, dass alle Frauen gleich sind, aber ich musste zugeben, dass unter den wenigen Frauen, auf denen meine bisherige Erfahrung mit der Liebe beruhte, genau jemand wie Lucrecia gewesen war, die um jeden Preis Mutter werden wollte.

»Eine Adoption kommt also nicht infrage. Bleibt nur, sie zu schwängern«, sagte er abschließend, was sich aus seinem Mund ziemlich drastisch anhörte.

Fast im selben Augenblick erschien Lucrecia, breitete ihr Handtuch neben uns aus und deutete in Richtung Meer: »Ich geh schwimmen, kommt einer mit?«

»Bei der Kälte?«, sagte Rovira.

»Immerhin scheint die Sonne, außerdem ist Frühling«, erwiderte seine Frau.

»Das Wasser ist eiskalt, und Román und ich müssen am Montag wieder schuften wie die Irren, wir können es uns nicht leisten, eine Grippe zu bekommen. Aber geh du nur schwimmen, du kannst dich ja problemlos ins Bett legen, wenn wir wieder zu Hause sind, Liebling.«

Erneut nannte er sie vor mir Liebling, was sonst nie vorkam. Allerdings waren seine Worte nicht frei von einem ironischen Unterton.

»Wie ihr wollt«, sagte sie lächelnd, »ihr wisst ja gar nicht, was euch entgeht.« Dann ging sie los in Richtung Meer. Wir sahen ihr hinterher. Als sie das kalte Wasser an den Füßen spürte, machte sie einen erschrockenen Hüpfer. Das wiederholte sich mehrmals, bis sie sich irgendwann kopfüber ins Wasser stürzte und energisch drauflosschwamm. Zum ersten Mal machte ich mir bewusst, dass sie einen sehr attraktiven Körper hatte, ausgesprochen weiblich, mit schönen Brüsten und einem schönen Hintern. Rovira lächelte. »Eine schöne Frau, stimmts?«

Ich fühlte mich ertappt, schon wieder war es, als könnte er Gedanken lesen. Ich wusste nicht, was ich sagen sollte.

»Ist sie etwa nicht schön?«, bohrte er nach.

»Doch, doch, natürlich«, sagte ich, »eine schöne, reife Frau.«

»Reif?«, fragte er verwundert. »So viel älter als du ist sie auch wieder nicht.«

»Nein, so habe ich das nicht gemeint, das war nicht auf ihr Alter bezogen, ich wollte sagen, erfahren.«

Rovira nickte, machte eine zweideutige Gebärde und verstummte für eine Weile. Ich dachte schon erleichtert, damit habe sich das Thema erledigt, aber ich hatte mich getäuscht. Das Schlimmste stand noch bevor. Ohne den Blick von Lucrecia abzuwenden, sagte Rovira: »Manche Paare greifen auf eine Samenbank zurück, also auf einen anonymen Spender. Aber in unserem Fall geht das nicht, aus verschiedenen Gründen. Einerseits ist da das Problem mit der Vertraulichkeit, Sylvestre hat mich sofort davor gewarnt. Wenn die Leute Wind davon bekommen, dass ihr Kandidat steril ist, kann ich die Wahl vergessen. Es mag noch so falsch sein, aber für die meisten Menschen gehören Fruchtbarkeit und Potenz untrennbar zusammen.«

Ein Mann, der seinen Hund am Strand ausführte, erkannte Rovira und kam freudig überrascht näher, um ihn zu begrüßen. Rovira grüßte mit professioneller Freundlichkeit zurück, ganz als wäre er schon mitten im Wahlkampf. Das gehört auch zu den Dingen, die ich bei *Pragma* gelernt habe – ein Politiker befindet sich immer im Wahlkampf. Kaum hatte der Mann sich wieder ein Stück entfernt, fuhr Rovira fort, wo er unterbrochen worden war: »Aber steril sein heißt nicht impotent sein. Trotzdem wäre meine Karriere als Politiker damit am Ende. Heutzutage wählt kein Mensch einen Kandidaten, von dem er glaubt, er sei impotent.«

»Klar«, sagte ich, nickte und hoffte inständig, dass die Unterhaltung damit beendet wäre.

»An diesem ganzen Samenspendengeschäft sind einfach viel zu viele Leute beteiligt«, fuhr Rovira jedoch unerschütterlich fort, »da können sie dir noch so viel Vertraulichkeit versprechen, zuletzt sickert doch was durch. Es reicht schon, dass irgendein dämlicher Journalist dich am Eingang der entsprechenden Klinik fotografiert, am nächsten Tag ist das Bild im Netz, und gleich darauf reden alle nur noch von deiner Impotenz.«

»Ja, stimmt schon, da hast du recht«, sagte ich entmutigt angesichts der Tatsache, dass das Thema noch keineswegs erledigt war.

Rovira dagegen kam immer mehr in Fahrt. Dass mir die Sache unangenehm war, bemerkte er entweder nicht, oder es war ihm egal. Bevor er weitersprach, sah er mir eine Weile seltsam lächelnd direkt in die Augen, als überlegte er, ob er tatsächlich sagen solle, was er als Nächstes sagen wollte. Heute glaube ich allerdings, dass auch das nur gespielt war.

»Weißt du was?«, sagte er schließlich verschwörerisch. »Das mit der Vertraulichkeit ist für mich, ehrlich gesagt, nicht das Wichtigste an der Sache. Entscheidend ist, dass uns diese

Methode nicht wirklich überzeugt. Dass sich da einer erst mal einen runterholen muss, und dann kommt jemand mit einer Spritze, und anschließend frieren sie das Sperma auch noch ein, bevor sie es an die Frau weitergeben – also, dass unser Kind so gezeugt werden soll, das können wir uns einfach nicht vorstellen. Darum haben wir eine Alternative ins Auge gefasst.«

Den letzten Satz sprach er nicht nur mit einer ganz besonderen Betonung aus, sondern wiederholte ihn gleich noch einmal: »Wir haben eine Alternative ins Auge gefasst.«

Anschließend verstummte er, sicherlich in der Erwartung, dass ich fragen würde, an was für Alternativen sie denn dächten. Aber ich sagte ebenfalls kein Wort, ich hatte schon seit Langem mehr als genug von dieser Unterhaltung. Wenn es nach mir gegangen wäre, hätte ich einfach gefragt, ob *er* denn eigentlich Vater werden wolle, ganz unabhängig davon, was seine Frau oder Sylvestre oder seine Wähler dazu sagten. Hatte er jemals darüber nachgedacht, so wie ich, als Carolina mich bedrängte? Und, falls dem so war, zu welcher Antwort war er gelangt? Während wir immer noch schweigend nebeneinandersaßen, kam Lucrecia zu uns zurück. In der frischen Frühlingsbrise muss sie ziemlich gefroren haben, sie hatte eine Gänsehaut, und ihre Lippen waren dunkelblau angelaufen. Die Brustwarzen zeichneten sich deutlich unter dem Stoff des Bikinioberteils ab. Rovira stand auf, hüllte sie ins Handtuch und rieb sie mit energischen Bewegungen trocken. Beide lachten.

»Du holst dir noch eine Lungenentzündung, los, ab unter die heiße Dusche!«

Sie küssten sich, lange und leidenschaftlich. Ich richtete den Blick zum Horizont. In der Ferne türmte sich eine Welle auf und rollte langsam aufs Ufer zu.

Irgendwann seufzte Rovira neben mir und fragte: »Wo waren wir stehen geblieben?«

Ich begann hastig, über das Erstbeste zu sprechen, was mir

einfiel, in diesem Fall die Begegnungen der Fußballliga vom Wochenende. Es wirkte ziemlich lächerlich, uns beiden war klar, dass von Fußball keine Rede gewesen war. Rovira wiederum wusste genau, worüber er sprechen wollte. Er ließ sich wieder neben mir auf dem Sand nieder.

»Ich muss es einfach hinkriegen, dass sie schwanger wird, das ist ihr gutes Recht«, sagte er, und ich gab mich innerlich geschlagen.

»Lucrecia und ich, wir sind uns inzwischen einig, dass es am besten wäre, wenn wir jemanden finden, der dafür sorgt, dass sie das Kind bekommt, nach dem sie sich so sehnt, und zwar auf natürliche Weise.«

Ich verstand gar nichts mehr – sprach er von einem Arzt? Und was sollte das heißen, »auf natürliche Weise«?

Er sah mich an. »Wir wollen, dass es auf saubere, natürliche Weise gezeugt wird, mit Leib und Seele, sozusagen. So als würde es von mir gezeugt, nur eben nicht durch meinen Samen und meinen Körper, verstehst du?«

»Nein«, antwortete ich hastig, in dem verzweifelten Versuch, der immer bedrohlicher aufziehenden Gefahr auszuweichen.

Was einen wie Fernando Rovira selbstverständlich nicht davon abhielt, weiterzumachen. Er fragte vielmehr: »Könntest du dir das vorstellen?«

Mein Verstand setzte aus, ich wusste wirklich nicht, wovon er sprach, oder wollte es nicht wissen.

»Was meinst du?«, bohrte er nach.

»*Was* vorstellen?«, stammelte ich.

»Uns zu helfen, das Kind zu bekommen, das wir brauchen.« Und nach einer kurzen Pause fügte er hinzu: »Ich spreche jetzt aber nicht von einer Samenspende.«

Ich sagte kein Wort. Obwohl er sich eindeutig ausgedrückt hatte, war mein Kopf unfähig, seine Äußerung in einen sinnvollen Zusammenhang zu bringen.

Angesichts meiner Verwirrung wiederholte er die Frage vollkommen unverblümt: »Könntest du dir vorstellen, meine Frau zu vögeln, als wärst du ich, an meiner Stelle? So lange, bis sie schwanger wird?«

Jetzt konnte ich nicht mehr so tun, als würde ich nicht verstehen. Wie versteinert saß ich da, während die vom Wind aufgewirbelten Sandkörner mir wie Nadeln gegen das Gesicht prasselten. Ohne nachzudenken, nahm ich all meine Kraft zusammen, stand auf und machte mich hastig auf den Weg zum Haus. Rovira ging hinter mir her.

»Wohin willst du?«, fragte er.

»Ich geh rein, der Wind ist einfach nicht auszuhalten«, erwiderte ich.

»Okay, immer mit der Ruhe ...«, sagte er gelassen, als hätten wir gerade die normalste Unterhaltung der Welt geführt. Um ihn nicht mehr hören zu müssen, versuchte ich, den Abstand zwischen uns zu vergrößern. Aber er beschleunigte seine Schritte ebenfalls. Als er mich fast eingeholt hatte, streckte er die Hand aus, berührte mich am Arm und sagte noch mal: »Immer mit der Ruhe, wirklich ... Denk darüber nach. Wir verlangen ja nicht, dass du später der Vater bist, für das Kind übernehme ich die Verantwortung. Du vögelst nur, für alles, was danach kommt, bin ich zuständig.«

Mir war schwindlig, ich hatte das Gefühl, als spräche er eine fremde, mir unbekannte Sprache, seine Worte drangen wie ein verzerrtes Echo an mein Ohr. Ich versuchte, ihn abzuschütteln, aber Rovira überholte mich und stellte sich mir in den Weg.

»Du fragst dich wahrscheinlich, warum ich gerade dir mit so einem Vorschlag komme, warum ich bereit zu dem Opfer bin, meine Frau einem anderen zu überlassen. Ich erklärs dir noch mal. Lucrecia will unbedingt ein Kind haben, aber nicht durch irgendwelche Methoden, die der Sache ihren natürlichen

Zauber nehmen. Und ich bin bereit, ihr zuliebe ein Opfer zu bringen – uns dreien zuliebe.«

»Und was habe ich davon?«

»Ich spreche nicht von dir, ich spreche von mir, meiner Frau und meinem Kind. Du wirst nichts damit zu tun haben, nur dein Körper.«

»Mein Körper wird nichts damit zu tun haben, weil ich das nicht mache«, sagte ich, ohne zu zögern. Dann schob ich ihn zur Seite und ging weiter. Kurz bevor wir beim Haus ankamen, hielt er mich erneut zurück. Obwohl er mich fest am Arm packte, war zu spüren, dass er innerlich ruhig und gelassen war, ganz Herr der Lage. Ich dagegen war nur noch ein Nervenbündel.

»Denk darüber nach«, sagte er noch einmal, »wenn du dich beruhigt hast, siehst du die Sache klarer. Es geht bloß um sie, um dich und um mich.«

»Und um Sylvestre …«, erwiderte ich. Woher ich den Mut für meine Ironie nahm, weiß ich nicht.

»Die Einzelheiten gehen Sylvestre nichts an«, sagte Rovira, »er gibt seine Ratschläge, aber die Umsetzung ist meine Sache. Ich brauche ihm nicht zu sagen, wen ich ausgewählt habe, damit er meine Frau vögelt.«

Ich sah ihn fassungslos an.

»… wen ich ausgewählt habe, damit er meine Frau vögelt« verriet mehr über seinen ausgeklügelten Plan, als ihm lieb sein konnte. Er versuchte, den letzten Worten ihren brutalen Klang zu nehmen, sprach wieder von »wir«, »unsere Entscheidung«, »Lucrecias großer Traum«. Aber es war seine Entscheidung.

»Román, ich hoffe, du erkennst, dass wir dir damit auch zeigen, wie sehr wir dich schätzen und wie sehr wir dir vertrauen. Ich, vor allem aber Lucrecia. Wir denken schon seit Langem darüber nach, aber bis jetzt konnten wir uns nicht dazu durchringen. Du hast dich damals bei *Pragma* beworben, wir sind uns körperlich ziemlich ähnlich, du hast die gleiche Haarfarbe wie ich, die gleiche Augenfarbe. Und wir wollten natürlich, dass das Kind uns ähnlich ist. Aber erst mal mussten wir dich besser kennenlernen, deinen Charakter, wir mussten wissen, ob wir dir vertrauen können. Und das tun wir jetzt. Denk darüber nach, das ist das Einzige, worum ich dich bitte. Nimm es wie ein Geschenk, das wir dir machen, wir vertrauen dir unser Schicksal an.«

Am liebsten hätte ich ihm ins Gesicht geschlagen. Stattdessen holte ich tief Luft und versuchte, mich zu beruhigen. Irgendwie schaffte ich es, mich von ihm zu lösen und das Haus zu betreten.

Was er daraufhin machte, weiß ich nicht, ich ging jedenfalls auf direktem Weg in mein Zimmer und schloss die Tür hinter mir ab. Wie im Zeitraffer lief vor meinen Augen noch einmal der Tag ab, an dem ich mich mit Sebastián in die Warteschlange vor der *Pragma*-Zentrale eingereiht und dabei das Gefühl gehabt hatte, durch eins der Fenster im ersten Stock beobachtet zu werden. Ich packte meine wenigen Habseligkeiten zusammen, wusch mir das Gesicht mit kaltem Wasser, schloss die Tür auf und ging hinaus. Auf dem Weg zur Haustür begegnete ich niemandem. Als ich wieder vor dem Haus stand, marschierte ich einfach drauflos, in die erstbeste Richtung, irgendwie würde ich den Weg zurück nach Buenos Aires schon finden, Hauptsache, ich entfernte mich von Fernando Rovira und seiner Frau.

Zumindest für eine Weile.

16

Wo ist Román?, fragt China sich schon zum x-ten Mal. Sie weiß, dass ihr eine harte Nacht bevorsteht. Sie hat zu viel und durcheinander getrunken, erst Campari, dann Whisky, dann wieder Campari. Tagsüber hat sie es noch ausgehalten, sie hat gearbeitet und gearbeitet, bloß um nicht die ganze Zeit ein und dasselbe denken zu müssen. Wie sie aber in den verbleibenden Stunden dieser Nacht in den Schlaf finden soll, weiß sie nicht. Sie nimmt sich das schwächste Kapitel ihres Manuskripts vor und versucht, es mit ein paar spannenden Einzelheiten anzureichern. Wenn sie davon nicht müde wird, bleibt ihr immer noch ein Rest Wein, und falls auch das nicht hilft, Tabletten. Ein Joint täte ihr jetzt gut, doch seit einiger Zeit kifft sie nur noch, wenn jemand sie einlädt. Sie geht also das Kapitel über den Diamanten und diverse Flüche und Verwünschungen aus den USA durch, das Eladio Cantón ihr mehr oder weniger aufgezwungen hat.

»Du musst auch an die ausländischen Buchmärkte denken, China, der spanischsprachige allein ist doch nicht alles. *Think big!* Wenigstens ein paar Sachen aus den USA und Europa müssen unbedingt mit rein, und wenns geht, auch was aus Asien, das wäre noch besser, vergiss nicht, das sind Millionen von potenziellen Käufern.«

»Aber wirkt das für hiesige Leser nicht ein bisschen aufgesetzt?«

»Die überblättern das einfach. Hast du noch nie das Gefühl gehabt, dass ein Buch, das du gelesen hast, fünfzig oder hundert Seiten zu lang war? Bei Bestsellern ist das fast immer so, und nicht nur dort. Trotzdem, das macht nichts, vielleicht ist gerade das, was die einen bloß überfliegen, für andere besonders interessant. Also, an die Arbeit!«

Dass Politiker sich der Hilfe von Hexen und Magiern bedienen und an Flüche glauben, ist nichts Neues, das gab es schon immer und überall, da hat Eladio recht. »Wie meine Großmutter gesagt hätte: Anderswo kochen sie auch nur mit Wasser«, würde sie deshalb am liebsten als Einleitung des Kapitels schreiben. Aber das klingt nicht nur ein wenig banal, sie hat auch keine ihrer Großmütter jemals kennengelernt. Und ihrer verstorbenen Mutter will sie den Satz auf keinen Fall in den Mund legen. Weder diesen noch sonst irgendeinen, damit würde sie ihr bloß Zugang zu dem einzigen Bereich ihres Lebens verschaffen, von dem sie sie stets ferngehalten hat – ihrer Arbeit. Ferngehalten, damit sie ihr den nicht auch noch ruiniert. Ihre gesundheitlichen Probleme halten sich in Grenzen, aber die, die ihr tatsächlich zu schaffen machen – Schilddrüsenunterfunktion, Bindegewebsschwäche, Migräne –, hat sie alle von ihrer Mutter geerbt. Und auch, dass aus der Liebe bei ihr nie etwas Richtiges wird. Schuld daran hat zum großen Teil die Art, wie ihre Mutter sie in Gefühlsfragen erzogen hat, glaubt China – immer hat sie ihre Freunde schlechtgemacht, infrage gestellt, sie vor ihnen gewarnt. »Ich will nicht, dass du dich irgendwann so ausgenutzt fühlst wie ich damals.«

Was genau sie mit »ausgenutzt« meinte, hat China sie nie gefragt, sie hat allerdings den starken Verdacht, dass es mit der Tatsache zu tun haben könnte, dass sie das Ergebnis dieses Ausgenutztwerdens ist, und der Roman ihres Lebens liest sich für sie auch so schon peinlich und schmerzhaft genug.

4. Überwundene Flüche

Jemanden verfluchen heißt ihm etwas Böses wünschen. Diese Vorstellung beruht auf der Annahme, dass das Wort magische Kraft besitzt. Die Sprache wirkt auf die Wirklichkeit ein.

Ironie der Politik: Während das Wort im politischen Diskurs nahezu jeder Ausdrucksfähigkeit beraubt wird, schreibt man ihm als Teil eines Fluchs ungeheure Durchschlagskraft zu.

Nur sehr wenige aus der langen Reihe der seit Urzeiten ausgesprochenen Flüche – in der Bibel, in der *Ilias*, in den Tragödien des Sophokles, in allen möglichen Märchen – konnten unschädlich gemacht oder überwunden werden.

Zwei Beispiele:

Der Tippecanoe- oder Tecumseh-Fluch, beziehungsweise der Zwanzig-Jahre-Fluch.

Er sorgte angeblich dafür, dass alle amerikanischen Präsidenten, die in einem Jahr ins Amt gewählt worden waren, das durch zwanzig teilbar ist, während ihrer Regierungszeit starben.

Sein erstes Opfer war William Henry Harrison. 1811 hatte Harrison in der Schlacht von Tippecanoe den Stamm der Shawnee besiegt. Dabei starb deren Anführer Tecumseh, eine der herausragenden Gestalten in der Geschichte der indigenen Bevölkerung Nordamerikas und bis heute für sein politisches und kriegerisches Geschick und seine Weisheit verehrt. Als sein Bruder Tenskwatawa, der auch »der Prophet« genannt wurde, zufällig mitbekam, dass bei den bevorstehenden Präsidentenwahlen auch Harrison antreten würde, verfluchte er ihn und die kommenden amerikanischen Präsidenten im Namen seines Bruders. Angeblich sagte er damals: »In diesem Jahr wird Harrison den Posten des Großen Anführers nicht erringen, das gelingt ihm erst beim nächsten Mal. Er wird seine Amtszeit aber nicht vollenden, er wird vorher sterben. Und wenn er stirbt, wird man sich an den Tod meines Bruders Tecumseh erinnern. Und danach werden alle Großen Anführer, die in einem Jahr gewählt werden, das durch zwanzig teilbar ist, während ihrer Amtszeit sterben. Und jedes Mal wird man sich an den Tod unseres Volks erinnern.«

Der Fluch zeigte Wirkung. Präsident Harrison starb einen Monat nach seiner Antrittsrede, am 4. April. Abraham Lincoln, 1860 zum Präsidenten gewählt, wurde kurz nach Beginn seiner zweiten Regierungszeit von dem Schauspieler John Wilkes Booth ermordet. James Garfield, 1880 zum Präsidenten gewählt, wurde im Wartesaal des Washingtoner Bahnhofs von dem Anwalt Charles Jules Guiteau umgebracht. Das Gleiche gilt für William McKinley, Warren Harding, Franklin Roosevelt und John F. Kennedy – sie alle wurden auf die eine oder andere Art getötet.

1980 scheint der Fluch jedoch überwunden worden zu sein. Damals wurde Ronald Reagan zum Präsidenten gewählt und vollendete zwei aufeinanderfolgende Amtszeiten, hatte allerdings 1981 einen Attentatsversuch zu überstehen. Der Fluch des Tecumseh streifte ihn gewissermaßen nur. *Herausfinden, wie viel Prozent der nordamerikanischen Bevölkerung den Fluch des Tecumseh kennen, wie viel Prozent an seine Wirksamkeit glauben und wie viel Prozent normalerweise an Wahlen teilnehmen.*

Der Fluch des Koh-i-Noor.

Erstmals wird der Koh-i-Noor-Diamant in einem indischen Text aus dem Jahr 1306 erwähnt. Sein damaliger Besitzer war der Radscha von Malwa, und der Stein symbolisierte die Macht seines Reichs. In dem Text heißt es: »Wer diesen Diamanten besitzt, wird die Herrschaft über die Welt erlangen, er wird aber auch viel Unglück erleiden. Nur Gott oder eine Frau können sich seiner ungestraft bedienen.«

Offensichtlich glaubten viele Menschen an die Macht des Steines und hielten das angeblich damit verbundene Unglück für vernachlässigbar. Prinz Humayun erfreute sich drei Jahre, zwei Monate und sechs Tage seines Besitzes und erlag dann den Folgen eines Treppensturzes. Seine unmittelbaren Nachfolger brachten nicht den

Mut auf, sich des Steins zu bedienen. Erst Shah Jahan, der Erbauer des Taj Mahal, wagte es, ihn zur Schau zu stellen. Er wurde von einem seiner Söhne gestürzt. Als wäre das nicht Strafe genug, schloss dieser Sohn den Vater im Wasserturm ein und brachte den Diamanten so im einzigen Fenster seines Verlieses an, dass Shah Jahan den Taj Mahal fortan nur durch den Stein hindurch betrachten konnte.

Doch der Kampf um den Koh-i-Noor ging weiter. In einem Turban versteckt, gelangte er außer Landes. Irgendwann kehrte er nach Indien zurück, das wiederum eines Tages unter die Herrschaft der Briten geriet. Eine der Klauseln des Vertrags von Lahore, der die Besetzung Indiens offiziell besiegelte, sah vor, dass der Diamant der englischen Königin ausgehändigt werden sollte. Bis heute ist er Teil der britischen Kronjuwelen.

Im Archiv nach Berichten über den Indien-Besuch von Queen Elizabeth II. suchen. Damals wurden Forderungen nach Rückgabe des Koh-i-Noor erhoben. Siehe hierzu auch das Interview mit David Cameron aus dem Jahr 2010, in dem er äußert: »Wer in einem solchen Fall zustimmt, wird erleben, dass das British Museum eines Tages vollkommen leer dasteht.«

Wann und wie wurde der Fluch außer Kraft gesetzt?

Die abergläubische Queen Victoria legte angeblich in ihrem Testament fest, dass die Krone mit dem Koh-i-Noor niemals an einen männlichen Thronfolger übergeben werden dürfe. Sie zu tragen, solle ausschließlich seiner Gattin vorbehalten bleiben.

Überprüfen, ob es tatsächlich eine derartige Testamentsverfügung gibt, wie auch, ob es später zu weiteren Unglücksfällen im Zusammenhang mit dem Koh-i-Noor gekommen ist.

»Anderswo kochen sie auch nur mit Wasser« – Weitere Beispiele von Magie und Zauberei in der Politik:

Hugo Chávez und seine spiritistischen Sitzungen, Geistererscheinungen eingeschlossen – von seinem Urgroßvater bis zu Simón Bolívar –, dazu kubanische Santería und die Voraussagen seiner persönlichen Seherin Cristina Marksman.

Der katalanische Präsident Jordi Pujol und seine galicische Seherin und Heilerin Adelina. Bei ihrer Arbeit habe sie ihm normalerweise auch mit einem Ei über den Rücken gestrichen. »Das Ei wurde dabei schwarz, weil es die ganze schlechte Energie aufnahm, die er auf sich gezogen hatte. Kein Wunder, viele Menschen waren neidisch auf ihn.«

Der Kolumbianer Luis Alberto Moreno, der, als er zum Botschafter seines Landes in Washington ernannt wurde, den venezolanischen »Psychobiophysiker« Chucho Barranco als »Geisterjäger« engagierte.

Mexiko mit seiner langen Tradition von Politikern, die sich der Hilfe von Schamanen bedienen. Der Journalist José Gil Olmos präsentiert in seinem zweibändigen Werk *Die Hexer der Macht* eine ausführliche Liste solcher Politiker.

Der spanische Diktator Franco und seine diversen spirituellen Beraterinnen, von der aus dem Maghreb stammenden Mersidas bis zur »katalanischen Mutter«, der Nonne Ramona Llimarga, die Franco unter anderem einmal untersagte, an einem Festessen in Zaragoza teilzunehmen, weil man ihn dort vergiften werde.

Perón und sein Minister José López Rega, der ein Buch mit dem Titel *Astrología esotérica* verfasste. Wie der Journalist Guido Carelli Lynch im Februar 2013 in der Zeitschrift Ñ schreibt: »737 unlesbare und unmöglich wiederzugebende Seiten. Am ehesten verständlich ist wohl noch die Widmung: ›Ich widme dieses Buch allen, die bescheiden danach streben, sich in einen Zustand zu erheben, der der wahren Bestimmung des Menschengeschlechts entspricht.‹« López Rega war Minister für Gesundheit und Soziales, und als solcher rief er die »Antikommunistische Allianz Argentiniens« ins Leben, eine auch unter dem Namen »Dreifaches A« bekannte rechtsextreme paramilitärische Gruppierung, die Hunderte von Menschen entführte, folterte und ermordete. Ihre Taten wurden später als Verbrechen gegen die Menschlichkeit eingestuft.

Wer entscheidet über unser Schicksal? Welche Hexen haben unsere Politiker beeinflusst oder tun das heute und künftig?

Was ist über mögliche Beziehungen Fernando Roviras zu Hexen, Seherinnen oder Heilerinnen welcher Art auch immer bekannt?

»Anderswo kochen sie auch nur mit Wasser.«

Oder, wie Lévi-Strauss schreibt: Gleichzeitig sieht man aber, dass die Wirksamkeit der Magie den Glauben an die Magie impliziert.

Wie lässt sich der Alsina-Fluch überwinden?

Mithilfe eines Hexers?

Nicht zwangsläufig, nur für den Fall, dass man den Wählern, indem man ihnen einen Hexer präsentiert, glaubhaft machen kann, dass der Fluch nunmehr überwunden ist.

Weitere Fälle überwundener Flüche suchen.

Roviras Strategie: Ein radikaler Schnitt. Er verbannt die Stadt La Plata aus dem Gebiet, über das er regieren möchte, bevor er für das Präsidentenamt kandidiert.

Andere Möglichkeiten: Schließt der Alsina-Fluch beispielsweise auch Frauen ein? Oder ist es wie beim Koh-i-Noor, der Frauen nicht betraf? Könnte folglich eine Frau, die Gouverneurin der Provinz Buenos Aires war, später sehr wohl argentinische Präsidentin werden?

Entscheidend ist nicht, was die Hexe gesagt hat, sondern was man den anderen diesbezüglich einredet.

Wie in der Politik.

Wie bei fast allem.

Jetzt reicht es. Eine Tablette. Oder so viele wie nötig. Auf den Wein verzichtet sie lieber. Morgen wird ein anstrengender Tag. Vor allem, wenn Román nicht zu der Pressekonferenz erscheint. Warum er sich in Luft aufgelöst zu haben scheint, darüber will China Sureda um diese Uhrzeit nicht mehr nachdenken. Telefonisch ist er immer noch nicht zu erreichen. Sie hofft bloß, dass es *seine* Entscheidung ist, falls er morgen tatsächlich nicht auftaucht.

17

Der Tag bricht an. Licht dringt durchs Rollo.

Fernando Rovira hat kaum geschlafen, dabei muss er heute doch frisch und in Form wirken. Als er von seiner Mutter zurückkehrte, hat er geduscht, um sich zu entspannen, wie sie ihm schon so oft empfohlen hat. Offensichtlich hat es nichts genutzt. Dass Román und Joaquín verschwunden sind, soll die Präsentation seines Vorzeigeprojekts aber in keiner Weise beeinträchtigen. Er wälzt sich im Bett hin und her und geht im Kopf noch einmal alle wirtschaftlichen, gesellschaftlichen und politischen Argumente durch, die die Teilung der Provinz rechtfertigen sollen. Außerdem bemüht er sich, jeden Gedanken zu unterlassen, der Románs Energie hemmen könnte, seine Mutter hat ihn gewarnt, dass das die Sache nur verschlimmern würde. Sie hat gesagt, dass er sich um seinen Sohn und dessen »Erzeuger« – wie sie Román nennt – keine Sorgen zu machen braucht.

»Spar dir deine Angriffslust für die Rede im Parlament auf und für die Fernsehdebatten, für das wirkliche Leben – für den Kampf, in dem wir Tag für Tag bestehen müssen.«

Er wird ihren Rat befolgen, zumindest vorläufig. Im Moment geht es einzig und allein darum, die Journalisten, Bürgermeister und Oppositionspolitiker zu überzeugen, dass sich die Provinz Buenos Aires, dieser Moloch, nur dann gut regieren lässt, wenn man sie teilt. Rovira ist überzeugt, dass Román bewusst diesen Tag für seine feige Flucht gewählt hat, im Wissen, dass Rovira die Präsentation eines Projekts, für das er so viel Zeit, Energie und Hoffnung aufgewandt hat, nicht einfach beiseiteschieben wird, um sich an seine Verfolgung zu machen. Wenn das tatsächlich sein Hintergedanke war, hat er durchaus Intelligenz bewiesen, oder zumindest Dreistigkeit. Zuerst wird Rovira also die Pressekonferenz absolvieren und sein Vorhaben verteidigen. Danach bleibt noch genug Zeit, um sich an die Verfolgung Románs und seines Sohns zu machen. Sehr weit können sie nicht gekommen sein, über die Landesgrenze schon gar nicht, Román hat weder die Mittel noch die nötigen Kontakte dafür. Und Rovira hat längst seine Leute benachrichtigt – Vargas hat ihm persönlich versichert, dass für Román Sabaté sämtliche Grenzen verschlossen sind. Irgendwo hockt er also ängstlich in seinem Versteck, wahrscheinlich hofft er insgeheim, dass Rovira ihn findet. Und er wird ihn finden, daran gibt es für Rovira keinen Zweifel.

Er wirft einen Blick auf die Uhr auf seinem Nachttisch. Es ist noch früh, aber er hat genug davon, sich unruhig hin und her zu drehen, also steht er auf und duscht. Danach legt er sich einen blauen Anzug und ein weißes Hemd auf dem Bett zurecht und überlegt eine ganze Weile, welche Krawatte wohl am besten dazu passt. Sie soll auffällig sein, aber nicht übertrieben. Seine türkise Lieblingskrawatte scheidet aus, stattdessen wählt er eine rosafarbene mit Rankenmuster, die Lucrecia ihm einmal von einer Mexikoreise mitgebracht hat. Er überlegt, ob von dieser Krawatte gute Energie ausgeht, und beantwortet die Frage mit Ja. Hätte Lucrecia ihm die Krawatte irgendwann in ihrer letzten gemeinsamen Zeit geschenkt, würde er sie jetzt nicht nehmen, aber sie stammt aus einer Zeit, zu der sie noch an ihn glaubte, ja, ihn vielleicht sogar liebte. Er zieht das Hemd an, knöpft es zu und stellt sich vor den Spiegel, um die Krawatte zuzuknoten. Anschließend betrachtet er das Resultat – zum Glück braucht er sich nicht jeden Tag zu rasieren. Aus dem Sakko, das er bei dem gestrigen Besuch bei seiner

Mutter anhatte, holt er die drei Steine, die sie ihm, gerade als er ins Auto steigen wollte, in die Tasche gleiten ließ, und spielt mit ihnen. Die drei Achate, so hat seine Mutter ihm versichert, werden ihn beschützen. Dann steckt er sie in die rechte Außentasche des Sakkos, das er bei der Pressekonferenz tragen wird. Er schlüpft hinein und bewegt die Steine, damit sie ihm ihre Energie zukommen lassen, so wie seine Mutter es ihm gesagt hat. Und die wird er brauchen, bei seinem doppelten Kampf, seinem Kampf um die Teilung der Provinz Buenos Aires und seinem Kampf mit Román Sabaté. Mit der rechten Hand in der Tasche übt er vor dem Spiegel, verstohlen die Steine zu bewegen, derweil die linke bereit ist, zu grüßen oder nach rechts oder links zu zeigen.

Niemand darf merken, was er mit seiner verborgenen Hand treibt, keiner der Journalisten und Politiker, vor denen er schon bald sprechen wird, darf mitbekommen, dass er dabei ist, endlich den Alsina-Fluch außer Kraft zu setzen.

Draußen singt das Drosselmännchen.

Es ist dasselbe wie immer. Das weiß sie. Deshalb hat sie ihm auch einen Namen gegeben, Pablo. Eine Rotbauchdrossel, die jeden Morgen beim ersten Licht zu Besuch kommt. Sie lässt sich auf ihrem Fensterbrett nieder und singt. Sie ist ihr Wecker. Einen anderen braucht sie nicht.

Vor dem Frühstück wird sie meditieren, wie jeden Tag. Danach wird sie für ihren Sohn beten, dafür, dass sein Vorhaben gelingt. Sie wird Weihrauch entzünden. Und vier Kerzen, eine in jeder Zimmerecke. Vor allem aber wird sie die Energie des »Erzeugers« überwachen. Sie hat Fernando versichert, dass er sich Románs wegen keine Sorgen zu machen braucht. Und das stimmt. Oder es stimmte wenigstens gestern Abend. Die Energie der Menschen ändert sich von einem Augenblick zum nächsten, und heute darf ihr keinesfalls ein Fehler unterlaufen.

Was ihren Sohn betrifft, darf sie nicht noch einmal versagen. Ihr erstes, großes, grundlegendes Versagen war, nicht zu bemerken, dass seine Hoden nicht wie vorgesehen hinabgewandert waren. Das war der Auslöser all des Unglücks, das sie beide bis heute verfolgt. Hätte Fernando selbst ein Kind zeugen können, wären all die späteren »Korrekturen« nicht nötig gewesen. Und sie brauchten nicht so zu leiden.

Irene hat ihre Kinder fast vollständig allein großgezogen, ohne Mann. Der Vater ihrer Kinder war nur in den ersten Ehejahren anwesend. Und auch in der Zeit war er keine wirkliche Hilfe. Sie selbst hatte, was die Hoden angeht, keine Ahnung, woher auch? Ihr Kinderarzt sagte nie etwas darüber. Erst durch Fernando erfuhr sie, was los war – als der es erfuhr, bei einer Routineuntersuchung, kurz bevor er zwanzig wurde. Da war es bereits zu spät. Trotzdem, sie hat versagt, es war ihr Fehler. Und der ließ sich weder durch Steine noch durch Reiki noch durch Auraheilung wieder gutmachen. Es war, wie die Ärzte sagten: Ein irreparabler Schaden, Fernando war zur Unfruchtbarkeit verdammt.

Darauf folgten mehrere kleine Fehler, wie sie jeder Mutter unterlaufen können. Und zuletzt erneut ein fataler Missgriff, als sie Vargas beauftragte, dafür zu sorgen, dass ihre Schwiegertochter keinen Unsinn machte. Schon immer hatte diese alle möglichen Schwächen offenbart, aber keine davon stellte eine ernsthafte Gefahr für Fernando und seine politische Karriere dar. Das änderte sich an jenem Tag, an dem Irene zu Besuch bei ihrem Enkel gewesen war. Lucrecia hatte Joaquín gerade gebadet und stellte fest, dass sie die Windeln und das Babyöl im Kinderzimmer vergessen hatte. Widerstrebend bat sie Irene, kurz auf den Kleinen aufzupassen. Irene wusste, dass ihre Schwiegertochter normalerweise niemanden an den Kleinen heranließ. Ihr Sohn hatte ihr das mit Lucrecias postnataler Depression erklärt und später auch all die anderen

Ausreden an sie weitergegeben, durch die Lucrecia offensichtlich verhindern wollte, dass Irene ihr bei der Kindererziehung hineinredete. Als ob sie, Lucrecia, so viel davon verstanden hätte, sagte Irene sich verächtlich. Der Kleine war doch schon viel zu alt für Windeln und erst recht für Babyöl. Sie hatte Fernando aufs Töpfchen gesetzt, als er gerade einmal ein Jahr alt war. Und dazu im Winter. Trotzdem war sie an dem Tag fest entschlossen gewesen, kein kritisches Wort von sich zu geben, sie hatte längst begriffen, dass man ihr nur dann Zugang zum Haus ihres Sohns und Enkels gewähren würde, wenn sie zu bestimmten Dingen schwieg. Weshalb sie sagte, natürlich, kein Problem, Lucrecia solle in aller Ruhe die Windeln holen, sie werde so lange auf den Kleinen aufpassen. Als sie ihn daraufhin nackt vor sich sah, musste sie nicht nur an Fernando als Baby denken, sondern auch an ihr einstiges folgenreiches Versagen, weshalb sie die Gelegenheit nutzte, sein Säckchen befühlte und feststellte, dass sich Joaquíns winzige Hoden tatsächlich an der Stelle befanden, wo sie hingehörten. Alles in Ordnung, sie seufzte erleichtert. Für alle Fälle betastete sie ihn erneut, und genau in dem Augenblick kehrte Lucrecia zurück. Als sie sie überrascht und ein wenig verwirrt anblickte, sagte Irene, als wäre es die natürlichste Sache der Welt: »Ich sehe bloß nach, ob bei dem Kleinen alles am richtigen Platz ist, nicht dass es ihm so geht wie Fernando.« Woraufhin Lucrecia sie eine ganze Weile bloß wortlos anstarrte. Offensichtlich waren ihre Gedanken in heftiger Bewegung. Vielleicht war sie verärgert darüber, dass sie die Hoden des Kleinen betastet hatte, was Irene durchaus verstehen konnte – sie selbst hätte seinerzeit niemals zugelassen, dass sich wer auch immer in dieser Weise an ihrem Kind zu schaffen machte. Es ging jedoch um etwas anderes.

Scheinheilig sagte Lucrecia beiläufig: »Ach so, wegen Fernando. Aber der war damals schon älter, oder?«

»Als wir es gemerkt haben, war er schon älter, ja, aber der Schaden war da nicht mehr gutzumachen.«

»Wie alt war er denn genau?«

»Zwanzig vielleicht, in jedem Fall war es viel zu spät.«

Da wurde Lucrecia auf einen Schlag leichenblass und ließ die Windeln und das Ölfläschchen fallen. Das Fläschchen zerbrach, und das dickflüssige Öl breitete sich auf dem Boden aus. Irene trat auf sie zu, um ihr zu helfen, aber das machte alles nur schlimmer. Lucrecia fing an zu schreien und drängte sie zur Tür. Irene begriff nicht, was los war, ging aber sofort hinaus und machte sich auf die Suche nach ihrem Sohn. Sie nahm an, es handle sich um einen hysterischen Anfall, wie sie bei manchen jungen Müttern des Öfteren vorkommen. Fernando dagegen wusste sofort Bescheid. Und so erfuhr Irene, dass ihr Sohn seiner Frau vor der Hochzeit nicht gesagt hatte, dass er keine Kinder zeugen kann. Aber warum nicht? Er wusste es selbst nicht. Andererseits, so schlimm war es auch wieder nicht – zuletzt hatten sie die Sache schließlich ziemlich gut hinbekommen. Lucrecia hatte ihr Kind bekommen, das war das Wichtigste. Und dieses Kind war das Kind von ihnen beiden, der Erzeuger war nicht mehr als genau das: derjenige, der geholfen hatte, das Kind zu zeugen. Alles war so verlaufen, wie Irene es ihrem Sohn gesagt hatte, so und nicht anders, damit das Kind nicht ohne Aura zur Welt kam. Und wer erzählt schon seinem Partner oder seiner Partnerin vor der Hochzeit haarklein seine gesamte Vergangenheit? Außerdem war Lucrecia, die früher einen simplen Verwaltungsjob bei einer Bank gehabt hatte, heute die Frau eines der mächtigsten Männer des Landes. Hätte sie ihn etwa nicht geheiratet, wenn er ihr vorher alles gesagt hätte? Natürlich hätte sie das, da sollte sie sich mal nichts vormachen, denn dass Fernando eine große Zukunft erwartete, war schon damals klar abzusehen.

Doch seit jenem Tag war Lucrecia nicht mehr dieselbe. Sie bekam bei der geringsten Kleinigkeit Tobsuchtsanfälle und drohte dann regelmäßig, sie werde »alles verraten«. Aber was hieß das, »alles«? Dass sie mit einem *Pragma*-Angestellten ins Bett gegangen war, als handelte es sich um einen simplen Verwaltungsakt? Was hätte sie davon gehabt, außer dass sie ihrem Mann geschadet hätte? Wäre sie dadurch die in ihr aufgestaute Wut losgeworden? Etwas Dümmeres hätte ihr wirklich nicht einfallen können. Aber – das hatte Irene sich immer schon gesagt – ihre Schwiegertochter war in der Tat nicht besonders hell. Und dazu kam jetzt noch diese hysterische Raserei, eine brandgefährliche Mischung. Also beschloss Irene, rechtzeitig vorzubeugen. Sie weihte Vargas in die Situation ein. Der war bei ihnen schließlich der Mann für besondere Aufgaben. Sie rief ihn an und sagte bloß, Lucrecia habe etwas über Fernandos Vergangenheit herausgefunden und sei dabei, eine ernsthafte Gefahr für ihn heraufzubeschwören.

»Spürt unser Chef etwa den Frühling?«, fragte Vargas ironisch.

»So ähnlich«, erwiderte Irene.

»Und wie groß ist die Gefahr?«, wollte Vargas wissen.

»Sehr groß.«

»Reicht ein kleiner Schreck, oder müssen wir ernsthaft die Daumenschrauben anziehen?«

Irene verstand nicht, was er sagen wollte, und wartete auf eine Erklärung. Doch Vargas' Nachfrage verwirrte sie nur noch mehr: »Richtig fest? Oder noch fester?«

Um das Gespräch so schnell wie möglich zu beenden und die Sache in Gang zu bringen, sagte Irene, obwohl sie immer noch nichts begriffen hatte: »Falls nötig, noch fester, Hauptsache, die Sache hat sich ein für alle Mal erledigt.« Wie hätte sie wissen sollen, was sie damit auslöste? Sie kannte Vargas' Geheimsprache nicht. Dass sie Lucrecia damit zum Tode verurteilte, war ihr nicht klar. Hätte sie sich mit Vargas persönlich unterhalten, hätte sie womöglich an seinem Gesicht oder der einen oder anderen Geste ablesen können, wovon tatsächlich die Rede war. Aber so, am Telefon – sie weiß schon, warum sie diese Apparate hasst, nichts taugt weniger, um sich mit anderen Menschen zu verständigen. In gewisser Weise ist das Telefon schuld an allem. Sie musste etwas unternehmen, und das hat sie getan. Doch was daraufhin passierte, war ein katastrophales Missverständnis.

Später suchte Vargas sie persönlich auf, um ihr zu sagen, dass sie keine weiteren Spuren in Form von Telefongesprächen mehr hinterlassen dürften. Um die Löschung der bisherigen werde er sich kümmern. »Das Ziel haben wir inzwischen aus dem Verkehr gezogen, so wie Sie wollten.«

Irene hätte ihn fast geohrfeigt. »Sie sind vielleicht ein Idiot«, hat sie damals gesagt, das weiß sie noch genau – sie, die nie jemanden beschimpft. »So war das doch nicht gemeint!«

»Sie haben selbst gesagt, ›falls nötig, noch fester‹, und dass die Sache auf jeden Fall aufhören muss.«

»Ja, aber es ging schließlich um die Mutter meines Enkels.«

»Irene, Sie wissen, dass ich Ihre Aufträge sehr ernst nehme. Und jetzt ist es nun mal so gelaufen.«

Da hatte Vargas recht, was passiert war, war passiert. Wenigstens brachte sie ihn dazu, beim Namen seiner verstorbenen Mutter zu schwören, dass Fernando nie erfahren würde, was tatsächlich geschehen war. Und wenn jemand wie Vargas im Angedenken an seine Mutter schwörte, konnte man sicher sein, dass er Wort hielt. Fernando würde ohnehin erleichtert sein, dass Lucrecia ihn nicht mehr unter Druck setzte, in den Wochen vor dem »Anziehen der Daumenschrauben« war er sehr besorgt gewesen. Bestimmt hatte er ihr mehr als einmal den Tod gewünscht. Aber wünschen heißt natürlich noch lange nicht umsetzen. So weit wäre Fernando nie gegangen. Umso besser, dass er die Geschichte von der Mafiagruppe geschluckt hat, die Vargas in seinem Bericht erzählt – ein ausführlicher und sehr sorgfältig gemachter Bericht, der längst Teil der Untersuchungsakten ist und sogar dazu geführt hat, dass ein Richter einen Verdächtigen zur Fahndung ausgeschrieben hat. Besser so, als dass Fernando sich für den Tod seiner Frau bei seiner Mutter bedanken müsste.

Gleich wird sie den Fernseher einschalten, um mitzuverfolgen, wie ihr Sohn sein Projekt zur Teilung der Provinz Buenos Aires ankündigt. Natürlich muss er die Provinz teilen, sonst wird er nie Präsident. Wenigstens darin ist sie sich mit Sylvestre einig. An manchen Flüchen kann man sich nur vorbeistehlen, ausschalten lassen sie sich nicht.

Das Drosselmännchen hat aufgehört zu singen. Irene hat es nach ihrem anderen Sohn benannt, Pablo, der, seit sie sich einmal bei einem Streit an die Seite Fernandos stellte, nicht mehr mit ihr spricht und sie nie mehr besucht. Wie sein Vater. In regelmäßigen Abständen überprüft sie aus der Ferne seine Energie und bringt seine Aura in Ordnung. Aber wo er ist und was er macht, weiß sie nicht. Deshalb spricht sie mit dem Drosselmännchen, das sie nach ihm benannt hat. Sie vermisst ihn. Und sie glaubt, dass der Vogel die gute Energie ihres Sohns Pablo verkörpert, die zu ihr ans Fenster kommt, um sie zu besuchen, auch wenn das vielleicht nicht in Pablos Sinn ist. Alle Menschen verfügen über einen gewissen Vorrat an guter Energie. Alle, bis auf den Vater ihrer Kinder, der ist die Ausnahme, die die Regel bestätigt. Geräuschlos nähert sie sich dem Fenster.

»Heute ist ein wichtiger Tag für deinen Bruder«, sagt sie, als könnte die Drossel sie verstehen.

Und der Vogel schwingt sich auf und fliegt davon.

Es gelingt ihm nicht, ein Taxi ausfindig zu machen.

Schon seit mehr als zehn Minuten steht er sich an der Ecke Avenida Corrientes und Avenida Juan B. Justo die Beine in den

Bauch. Um sieben Uhr morgens kann es doch nicht so schwierig sein, ein Taxi aufzutreiben. Aber es gibt Tage, da scheint sich alles gegen einen zu verschwören. Sebastián müsste längst auf dem Weg zur *Pragma*-Zentrale sein. Er möchte unbedingt als Erster eintreffen, damit er in Ruhe alles überprüfen kann, den Beamer, die Mikrofone und den Rest. Eigentlich sind die Techniker dafür zuständig, aber er will sich trotzdem selbst vergewissern. Es darf einfach nichts schiefgehen. Er hofft, auch Román zu treffen und dass der Anruf von Fernando Rovira vergangene Nacht bloß ein Fehlalarm war. Wegen Román, aber auch wegen Rovira und seinem Projekt. Das Sebastián für ihn entwickelt hat. Er sieht auf die Uhr und geht bis zur nächsten Kreuzung, in der Hoffnung, dort mehr Glück zu haben. Endlich gelingt es ihm, ein ziemlich klapprig aussehendes Taxi anzuhalten. Unter anderen Umständen hätte er es vorbeifahren lassen. Normalerweise nimmt er bloß Fahrzeuge in bestem Zustand und mit Klimaanlage, ja, wenn ihm ein Taxi, in dem er bereits sitzt, nicht gefällt, ist er imstande und steigt postwendend wieder aus. Aber heute spielt all das keine Rolle, weder die abgewetzten Bezüge noch der Zigarettengeruch. Das Einzige, was zählt, ist, dass er so schnell wie möglich sein Ziel erreicht, um zu kontrollieren, dass alles für eine perfekte Präsentation bereit ist. Die Provinz Buenos Aires muss geteilt werden. Fernando Rovira muss Gouverneur von Vallimanca werden, dem Teil, zu dem nicht die Stadt La Plata gehört. Und in ein paar Jahren dann Präsident Argentiniens. Dafür arbeitet er, das ist auch sein Ziel.

Allerdings glaubt Sebastián Petit weder an den Alsina-Fluch noch an sonst irgendwelche Flüche oder Verwünschungen. Er hat längst begriffen, dass es in der Politik weniger darauf ankommt, woran man glaubt, als woran man glauben sollte.

Beziehungsweise woran die anderen glauben sollten.

In der Ferne kräht ein Hahn.

Er kann sich nicht erinnern, wann er zum letzten Mal einen Hahn hat krähen hören. Er steht auf und zieht Joaquíns Decke zurecht, der immer noch schläft. Dann geht er in Adolfos Arbeitszimmer, wo der Computer steht. Vor einer Weile hat er die Haustür gehört, bestimmt ist sein Onkel hinausgegangen. Er macht sich klar, dass die meisten Menschen in kleinen Städten wie dieser hier mehr oder weniger bei Tagesanbruch mit der Arbeit beginnen. Román möchte nachsehen, ob eine Nachricht von China eingetroffen ist. Auf dem Bildschirm ist die Seite der Zeitung geöffnet, die sein Onkel normalerweise liest, die herausragende Meldung bezieht sich auf Fernando Roviras Pressekonferenz in der *Pragma*-Zentrale, bei der das Projekt zur Teilung der Provinz Buenos Aires vorgestellt werden soll. Offenbar läuft alles wie geplant, und das ist gut so. Es kann natürlich sein, dass Rovira schon jemanden losgeschickt hat, der sich ihnen an die Fersen heften soll, aber auch der muss erst mal rausfinden, wo sie sind. Sein Chef – oder Ex-Chef – richtet vorläufig seine ganze Energie auf die Präsentation seines großen Projekts, und das verschafft Román, wie er gehofft hatte, zumindest ein paar Stunden Vorsprung. Er geht auf die Seite des Nachrichtensenders, für den China arbeitet, und klickt dort ihren letzten Kolumnenbeitrag an. Sein Kommentar steht immer noch darunter, ein paar neue sind dazugekommen, aber keine Antwort von China, weder auf seinen noch auf einen der anderen Kommentare. Er wird also abwarten müssen. Und ansonsten nach einer anderen Möglichkeit suchen, sich mit China in Verbindung zu setzen.

Adolfo kommt herein, in der Hand eine Papiertüte. »Guten Morgen. Sieh mal«, sagt er und schwenkt seinen Einkauf.

»Ich riech schon … Croissants, da bekommt man richtig Appetit. Du bist früh aufgestanden …«

»Es geht. Hast du gut geschlafen?«

»Ziemlich.«

»Gleich wird im Fernsehen die Präsentation von dem Projekt deines Chefs übertragen.«

»Eine Stunde dauert es noch.«

»So lang? Na gut … Willst du sie dir ansehen?«

»Ich weiß nicht. Vielleicht sollte ich aber. Ich komm gleich rüber.«

»Ich mache noch schnell den Kaffee fertig.«

Román nickt und lächelt, und sein Onkel geht in die Küche. Román sieht noch einmal auf den Bildschirm. Immer noch nichts. Er überlegt, ob er eine eindeutigere Nachricht schicken soll. Lieber nicht. Besser, er lässt ihr noch ein bisschen Zeit. Sie ist wahrscheinlich gerade in der *Pragma*-Zentrale, um von der Projektvorstellung zu berichten. Oder auf dem Weg dorthin. Er schließt die Internetseite und geht in die Küche, wo in einer Weile im Fernsehen zu sehen sein wird, was er eigentlich nicht sehen möchte.

Wieder klingelt der Wecker ihres Mobiltelefons.

Ist es wirklich schon acht? Sie hat das Gefühl, bestenfalls zwei Stunden geschlafen zu haben. Wenn sie nur den letzten Campari nicht getrunken hätte. Zum Glück hat sie danach – bevor sie die Schlaftablette nahm – nicht noch mehr Wein hinterhergekippt. Sie kämpft mit der Müdigkeit, springt dann aber aus dem Bett und geht rasch unter die Dusche. Später wird sie einen doppelten Espresso mit viel Zucker trinken. Das braucht sie heute einfach, sie hat genug von dem widerlichen künstlichen Süßstoff, genau wie von Fernando Rovira und seinem Gesetzesvorhaben. Aber in diesem Fall geht es nicht nur um ihr Buch, sondern auch um ihren Job beim Fernsehen, und von dem lebt sie, also wird sie sich auch heute wieder vor die Kamera stellen und tun, was man von ihr erwartet. Mehrere Oppositionspolitiker, die sie für ihr Buch interviewen möchte, haben ihre Teilnahme an der Präsentation zugesagt. Sie hat schon vorher telefonisch Kontakt zu ihnen aufgenommen, am interessantesten für sie sind die, die alles über die Provinz Buenos Aires wissen. Davon abgesehen, interessiert sie eigentlich nur die Frage, warum Román nicht auftaucht. Sie hat in der Nacht immer wieder versucht, ihn zu erreichen, aber ohne Erfolg. Insgeheim hofft sie, dass sie ihn in der *Pragma*-Zentrale antrifft und seine Abwesenheit bloß auf einem Missverständnis beruhte – »so ist er nun mal, dieser Ro …«. Sie wirft erneut einen Blick auf ihr Telefon. Perales, ihr Chef beim Fernsehen, hat ihr eine Botschaft geschickt: »Was ist mit deiner Kolumne? Spätestens nach der Pressekonferenz solltest du unbedingt ein paar Kommentare beantworten.« Sie hasst Perales mindestens so sehr wie den Wecker. Allerdings hat er recht, sie hat die Kolumne schon seit mehreren Tagen nicht mehr aufgerufen. Um wenigstens zwei oder drei halbwegs vernünftige Kommentare rauszufiltern und zu beantworten, muss sie Unmengen wütender Ergüsse durchgehen, von Leuten, die außerstande sind, ihren Frust anderswo abzuladen. Sie fährt den Computer hoch und lässt die Espressomaschine aufheizen. Dann stellt sie sich, immer noch nackt, vor den Spiegel, um sich zu schminken. Sie fasst sich an die Brüste – die hätten es verdient, dass jemand sie ein bisschen streichelt und zärtlich berührt. Am liebsten Román, obwohl er sie die ganze letzte Zeit so auf Distanz hält. Aber Román ist auch an diesem Morgen nicht zu erreichen. Sie findet den Abdeckstift nicht – dann bleiben ihre Augenringe eben sichtbar. Falls jemand etwas sagt, wird sie erklären, dass sie die ganze Nacht durchgearbeitet hat. Was in gewisser Hinsicht stimmt, schließlich ist Fernando Rovira ihr im Traum erschienen, er hat sie auf ein Schiff eingeladen, dessen Kapitän wiederum Román war. Während sie Wimperntusche aufträgt, erinnert sie sich an Einzelheiten des seltsamen Traums, in dem Román irgendwann etwas im Wasser entdeckte und von Bord sprang, um es zu holen. Es handelte sich um die Leiche Lucrecia Bonaras, die Román vorsichtig an Deck hievte. Ihre Augen waren geöffnet, und an der Stirn, genau in der Mitte, prangte wie ein drittes Auge der berühmte Koh-i-Noor. Wie sind all diese Leute in ihren Traum geraten? Und dazu noch der verfluchte Diamant, dessen Fluch allerdings nicht für Frauen gilt. China holt tief Luft und nimmt sich fest vor, nie wieder so viel zu trinken, bevor sie sich schlafen legt. Und dann noch die Tablette. Zwei Tabletten, genau genommen, eine reicht ihr nicht mehr. Sie geht ins Schlafzimmer und zieht sich rasch an. Bevor sie sich den Espresso macht, setzt sie sich einen Augenblick an den Computer, um Perales' Auftrag zu erfüllen. Sie wählt zwei beliebige Kommentare aus und beantwortet sie, damit die Sache erledigt ist. Eine Frau bedankt sich für ihren Kommentar und erklärt, dass sie ganz ihrer Meinung ist. Ein Mann wiederum ist anderer Ansicht, drückt das aber immerhin respektvoll aus. Fertig, jetzt kann sie endlich ihren Kaffee trinken. Aber als sie gerade den Computer ausschalten will, fallen ihr zwei Worte auf dem Bildschirm auf: »Toter Winkel.« So nennt sich der Absender eines Kommentars knapp unter den beiden Kommentaren, die sie gerade beantwortet hat. »Ich muss unbedingt mit dir sprechen, aber nicht hier drin«, lautet die Mitteilung. Chinas Herz fängt heftig an zu schlagen. Erschrocken fragt sie sich, ob Román hinter der Nachricht steckt. Aber wer sonst? Nach kurzem Überlegen schreibt sie: »Okay. Wann und wo?« Sie wartet einen Moment, steht dann auf, geht in die Küche, lässt den Kaffee in die Tasse laufen und kehrt zum Computer zurück. Nichts. Sie sieht auf die Uhr. Sie muss unbedingt los, aber sie wird übers Mobiltelefon verfolgen, ob eine Antwort eintrifft.

Sie greift nach ihrer Handtasche und verlässt die Wohnung. Im Aufzug betrachtet sie sich im Spiegel. Hoffentlich sieht niemand ihr an, dass sie in Gedanken ganz bei Román Sabaté ist.

18

Die Pressekonferenz fängt in wenigen Minuten an. Román ist froh, dass sein Onkel im Kabelfernsehen auch *TvNoticias* abonniert hat, so kann er die Veranstaltung nicht nur live verfolgen, sondern auch China sehen. Hoffentlich wird die ganze Präsentation übertragen, sagt er sich, aber so wie er Fernando Rovira kennt, hat der bestimmt dafür gesorgt. Zeitweilig waren die Beziehungen zwischen *Pragma* und Chinas Sender ein wenig angespannt, wegen eines »Interessenkonflikts«. Aber seit Rovira eine Gesetzesänderung unterstützt hat, die es *TvNoticias* endlich ermöglichte, eine bis dahin vom Kartellamt infrage gestellte Fusion mit einem anderen Sender einzugehen, ist man sich gegenseitig freundlich gesinnt. Die Unterstützung Roviras durch *TvNoticias* ist zwar nicht ganz so offensichtlich und unverfroren wie in anderen Fällen, wo ein Sender oder eine Zeitung nur noch für die Öffentlichkeitsarbeit einer bestimmten Partei oder Gruppierung zuständig zu sein scheinen, und trotzdem ist klar, dass *TvNoticias* unweigerlich vor Ort ist, sobald Fernando Rovira der Welt etwas Wichtiges mitzuteilen hat. China hat damit jedoch nichts zu tun, sie ist hier bloße Befehlsempfängerin. Gerade erzählt sie, was ohnehin jeder Zuschauer sehen kann – wie die Journalisten und Politiker den Saal betreten, unter ihnen die wichtigsten politischen Akteure der Provinz, für die das Teilungsprojekt dramatische Veränderungen nach sich ziehen kann. Dann ein Schwenk auf die Tontechniker, die die Mikrofone auf dem noch leeren Rednerpult ausrichten, das neben einer riesigen

Leinwand aufgebaut ist. Auf der Leinwand – Román weiß Bescheid, er war schon des Öfteren auf derartigen Pressekonferenzen – wird zuerst ein kurzer Werbefilm zu sehen sein, mit verführerischen Bildern und vollmundigen Formulierungen, die das Projekt auf griffige Weise zusammenfassen sollen. Anschließend wird Rovira selbst – oder Sebastián oder ein anderer Mitarbeiter – das Teilungsprojekt genauer erläutern, mithilfe aller möglicher Grafiken, Tabellen, Statistiken und was sonst noch nötig sein sollte, um den Zuschauern die Sache schmackhaft zu machen. Sebastián hat alles sehr sorgfältig vorbereitet, Arturo Sylvestre hat ihm aber genau auf die Finger gesehen, »damit kommunikationsmäßig nichts schiefgeht«. Bestimmt hat Sylvestre dabei Dinge von sich gegeben wie: »Bloß kein unnötiges Rumgeeier. Weniger ist mehr. Kein Wort zu viel, die Leute wollen keine langen Erklärungen hören, sie wollen überzeugt werden.« So wie es eben sein Stil ist – vielleicht wiederholt er das Ganze in diesem Moment noch einmal vor Rovira und seinem Team, bevor sie die Bühne betreten. Allerdings kann man Gouverneure, Oppositionspolitiker und Journalisten nicht ohne Weiteres mit den normalen »Leuten« in einen Topf werfen, und ebenso wenig mit den »Wählern«, über die Arturo Sylvestre immer so genau Bescheid weiß, weshalb es durchaus sein könnte, dass eine derart abgespeckte Präsentation sich bei einem Publikum wie diesem als Bumerang erweist, sagt sich Román.

Jetzt ist Sebastián auf dem Bildschirm zu sehen, er rückt die Papiere auf dem Pult zurecht und kontrolliert ein weiteres Mal die Mikrofone. Trotz der schwierigen Lage, in der er steckt, hofft Román, dass die Präsentation erfolgreich verläuft – wegen seines ehemaligen Zimmergenossen Sebastián Petit, wenn auch nicht Fernando Roviras wegen. Er selbst ist sich bis jetzt nicht endgültig sicher, ob eine Teilung der Provinz Buenos Aires gut für Argentinien, die Provinz und deren

Bewohner ist oder nicht. Die Heftigkeit, mit der Rovira das Projekt durchzusetzen versucht, lässt Zweifel in ihm aufsteigen, nicht alle Argumente überzeugen ihn. Gerade weil Rovira sich so leidenschaftlich dafür einsetzt, muss etwas anderes dahinterstecken, Román kennt das nur zu gut von ihm. Trotzdem weigert er sich, sich einzugestehen, dass der Fluch, von dem China erzählt hat, eine Rolle spielen könnte. Was auch immer Rovira sein mag, dumm ist er nicht, es kann nicht sein, dass er an solche Sachen glaubt. Wer glaubt überhaupt an so was? In einem Punkt hat Sylvestre allerdings womöglich recht: Wenn die Leute an diesen Fluch glauben, werden sie Rovira nicht wählen. Aber ist es gut, für einen Politiker zu stimmen, der so wenig von den eigenen Wählern hält? Dennoch können ihn unmöglich die angeblichen Auswirkungen eines Fluchs dazu gebracht haben, ein so weitreichendes Projekt wie die Teilung einer Provinz in Angriff zu nehmen. Nur schon, dass Sebastián das Projekt ausgearbeitet hat, spricht für die Sache. Was auch immer den Chef von *Pragma* antreiben mag, auf etwas vollkommen Verrücktes würde jemand wie Sebastián sich niemals einlassen, und dieses Projekt trägt eindeutig seine Handschrift und kann schon deshalb nicht bloßer Unsinn sein.

Im Saal tut sich etwas, so wie es aussieht, geht die Show gleich los. Der rechte Teil der Zuschauerplätze ist bereits vollständig belegt, er ist den Bürgermeistern der einflussreichsten Gemeinden der Provinz vorbehalten, ihre Unterstützung ist für das Projekt wahrscheinlich am wichtigsten. Links sitzen alle möglichen anderen Politiker. Hinter ihnen die Journalisten. Erneut ein Schwenk zur Bühne, Sebastián Petit schaltet den Projektor an, und auf der Leinwand ist zu lesen: »Wir wollen zwei nachhaltige Provinzen und keinen unregierbaren Moloch.«

Adolfo stellt zwei Tassen Milchkaffee auf den Tisch, dann eine Tasse mit süßer warmer Milch für Joaquín. Brot und mehrere Croissants stehen schon bereit. Adolfo lässt sich neben Román vor dem Fernseher nieder. Joaquín spielt mit seinem Laster, er belädt ihn mit kleinen Holzstückchen aus Adolfos Schreinerwerkstatt.

»Joaquín, die Haferflocken, die du normalerweise zum Frühstück isst, habe ich nicht, aber dafür zeige ich dir, was ich immer als Kind bekommen habe.«

Der Kleine tritt an den Tisch. Adolfo nimmt eine Scheibe Brot, zerteilt sie in kleine Stücke und lässt sie in die warme Milch fallen. Er inszeniert das Ganze als große Pantomime. Joaquín sieht ihm zu wie einem Zauberkünstler, der seine Tricks vorführt. Als Adolfo fertig ist, tut der Junge es ihm nach, fischt ein mit Milch durchtränktes Brotstückchen nach dem anderen aus der Tasse und steckt es sich in den Mund. Im Fernseher ist zu sehen, wie Sebastián sich auf einem Stuhl niederlässt, dann erscheint auch Fernando Rovira auf der Bühne und nimmt neben ihm Platz. Er grüßt beflissen in alle Richtungen, manche Personen mit besonderer Zuvorkommenheit. Die Vorstellung beginnt.

»Guten Tag, meine Damen und Herren, vielen Dank, dass Sie heute so zahlreich erschienen sind«, sagt Rovira, und Joaquín dreht den Kopf in Richtung Fernsehapparat.

»Papa«, sagt er und verfolgt eine Weile das Geschehen auf dem Bildschirm. Adolfo wirft Román einen besorgten Blick zu, doch da ist der Junge schon wieder mit seiner Tasse Milch beschäftigt.

»Keine Sorge«, sagt Román, »er hat seinen Vater in seinem kurzen Leben öfter im Fernsehen erlebt als zu Hause.«

»Ist Rovira denn kein guter Vater?«

»Er ist überhaupt kein Vater, das war er noch nie. Das hat aber nichts mit Biologie zu tun. Er hat sich nie für Joaquín zuständig gefühlt, außer wenn irgendwelche Journalisten oder Kameramänner anwesend waren.«

»Und als er erfahren hat, dass Joaquín gar nicht sein Sohn ist, sondern deiner?«

»Das hat er von Anfang an gewusst. Aber das ist eine lange Geschichte. Ich erzähl sie dir später, lass mir noch ein bisschen Zeit.«

»Okay«, sagt Adolfo, obwohl er fast umkommt vor Neugier.

»Zwei nachhaltige Provinzen – ich bin fest überzeugt, das ist die beste Lösung für unsere geliebte, aber unregierbare Provinz Buenos Aires.«

Adolfo schnaubt verächtlich.

»Zuerst zeigen wir Ihnen jetzt einen kurzen Film«, fährt Rovira fort, »damit Sie sich selbst ein Bild von den Tatsachen machen können, dann folgen ein paar Erklärungen, aber keine Sorge, wir fassen uns kurz, und anschließend sind wir offen für Fragen jeder Art. Bitte schön!«, sagt er, und die Filmvorführung beginnt.

Eine graue Karte der Provinz Buenos Aires zerfällt in zwei Teile, die unterschiedliche Farben annehmen, der obere Teil wird grün, der untere sandfarben. Dann bekommt jeder Teil Buchstabe für Buchstabe seinen Namen, »V-A-LL-I-M-A-N-C-A« und »A-T-L-Á-N-T-I-D-A«. Anschließend Bilder: Pampa, Strände, Berge, der Fluss Vallimanca, Getreidefelder, weidendes Vieh, behelfsmäßig zusammengezimmerte Behausungen, tosender Großstadtverkehr. Ältere Leute, die in unendlich langen Warteschlangen vor Banken anstehen, Kinder auf viel zu kleinen Schulhöfen, Männer und Frauen im hoffnungslos überfüllten Wartesaal der Ambulanz eines Krankenhauses, gleichermaßen überfüllte Busse, leere Straßen, von Autos verstopfte Straßen, Klassenzimmer, in denen bloß drei Kinder sitzen, ein völlig heruntergekommenes Gefängnis, in dem sich die Häftlinge zusammendrängen. Adolfo widmet den Bildern jedoch nur wenig Aufmerksamkeit, Joaquín interessiert ihn viel mehr. Er denkt über die letzten Worte des Jungen nach, die

Art, wie er reagiert hat, als auf einmal die Stimme seines Vaters im Fernsehen zu hören war, genau wie über die Tatsache, dass er diesen Vater – der gar nicht sein Vater ist, was ihm aber natürlich noch nie jemand gesagt hat – inzwischen überhaupt nicht mehr wahrzunehmen scheint, sondern ganz in das Spiel mit dem Lastwagen versunken ist. »Wann willst du es ihm sagen?«, fragt Adolfo seinen Neffen schließlich. »Er ist noch klein, aber irgendwas merkt er doch bestimmt.«

»Ich weiß nicht. Ich hab ihm gesagt, wir machen einen Ausflug. Für ihn ist das nichts Besonderes. So weit weg sind wir bisher allerdings noch nie gefahren, und wir haben auch noch nie anderswo übernachtet. Bis jetzt macht er aber einen guten Eindruck. Ich werde mich wohl mit einer Psychologin unterhalten müssen, oder mit jemandem, der was von solchen Sachen versteht. Leicht fällt mir der Gedanke nicht, aber ich komme natürlich nicht drum herum.«

»Das sehe ich auch so.«

»Am liebsten wäre es mir, ich könnte es ihm irgendwie nebenbei klarmachen, mit ein paar einfachen Sätzen.«

»Einfach ist bei dir im Moment gar nichts, wenn ich ehrlich sein soll. Hast du denn irgendeinen Plan, Román? Willst du in ein anderes Land? Und wenn ja, wohin? Ich habe mit einem Anwalt gesprochen, den ich gut kenne. Ich habe ihm ungefähr erklärt, worum es geht, damit er im Notfall einspringen kann. Ein Auto hätten wir auch, von einer Freundin. Ich hab ihr gesagt, dass sie es für alle Fälle bereithalten soll. Darüber hinaus hab ich ihr nichts gesagt. Wir brauchen sie bloß anzurufen, dann kann ich das Auto holen.«

»Danke, Onkel Adolfo, aber über die Grenze kann ich nicht, nicht mit Joaquín, dafür hab ich nicht die nötigen Papiere. Außerdem hat Rovira bestimmt schon die Grenzübergänge blockieren lassen. Wenn du ihn im Fernsehen siehst, macht er einen völlig ruhigen Eindruck, aber er hat bestimmt längst sämtliche Hebel in Gang gesetzt, damit sie uns fangen, da bin ich mir ganz sicher. Ich habe aber trotzdem einen Plan. Ich verstecke mich, bis China Sureda kommt, sie kann mir bestimmt helfen.«

»Wer?«

Román deutet auf den Fernseher, wo gerade die Journalistin zu sehen ist. »Die mit dem dunklen Teint da, sie arbeitet für den Sender. Sie heißt Valentina Sureda, aber alle nennen sie China. Kennst du sie nicht?«

»Gesehen hab ich sie schon öfter, aber wie sie heißt, wusste ich nicht. Die kommt also hierher, wenn die Vorstellung vorbei ist?«

»Ob das so schnell geht, weiß ich nicht, ich versuche gerade, Kontakt zu ihr aufzunehmen.«

»Aha, du versuchst gerade, Kontakt zu ihr aufzunehmen«, wiederholt Adolfo wenig begeistert und leicht ironisch. Dann fährt er fort: »Hast du *E.T.* gesehen?« Er deutet mit ausgestrecktem Finger zur Decke: »Mein Haus … Telefon. Versuche, Kontakt aufzunehmen …«

Román beachtet ihn nicht, er verfolgt aufmerksam das Geschehen in der *Pragma*-Zentrale. Adolfo lässt es gut sein. Schweigend lässt auch er sich von dem Präsentationsvideo mithilfe vieler Wörter und Zahlen die wirtschaftlichen, demografischen und politischen Vorteile erklären, die eine Teilung der Provinz Buenos Aires nach sich ziehen würde.

»Hübsch, die Kleine …«, sagt er irgendwann. Román sieht ihn lächelnd an, sagt aber nichts. Adolfo lässt nicht locker: »Diese Sureda, meine ich, wirklich hübsch, oder?«

»Ja, sehr hübsch, allerdings«, antwortet Román schließlich, und man merkt ihm an, dass China ihm keineswegs gleichgültig ist.

Adolfo wendet sich dem einzigen Verbündeten zu, der in diesem Augenblick zur Verfügung steht – Joaquín –, und zwinkert ihm verschwörerisch zu, die Antwort seines Neffen hat ihn zufriedengestellt. Er hält Joaquín jetzt ein Holzstückchen hin, dieser nimmt es und legt es auf den Laster. Im Fernsehen ist das Präsentationsvideo gerade an sein Ende gelangt, ein Bild, das noch einmal die Karte der geteilten Provinz zeigt. Rovira erhebt sich von seinem Stuhl und tritt ans Rednerpult. Von dort verkündet er, dass Sebastián Petit das Vorhaben später im Einzelnen erläutern wird, er jedoch vorab ein paar einführende Worte sagen möchte. Er klingt selbstsicher und überzeugt und deutet mit der Linken auf die Leinwand. »Sag mal, ist Rovira Linkshänder?«, fragt Adolfo.

»Nicht, dass ich wüsste.«

»Und warum hat er die rechte Hand in der Tasche? Sie bewegt sich, merkst du es? Ist er so nervös?«

»Glaub ich nicht, ich hab ihn jedenfalls nie nervös erlebt. Wahrscheinlich spielt er mit dem Schlüsselbund oder ein paar Münzen.«

»Kann sein, es sieht aber nicht gerade entspannt aus, wenn er so mit links auf die Leinwand deutet. Die Linke ist nun mal nicht seine Seite …«, sagt Adolfo und lacht selbst über seine Bemerkung.

Am Ende von Roviras Beitrag klatschen vor allem seine Anhänger sowie zwei oder drei Bürgermeister, die dafür sogar aufstehen. Noch bevor der Beifall sich gelegt hat, tritt Sebastián Petit ans Pult und verkündet, dass er nun die »harten Fakten« darlegen wird – die Einwohnerzahlen der beiden neuen Provinzen, die wichtigsten Industrieanlagen und Unternehmen, die jeweilige Steigerung des Bruttosozialprodukts, die Auswirkungen auf die Umwelt, die nötigen Investitionen und Infrastrukturmaßnahmen, die Neuausrichtung der Gesundheits- und Bildungssysteme, die Anzahl der Abgeordneten, die die neuen Provinzen ins Parlament werden entsenden können, et cetera. Auf diesen Punkt geht er mit besonderem Nachdruck ein.

Er spricht von der letzten diesbezüglichen Gesetzesänderung, erwähnt aber nicht, dass sie aus der Zeit der Militärdiktatur stammt. Román erinnert sich daran, dass bei der letzten Zusammenkunft mit Arturo Sylvestre einer aus dem Team die Meinung vertrat, diese Tatsache solle man ausdrücklich hervorheben, das sei ein äußerst zugkräftiges Argument, woraufhin Sylvestre ihm recht gab und sich das Argument augenblicklich zu eigen machte: »Bravo! Zugkräftig ist alles, was einfach und direkt daherkommt und den Wähler in die gewünschte Richtung lenkt. Mit dem Argument, dass es sich um ein überholtes Gesetz aus der Zeit der Diktatur handelt, können wir gerade bei progressiveren und linken Wählern punkten, an die wir sonst nicht so leicht rankommen.«

Román erinnert sich auch noch, dass Sebastián damals als Einziger widersprach: »Mir sind objektive Argumente lieber, ich finde es nicht so gut, auf Emotionen zu setzen. Das alte Gesetz ist schlecht, es ist nicht mehr zeitgemäß, und das kann man ganz einfach beweisen.«

»Genau da liegst du falsch«, fiel Arturo Sylvestre ihm ins Wort, »es geht nicht ums Beweisen, es geht darum, zu überzeugen. Und außerdem geht es nicht darum, was du gut findest, sondern was gut für die Umsetzung unserer Ziele ist.«

Román weiß noch, was für ein Gesicht Sebastián machte – er fürchtete schon, gleich werde er aufstehen und Sylvestre einen Fausthieb versetzen. Zum Glück saß er neben ihm und konnte ihm zur Beruhigung die Hand auf den Rücken legen. In diesem Augenblick, da ist Román sich ganz sicher, widersetzt Sebastián sich Sylvestres Anordnung und erläutert die einzelnen Punkte viel ausführlicher, als der allmächtige Berater vorgegeben hat.

Jetzt ist er Herr über das Mikrofon. Man merkt ihm die Begeisterung an, und die scheint sich auch auf seine Zuhörer zu übertragen.

»Laut unserer Verfassung sollen jeweils dreiunddreißigtausend Bürger durch einen Abgeordneten im Parlament vertreten sein. 1983, noch vor der Rückkehr zur Demokratie, wurde diese Zahl auf einhunderteinundsechzigtausend erhöht und außerdem bestimmt, dass das Parlament die Quote nach jeder neuen Volkszählung anpassen solle. Seither ist viel Zeit vergangen, und heute sind wir, beziehungsweise waren wir laut der Volkszählung von 2010, über vierzig Millionen. Die Tatsache, dass immer noch von einer längst nicht mehr aktuellen Zahl ausgegangen wird, sowie die Regelung, dass jeder Provinz, unabhängig davon, wie viele Einwohner sie hat, mindestens fünf Abgeordnete zustehen, führen zu einer Reihe von Unstimmigkeiten und Verzerrungen. Am dramatischsten zeigt sich das wohl an diesem Beispiel: In der Provinz Tierra del Fuego sind für einen Abgeordnetensitz fünfundzwanzigtausend Stimmen nötig, in der Provinz Buenos Aires dagegen zweihundertzweiundzwanzigtausend. Halten Sie es für gerecht, dass jemand, der in Tierra del Fuego wohnt, im Parlament zehnmal so stark vertreten wird wie ein Bewohner der Provinz Buenos Aires?« Die Kamera schwenkt auf die anwesenden Bürgermeister, die Sebastián ausnahmslos zuzustimmen scheinen. Das freut Román, für Sebastián, weil es das Ergebnis seiner ausführlichen Darstellung ist. Ja, er verspürt sogar ein wenig Stolz, dass sein einstiger Zimmergenosse, der bei der ersten Bewerbung abgelehnt und erst, nachdem er sich für ihn eingesetzt hatte, aufgenommen worden war, es inzwischen so weit gebracht hat, und zwar genau auf dem Gebiet, an dem ihm so viel lag und auf das er all seine Hoffnungen gesetzt hatte. Auch wenn Román diese Hoffnungen nicht teilt. Im Vergleich zu der Politik von früher, wie sein Onkel sie beschreibt, arbeitet die Politik von *Pragma* fast nur mit Fiktionen, um nicht zu sagen, Lügen. Die frühere Politik wirkt dagegen wie ein altes, einst wertvolles, inzwischen aber unbrauchbar gewordenes Möbelstück, das keiner mehr haben will. Sebastián jedoch ist begeistert von der neuen Politik, die die Dinge »anpackt«, und Román hält seine Begeisterung für echt, auch wenn das für die, die in der Hierarchie über Sebastián stehen, nicht unbedingt in der gleichen Weise gilt.

Zehn Minuten später beendet Sebastián die Präsentation. Jetzt ist Gelegenheit, Fragen zu stellen. Als Letztes meldet sich ein spanischer Korrespondent.

»Mein Name ist José Pérez Luengo, von der spanischen Nachrichtenagentur. Ich habe eine Frage an Fernando Rovira. Ist es richtig, dass Sie der Kandidat von *Pragma* für den Posten des Gouverneurs einer der beiden Provinzen sein werden, die aus der Teilung der Provinz Buenos Aires hervorgehen?«

»Über irgendwelche Kandidaturen kann ich derzeit nichts sagen«, erwidert Rovira mit Nachdruck. »Vorläufig geht es ausschließlich um das Teilungsprojekt. Vielen Dank.«

Damit stehen Rovira und Sebastián auf und verlassen die Bühne.

»Was für ein zynisches Arschloch«, schimpft Adolfo. »Immer das Gleiche, ›über irgendwelche Kandidaturen kann ich derzeit nichts sagen‹. Halten die uns eigentlich für blöd?«

»Ja, das tun sie.«

Jetzt erscheint China wieder im Bild.

»Sieh mal, da ist deine Kleine«, sagt Adolfo. Román lächelt.

»Damit sind wir am Ende der Pressekonferenz«, verkündet China. »Bevor wir ins Studio zurückgeben, bedanken wir uns bei unseren Zuschauern im ganzen Land und hoffen, dass keine Frage im toten Winkel geblieben ist. Auf Wiedersehen.«

»Hat sie gerade ›toter Winkel‹ gesagt?«, fragt Román aufgeregt.

»Ich glaube, ja. Was meint sie damit?«

Ohne zu antworten, steht Román auf, geht rasch in Adolfos Zimmer hinüber und schaltet den Computer an. Joaquín folgt ihm neugierig.

»Omán«, ruft er – er kann noch kein richtiges R aussprechen.

»Alles in Ordnung«, ruft Adolfo dem Kleinen beruhigend zu. »Hoffe ich wenigstens«, fügt er leise hinzu.

19

Auf den sandigen Straßen von Cariló war an diesem Sonntagnachmittag außerhalb der Saison kein Mensch unterwegs. Als ich irgendwann in der Ferne doch jemanden entdeckte, lief ich sofort hin, um nach dem Weg zu fragen. Und als ich endlich im Fernbus nach Buenos Aires saß, waren gerade einmal zwei Stunden vergangen, seit ich, ohne mich zu verabschieden, das Haus von Roviras »Freund« verlassen hatte. Ich hatte keine Ahnung, wie es weitergehen sollte, wichtig war mir in diesem Augenblick nur, mich so schnell wie möglich von Rovira und seiner Frau zu entfernen. Ich empfand eine seltsame Mischung aus Wut und Beschämung. Wäre ich Lucrecia Bonara in diesem Augenblick begegnet, wäre ich wahrscheinlich rot geworden – als hätte *ich* etwas Anstößiges getan oder gesagt.

Der Bus fuhr zwischen leeren Feldern unter kalten schwarzen Wolken dahin, den letzten Resten des Winters im eigentlich schon begonnenen Frühling, die perfekte Kulisse für meinen Gemütszustand. Ein aufgegebener Bahnhof, die Zufahrt zu einem See und ein großes Landhaus zogen vorbei, dann wieder nichts als leere Weite unter einem dunklen Himmel. Ich starrte in die letzten Strahlen der hinter dem Horizont versinkenden Sonne, die zwischen den Wolken hindurchdrangen, und sagte mir immer wieder, dass das Vorgefallene nichts mit mir zu tun hatte, sondern ausschließlich eine Sache der beiden war. Trotzdem empfand ich ein unbestimmtes Schuldgefühl. Aber warum? Weil ich einfach so verschwunden war? Weil ich mich der schmeichelhaften Illusion hingegeben hatte, zum innersten Kreis um Fernando Rovira und den Seinen zu gehören? Oder etwa, weil ich Roviras Vorschlag abgelehnt hatte? Hätte man einen solchen Vorschlag denn überhaupt annehmen können? Jemand anders vielleicht, ich jedoch nicht. Sagte ich mir damals zumindest. Wie hatten sich die beiden einer solchen Täuschung hingeben können? Sie hatten versucht, sich ein ganz genaues Bild von mir zu verschaffen. Und sie hatten mich bestimmt nicht nur wegen meiner grünen Augen, meinem dunklen Haar und meiner unbestreitbaren körperlichen Ähnlichkeit zu Rovira ausgewählt. Aber welche meiner Eigenschaften hatte sie nach all den Tests, denen ich mich unterziehen musste, auf den Gedanken gebracht, dass ich einwilligen würde? Welche Schwäche entdeckten sie in mir? Oder welche Stärke? Täuschten sie sich wirklich, oder war ich eben doch jemand, der zu einem solch grotesken Vorschlag Ja sagen würde? Meine Verwirrung wurde immer größer, während ich auf keine dieser Fragen eine befriedigende Antwort finden konnte. Was hätte wohl Sebastián Petit gesagt, wenn er erfahren hätte, aus welchem Grund man mich ihm seinerzeit tatsächlich vorgezogen hatte? Als es draußen irgendwann völlig dunkel geworden war, stand ein paar Reihen weiter vorn eine Frau auf, kam zu mir und fragte, ob sie sich auf den Platz neben mir setzen könne.

»Bitte schön«, sagte ich und wandte mich wieder dem Fenster zu.

Offensichtlich hatte sie Lust, sich zu unterhalten, weshalb sie nun, obwohl ich ihr fast den Rücken zukehrte, sagte: »Wissen Sie, der Mann neben mir, da vorne, schnarcht so laut, ich will zwar nicht unbedingt schlafen, aber stören tut es trotzdem. Beim Reisen denke ich immer gerne in Ruhe nach, und so geht das nicht.«

»Verstehe«, erwiderte ich, um nicht unhöflich zu sein. Die Frau war ungefähr so alt wie meine Mutter. Sie sagte, sie sei

Philosophielehrerin an einer Sekundarschule und fahre zu einer Fortbildung nach Buenos Aires. All das hätte ich sicherlich bald wieder vergessen, hätte sie mich anschließend nicht gegen meinen Willen in ein Gespräch verwickelt. Sehr schnell war klar, dass sie auf Reisen nicht nur gerne nachdachte, sondern sich noch viel lieber unterhielt. Auf ihre ersten Versuche reagierte ich ziemlich einsilbig. Aber sie war hartnäckig und darüber hinaus, wie ich zugeben muss, durchaus einnehmend und freundlich, einer dieser Menschen, die einem sofort das Gefühl vermitteln, sie schon seit Langem zu kennen.

»Die Straße ist nicht gerade im besten Zustand, so brauchen wir bestimmt zwei Stunden länger als sonst.«

Ich nickte lächelnd. Durch mein Lächeln offensichtlich ermutigt, setzte sie nach.

»Müssen Sie morgen früh aufstehen, arbeiten Sie?«

»Ja, ich glaube, ja«, antwortete ich. Durch ihre Frage wurde mir jedoch bewusst, dass ich mir unmöglich vorstellen konnte, am nächsten Morgen wie an einem ganz normalen Montag bei *Pragma* zu erscheinen und Rovira und seiner Frau gegenüberzutreten. Am besten war es wohl, einfach nicht mehr dort aufzutauchen. Andererseits hätte das so ausgesehen, als hätte ich etwas Unrechtes getan.

»Glauben Sie, dass Sie arbeiten oder dass Sie früh aufstehen müssen?«, sagte die Frau, was offensichtlich nicht ironisch gemeint war, sondern ehrliches Interesse bezeugte. Ihre Hartnäckigkeit und Anteilnahme, meine bedrückte Stimmung und die Tatsache, dass sie eine Unbekannte war, die ich nach dem Aussteigen aus dem Bus nicht wiedersehen würde, brachten mich schließlich dazu, zumindest andeutungsweise zu erzählen, was mit mir los war.

»Ich weiß nicht, wie es weitergehen wird. Das heißt, bis Freitag hatte ich eine Arbeit, aber ich weiß nicht, ob das immer noch so ist …«

»Was ist denn passiert?«

Ich seufzte, es fiel mir schwer, darüber zu sprechen. »Mein Chef hat mehr verlangt, als ich zu tun bereit bin.«

»Aha, das kommt öfter vor, Sie haben Nein gesagt, und er hat Sie rausgeworfen«, sagte sie.

»Nein, so war es nicht. Er hat etwas Verrücktes vorgeschlagen, und ich habe Nein gesagt und bin gegangen. Er hat mich nicht rausgeworfen, ich bin einfach gegangen.«

»Und wann war das?«

»Erst vorhin.«

»In Pinamar?«

»Nein, in Cariló.«

»Arbeiten Sie in Cariló?«

»Nein, in Buenos Aires. Mein Chef hat mich nach Cariló eingeladen, es ging um … eine besondere Angelegenheit.«

»Ein Projekt …«

»Ja, so was in der Art. Er hat mir eine Aufgabe vorgeschlagen, aber ich wollte sie nicht übernehmen, und dann bin ich gegangen.«

»Verstehe. Und morgen müssen Sie sich wieder an Ihrem normalen Arbeitsplatz einfinden, richtig?«

»Ja, in Buenos Aires, ich weiß aber nicht …«

»Müssen Sie arbeiten? Verdienen Sie damit Ihren Lebensunterhalt?«

»Ja, natürlich.«

»Dann gehen Sie morgen hin, unbedingt. Wenn wir tatsächlich alle Aufträge ausführen müssten, die unsere Chefs uns erteilen, egal, wie verrückt sie sind, und andernfalls entlassen würden, hätte wohl kaum noch einer seinen Job. Wenn es Ihrem Chef nicht passt, dass Sie abgelehnt haben, soll er Sie eben entlassen und eine anständige Abfindung zahlen, das brauchen Sie ihm nicht abzunehmen.«

Ich nickte, obwohl ich mir nicht sicher war, dass ich ihr

zustimmte, und dachte schweigend über ihre Worte nach. Diesmal insistierte sie nicht, sondern ließ mir geduldig Zeit, bis ich schließlich sagte: »Ich kann ihm nach dem, was vorgefallen ist, aber nicht einfach gegenübertreten und so tun, als wäre nichts gewesen.«

Die Frau wirkte gleichermaßen erstaunt und neugierig, bestimmt stellte sie sich alle möglichen ausgefallenen Dinge vor, und offensichtlich wartete sie auf eine genauere Erklärung, die ich ihr aber nicht geben konnte.

Sie machte einen vorsichtigen Vorstoß: »Hat er Sie bedrängt?«

»In welcher Hinsicht?«

»Sexuell.«

»Nein, nein, damit hatte es nichts zu tun …«, erwiderte ich hastig. Obwohl es ja in gewisser Weise genau so gewesen war.

»Hat er etwas Verbotenes verlangt?«

»Nein, es war nichts Verbotenes, und er ist auch nicht übergriffig geworden. Ich möchte aber lieber nichts Genaueres sagen, es war etwas, das … unter uns bleiben muss, zwischen ihm und mir.«

»Ach so, na dann … Gut, belassen wir es dabei, ich verstehe schon …«, sagte sie ein wenig schroff.

Der Bus hielt an einer Raststätte. Ich ging auf die Toilette und wusch mir das Gesicht. Als ich mich im Spiegel betrachtete, erkannte ich mich nur mit Mühe, als wäre ich schlagartig gealtert. Ich schrieb es der Müdigkeit zu. Als ich in den Bus zurückkehrte, saß die Frau schon wieder auf ihrem Platz. Ich bat um Entschuldigung, und sie stand wortlos auf und ließ mich durch. Der Bus fuhr los, unsere Unterhaltung nahmen wir aber nicht wieder auf. Die Frau war offenbar verstimmt, was mir leidtat. Nachdem wir mehrere Kilometer so dahingefahren waren, sagte ich schließlich, ein wenig ausweichend, um sie zu besänftigen: »Es passte einfach nicht zu dem, was ich moralisch für richtig halte, das war es eigentlich.«

»Wissen Sie …«, erwiderte sie sofort, als hätten wir die Unterhaltung nie unterbrochen, »wie ist eigentlich Ihr Name?«

»Román.«

»Also, Román, mit meinen Schülern spreche ich viel über Hegel. Im Lehrplan ist das eigentlich nicht unbedingt vorgesehen, aber ich halte es für sehr wichtig. Kennen Sie sich mit Hegel aus?«

»Ein bisschen«, log ich, in Wirklichkeit hatte ich gerade einmal den Namen Hegel gehört, im Vorbereitungskurs für die Universitätsaufnahmeprüfung.

»Also, ich fasse es mal zusammen. Die Dialektik von Herr und Knecht. Zwei Personen verfolgen eine bestimmte Absicht. Oder genauer gesagt, unterschiedliche Absichten. Beide möchte ihre Absicht durchsetzen, und beide geben alles dafür, es ist also ein Kampf auf Leben und Tod, verstehen Sie? Aber als der eine kurz davor ist, zu sterben, beschließt er, dass das Leben wichtiger ist als seine Absicht, und er gibt nach, lässt dem anderen seinen Willen. Der, der sich für das Leben entschieden hat, wird zum Knecht, und der Sieger zum Herrn. Können Sie mir folgen?«

»Ich glaube, ja.«

»Also gut, der eine ist Ihr Herr, und Sie sind sein Knecht. Das hört sich vielleicht ein bisschen drastisch an, Herr und Knecht. Aber der Herr ist in jeder Hinsicht – in jeder, verstehen Sie? – von seinem Knecht abhängig. Der Knecht verschafft ihm Nahrung und Kleidung, er vertreibt ihm die Zeit, er sorgt für alles, was er braucht. Und der Herr ist irgendwann nur noch ein nichtsnutziger Faulpelz, der völlig von der Arbeit seines Knechts abhängt. Der Knecht lernt unterdessen, zu arbeiten und die Natur zu beherrschen, und das macht ihn zur gegebenen Zeit frei. Und ebendiese Lehre sollten Sie aus unserem Gespräch mitnehmen, unbedingt. Für Sie ist jetzt wichtig, was Hegel und eine alte Philosophielehrerin Ihnen heute in diesem

Bus auf dem Weg nach Buenos Aires mitzugeben haben: Halten Sie durch, bis Sie alles gelernt haben, was Sie brauchen, um frei zu sein.«

Sie sagte noch einmal »frei« und sah mich erwartungsvoll an – als wäre ich ihr Schüler und sollte zu erkennen geben, dass ich verstanden hatte. Das konnte ich aber nicht, weil ich mir nicht sicher war, ob ich tatsächlich verstanden hatte. Sie merkte es und fuhr fort: »Also gut, um es noch eindeutiger zu sagen: Gehen Sie erst, wenn Sie sich alles Nötige von ihm genommen haben. Aber behalten Sie eins stets im Hinterkopf: Eines Tages werden Sie gehen, eines Tages werden Sie ihn verlassen. Und bis dahin ist er von Ihnen abhängig, das ist völlig klar. Sie brauchen den Lohn, den er Ihnen zahlt, er dagegen braucht viel mehr von Ihnen, unendlich viel mehr – er kann ohne Sie nicht überleben.«

Als wir ankamen, verabschiedeten wir uns wie enge Freunde. Vielleicht waren wir das unterwegs geworden. Wir wussten beide, dass wir uns nicht wiedersehen würden. Was diese Begegnung für sie bedeutete, weiß ich nicht, mir verschaffte sie eine große Erleichterung, die es mir erlaubte, ein paar Stunden tief zu schlafen, bevor ich schließlich wieder in die *Pragma*-Zentrale ging und so tat, als wäre nichts gewesen.

Als wäre nichts gewesen.

20

Der Alsina-Fluch (Projektskizze)

5. Interview mit Ricardo Alfonsín, Vorsitzender der Radikalen Bürgerunion und Abgeordneter der Provinz Buenos Aires im argentinischen Parlament.

Was halten Sie von dem Vorhaben Fernando Roviras? Sind Sie auch für die von ihm vorgeschlagene Teilung der Provinz Buenos Aires?
Ehrlich gesagt, glaube ich nicht, dass sich die Probleme der Provinz Buenos Aires durch irgendwelche Teilungsprojekte wie das von Fernando Rovira lösen lassen. Mir kommen diese Vorschläge eher wie Wahlpropaganda vor. Davon abgesehen, müsste hierüber zunächst einmal innerhalb der Provinz diskutiert werden. Von der Zentralmacht aus die Teilung egal welcher Provinz ins Auge zu fassen, scheint mir ein Zeichen mangelnden Respekts, ja, ich finde das eine ziemlich anmaßende Haltung.

Reicht es nicht, dafür eine Reihe von Präsentationen zu veranstalten, so wie Fernando Rovira es derzeit macht?
Nein, denn mit einer Befragung hat das nicht das Geringste zu tun. Sehen Sie, es gibt sogar bereits einen Gesetzentwurf dazu, der demnächst dem argentinischen Parlament vorgelegt werden soll. Das stellt einen nicht hinnehmbaren Eingriff des nationalen Parlaments in die Rechte der Provinz dar. *(Überprüfen, auf welchen Artikel der Verfassung der Provinz Buenos Aires er sich bezieht.)* Haben diese Leute tatsächlich das Wohl der Provinz im Blick oder nicht doch, aus welchen Gründen auch immer, vor allem ihr eigenes?

Sie werden Roviras Vorschlag also nicht unterstützen?
Wie immer werde ich die Sache von meinen Fachleuten prüfen lassen, selbstverständlich. *(Offensichtlich weiß er längst viel besser Bescheid, als er vorgibt.)* Aber ich sage Ihnen schon jetzt, statt sich in abwegigen Diskussionen zu verzetteln, müssen zunächst ganz andere Dinge in Angriff genommen werden, um die großen Probleme der Provinz zu lösen.

Zum Beispiel?
Zunächst einmal müssten eine Reihe viel zu großer Stadtgemeinden geteilt werden, die längst unregierbar sind. Und dafür braucht man keine so langen und umständlichen Diskussionen zu führen wie im Fall einer Provinz. Andererseits, und das ist mindestens so wichtig, müssten andere Regionen Argentiniens entwickelt werden, die aufgrund der Armut eine so hohe Abwanderung zu verzeichnen haben. Wenn die Leute Arbeit finden könnten und Zugang zu einer besseren Gesundheitsversorgung und genügend Bildungsmöglichkeiten hätten, würden sie höchstwahrscheinlich nicht abwandern. Hier liegt die eigentliche Herausforderung für die Politik.

Und was denken Sie über den Alsina-Fluch?
Was soll das denn sein?

Der Gouverneursfluch, demzufolge niemand, der Gouverneur der Provinz Buenos Aires war, jemals Präsident von Argentinien werden kann.
Ach so, das! Nein, selbstverständlich glaube ich nicht an Flüche, egal welcher Art. Aber hat das etwas mit unserem Thema zu tun?

Nicht unbedingt, ich wollte bloß fragen, weil ich in diesem Zusammenhang gerade an einer Untersuchung arbeite.
Verstehe. Nein, an Flüche glaube ich nicht. Dass es mehreren Gouverneuren der Provinz Buenos Aires nicht gelungen ist, Präsident Argen-

tiniens zu werden, liegt meiner Ansicht nach daran, dass sie nicht die dafür notwendigen Voraussetzungen geschaffen haben. Oder aber sie wurden auf die eine oder andere Weise von ihrer eigenen Partei verraten. Auch das ist vorgekommen, Kandidaten, die sich mit aller Kraft ins Zeug legten, wurden von den eigenen Leuten ausgebremst. *(Entsprechende Beispiele recherchieren.)*

Im September 1997 berichtete die Tageszeitung *La Nación*, bei einem Wahlkampfauftritt in Bahía Blanca habe der Präsidentschaftskandidat Eduardo Duhalde seine Zuhörer dazu aufgefordert, ihm zu helfen, den »Gouverneursfluch« zu überwinden.
Duhalde kenne ich persönlich, wenn, dann hat er das ironisch gemeint, oder metaphorisch. Aber ich bin mir sicher, dass er nicht an irgendwelche Flüche glaubt. Sollte jemand tatsächlich der Ansicht sein, er müsse einen Fluch überwinden, um Präsident zu werden, wird er es hoffentlich niemals in dieses Amt schaffen!

21

Gleich nachdem China Ricardo Alfonsín und danach auch Eduardo Duhalde interviewt hat, geht sie in Románs Büro. Sie macht die Tür hinter sich zu und lässt den Computer hochfahren. Trotz aller Versuche ist es ihr nicht gelungen, über ihr Mobiltelefon an ihre Internet-Kolumne zu gelangen, und sie will damit nicht warten, bis sie wieder beim Sender ist. Noch immer über das miserable Telekommunikationsnetz fluchend, muss sie nun erleben, dass es auch mit Románs Computer eine halbe Ewigkeit dauert, bis endlich die Kommentare, an denen ihr sonst denkbar wenig liegt, auf dem Bildschirm erscheinen. Ist die Webseite ihres Senders tatsächlich so langsam? Falls Románs Sekretärin plötzlich reinkommen sollte, wird ihr schon eine Ausrede dafür einfallen, dass sie an Románs Computer sitzt. Und falls Rovira selbst erscheint, auch. Endlich sind alle Kommentare geladen. Sie scrollt bis zu dem von Román – »Toter Winkel«. Seine Antwort auf ihre Frage »Wann und wo?« lautet: »In der Nähe von El Campito. Ich warte hier mit María auf dich.« Das vergrößert ihre Verwirrung und Unruhe nur. Was soll das sein, »El Campito«? Und wer ist María? Ist Román etwa mit einer Frau unterwegs? Auf einmal stellt sie alles infrage, was sie bis jetzt für ihn getan hat. Schafft sie sich womöglich einen Berg Probleme, nur damit sie am Ende vor einem Román steht, der in der Gesellschaft einer anderen Frau froh und zufrieden sein Leben genießt? Zumindest so froh und zufrieden, wie man sein kann, wenn man sich, aus welchem Grund auch immer, vor Fernando Rovira verstecken muss. Nein, das kann es nicht sein. Sie wehrt sich gegen den Gedanken, dass sie einmal mehr einer anderen den Vortritt lassen soll. So war es schon mit ihrem Vater, und später mit Iván und vielen anderen Männern, aus keiner ihrer Beziehungen ist jemals etwas Dauerhaftes geworden. Wenn es ihr mit Román genauso ginge – obwohl von einer Beziehung in seinem Fall ja noch keine Rede sein kann –, würde sie das nicht ertragen, sagt sie sich. Aber wer sagt denn, dass diese María Románs Freundin ist? Wie auch immer, sie kann nicht anders, sie gehört nicht zu den Leuten, die andere ungerührt in der Klemme sitzen lassen. Sie sucht nach Argumenten, um nicht vor sich selbst als Idiotin dazustehen, wenn sie tut, was sie, wie sie genau weiß, unweigerlich tun wird. Und da fällt ihr auch schon ein unschlagbares Argument ein: Hier geht es um eine spannende Story, sie ist Journalistin, also ist sie genau am richtigen Platz. Abschließend schreibt Román ein weiteres Mal: »Ich muss unbedingt mit dir sprechen, aber nicht hier drin.« China versteht den Satz jetzt auf zwei unterschiedliche Arten, zum einen als Äußerung eines Mannes, der sie braucht, zum anderen als Verheißung einer spannenden Story. Damit haben sich ihre Zweifel vorerst erledigt. Sie gibt das Wort »campito« ins Suchfeld ein. Angesichts der viel zu großen Trefferzahl konkretisiert sie die Anfrage: »El Campito.«

Eine Fußballschule mit eigenem Stadion. Fußballturniere, Sportveranstaltungen. In Buenos Aires, aber viel zu nah an der *Pragma*-Zentrale, da kann Román sich nicht versteckt haben.

Ein Verein, der sich um Hunde mit Problemen aller Art kümmert, im Bezirk Esteban Echevarría. Komisch, könnte aber sein.

Eins der wichtigsten geheimen Haftzentren während der Militärdiktatur. Sie würde wetten, dass es das nicht ist. Aber völlig ausschließen kann sie es nicht.

Ein Landhaus im Bezirk Carmen de Areco. Möglich, die Ortsangabe ist allerdings ziemlich ungenau.

Eine Notunterkunft für Wohnungslose in Mar del Plata. Vielleicht.

Wo soll sie anfangen? Die Angabe ist und bleibt viel zu vage, außerdem ist in keinem Fall eine unmittelbare Beziehung zwischen Román und dem möglichen Versteck zu erkennen. Sie könnte eine weitere Frage an »Toter Winkel« richten, andererseits fällt es möglicherweise auf, wenn sie sich an dieser Stelle, anders als sonst, nicht auf einen knappen Kommentar beschränkt. Zudem ist sie sich sicher, dass Románs Angabe alle nötigen Informationen enthält. Sie liest den Kommentar noch einmal. Gibt den Suchbegriff erneut ein. Wenn keines der Ergebnisse sich als das richtige aufdrängt, muss sie eben allen nachgehen. Aber nicht hier.

Sie schaltet den Computer aus und verwünscht Román, weil er ihr die Suche so schwer macht. »Heilige Jungfrau im Himmel, warum macht der Kerl mir so viel Arbeit?« Dann wundert sie sich über ihre Wortwahl, warum sagt jemand, der nicht an Gott glaubt, wie sie, so etwas? Warum sagt sie nicht wie sonst »verdammter Mist« oder »dieser verfluchte Idiot« oder etwas in der Art? Nein, sie hat »Heilige Jungfrau« gesagt, und auf einmal wird ihr alles klar, und sie erkennt, was die Eifersucht und das Gefühl, ganz auf sich allein gestellt zu sein, sie bis dahin nicht haben erkennen lassen: Die Heilige Jungfrau, das ist natürlich Maria, und »El Campito« ist eine der Heiligen Jungfrau Maria geweihte Kirche in San Nicolás. Sie, China, hat schließlich selbst einmal eine Frau interviewt, die behauptet hatte, ihr sei wiederholt die Heilige Jungfrau Maria erschienen, und zwar in »El Campito«! Sie geht noch einmal zum Computer, lässt ihn erneut hochfahren und tippt die Worte »El Campito Virgen« ein. Und was daraufhin auf dem Bildschirm zu lesen ist, gibt ihr recht: »El Campito, Wallfahrtskirche in der argentinischen

Provinzstadt San Nicolás, errichtet an der Stelle, wo eine Bewohnerin der Stadt wiederholte Marienerscheinungen gehabt haben will.« In San Nicolás wiederum, das hat Román ihr einmal erzählt, lebt sein Onkel Adolfo, »der war schon immer Mitglied der Radikalen Bürgerunion, und er hat sein ganzes Leben in San Nicolás verbracht, was er aber nicht ausstehen kann, ist der Rummel um diese Wallfahrtsstätte El Campito bei ihm in der Nähe, vor allem wenn der Namenstag der Schutzpatronin gefeiert wird«. Dieser Onkel betrieb ein Möbelgeschäft – oder war es ein Laden für Elektrogeräte? Sie ist sich nicht sicher. Warum kann sie sich nur so schlecht an solche Einzelheiten erinnern? Wahrscheinlich hat sie, während Román von seinem Onkel erzählte, die ganze Zeit bloß seine Augen angestarrt, oder seinen Mund, oder sie hat versucht, sein Parfüm zu erschnuppern. Sein Mund, bestimmt hat der sie abgelenkt. Román ist bei seinem Onkel, das steht für sie jetzt fest. Weshalb sie so schnell wie möglich nach San Nicolás muss. Sie wird sich ein Auto leihen, sie weiß schon, von wem, von Iván, ihrem Ex, der bis heute ein schlechtes Gewissen hat, weil er sie wegen ihrer ehemals besten Freundin verlassen hat. Das wird er ihr nicht abschlagen können. Als sie noch zusammen waren, hat sie sein Auto auch immer benutzt, als gehörte es ihnen beiden. Irgendeine Begründung, weshalb sie es ausgerechnet jetzt braucht, wird ihr schon einfallen. Außerdem ist Iván letztlich schuld daran, dass sie in diese Situation geraten ist – er hat ihr den Kontakt zu Eladio Cantón verschafft, was wiederum dazu geführt hat, dass sie jetzt dieses Buch über den Alsina-Fluch schreibt. Ohne Iván hätte sie Román Sabaté womöglich nie kennengelernt. Sie wird also jetzt gleich Iván in seinem Büro aufsuchen, das Auto steht bestimmt irgendwo dort in der Nähe. Das ist der Vorteil, wenn man keine Familie hat, sagt sie sich – keiner kann einem in einer solchen Situation entgegenhalten: »Frag doch deinen Bruder oder deinen Vater oder deinen Onkel!« Aber um Román Sabaté helfen zu können, muss sie mobil sein, sie muss schleunigst nach San Nicolás, und auch dort muss sie beweglich sein – vielleicht muss sie Román in aller Eile an einen anderen Ort bringen. Aber was auch immer sie in San Nicolás erwartet, sie hat keine Angst, im Gegenteil, sie kommt sich vor wie die Hauptdarstellerin in einem Road Movie, *starring* China Sureda und Román Sabaté. Das heißt, Angst hat sie schon, aber es ist viel besser, sich als Filmheldin zu sehen statt als leichtsinnige, einfach zu manipulierende Frau. Damit ist es vorbei, inzwischen ist sie Journalistin, verdammt! Und sie weigert sich, sich von der Angst lähmen zu lassen. Darum wird sie jetzt nach San Nicolás aufbrechen, zum Campito der Heiligen Jungfrau Maria, am Steuer des Autos ihres Ex, als strahlende Hauptdarstellerin, jawohl!

Als sie endlich das Zimmer verlassen will, geht die Tür auf, und herein tritt zu ihrer Überraschung nicht Románs Sekretärin und ebenso wenig Fernando Rovira, sondern Sebastián Petit, der gleich zur Sache kommt: »Hast du was von ihm gehört?«

»Von wem?«

»Vom Besitzer dieses Büros.«

»Von Román? Nein, nichts. Ich habe ihn schon seit Tagen nicht gesehen. Warum? Brauchst du was von ihm?«

Sebastián lächelt sie wortlos an und gibt ihr auf diese Weise zu verstehen, dass sie ihm nichts vorzumachen braucht. Er nähert sich dem Schreibtisch. Hastig schließt China die Internet-Seiten, die sie geöffnet hatte. Als Sebastián neben ihr steht, ist bloß noch die Seite ihres Senders mit den Kommentaren zu ihren Kolumnenbeiträgen zu sehen.

»Was machst du da?«

»Ich habe mir erlaubt, Románs Computer zu benutzen. Das habe ich schon öfter gemacht, er hat gesagt, das ist in Ordnung. Ich musste etwas nachsehen, in einer Meldung von mir auf der Seite von meinem Sender.«

»Und hast du das Gesuchte gefunden?«

»Ja, natürlich, eigentlich ging es um nichts Besonderes, aber du weißt ja, wie Chefs so sind, wenn sie sich einreden, dass irgendwas total wichtig ist und sofort erledigt werden muss, kennen sie kein Halten, und wenn du dann nicht spurst …«, sagt China und beugt sich vor, um den Computer auszuschalten.

Sebastián greift nicht ein, lässt sie aber keine Sekunde aus den Augen.

»Na gut, wir sehen uns«, sagt China, steht auf, lächelt ihn verlegen an und nähert sich der Tür.

»Wir sehen uns«, sagt Sebastián, ebenfalls lächelnd.

Sobald China verschwunden ist, setzt Sebastián sich an den Computer, schaltet ihn wieder ein und sucht nach der Meldung, von der China gerade erzählt hat. In dem Text selbst, den er ziemlich langweilig findet, kann er keinerlei Hinweise worauf auch immer entdecken, ebenso wenig in den ersten Kommentaren, die allesamt ziemlich unerträglich sind. Das ändert sich erst bei den drei Kommentaren, bei denen China sich zu einer Antwort aufgerafft hat, genauer gesagt, bei dem von »Toter Winkel«. Sebastián begreift schnell, worum es geht. Um zu merken, dass dieser Kommentar nur von Román stammen kann, braucht er keine der Grafiken und Schaubilder, mit denen die Wände seiner Wohnung bedeckt sind. Für ihn ist auch so völlig offensichtlich, dass hinter dem Hinweis auf El Campito und María bloß Román stecken kann, der bei seinem Onkel Adolfo in San Nicolás untergeschlüpft ist. Wo auch sonst. Dass die beiden so leicht zu entschlüsselnde Spuren hinterlassen, bereitet ihm Sorgen. Mehr noch aber, dass Román sich ausgerechnet in San Nicolás versteckt hat – wo es doch nur einen einzigen Ort gibt, an dem er tatsächlich sicher wäre. Und warum verlässt er sich auf diese Frau, die nun wirklich nicht die hellste ist? Er ist enttäuscht, dass sein Freund sich nicht geschickter anstellt. Aber was solls, er holt ihn da raus und bringt ihn an einen Ort, wo Fernando Rovira ihm nichts anhaben kann. Er weiß zwar weder, was sein Freund gemacht hat, noch, warum er geflohen ist, noch, warum die anderen ihn verfolgen. Dafür weiß er genau, auf wessen Seite er steht – auf der Seite von Román Sabaté. Er wird aufbrechen, sobald es geht. Fernando Rovira hat allerdings gerade alle zusammengetrommelt, um die Projektvorstellung von heute Morgen zu besprechen, gemeinsames Mittagessen eingeschlossen, da kann er nicht fehlen, das würde viel zu große Aufmerksamkeit erregen, schließlich hat er ja Rovira die Präsentation auf den Leib geschneidert. Aber gleich nach dem Essen wird er nach San Nicolás aufbrechen. China Sureda ist wahrscheinlich schon dorthin unterwegs, und sie trifft wohl auch vor ihm ein, aber das macht nichts. Solange sie bei Románs Onkel bleiben und keinen Unsinn anstellen, wird alles gut gehen. Sebastián wird ein Auto mieten, ein möglichst unauffälliges Fahrzeug, mit dem er Román an den Ort bringen wird, der ihm vorschwebt. Er blickt noch einmal auf den Bildschirm des Computers und liest: »Toter Winkel. Ich muss unbedingt mit dir sprechen, aber nicht hier drin.« Was das wohl bedeuten soll? Und warum hat Román ausgerechnet dieses Pseudonym gewählt? Das versteht sogar er nicht.

Zwei Dinge sind jetzt noch zu erledigen – er muss alle Spuren beseitigen, die darauf hinweisen, dass jemand hier war und sich am Computer zu schaffen gemacht hat, und er muss alle Kommentare auf Chinas Seite löschen, die, wen auch immer, auf die Fährte der beiden bringen könnten. Wie man so etwas macht, weiß Sebastián genau, so schwierig ist das nicht, alles, was man dafür braucht, ist ein wenig Geduld.

22

Der Alsina-Fluch (Projektskizze)

6. Interview mit Eduardo Duhalde, ehemaliger Präsident Argentiniens und Vorsitzender der Peronistischen Partei.

Was halten Sie von dem Vorschlag Fernando Roviras, die Provinz Buenos Aires zu teilen?
Ich bin nicht gegen die Idee einer Teilung, aber man müsste zuerst sehr genau untersuchen, wie diese aussehen soll und ob sie sich tatsächlich umsetzen lässt. Für mich gab es seit jeher zwei Provinzen, den Ballungsraum von Buenos Aires und den Rest. Die große Frage ist, wem der Ballungsraum zugeschlagen werden soll. Ich finde es jedenfalls nicht gut, dass eine einzige Provinz über vierzig Prozent der Gesamtbevölkerung in sich vereint. *(Zahl überprüfen.)* Das Vorhaben Raúl Alfonsíns, die Hauptstadt Argentiniens in eine andere Provinz zu verlegen, fand ich dagegen gut. Das ist eine bis heute unerledigte Aufgabe unseres Landes. Ihre Umsetzung würde einen neuen Anziehungspunkt schaffen. *(Zu den Details von Raúl Alfonsíns Vorhaben recherchieren.)*

Wo würden Sie ansetzen, um die Provinz Buenos Aires besser in den Griff zu bekommen?
Als Erstes würde ich die Stadtgemeinden verkleinern. Leider konnten wir uns damit nicht durchsetzen. Wie gesagt, was meiner Ansicht nach durch Roviras Vorschlag nicht gelöst wird, ist die Frage, was aus dem Ballungsraum werden soll. Das Problem, wie man mit den acht-

zehn Millionen Einwohnern der Hauptstadt und des Großraums umgehen soll, löst man nicht durch eine simple Teilung.

Und was halten Sie von dem sogenannten Gouverneursfluch, demzufolge kein Gouverneur der Provinz Buenos Aires argentinischer Präsident werden kann?
(Lacht.) Ich glaube nicht an Flüche. Auf keinen Fall.

Ein gewisser Herr Salazar aus La Plata behauptet, er habe Ihnen geholfen, den Fluch außer Kraft zu setzen …
(Lacht noch lauter.) Nein, ich bitte Sie! So was würde ich niemals ernst nehmen. Dahinter steckt etwas ganz anderes. Der Rest des Landes hat eine schlechte Meinung von der Provinz Buenos Aires. Sie wurde immer wieder von Regierungen bevorzugt, die sich auf diese Weise Wählerstimmen sichern wollten.

In der Tageszeitung *La Nación* war im September 1977 ein Zitat aus einer Wahlkampfrede zu lesen, die Sie in Bahía Blanca gehalten hatten. Darin hieß es: »Ich bitte Sie, helfen Sie mir, den Fluch unwirksam zu machen …«
Ich kann mich nicht daran erinnern, jemals so etwas gesagt zu haben.

War das vielleicht im übertragenen Sinn gemeint?
Gibt es dazu etwas im Internet? Es wundert mich wirklich, dass ich das gesagt haben soll …
(recherchieren)

Was ist Ihrer Ansicht nach der Grund dafür, dass kein Gouverneur der Provinz Buenos Aires es jemals zum Präsidenten Argentiniens gebracht hat?
Ein Großteil der Leute aus dem Großraum Buenos Aires stammt aus der argentinischen Provinz, und normalerweise halten sie ihrer Heimatregion die Treue und wählen Kandidaten von dort.

Kandidaten aus Buenos Aires kommen für sie nicht in Betracht. Die Bewohner des Großraums Buenos Aires fühlen sich nicht als Bürger von Buenos Aires, das tun nur die, die tatsächlich in der Stadt Buenos Aires wohnen. Und darum macht die Provinz Buenos Aires im Parlament auch nicht entschieden genug ihre Interessen geltend.

Halten Sie die gegenwärtige Abgeordnetenquote, was die Provinz Buenos Aires betrifft, für angemessen?
Nein, natürlich nicht. Ich habe unserer derzeitigen Regierung einen Entwurf vorgelegt und auch mit der Wahlbehörde gesprochen. Uns stehen zwanzig Abgeordnete mehr zu. *(Zahl überprüfen.)* Das wäre nur gerecht, erst so würde erfüllt, was die Verfassung vorsieht.

Mit dem Thema Flüche sollte man sich also nicht weiter beschäftigen?
Ich würde sagen, nein. *(Lacht und verstummt für eine Weile.)* Unsere Aufgabe ist es, unsere Identität zu stärken. Der Provinz Buenos Aires fehlt weiterhin eine eigene Identität. Das alles hat nichts mit einem Fluch zu tun. Es sei denn, der Fluch besteht eben darin. *(Wie genau ist das gemeint? Noch mal anrufen und nachfragen.)*

23

Nach Roviras ungewöhnlicher Anfrage verlebte ich mehrere ziemlich unangenehme Wochen. Wie die Philosophielehrerin aus dem Bus mir geraten hatte, ging ich am Montag wie gewohnt zur Arbeit, in der Erwartung, dass Fernando Rovira mir mitteilen werde, dass bei *Pragma* kein Bedarf mehr für mich sei. Stattdessen verstrich ein Tag nach dem anderen, ohne dass ich etwas Derartiges zu hören bekam. Trotzdem empfand ich, sobald ich die *Pragma*-Zentrale betrat, jedes Mal leises Magendrücken. Das Problem war aber nicht Rovira, sondern seine Frau. Sie redete nicht mehr mit mir. Das ging so weit, dass sie meinen Gruß nicht erwiderte, selbst wenn andere Leute anwesend waren, die sie sehr wohl grüßte. Zu allem Übel erschien sie jetzt viel häufiger als bisher im Büro. So kam es mir wenigstens vor. Rovira dagegen tat, als wäre nicht das Geringste vorgefallen. Nie wieder sprach er die Sache an. Er behandelte mich genau wie zuvor, und auch sonst änderte sich an unserer Routine nichts. Weiterhin trainierten wir jeden Morgen zusammen, und obwohl ich fürchtete, jeden Augenblick werde die Bombe explodieren, geschah nichts. Nur ein einziges Mal griff er das Thema wieder auf. An dem Tag kehrten wir verschwitzt von unserer üblichen Joggingrunde zurück und trafen am Eingang Lucrecia, die, auffallend herausgeputzt, offenbar in Eile war und gerade fortgehen wollte. Sie sprach kurz mit ihrem Mann, küsste ihn auf den Mund, sah mich anschließend verächtlich an und sagte: »Grauenhaft, was?«

Gleich darauf war sie verschwunden. Rovira merkte, wie

angespannt ich war, und versuchte, die Sache runterzuspielen: »Mach dir nichts draus, das geht vorbei.«

»Warum behandelt sie mich so, das verstehe ich nicht«, erwiderte ich.

»Du verstehst die Frauen eben nicht. Sie ist gekränkt, sie glaubt, du hast den Vorschlag abgelehnt, weil sie dich …« – er suchte nach einem passenden Ausdruck – »sozusagen nicht motiviert.«

Ich fühlte mich nur noch schlechter – erneut hatte ich es geschafft, dass es so aussah, als hätte *ich* mir etwas zuschulden kommen lassen.

»Was hast du denn zu ihr gesagt?«, fragte ich erstaunt.

»Nichts Besonderes. Ich hab gesagt, du hättest den Vorschlag abgelehnt, ohne einen speziellen Grund anzugeben. Oder hast du das, und ich habe es bloß überhört?«

»Ich hab gedacht, das sei nicht nötig.«

»Okay, für mich ist das in Ordnung, aber sie macht sich ihren eigenen Reim darauf. Außerdem hast du nicht bloß nichts gesagt, du bist schließlich auch plötzlich verschwunden, als wärst du in Lebensgefahr«, sagte er ein wenig spöttisch, ja, es kam mir so vor, als würde er gleich anfangen zu lachen.

»Ich war überfordert, ich bin mit der Situation nicht zurechtgekommen.«

»Wenn das so ist, dann tut es mir leid. Aber ich habe keinen Druck auf dich ausgeübt, ich habe nur einen Vorschlag gemacht. Ich habe nicht mal verlangt, dass du sofort antwortest, ich habe gesagt, du sollst darüber nachdenken. Erinnerst du dich, dass ich gesagt habe, du sollst darüber nachdenken?«

»Ja, ich erinnere mich«, sagte ich. Natürlich erinnerte ich mich, ich erinnerte mich an jedes einzelne Wort, das Rovira an dem Tag gesagt hatte.

»Trotzdem bist du weg, als wäre der Teufel hinter dir her. Ich sag nicht, dass man das als Beleidigung auffassen muss, so wie Lucrecia es getan hat, aber dein Verhalten war in jedem Fall ziemlich seltsam.«

Ich war also derjenige, der sich seltsam aufführte, der nicht wusste, wie man sich benimmt. Zu meiner Erleichterung erschienen in diesem Augenblick zwei Kollegen, die uns kurz begrüßten und der Unterhaltung ein Ende bereiteten. Schweigend steuerten wir den Trainingsraum an. Wir mussten noch Dehnungsübungen machen. Rovira mochte das gar nicht, aber ohne diese Übungen wäre er später ganz steif gewesen. Anders als sonst ging ich das letzte Stück vor ihm, so wollte ich verhindern, dass er das Gespräch wieder aufgriff. Während der Übungen wiederholte ich dann wie besessen die dazugehörigen Anweisungen, die Rovira längst in- und auswendig kennen musste – alles nur, damit die Rede nicht wieder auf unsere Unterhaltung kam. Als ich ihm half, an der Sprossenwand in Position zu gehen, fragte er jedoch unvermittelt, als hätte er nicht gehört, was ich gesagt hatte: »Und, hast du es dir überlegt?«

Obwohl ich mich überrumpelt fühlte, versuchte ich, die Frage so entschieden zu beantworten, dass jeder weitere Zweifel ausgeschlossen war: »Da gibt es nichts zu überlegen. Falls es nicht klar geworden sein sollte – die Antwort heißt Nein, endgültig. Und niemand braucht deswegen gekränkt zu sein. Du hast einen Vorschlag gemacht, und ich habe Nein gesagt. Das ist alles.«

Rovira wandte sich mir lächelnd zu und sagte: »Touché!« Gleich darauf wiederholte er, weiterhin lächelnd, seine Äußerung, schüttelte den Kopf und begann mit der nächsten Übung. Danach kam er tatsächlich nie mehr auf das Thema zurück, und doch hatte ich seitdem jedes Mal, wenn wir uns bei *Pragma* im Flur begegneten oder gemeinsam an etwas arbeiteten, das gleiche Gefühl wie in dem Augenblick im Trainingsraum. Obwohl er kein Wort sagte, vernahm ich innerlich unüberhörbar die Frage: »Und, hast du es dir überlegt?«, gefolgt von einem ebenso deutlich zu vernehmenden: »Touché!«

Meine Anspannung wurde mit der Zeit immer größer. Ich schlief schlecht, war nervös, bekam einen Magen-Darm-Infekt und gleich darauf einen Ausschlag am Unterleib und an den Beinen, der, den Ärzten nach, nur psychosomatische Gründe haben konnte. Als Lucrecia eines Morgens erneut meinen Gruß ignorierte, mir aber dafür wiederum ins Gesicht sagte: »Grauenhaft, was?«, ließ ich kurz darauf meine Wut an einer Sekretärin aus, deren einzige Schuld darin bestand, dass sie in meiner Nähe war. Sie fing an zu weinen, und ich versuchte verzweifelt, meinen Ausraster wiedergutzumachen. Am selben Tag fasste ich den Entschluss, bei *Pragma* aufzuhören. Ich brauchte so schnell wie möglich eine neue Arbeit. Hilfe suchend wandte ich mich an Sebastián, der Kontakt zu vielen Unternehmen hatte. Zur Begründung sagte ich ausweichend, ich hätte Schwierigkeiten mit Lucrecia Bonara und fühlte mich bei der Arbeit für sie und ihren Mann nicht mehr wohl.

»Was ist denn passiert? Wolltest du sie verführen, und sie hat dir eine geschmiert?«, fragte er amüsiert.

»Sei nicht so doof«, erwiderte ich, und er lachte, mir dagegen war kein bisschen nach Lachen zumute. Erst recht nicht über das, was er gesagt hatte. Ich versuchte es mit einer Erklärung: »Du weißt selbst, wie diese Leute sind, sie wollen immer mehr … Also, sie möchte jetzt, dass ich an den Wochenenden mit ihr für einen Triathlon trainiere, aber ich will nicht noch mehr arbeiten, deshalb habe ich Nein gesagt, und da war sie beleidigt.«

»Wie kommt sie denn auf Triathlon?«

»Keine Ahnung, aber offensichtlich ist das auf einmal ihr großer Traum«, log ich, was mir ebenso offensichtlich anzumerken war.

Sebastián tat trotzdem, als wäre nichts, ich glaube, er merkte, wie verstört ich war, und wollte es mir nicht noch schwerer machen.

»Aha … Triathlon. Ich habe ja eher technische Aufgaben, da habe ich nicht so unmittelbar mit ihnen zu tun, aber bei dir ging es von Anfang an um ziemlich persönliche Dinge, und das führt natürlich schnell zu Reibereien, irgendwann glauben sie, sie können alles von dir verlangen, weil du sozusagen zur Familie gehörst.«

»Genauso ist es. Allerdings sind sie selbst nicht der Ansicht, dass man ein Teil der Familie ist, sie wollen nur, dass unsereins das glaubt. Aber ich hab schon eine Familie, ich gehöre nicht zu den Roviras und will auch gar nicht zu ihnen gehören. Und darum gehe ich jetzt. Kannst du mir helfen, was anderes zu finden?«

»Na klar, ab sofort sehe ich mich für dich um.«

Schon eine Woche später hatte ich durch Sebastiáns Vermittlung ein Vorstellungsgespräch bei einer Bank, deren Marketingchef ein ehemaliger Studienkollege von ihm war. Es ging um eine untergeordnete Stelle als Juniorassistent, aber mir war klar, dass ich schwerlich mehr erwarten konnte, hatte ich doch nicht mehr als einen Sekundarschulabschluss vorzuweisen. Sebastiáns Freund wirkte begeistert, weniger aufgrund meiner Unterlagen, Sebastián musste ihm vielmehr die reinsten Wunderdinge über mich erzählt haben. Wie er selbst erklärte, war ihm schon lange niemand mehr so nachdrücklich empfohlen worden. Er ermunterte mich, die Stelle anzunehmen, und sprach von Aufstiegsmöglichkeiten, der Bereich, in dem ich arbeiten würde, sollte ausgebaut werden, und sie würden mich intern schulen. Verdienen würde ich etwas weniger als bei *Pragma*, aber solange ich problemlos über die Runden kam, war mir das egal. Wir vereinbarten, dass ich in zwei Wochen bei ihnen anfangen würde, davor waren bloß noch ein wenig

Papierkram und die üblichen Gesundheitschecks zu erledigen, »aber das ist reine Formsache, Román. Willkommen an Bord!«

Ich war also an Bord und konnte folglich bei *Pragma* von Bord gehen, worüber ich große Erleichterung, aber auch ein wenig Enttäuschung verspürte. Natürlich wäre es mir lieber gewesen, meine dortige Geschichte hätte nicht so abrupt geendet. Bis zu dem Wochenende in Cariló war ich immer wieder gelobt worden und schien eine große Zukunft vor mir zu haben. Doch dann war all das von einem Tag auf den anderen wie ein Kartenhaus in sich zusammengefallen.

Ich würde also von Bord gehen. Allerdings musste ich noch mit Rovira sprechen, ihm meine Kündigung vorlegen und mich, für immer, verabschieden. Nicht mehr und nicht weniger. Ich nahm mir vor, das am kommenden Freitag zu erledigen – erst noch die Woche zu Ende gehen zu lassen und dann meinen Entschluss bekannt zu geben. Aber Rovira kam mir zuvor. Am Mittwoch erschien Sebastián bei mir.

»Hast du dem Chef schon gesagt, dass du gehst?«

»Nein, warum?«

»Weil mein Freund bei der Bank mir gesagt hat, dass jemand sich bei ihnen im Auftrag Roviras wegen deiner Anstellung erkundigt hat. Offenbar hat ihm irgendwer die Sache gesteckt, und er ist stinksauer. Solche Sachen sprechen sich rum, du musst ihm so schnell wie möglich Bescheid geben. Leute wie Rovira sind verdammt eifersüchtig, einen wie dich betrachten sie als ihr Eigentum, und dass du zu jemand anderem wechselst, empfinden sie als schwere Beleidigung. Die lassen dich nicht einfach so gehen, für sie ist das, als stünden sie auf einmal nackt da.«

»Hegel und die Dialektik von Herr und Knecht …«, warf ich ein.

Sebastián sah mich erstaunt an, offensichtlich machte es ihm Eindruck, dass mir diese Sache bekannt war.

»Ganz genau, bravo. Allerdings sind wir inzwischen im 21. Jahrhundert angekommen, und ich weiß nicht, ob Hegel dafür immer noch taugt. Du darfst jedenfalls nicht zulassen, dass es zum großen Knall kommt, falls es nicht sowieso schon zu spät ist. Sag Rovira Bescheid. Und gib ihm das Gefühl, dass er groß und wichtig ist, geh ihm um den Bart, sag ihm, dass dir die Entscheidung wahnsinnig schwergefallen ist, dass du am liebsten für immer und ewig bei *Pragma* weitergemacht hättest, aber dass du dir diese Chance auf keinen Fall entgehen lassen darfst. Lüg ihm was vor, sie machen es genauso.«

Sebastiáns Ratschlag schien mir vernünftig, ich wusste jedoch nicht, ob ich ihn in dieser Weise würde umsetzen können, aber versuchen wollte ich es. Ich bat bei Roviras Sekretärin um einen Termin, und bald darauf teilte sie mir mit, dass der Chef mich am nächsten Tag, kurz vor dem Mittagessen, empfangen werde. Das war ungewöhnlich, normalerweise ließ er mich sofort zu sich, noch nie hatte ich einen ganzen Tag warten müssen. Außerdem war er an dem Morgen im Haus und hätte bestimmt früher oder später einen Moment Zeit für mich finden können. Ich sagte aber nichts und stellte mich am nächsten Tag zur vereinbarten Zeit in seinem Büro ein. Er bat mich, Platz zu nehmen, und goss mir sogar selbst eine Tasse Kaffee ein. Dann kam er umstandslos zur Sache: »Also dann, meine Sekretärin hat gesagt, dass du mit mir sprechen willst. Worum geht es?«

Kaum hatte ich die ersten zwei, drei Worte gesagt, klingelte mein Mobiltelefon. Hastig versuchte ich, es hervorzuholen und auszuschalten, in der Aufregung brauchte ich jedoch so lange, dass das Klingeln von selbst aufhörte, bevor ich so weit war. Ich bat um Entschuldigung.

»Macht doch nichts«, sagte Rovira, »falls du einen Anruf erwartest …«

»Nein, nein«, sagte ich, »ich erwarte keinen Anruf.« Ich wollte noch einmal von vorn anfangen, doch da klingelte das Telefon schon wieder. »Das gibts doch nicht«, sagte ich, »jetzt stelle ich es aber aus, Entschuldigung …«

»Geh ruhig dran, ich habe es nicht eilig, vielleicht ist es ja wichtig …«, sagte Rovira.

Ich hatte den Eindruck, er wolle mir zu verstehen geben, dass ihm klar war, dass ich womöglich einen Anruf von meinem neuen Arbeitgeber erwartete.

»Nein, unser Gespräch ist viel wichtiger als irgendwelche Anrufe«, sagte ich im Gedanken an Sebastiáns Ratschlag. Dann holte ich endlich das Telefon aus der Tasche, doch als ich es gerade ausschalten wollte, sah ich auf dem Display, dass der Anrufer mein Vater war. Das brachte mich aus dem Konzept. Mein Vater rief sonst nie an, und erst recht nicht während meiner Arbeitszeit. Besorgt starrte ich eine Weile auf das Display, steckte das Telefon aber trotzdem wieder ein, allerdings ohne es auszuschalten.

»Ist was?«, fragte Rovira.

»Nein. Das heißt, ich weiß nicht. Ich hoffe nicht. Es ist mein Vater, komisch, dass er anruft.«

»Also bitte, ruf ihn zurück, ich habe es heute wirklich nicht eilig.«

Ich zögerte. So freundlich und einfühlsam hatte ich Rovira noch nie erlebt. Vielleicht hatte er sich ja vorgenommen, mich zum Dableiben zu bewegen. Aber sicher sein konnte man sich bei ihm nie. Schon wieder läutete das Telefon. Reflexartig stand ich auf und nahm das Gespräch an. Von da an war alles bloß noch ein einziges, verwirrendes Durcheinander. Auf einen Schlag änderte die Situation sich vollkommen, und bald darauf mein ganzes Leben. Ich hörte die weinende Stimme meines Vaters, der irgendetwas Unverständliches vor sich hin stammelte. Das Einzige, was ich begriff, waren die Worte: »Mama, Mama, wir müssen sie retten …«

Ich versuchte, ihn zu beruhigen, damit er erklären konnte, was los war. Irgendwann schaffte er es, mir mitzuteilen, dass meine Mutter auf dem Weg nach Paraná einen Autounfall gehabt hatte. Was sie dort wollte und warum sie von der Straße abgekommen war, schien unerklärlich, »es war in einer dieser Kurven auf der Verdú-Insel, kurz nach der Brücke über den Río Colastiné«.

Ein Arzt aus Buenos Aires, der zufällig dort unterwegs war, hatte gesehen, wie sie plötzlich ausscherte und gegen einen Baum fuhr. Er war der Erste, der ihr half.

»Das war wirklich Glück im Unglück, Gott sei Dank kannte er sich aus und wusste, was zu tun ist!«

Dass jemand wie mein Vater »Gott sei Dank« sagte, war äußerst ungewöhnlich und lenkte mich für einen kurzen Augenblick von der Situation ab. Mein Vater wiederholte unterdessen seinen Bericht: Meine Mutter war mit dem Auto auf der Straße von Santa Fe nach Paraná unterwegs, warum, wusste er nicht, und ebenso unerklärlich war, dass sie auf einmal von der Straße abgekommen und gegen einen Baum geprallt war. Als der Arzt bei unserem Auto ankam, war sie ohnmächtig, sie hatte einen Herzinfarkt, der Arzt machte einen professionellen Wiederbelebungsversuch und fuhr anschließend in dem inzwischen eingetroffenen Rettungswagen mit in das für Notfälle und schwere Verletzungen zuständige Cullen-Krankenhaus in Santa Fe.

»Wir müssen sie da rausholen, Román!«, sagte mein Vater abschließend.

»Immer mit der Ruhe, Papa, das Cullen-Krankenhaus ist eine gute Klinik.«

»Aber der Arzt, der sie dorthin begleitet hat, meint, dass sie da nicht alles tun, was nötig ist, um sie am Leben zu halten, sie schätzen die Sache nicht richtig ein, sagt er, die Leute dort sind Spezialisten für Verletzungen, aber Mama ist nicht verletzt,

Mama hatte einen Herzinfarkt, und möglicherweise nicht nur einen, höchstwahrscheinlich ist sie deshalb von der Straße abgekommen, keine Ahnung, ich weiß ja nicht mal, warum sie überhaupt nach Paraná wollte, Román, ich verstehe gar nichts mehr«, sagte er und fing an, hilflos zu schluchzen. Ich versuchte, ihn übers Telefon zu beruhigen, so gut es ging. Nach einer Weile setzte er von Neuem an: »Der Arzt meint, wir sollen sie in eine Spezialklinik nach Buenos Aires bringen, er sagt, es geht um Leben und Tod.« Er wiederholte: »Um Leben und Tod.«

Mir wurde schwindlig.

Rovira, der offensichtlich mitbekommen hatte, was los war, näherte sich mit einem Stuhl und brachte mich dazu, mich zu setzen. Als ich mich gerade niederlassen wollte, glitt mir das Mobiltelefon aus der Hand. Rovira fing es im letzten Moment auf und hielt es sich ans Ohr.

»Hallo«, sagte er, »ich bin es, Fernando Rovira, bleiben Sie bei Ihrer Frau, Herr Sabaté, ansonsten brauchen Sie sich um nichts zu kümmern, dafür sind wir da. Geben Sie mir doch bitte mal den Arzt, damit er mir ganz genau erklärt, was jetzt zu tun ist.«

Anschließend unterhielt Rovira sich lange mit dem Arzt, der meine Mutter ins Krankenhaus begleitet hatte. Ich sah unterdessen meinen Vater vor mir, wie er, genauso niedergeschlagen wie ich, neben ihm stand, unfähig, die Führung zu übernehmen, und vor Angst wie gelähmt. Rovira nahm unterdessen die Anweisungen des Arztes entgegen und sagte mehrmals Ja zu Vorschlägen, die ich nicht hören konnte. Bevor er das Gespräch beendete, reichte er mir noch einmal das Telefon, damit ich mich von meinem Vater verabschieden konnte. Leise sagte er dazu: »Beruhige ihn und sag ihm, dass hier schon ganz bald ein Flugzeug startet, das deine Mutter dort abholt.«

Ich wiederholte, was er gesagt hatte, fügte noch ein paar Worte hinzu, beendete das Gespräch und fing an zu weinen wie ein Kind. Rovira legte mir eine Hand auf die Schulter und blieb eine Weile so vor mir stehen.

»Alles wird gut, ich kümmere mich darum«, sagte er schließlich und ging aus dem Zimmer.

Zwei Stunden später bestieg ich das Rettungsflugzeug, das meine Mutter abholen sollte. Ich traf genau in dem Moment ein, als die Zimmer gereinigt wurden. Alle Besucher mussten so lange draußen warten. Zusammen mit mir warteten mein Vater und der Arzt, der, wie ich nun erfuhr, Martín Capardi hieß. Die Krankenhausärzte bestanden darauf, dass es nicht nötig sei, meine Mutter zu verlegen, ihr Zustand sei weniger dramatisch, als Capardi behaupte. Dieser sah sie verächtlich an und sagte dann an mich und meinen Vater gewandt: »Das sagen die so, weil es nicht um ihre eigene Mutter geht.«

Wir stellten seine Worte nicht infrage, warum auch? Capardi schlug vor, »für alle Fälle« mit uns in dem Flugzeug nach Buenos Aires zu kommen. Mein Vater war ihm sehr dankbar dafür, er hatte längst seine ganze Hoffnung auf ihn gesetzt, und die Tatsache, dass er uns begleiten würde, beruhigte ihn über alle Maßen. Während des Flugs kümmerte Capardi sich nicht nur um meine Mutter, sondern besprach auch mit Rovira alles, was ihre Unterbringung und Versorgung in der Spezialklinik anging, wo Rovira mithilfe seiner Kontakte ein Zimmer für sie hatte beschaffen können. Ich tröstete unterdessen meinen Vater und bemühte mich, ihm einen gefassten Eindruck zu vermitteln, ich tat, als wäre ich fest überzeugt, dass alles gut gehen werde. Cariló, Lucrecia Bonara und mein neuer Job waren vorläufig in weite Ferne gerückt. Der Unfall meiner Mutter ließ die Dinge in einem neuen Licht erscheinen, alles, was bis dahin so überaus wichtig gewirkt hatte, spielte auf einmal kaum noch eine Rolle. Doktor Capardi wiederum besaß seit diesem Tag für meine Eltern eine Art Heiligenstatus, zu jeder noch so geringfügigen Frage zogen sie ihn ehrfürchtig zurate, selbst wenn es um Dinge ging, die nicht das Mindeste mit der Gesundheit meiner Mutter zu tun hatten. Was deren Behandlung anging, so erfolgte sie ganz nach seinen Anweisungen, die Kosten für sämtliche Medikamente und therapeutischen Maßnahmen wiederum – die weder unsere Krankenkasse erstattet hätte noch wir selbst hätten bezahlen können – übernahm vollständig Rovira. Drei Wochen lang erschien ich nicht im Büro. Ebenso wenig gab ich meinem neuen Arbeitgeber Bescheid, ich nehme aber an, dass Sebastián an meiner Stelle erklärte, was vorgefallen war. Die ganze Zeit kümmerte ich mich ausschließlich um meine Mutter. Und um meinen Vater. Jeden Morgen erschien ich mit ihm am Bett meiner Mutter, wo wir ausharrten, bis man uns abends mehr oder weniger unverblümt wieder aus der Station hinauskomplimentierte. Wir brachten auch CDs für sie mit – das meistgespielte Stück in diesen Tagen war »Auf der Straße wird es hell«. Als schließlich das Schlimmste vorüber war und wir hoffen durften, dass meine Mutter in absehbarer Zeit ganz wiederhergestellt sein würde, gestand mir mein Vater, der ebenso wenig an Gott glaubte wie sie, eines Abends, dass er seit einiger Zeit ein Heiligenbild der Wundertätigen Muttergottes von Santa Fe mit sich herumtrage und dazu eins der kleinen Stückchen Baumwollstoff, die die Priester der dazugehörigen Kirche unter dem Gemälde auslegen, das angeblich vor vielen, vielen Jahren eine heilende Flüssigkeit ausgeschwitzt hat. Der Katholizismus ist für uns nicht mehr als Teil des familiären Erbes. Weshalb ich mir auch nie hätte träumen lassen, dass mein Vater auf einmal Gebete an die Muttergottes richten oder meiner Mutter mit einem Stück angeblich mit heiligem Wasser benetzten Baumwollstoff über die Stirn streichen könnte, wenn die Krankenschwestern es nicht sahen. Ich fragte mich, ob er wohl den Mut aufbringen würde, dies auch seinem Bruder Adolfo zu erzählen, der sich immer so heftig über die Menschenmassen beklagte, die bei der der

Heiligen Jungfrau Maria geweihten Wallfahrtskirche ganz in seiner Nähe zusammenströmen. Als Adolfo einmal zu Besuch in der Klinik erschien, tat er es jedenfalls nicht. Ich hingegen setzte meine Hoffnung in die heilsame Energie der Musik, die wir ihr vorspielten, und die Kraft meiner Mutter selbst. Das war alles. Bis sie eines Tages tatsächlich aus ihrem Dämmer erwachte, uns ansah, erkannte und wieder fast vollständig die wurde, die sie früher gewesen war. Sobald sie sich etwas sicherer fühlte, fingen wir an, ihr all die Fragen zu stellen, auf die wir in den vorausgegangenen Tagen keine Antwort hatten finden können: wohin sie damals wollte, warum sie in Richtung Paraná gefahren und wieso sie plötzlich von der Fahrbahn abgekommen war. Sie hatte auf keine der Fragen eine Antwort, als wären die letzten Stunden jenes Tages völlig aus ihrem Gedächtnis gelöscht.

»Hast du mich damals nicht angerufen?«, fragte sie.

Ich schüttelte den Kopf.

»War dir nicht etwas passiert, und du brauchtest Hilfe?« Erneut schüttelte ich den Kopf, bemühte mich aber, dabei nicht allzu streng zu wirken, um sie nicht noch mehr zu verunsichern. Trotzdem füllten ihre Augen sich mit Tränen, und sie fuhr fort: »Dann warst du das also gar nicht …«

Als sie anfing, richtig zu weinen, ergriff ich ihre Hand: »Lass gut sein, Mama, quäl dich nicht, das finden wir schon noch heraus.«

Aber so leicht ließ sie sich nicht davon abbringen, immer wieder sagte sie, ich hätte sie angerufen und um Hilfe gebeten, ich hätte gesagt, ich sei in Paraná, und sie müsse mir unbedingt Geld bringen. Mein Vater und ich dachten damals, es habe sich vielleicht um eine dieser vorgetäuschten Entführungen gehandelt, mit denen manche Kriminelle versuchen, verwirrten oder verzweifelten Angehörigen Geld abzuluchsen. Heute habe ich den Verdacht, dass etwas anderes dahintersteckte. Wir stellten ihr jedenfalls erst einmal keine Fragen mehr. Sie war wieder wach und bei uns, und das war das einzig Wichtige.

»Wie sollen wir uns bei deinem Chef für all das revanchieren, was er für uns getan hat?«, fragte mein Vater, als meine Mutter schließlich aus dem Krankenhaus entlassen wurde und die beiden in einem ebenfalls von Fernando Rovira zur Verfügung gestellten Wagen aus dem *Pragma*-Fuhrpark zurück nach Santa Fe gebracht werden sollten. »Und ich spreche jetzt nicht von Geld. Wir schulden ihm nicht mehr und nicht weniger als das Leben deiner Mutter. Was können wir ihm dafür geben? Ich habe keine Ahnung.«

Wir umarmten uns lange, ich wollte ihn gar nicht wieder loslassen.

»Ich weiß wirklich nicht, was wir ihm dafür geben können, Román«, sagte mein Vater und schluchzte auf.

Ich löste mich von ihm, trat ein Stück zurück, sah ihn an und sagte mit für mich selbst ungewohnt fester Stimme: »Keine Sorge, Papa. Ich weiß, was wir ihm dafür geben können. Das übernehme ich.«

24

Wir einigten uns darauf, dass es am besten wäre, wenn unsere »Sexualkontakte« bei den Roviras zu Hause stattfinden würden. Es gab ein Treffen vorab, bei dem wir zu dritt waren – Rovira, Lucrecia und ich – und das eingangs Gesagte und ein paar weitere Dinge festlegten. Ich glaube, ich hatte mich noch nie im Leben so unwohl gefühlt, nicht einmal, als Rovira mir in Cariló den Vorschlag unterbreitet hatte. Damals konnte ich mich wenigstens überrascht zeigen, wütend, empört, aber jetzt nicht, jetzt war ich da, weil ich zuvor Ja gesagt hatte, und das veränderte alles. Das Treffen fand in der Küche der Privatwohnung der Roviras statt, die sich im Gebäude der *Pragma*-Zentrale befand. Der Zugang zu diesem Bereich war den Familienangehörigen vorbehalten, weshalb ich ihn an dem Tag zum ersten Mal betrat, nicht ahnend, dass auch ich später hier wohnen würde. Bis dahin war ich immer nur bis zum Trainingsraum vorgedrungen, der den ausschließlich von den Roviras genutzten Teil vom Bürotrakt trennte. Rein formell handelte es sich bei diesem ersten Treffen um eine Einladung zum Frühstück. Nirgendwo waren irgendwelche Bediensteten zu entdecken, weshalb es so aussah, als hätten Rovira und seine Frau den Kaffee, den frisch gepressten Orangensaft und alles Übrige selbst vorbereitet, was mir vorkam wie eine sorgfältig arrangierte Inszenierung. Es verstand sich von selbst, dass bei einem Gespräch wie dem, das uns bevorstand, niemand sonst anwesend war. Aber so zu tun, als ob die beiden das gesamte Frühstück eigenhändig angerichtet hätten, leuchtete mir nicht ein.

Womöglich erfüllte dieses Schauspiel für die beiden, oder wenigstens für Lucrecia, die ein wenig unruhig wirkte, den gleichen Zweck wie für mich. Es lenkte von dem Thema ab, über das wir würden sprechen müssen, bis alle genug Kraft gesammelt hätten, um es in Angriff zu nehmen. Die Vorstellung, das Wie und Wann des geplanten Geschlechtsakts zu besprechen und dabei einen Toast mit Marmelade zu bestreichen oder einen Schluck Orangensaft zu trinken, hatte etwas Irrwitziges. Wie auch immer, *ich* würde bestimmt nicht als Erster den Ablauf dieser grotesken Frühstückskomödie unterbrechen. Die beiden sollten entscheiden, wann sie den ersten Zug ausführten. Ich war ihnen ausgeliefert, die Regeln des Spiels bestimmten sie, auch wenn ich mich damit einverstanden erklärt hatte. Als ich mir das klargemacht hatte, trank ich endlich den ersten Schluck Kaffee und versuchte, meine Beklemmung, wenn schon nicht zu überwinden, dann doch wenigstens zu verbergen und alles Weitere so gelassen wie möglich abzuwarten. Ob es daran lag, dass ich meine innere Einstellung in dieser Weise änderte, dass die Zeit knapp wurde, oder einfach nur die nächste Szene in dem von den beiden verfassten Drehbuch an der Reihe war, in jedem Fall raffte Rovira sich in dem Augenblick, als er sich die zweite Tasse Kaffee eingoss, endlich auf und sagte zu seiner Frau: »Willst du anfangen, oder soll ich?«

»Mach du«, sagte Lucrecia.

Und er fing an. Zunächst mit einer knappen Bemerkung, die wie eine Überschrift oder eine Art Einführung daherkam: »So natürlich wie möglich.«

Was für ein Einstieg! Dann fuhr er fort, zunächst, indem er betonte, das sei für ihn das Wichtigste, das wolle er von Anfang an klarstellen. Was selbstverständlich absurd war – wie sollte so etwas jemals »natürlich« sein? Rovira gab sich jedoch dermaßen ruhig und überzeugt, dass ich mich zeitweilig fragte, ob sein Vorschlag womöglich gar nicht so seltsam war. Vielleicht war ich ja zu engstirnig, konservativ, unerfahren. Vielleicht hatte ich bloß noch nicht mitbekommen, dass heutzutage alle möglichen Leute anderen dabei halfen, auf »natürlichem« Weg Kinder zu bekommen. Vielleicht teilten viel mehr Männer und Frauen die Körper ihrer Partner mit anderen, als ich gedacht hatte. Trotzdem behielt die Geschichte, schon allein, weil Rovira mit im Spiel war, für mich unweigerlich einen perversen Beigeschmack.

»Fast so, als würde er eigentlich gar nicht stattfinden. Nicht der Geschlechtsakt, natürlich, sondern der Ersatz, der Tausch. Wir wollen, dass du sozusagen ich bist, ich weiß nicht, ob man das verstehen kann.«

Nein, ich verstand es nicht, oder wollte es lieber nicht verstehen, und das merkte man mir an.

Rovira führte es genauer aus: »Du leihst mir gewissermaßen deinen Körper, aber der im Bett, das bin eigentlich ich, nicht du, ja? Ein Ersatz in körperlicher Hinsicht, aber nicht in seelischer, nicht, was das Wesen angeht.«

Für mich blieb das Ganze unverständlich, irrwitzig, was auch immer sie zur Rechtfertigung vorbrachten. Sie wollten es so, und ich würde ihnen dabei helfen, um Fernando Rovira nichts mehr schuldig zu sein. Zu verstehen brauchte ich das Vorhaben der beiden aber nicht.

»Deshalb wollen wir, dass es in unserem Bett stattfindet, auf unseren Laken, die nach uns riechen, und dass unsere Energie dabei im Raum unterwegs ist«, fuhr Rovira fort. Lucrecia nickte bestätigend, aber jedes Mal, wenn Rovira ihr das Wort erteilen wollte, sagte sie, er solle bitte weitersprechen.

»Wir zünden zum Beispiel gerne Kerzen dabei an, die nach Zimt riechen, wenn du nichts dagegen hast, würden wir das in diesem Fall auch tun. Und dazu gedämpftes, warmes Licht, wir mögen es, wenn wir uns sehen können«, sagte Rovira und wartete meine Antwort ab.

Am liebsten hätte ich nichts gesagt, aber darauf hätten sie sich nicht eingelassen, offensichtlich war es für sie wichtig, dass ich das Spiel mitspielte und dabei auch meinen Textteil aufsagte. Ich gab mir einen Ruck, Hauptsache, ich brachte dieses Treffen so schnell wie möglich hinter mich. »Jaja, mir ist es egal. Nehmt die Kerzen, die ihr wollt, und eure Lieblingsmusik auch.«

Doch damit waren sie nicht zufrieden.

»Ich möchte nicht, dass es dir ›egal‹ ist«, sagte Rovira und verbesserte sich sofort: »*Wir* möchten das nicht, keiner von uns beiden, wir möchten, dass es auch für dich etwas Besonderes ist. Stimmts, Lu?«

»Ja, natürlich«, sagte Lucrecia.

Ich bewegte mich auf vermintem Gelände und war so ungeschickt, dass ich nicht ein Fettnäpfchen ausließ. »Das mit dem ›egal‹ meine ich nicht negativ, das, was euch gefällt, gefällt mir auch, so meine ich das. Jazzmusik, Zimtkerzen, gedämpftes Licht, einverstanden, das mag ich alles«, sagte ich mit leisem Nachdruck, in der Hoffnung, diesen Punkt damit abhaken zu können. Aus demselben Grund lenkte ich das Gespräch gleich im Anschluss auf das, was mir tatsächlich Sorgen bereitete: »Wie oft werden wir uns treffen müssen? Dass es sofort … klappt, kann man ja nicht garantieren.«

Rovira und seine Frau sahen sich an.

»So oft wie nötig. Du wirst es so oft tun müssen wie nötig«, sagte Rovira. Seine Stimme klang jetzt um einiges entschiedener als zuvor, als er sich salbungsvoll über Körper, Seele und Wesen ausgelassen hatte. Es war kein ausdrücklicher Befehl, aber wer in diesem Fall die Anweisungen erteilte und wer sie zu befolgen hatte, war eindeutig klar. Der Herr und sein Knecht, ging es mir durch den Kopf. Der Herr, der selbst, wo es um seine Nachkommenschaft ging, auf den Knecht angewiesen war.

»Keine Sorge, Román«, sagte Lucrecia, »ich nehme zusätzlich Hormone ein, so viele wie möglich, dadurch wird die Eizellenproduktion angeregt.«

»Dabei kann es leicht zu einer Mehrlingsschwangerschaft kommen«, sekundierte Rovira fachmännisch, »aber deswegen brauchst du dir keine Gedanken zu machen, Zwillinge fänden wir außerdem gar nicht schlecht.«

»Und ich messe jeden Morgen noch vor dem Aufstehen die Temperatur, dann weiß ich ziemlich genau, wann es so weit ist, die Methode kennst du, oder?«, fügte Lucrecia hinzu. Ich nickte, obwohl ich keine Ahnung hatte, was Lucrecias Körpertemperatur und ihr Eisprung miteinander zu tun haben sollten, aber das hätte ich natürlich niemals zugegeben – alles, was mich interessierte, war, wann genau die Sache stattfinden sollte und wie lange sich das Ganze womöglich hinziehen würde.

Was die Temperaturfrage anging, fügte Rovira hinzu: »Lucrecia schickt dir eine Mail, wenn die Temperatur steigt, das bedeutet nämlich, dass der Eisprung kurz bevorsteht, und das heißt, dass du in Aktion treten musst, um sicherzugehen, drei oder vier Tage hintereinander. Wenn sie dabei schwanger wird, ist alles erledigt, wenn nicht, müssen wir das Ganze einen Monat später noch mal wiederholen.«

Die Sache konnte sich also über Monate hinziehen! Bevor ich diese Erkenntnis auch nur ansatzweise hatte verdauen können, klingelte Roviras Mobiltelefon. Er nahm das Gespräch an. Wie er anschließend bekannt gab, war es seine Sekretärin, die ihn daran erinnerte, dass Zanetti gleich in die *Pragma*-Zentrale kommen werde. Er stand auf und entschuldigte sich. »Besprecht den Rest allein, bitte. Ich muss mich jetzt leider mit einem wesentlich weniger angenehmen Thema herumschlagen, es geht mal wieder um die Finanzierung der nächsten Wahlkampagne.«

Ich hätte liebend gern mit ihm getauscht.

»Román hat ja vielleicht noch ein paar Fragen«, sagte er abschließend an Lucrecia gewandt, küsste sie auf die Stirn und ging hinaus.

Sein plötzlicher Aufbruch zwang mich, noch eine Weile zu bleiben. Erneut war es wie in Cariló, als er mich mit seiner Frau, die sich im Bikini sonnte, allein gelassen hatte und Mittag schlafen gegangen war. Ich überlegte bedrückt, wie viel Zeit ich wohl mindestens verstreichen lassen müsste, bis ich ebenfalls verschwinden konnte, ohne wie ein Rüpel zu erscheinen beziehungsweise Lucrecia zu kränken. Während ich meinen Kaffee austrank, der längst kalt war, sah sie mich unverwandt an, bis sie schließlich sagte: »Du findest es grauenhaft, stimmts?«

Ich antwortete nicht.

Nach einer Weile fuhr sie fort: »Ich nehme es dir nicht übel, mir ist die Entscheidung auch schwergefallen. Manchmal ist man einfach zu sehr von seinen Vorurteilen besetzt. Dass der eigene Mann dich einem anderen anbietet, ist nicht gerade leicht zu akzeptieren. Fernando brauchte ziemlich lange, um mich zu überzeugen. Und auch jetzt bin ich manchmal noch unsicher. Aber ein Argument von ihm fand ich unwiderleglich: ›Wie soll man einer Frau besser zeigen, dass man sie achtet, als wenn man sich nicht als Herrn über ihren Körper ansieht?‹ Da hat er recht, oder?« Sie zündete sich eine Zigarette an, zog ein paar Mal daran und sagte: »Wir müssen es also machen. Und zwar genau so, als ob er tatsächlich dabei wäre, in jeder Beziehung. Nur so kann unser Kind gezeugt werden, ohne dass unsere Seelen Schaden nehmen. Ich kann mir vorstellen, wie schwer es für Fernando gewesen sein muss, zu akzeptieren, dass er kein Kind zeugen kann, dass seinem Körper etwas fehlt – er, der sonst zu allem imstande ist, der immer alles erreicht.« Sie verstummte, und ihre Augen füllten sich mit Tränen.

Ich glaube, es war nicht gestellt.

Als sie sich wieder im Griff hatte, fuhr sie fort: »In diesem Fall sind zwei Dinge wichtiger als alles andere – dass es unserem Kind gut geht, und dass es Fernando gut geht. Das steht an erster Stelle. Unser Kind muss auf reine, unschuldige Weise gezeugt werden, und Fernando muss sicher sein können, dass niemand erfährt, dass er unfruchtbar ist.«

Auf den Gedanken, dass es auch für sie und mich wichtig sein könnte, durch unsere »reinen« Handlungen keinen Schaden davonzutragen, schien sie nicht zu kommen. Als wären wir beiden in gewisser Hinsicht stärker als die übrigen Beteiligten. Oder als fiele uns der angenehmere Part zu. Oder als käme es auf uns schlichtweg nicht an.

»Für mich drückt sich in dem, was wir tun werden, in vieler Hinsicht Liebe aus, Liebe zu Fernando, zu dem Kind, das zur Welt kommen wird, und zu mir. Und zu dir auch, Román, für uns ist es auch ein Ausdruck unserer Liebe zu dir.«

Wieder verstummte sie, sie war aber noch nicht fertig, sondern musste erst einmal Kraft sammeln – oder mich Kraft sammeln lassen – für das, was jetzt folgen sollte: »Deshalb haben wir in diesem Zusammenhang auch nie das Thema Geld angesprochen, nicht nur, weil wir glauben, dass das für dich demütigend wäre, es würde auch die ganze gute Energie wegnehmen, auf die es uns bei der Zeugung unseres Kindes ankommt. Ich kann mir vorstellen, dass du vielleicht erwartet hast …«

Ich unterbrach sie: »Nein, ich bitte dich, für Geld würde ich das niemals machen. Auf keinen Fall. Ich mache es, weil …« Ich wusste nicht weiter.

»Warum machst du es?«, sagte sie hastig und beugte sich vor. Sie kam mir so nah, dass ich ihren Atem an meinem Gesicht spürte, den Geruch der Zigarette, die sie rauchte.

»Wegen dem, was du gerade gesagt hast, weil wir es tun müssen«, erwiderte ich, stand auf, nahm die wenigen Dinge an mich, die ich zu dem Treffen mitgebracht hatte – mein

Mobiltelefon und einen Ordner, von dem ich nicht einmal wusste, was er enthielt –, und sagte: »Entschuldige, es ist schon spät, ich muss gehen. Sobald du mir Bescheid gibst, sehen wir uns, einverstanden?«

Sie erwiderte nichts, sah mich zum Abschied bloß lächelnd an, bitter lächelnd, wie mir schien. Ich fürchtete, sie erneut gekränkt zu haben. Aber ich hatte inzwischen schon mehr als genug für die beiden getan. Was wollten sie noch?

Wir brauchten schließlich fünf Anläufe. Zwei Mal vor der »LH-Spitze«, wie Lucrecia es nannte, einmal unmittelbar am Tag der »LH-Spitze«, und zwei Mal danach. Wie abgemacht, fanden die Treffen im Schlafzimmer der Roviras statt, in ihrem Ehebett, auf ihren Laken, bei Kerzenlicht und leiser Hintergrundmusik, wie man sie aus den Wartezimmern von Arztpraxen kennt – ich fragte mich, wer für die Wahl dieser ziemlich nichtssagenden Musik verantwortlich war, sie oder er. Alle fünf Male lief es genau gleich ab. Oder fast. Ich betrat den Wohntrakt der Roviras, Fernando führte mich persönlich bis zur Schlafzimmertür, öffnete und forderte mich mit einer Handbewegung auf, hineinzugehen. Lucrecia war schon da. Ohne auch nur einen Blick ins Innere zu werfen, ließ Rovira mich passieren und machte hinter mir die Tür zu. Als wir allein waren, begrüßten wir uns mit einer bloßen Geste oder einem kurzen Blick, dann zog ich mich aus und trat ans Bett, wo Lucrecia mich bereits erwartete. Sie lag, nur mit einem Morgenmantel aus Seide bekleidet, vor mir und knöpfte ihn auf, sobald ich mich neben ihr niedergelassen hatte. Dann legte ich mich vorsichtig, fast als würde ich um Erlaubnis bitten, auf sie, und sie umfing mich mit den Armen, aber nicht zärtlich, sondern gewissermaßen bloß, um mich in Position zu halten. Trotzdem genügte die Wahrnehmung ihrer Hände auf meinem Rücken, um mich in gewisser Weise tatsächlich mit ihr verbunden zu fühlen. Ich fing an, mich langsam an ihrem Körper zu reiben, bis die Erektion einsetzte. Wir küssten uns nicht, aber unsere Gesichter streiften einander durch die Bewegung, wir sogen den Geruch des anderen ein, bemühten uns bei alldem aber trotzdem, zu erkennen zu geben, dass wir ausschließlich das angestrebte Ziel, Lucrecias Befruchtung, im Sinn hatten. Sobald mir die Erektion ausreichend erschien, fragte ich: »Soll ich?«

Worauf sie nichts erwiderte, sondern mir bloß half, in sie einzudringen. Dabei lenkte sie mein Glied mit der Hand. Während der Penetration bewegten wir uns eine Weile wortlos, ja, ohne einen Laut von uns zu geben, im gleichen Rhythmus, bis es zum Samenerguss kam. Gleich darauf zog ich mich von ihr zurück, stand auf und ging ins angrenzende Badezimmer. Lucrecia blieb im Bett und sah mir dann zu, während ich mich wieder anzog. Beim ersten Mal sagte sie zur Erklärung: »Ich muss ein paar Minuten flach liegen blieben, damit es auch wirklich funktioniert.« Das war das Einzige, was sie in der gesamten Zeit von sich gab. Und ich könnte schwören, dass sich bei allen folgenden Gelegenheiten genau das Gleiche in diesem Bett abspielte.

Mit Ausnahme unserer fünften Begegnung. Bis dahin war es, abgesehen davon, dass sie mir einmal, wenn auch nur kurz, zärtlich übers Haar zu streichen schien, bei jedem Zusammensein gewesen, als erledigten wir vorschriftsmäßig eine Formalität. Zudem in völligem Schweigen. Beim letzten Treffen jedoch war etwas anders. Es fiel mir gleich nach dem Eintreten auf – sie lag nicht auf, sondern unter der Decke und war nackt. Was mir klar war, weil der Morgenmantel zusammengeknüllt am Fußende lag. Ich tat, was ich immer tat, zog mich aus und trat ans Bett. Während ich noch überlegte, ob ich die Decke zurückschlagen oder das lieber ihr überlassen sollte, kam sie mir zuvor, hob die Decke an und forderte mich mit einer Handbewegung auf, darunterzuschlüpfen. Sobald ich neben ihr lag, zog sie die Decke bis über unsere Köpfe. Und dann präsentierte sich eine andere Lucrecia. Sie legte sich auf mich, suchte mit gieriger Verzweiflung nach meinen Lippen und küsste mich. Immer wieder. Ihre Zunge erforschte meinen Mund, dann hob sie den Kopf einen Augenblick an, betrachtete mich und fing wieder an, mich zu küssen. Dabei rieb sie ihre Scham an meinem erigierten Glied, das versuchte, in sie einzudringen. Was sie gleichzeitig sagte, konnte ich nicht verstehen, aber sie sprach, gab Laute von sich, stöhnte. Und ließ nicht zu, dass ich in sie eindrang, bis sie irgendwann kam. Das wiederholte sie mehrmals, als könnte sie nicht genug bekommen, als müsste sie endlich alles rauslassen, was sich in ihr angestaut hatte. Bis sie schließlich innehielt und, reglos auf mir liegend, flüsterte: »*Das* war wirklich natürlich.«

Am liebsten hätte ich sie umarmt, die Hände über ihren Rücken und ihren Hintern gleiten lassen, sie zwischen den Beinen gestreichelt. Trotzdem tat ich nichts dergleichen. Ich ließ die Arme ausgestreckt, wie tot, zu beiden Seiten auf dem Laken liegen und hatte keine Ahnung, was ich jetzt tun sollte – sosehr ich auch wusste, was ich gerne getan hätte. Mein Glied war immer noch steif. Nach einer Weile glitt Lucrecia von mir hinunter, streckte sich neben mir aus und forderte mich dann auf, mich auf sie zu legen, woraufhin sie die Decke zurückschlug und sagte: »Und jetzt fick mich, so wie er es will.« Dabei deutete sie mit einer Kopfbewegung in Richtung einer Stelle an der dem Bett gegenüberliegenden Wand.

Da wurde mir klar, dass Fernando Rovira jedes Mal zugesehen hatte, wenn ich hier mit seiner Frau schlief, damit sie schwanger wurde. Und während ich nun zum fünften Mal in sie eindrang, wohl wissend, dass wir beobachtet wurden, fragte ich mich, wo genau die Kamera platziert sein mochte, von welchem Zimmer seines Hauses aus Fernando Rovira unser Tun verfolgte, und wie er das tat, auf dem Display seines Mobiltelefons oder auf einer riesigen Leinwand. Und ob er bloß zusah oder sich gleichzeitig einen runterholte. Ich hasste ihn dafür und sagte mir, dass Lucrecia vollkommen recht hatte – das hier war wirklich grauenhaft. Zugleich fürchtete ich, mit der Erektion könne es vorbei sein, bevor ich gekommen wäre. Doch zu meiner Überraschung war ich auf einmal erregter denn je, und mein Glied schwoll geradezu maßlos an. Ich drang so heftig in Lucrecia ein wie noch nie, erfüllt von einem Begehren, wie ich es zu keiner Zeit mit ihr erlebt hatte. Den Samenerguss hielt ich zurück, solange es ging, und stieß mit aller Kraft zu, bis sie ein weiteres Mal kam, was ich mir vielleicht aber auch nur einbildete. Erst dann gab ich nach und ließ meiner Lust freien Lauf, bis ich völlig leer und erschöpft zur Seite sank.

Danach lief alles ab wie immer. Ich ging ins Bad, zog mich an, und Lucrecia blieb reglos im Bett liegen. Dann verließ ich das Zimmer. Während ich dem Ausgang entgegenstrebte, mischte sich meine Verwirrung mit der Furcht, auf einmal könne Fernando Rovira erscheinen, und wir beide würden mit den Fäusten aufeinander losgehen. Denn ebendas empfand ich in diesem Moment – eine ungeheure Lust, ihm das Gesicht einzuschlagen. Und ihm musste es genauso ergehen. Aber nichts dergleichen geschah. Lucrecia sah ich in den nächsten Tagen nicht wieder, Rovira schon, allerdings nur aus Gründen, die mit der Arbeit zu tun hatten. Natürlich erwähnten wir unsere geheime Abmachung mit keinem Wort, Rovira wirkte jedoch distanziert, gelegentlich sogar aggressiv.

Ungefähr einen Monat nach der ersten Versuchsreihe bereitete ich mich darauf vor, die nächste Nachricht Lucrecias zu empfangen, um die Treffen fortzusetzen. Aber es kam nichts. Ich sagte mir, die Sache habe sich womöglich erledigt, das fünfte Treffen habe Rovira vielleicht dazu gebracht, es sich zu überlegen und es nicht mehr »natürlich« zu finden, dass ein anderer an seiner Stelle in seinem Bett lag und seine Frau vögelte. Worauf ich versuchte, innerlich mit der Sache abzuschließen.

Ich hatte meinen Teil erfüllt, und niemand forderte noch etwas von mir. Aber die Unruhe blieb.

Erst drei Monate später bestellte Rovira eine Reihe von *Pragma*-Mitgliedern – nicht nur die *Gruppe der Pragma-Freunde* – zu einem Treffen in seinem Büro ein. Auch Sebastián Petit und Roviras Sekretärin gehörten zu den Auserwählten, Arturo Sylvestre ebenfalls, obwohl Letzterer streng genommen kein *Pragma*-Mitglied war. Ein paar Minuten vor dem eigentlichen Beginn wurden wir alle ins Vorzimmer von Roviras Büro geführt. Was der Anlass zu der Versammlung war, wussten wir nicht, nicht einmal Sylvestre, der verärgert darüber wirkte, dieses Mal nur einer von vielen zu sein.

»Mit der Wahlkampagne kann es nichts zu tun haben, sonst wäre ich längst informiert worden«, erklärte er.

Ein Kellner schenkte Champagner aus, und jeder, der sein Glas erhalten hatte, durfte in Roviras Büro weitergehen, wo dieser und seine Frau, ebenfalls mit Gläsern in der Hand, bereits warteten. Beide lächelten. Als alle in seinem Büro standen, hob Rovira das Glas.

»Keine Sorge, es dauert nur ein paar Minuten«, begann er. »Da Sie alle unserer Familie nahestehen, wollten wir Sie informieren, bevor es die Presse erfährt.« Er sah seine Frau an, legte ihr die freie Hand auf den Bauch und verkündete: »Lucrecia ist schwanger, wir werden Eltern. Und wir sind sehr glücklich.«

Die meisten Anwesenden reagierten überrascht und erfreut. Mir zog sich der Magen zusammen. Dass Lucrecia schwanger war, bedeutete zweifellos, dass ich von allen Verpflichtungen den beiden gegenüber befreit war. Dass sie es mir aber mitteilten, als wäre ich nur einer mehr aus der Gruppe, empfand ich als Schlag ins Gesicht. Als wären der Román Sabaté, der geholfen hatte, dieses Kind zu zeugen, und der Román Sabaté, der jetzt mit einem Glas Champagner in Roviras Büro stand, nicht dieselbe Person. Schlimmer noch, es war, als hätte der andere Román Sabaté sich in Luft aufgelöst, ja, nie existiert.

»Zum Wohl«, sagte Rovira, hob das Glas noch etwas höher und forderte damit alle auf, es ihm nachzutun.

»Zum Wohl«, wiederholten einige.

Und dann stießen wir alle miteinander an.

25

Mal abgesehen von einem Schlüpfer ihrer ehemaligen Freundin, den sie im Handschuhfach findet, erreicht China nach zweieinhalbstündiger Fahrt ohne Zwischenfälle San Nicolás, wo sie vor der Wallfahrtskirche anhält. Aber wie weiter? »In der Nähe von El Campito« – eine genauere Ortsangabe hat sie von Román nicht bekommen. Ihr bleibt also nichts anderes übrig, als die umliegenden Straßen abzufahren, bis sie das Möbelgeschäft von Románs Onkel entdeckt. Es war doch ein Möbelgeschäft? Sie beginnt mit der Suche, fährt im Schneckentempo eine Straße nach der anderen entlang, lässt sich von ungeduldig hupenden Autos nicht aus der Ruhe bringen – wenn hier jemandem die Zeit davonläuft, dann ihr. Sie gibt sich noch drei Minuten, hat sie das Geschäft bis dahin nicht gefunden, wird sie fragen. Oder vielleicht, wenn sie es aushält, lässt sie sich noch ein bisschen mehr Zeit, schließlich ist es besser, sie erregt möglichst wenig Aufsehen.

Sebastiáns Mobiltelefon läutet. Jemand teilt ihm mit, dass das von ihm gemietete Auto auf dem *Pragma*-Parkplatz für ihn bereitsteht. Ein teures Auto, aber ihm war wichtig, über ein Fahrzeug zu verfügen, das notfalls eine schnelle Flucht ermöglicht. Und er ist sich mittlerweile ziemlich sicher, dass ein Notfall eintreten wird. Der Wagen ist grau, er hat lange gebraucht, um den Leuten von der Autovermietung klarzumachen, dass er ein graues Auto wollte. Am Ende des Telefonats war sein Akku nur noch zu fünfzehn Prozent voll, er muss daran denken, ihn nachher, bei der Fahrt nach San Nicolás, wieder aufzuladen. Es musste unbedingt ein graues Fahrzeug sein, ein rotes, schwarzes oder weißes wäre viel zu auffällig. Bevor er losfahren kann, muss er noch im sogenannten »kleinen Sitzungssaal« den Beamer und die Papiere und Folien bereitlegen, die er gerade für die Präsentation benutzt hat. Am liebsten hätte er alles in seinem Büro eingeschlossen, damit sich niemand in seiner Abwesenheit daran zu schaffen macht. Aber Rovira hat ihn gebeten, die Sachen dorthin zu bringen, falls nachträglich doch noch irgendwelche Journalisten mit Fragen kommen. Immerhin ist es auf diese Weise nicht nötig, dass er persönlich zur Verfügung steht.

Da geht die Tür auf. »In San Nicolás? Wie kommst du denn darauf?«, hört er Rovira sagen.

Sebastián fährt zusammen. Hinter Rovira betreten Vargas und eine Frau den Saal. Einem der beiden hat Rovira gerade die Frage gestellt.

»Na, Sebastián, alles fertig? Ich hab gedacht, du wärst schon so weit«, sagt Rovira jetzt zur Begrüßung.

»Fast«, erwidert Sebastián.

»Darf ich vorstellen – meine Mutter. Ich weiß nicht, ob ihr euch schon mal kennengelernt habt …«

»Nein, ich glaube nicht. Andernfalls würde ich mich erinnern«, sagt Sebastián galant und macht einen Schritt auf Roviras Mutter zu: »Sebastián Petit. Guten Tag, Frau Rovira.«

»*Ir*ène, freut mich«, antwortet Roviras Mutter, wie gewohnt bemüht, ihren Namen möglichst französisch klingen zu lassen.

»Und, Vargas?«, sagt Sebastián als Nächstes.

»Alles im grünen Bereich«, erwidert dieser.

»Sag mal, Sebastián«, meldet Rovira sich wieder zu Wort. »Könntest du uns einen Augenblick allein lassen? Wir müssen kurz etwas besprechen, es dauert bloß ein paar Minuten.«

»Natürlich. Ich muss nur noch ein paar Kleinigkeiten einstellen, aber das erledige ich, wenn ihr fertig seid.«

»Großartig, danke.«

Bevor Sebastián hinausgeht, tut er, als müsste er rasch noch etwas auf seinem Mobiltelefon nachsehen. In Wirklichkeit stellt er es auf Flugmodus und schaltet die Aufnahmefunktion ein. Dann schiebt er es verstohlen zwischen zwei Papierstapel. Er möchte unbedingt wissen, worüber die drei sich unterhalten, wenn er nicht dabei ist, vor allem, ob Roviras Erwähnung von San Nicolás bloßer Zufall war oder etwas dahintersteckt, was mit Román Sabaté zu tun hat.

Als er gerade die Tür hinter sich schließen will, sagt Rovira: »Also bis gleich, wir brauchen nicht lange, höchstens zehn Minuten.«

»Einverstanden, in zehn Minuten komme ich zurück.«

Sebastián hofft, dass der Akku so lange durchhält. Sollte sich sein Verdacht bestätigen, dass auch Rovira und die anderen wissen, wo Román sich befindet, wird er sich noch mehr beeilen müssen.

»Möbelgeschäft Sabaté« liest China auf einmal über einem großen Schaufenster. Heute ist offenbar ihr Glückstag. Mehr oder weniger, zumindest, denn als sie den Laden betritt, erkennt eine Kundin sie sofort: »Sind Sie nicht die Frau von dem Nachrichtensender?«

Das Gesicht des Mannes, der sie bedient, verspannt sich. China sieht ihn wortlos an. Sein Blick bestätigt ihr, dass es sich um Románs Onkel handeln muss.

»Herzlich willkommen in San Nicolás!«, sagt die Frau. »Also wenn ich *das* meinen Freundinnen erzähle …«

»Nein, nein, ich bin nicht diese Frau, aber ich muss ihr sehr ähnlich sein, Sie sind nicht die Erste, die mich mit ihr verwechselt.«

»Sie sind ihr wirklich wie aus dem Gesicht geschnitten!«, ruft die Frau begeistert.

»Hier habe ich die Maße aufgeschrieben, und wie viel es kostet«, versucht Adolfo, sie abzulenken.

»Ah, danke, großartig. Ich messe bei mir zu Hause in der Küche nach und sage dann, ob es passt.«

»Wenn nicht, lasse ich Ihnen eine Spezialanfertigung machen, keine Sorge.«

»Ich möchte lieber, dass Sie das selbst übernehmen.«

»Dann wird es aber teurer …«

»Ich bin schon so lange Ihre Kundin, da bekomme ich doch bestimmt einen kleinen Nachlass. Aber sieht sie nicht wirklich haargenau aus wie die Frau von *TvNoticias*, Herr Sabaté?«, sagt die Frau und fasst China kurz am Arm, bevor sie hinausgeht.

»Keine Ahnung, ich sehe den Sender nie, für mich ist der ein bisschen zu unkritisch«, sagt China.

»Haargenau«, sagt die Frau noch einmal, »wie ihre Zwillingsschwester …« Dann verabschiedet sie sich und verlässt den Laden.

Bis sie endgültig verschwunden ist, sehen China und Adolfo sich bloß stumm an. Sie brauchen ohnehin nicht zu erklären, wer sie sind und warum China jetzt hier in Adolfos Laden steht, neben einem mit sandfarbenem Kunstleder bezogenen Sofa. Wie erschrocken sie sind, wollen beide sich möglichst nicht anmerken lassen.

»Ich bringe Sie zu Román«, sagt Adolfo schließlich.

»Wie geht es ihm?«, fragt China.

»Wenn Sie mich fragen, sollte er sich mehr Sorgen machen, als er es offenbar tut. Er erwartet Sie schon. Ich hoffe, Sie beide wissen, worauf Sie sich einlassen.«

China lächelt, nickt aber nicht, und folgt ihm in die an den Laden angrenzenden Wohnräume. Wie sollte sie auch nicken, sie hat schließlich keine Ahnung, worauf sie sich einlässt.

Sebastián Petit bricht vom *Pragma*-Parkplatz nach San Nicolás auf. Er kann immer noch nicht glauben, was er beim Abhören seiner Mobiltelefonaufnahme erfahren hat. Am liebsten würde er sich einreden, dass er manches davon falsch verstanden hat. Vorläufig konzentriert er sich darauf, dass Rovira also tatsächlich weiß, wo Román sich aufhält, und in zwei Stunden mit Vargas dorthin aufbrechen wird. Dass Vargas mitkommt, ist durchaus von Belang, nicht nur, weil Vargas zweifellos bewaffnet ist. Sebastiáns einziger Vorteil sind die zwei Stunden Vorsprung, die er unbedingt nutzen muss. Unterwegs kann er sich die Aufnahme noch so oft anhören, wie er möchte. Zumindest sobald der Akku wieder halbwegs aufgeladen ist. Bestimmt hat er da ein paar Sachen falsch verstanden, wenn man ein solches Gespräch bloß akustisch verfolgen kann, ohne die dazugehörigen Handbewegungen zu sehen, kommt es leicht zu Fehlinterpretationen. Doch wenn dem nicht so ist, wenn er also richtig gehört hat, ist nicht nur sein Freund in großer Gefahr; auch er selbst wird die letzten Jahre seines Lebens gründlich überdenken müssen. Er hat enorm viel Zeit und Kraft dafür aufgewandt, ein politisches Projekt zu befördern, dessen unangefochtener Anführer Fernando Rovira ist. Politische Führer, das weiß Sebastián nur zu gut, selbst die, die aus ehrlicher Überzeugung handeln, können alles Mögliche sein, autoritär, manipulativ, sadistisch, unberechenbar, pervers, verlogen, ja, korrupt und ehrlos. Und natürlich unfähig. Doch wenn Sebastián vorhin richtig gehört hat, ist Fernando Rovira über all das hinaus auch noch durchgedreht. Komplett. Hinter einem rationalen Politiker, der es versteht, sich elegant zu kleiden und geschliffene Reden zu halten, der über ein professionelles Team verfügt – dem er, Sebastián, angehört – und neuartige Gesetzesvorhaben einbringt sowie an Veränderungen arbeitet, die denen aller übrigen politischen Gruppierungen weit voraus sind, und der zudem eine rasante Karriere hinlegt, zunächst zum Provinzgouverneur und von dort möglicherweise ins Präsidentenamt, hinter dieser Person also steckt womöglich ein Verrückter. Und Sebastián und viele andere befinden sich in seiner Hand. Er fragt sich, wie oft so etwas schon vorgekommen sein mag und wie oft derlei in der Zukunft wohl noch passieren wird.

Endlich erreicht er die Panamericana-Fernstraße. Der Akku ist noch nicht vollständig aufgeladen, aber fürs Erste dürfte es reichen. Er drückt die Wiedergabetaste. Er möchte nicht nur überprüfen, ob Rovira und seine Mutter tatsächlich verrückt sind, er möchte auch noch einmal hören, dass Joaquín in Wirklichkeit der Sohn seines Freundes Román ist, was vieles erklären würde.

26

Stimme Roviras: »Also bis gleich, wir brauchen nicht lange, höchstens zehn Minuten.«

Stimme Sebastiáns: »Einverstanden, in zehn Minuten komme ich zurück.«

Stille.

Geräusch einer Tür, die sich öffnet.

Geräusch einer Tür, die sich schließt.

Stille.

Stimme Roviras: »Woher weißt du, dass er in San Nicolás ist, Mama?«

Stimme Irenes: »Durch Facebook.«

Stimme Roviras: »Durch Facebook?«

Stimme Irenes: »Ja, bist du etwa nicht bei Facebook?«

Stimme Roviras: »Nein, Mama, ich hab zwar eine Seite, aber um die kümmert sich mein Community Manager.«

Stimme Irenes: »Wie auch immer, ich bin jedenfalls bei Facebook, und da hab ich mich mit Románs Mutter angefreundet.«

Stimme Roviras: »Wie bitte? Ich hab angenommen, du hast es mit einer von deinen Spezialmethoden rausgefunden ...«

Stimme Vargas': »Entschuldige, Fernando, hören wir uns doch erst mal an, was sie zu erzählen hat, selbst angesehene Wissenschaftler benutzen heutzutage Facebook, um wichtige Sachen in Erfahrung zu bringen ...«

Stimme Irenes: »Also, zuerst habe ich es über Facebook erfahren. Dann habe ich es mit meinem Pendel überprüft. Und Tarot gelegt habe ich danach auch noch. Ich sage euch, Román ist dort.«

Stimme Roviras: »Bei seiner Mutter?«

Stimme Irenes: »Nein, seine Mutter wohnt in Santa Fe. In San Nicolás wohnt ein Onkel von ihm, ein gewisser Adolfo, der Bruder von Románs Vater.«

Stimme Vargas': »Ich setze mich gleich mit meinen Leuten in Verbindung, die sollen alles rausfinden, was es über diesen Adolfo zu wissen gibt.«

Stimme Irenes: »Ich habe eine Freundschaftsanfrage an die Frau geschickt, sie hat ziemlich schnell geantwortet, ich habe mich bedankt, und dann haben wir eine Weile gechattet. Ich habe das Gespräch auf Santa Fe gebracht, sie hat von der Schule erzählt, auf der sie dort war, und ich von einer anderen, auf der ich angeblich war …«

Stimme Roviras: »Wieso kennst du dich mit Schulen in Santa Fe aus?«

Stimme Irenes: »Ich habe ein bisschen gegoogelt, mein Lieber, das macht heutzutage jeder.«

Stimme Vargas': »So, ich habe meine Leute benachrichtigt. In wenigen Minuten bekommen wir die Informationen.«

Stimme Irenes: »Ich habe gesagt, dass ich meine Söhne vermisse, behauptet, dass die in Jujuy wohnen und dass ich sie schon lange nicht mehr gesehen habe. Ich habe mich richtig bei ihr ausgeheult. Sie hat gesagt, dass es ihr genauso geht, dass sie ihren Sohn auch sehr vermisst, und dass sie mich gut verstehen kann. Sie würde sich auch wünschen, dass ihr Sohn sie öfter besucht, aber er hätte immer so viel zu tun. Und jetzt hätte sie auch noch feststellen müssen, dass er zu Besuch bei seinem Onkel ist, und weder er noch der Onkel hätten ihr Bescheid gesagt …«

Stimme Roviras: »Und woher weiß sie das?«

Stimme Irenes: »Das hat ihr die Freundin von dem Onkel erzählt. Sie sagt, sie kennt sie nicht persönlich, ist aber mit ihr über Facebook befreundet. Sie heißt Mónica. Der habe ich gleich eine Freundschaftsanfrage geschickt, für alle Fälle, sie hat aber noch nicht reagiert. Jedenfalls hat diese Mónica ihr erzählt, dass der Junge bei seinem Onkel ist, sie soll es aber niemandem weitersagen, weil es anscheinend geheim ist. Und wieso hält ihr Sohn solche Sachen vor ihr geheim, fragt sie sich, und ich habe geantwortet, allerdings, so etwas macht man nicht, vor seiner Mutter hat man keine Geheimnisse. Soll ich dir den Chat mal zeigen?«

Stimme Roviras: »Nein, Mama, erzähl lieber weiter, aber nicht mit so vielen Einzelheiten, nur das Wichtigste.«

Stimme Irenes: »Für mich ist das alles wichtig. Na ja, sie hat sich jedenfalls beklagt, dass er in ihrer Nähe ist und trotzdem nicht mal kurz vorbeisieht. Die Freundin von dem Onkel leiht ihm außerdem ihr Auto, wohin genau sie damit wollen, weiß sie nicht, aber zu ihr, also zu seiner Mutter, wohl eher nicht, fürchtet sie. Ganz schön undankbar, der Herr Sohn, habe ich darauf gesagt, und da hat sie erst mal nichts mehr gesagt, es hat ein paar Minuten gedauert, dann hat sie geantwortet, so sind Kinder eben, die merken das gar nicht. Ich habe trotzdem noch mal gesagt, dass ich so ein Verhalten total undankbar finde. Das ist wie bei deinem Bruder …«

Stimme Vargas': »Was für ein Bruder?«

Stille.

Stimme Roviras: »Das geht dich nichts an.«

Stimme Vargas': »Entschuldige, Fernando, tut mir leid. Also, was ich eigentlich sagen wollte: So leicht kann der beste Plan schiefgehen, es muss nur der richtige Dummkopf beteiligt sein … Ich meine damit nicht, dass Románs Plan genial ist, aber …«

Stimme Roviras: »Es ist wirklich erschreckend, alles …«

Stimme Vargas': »Man kann eben nicht alles voraussehen. Wie bei dem Typen damals, der eine Bank überfallen hatte, den hat später seine Frau verpfiffen, als sie festgestellt hat, dass er sich aus dem Staub gemacht hat, ohne ihr auch nur einen Geldschein dazulassen. Oder die Frau von diesem englischen Spion, der abtauchen musste, weil seine Frau so dämlich war und ein Foto von der ganzen Familie ins Netz gestellt hat. Erschreckend, Fernando, du sagst es. Selbst der beste Plan hat keine Chance, wenn solche Frauen mit im Spiel sind.«

Stimme Irenes: »Also, ich würde ja mal sagen, die meisten Pläne scheitern wegen den Männern. Beispiele hätte ich mehr als genug … Und in diesem Fall hat der Onkel sich wohl am dümmsten angestellt, schließlich hat er seiner Freundin alles erzählt, und soweit ich weiß, ist dieser Onkel ein Mann.«

Stimme Vargas': »Entschuldigen Sie, Irene, das sollte sich jetzt nicht auf die Frauen insgesamt beziehen …«

Stimme Roviras: »Hast du die beiden noch mal mit dem Pendel überprüft?«

Stimme Irenes: »Ja, Joaquín geht es gut, und bei Román ist energiemäßig alles unverändert.«

Stimme Roviras: »Dann blockier ihn jetzt aber, Mama, es ist höchste Zeit.«

Stimme Irenes: »Das habe ich schon versucht. Aber es hat nicht geklappt. Auch mit anderen Methoden nicht. Ich bin sogar in ein früheres Leben von mir zurückgekehrt und habe probiert, mich in eins von seinen früheren Leben einzuklinken. Aber das hat alles nichts gebracht. Er ist durch irgendwas geschützt, der Erzeuger steht unter einem besonderen Schutz, warum auch immer.«

Stimme Vargas': »Der Erzeuger?«

Stimme Roviras: »Mama …«

Stimme Irenes: »Als hätte er eine Art Schutzanzug an. Ich weiß nicht, was es ist, aber ich komme da nicht durch.«

Ein Telefon klingelt.

Stimme Vargas': »Ja … Okay … Verstehe … Genau … Alles klar … Ja, ich geb Bescheid, danke … Also, ein Kollege aus

San Nicolás hat mir gerade alles erklärt, dieser Adolfo Sabaté ist in San Nicolás geboren und aufgewachsen, in der Stadt kennen ihn fast alle, er ist seit ewigen Zeiten Mitglied der Radikalen Bürgerunion, war zweimal Abgeordneter, im Stadtrat, und hat beide Amtszeiten komplett absolviert. Er ist immer noch aktives Parteimitglied, hat aber kein Amt mehr.«

Stimme Roviras: »Soll das heißen, Román ist bei einem Radikalen untergeschlüpft?«

Stimme Vargas': »Noch so eine Schwachsinnsidee ...«

Stimme Irenes: »Er ist nun mal sein Onkel, Verwandtschaft bleibt Verwandtschaft ...«

Stimme Roviras: »Trotzdem, ein Radikaler ist und bleibt ein Radikaler.«

Stimme Irenes: »Tja, besonders helle war der Junge noch nie. Aber deswegen haben wir ihn ja auch nicht ausgewählt, da ging es schließlich um etwas anderes ... Damals haben wir geglaubt, er ist der Richtige ...«

Stimme Vargas': »Verstehe ich nicht ...«

Stimme Roviras: »Pass auf, was du sagst, Mama ...«

Stimme Vargas': »Was ist denn los?«

Stimme Roviras: »Vergiss es, das geht dich nichts an, Vargas. Ich hab dich nicht angestellt, damit du alles verstehst.«

Stimme Irenes: »Sei nicht so unfreundlich, Fernando. Vargas gehört sozusagen zur Familie, er hat uns bei sehr wichtigen Dingen geholfen, die deine Zukunft betreffen.«

Stimme Roviras: »Wovon redest du da, Mama?«

Stimme Irenes: »Von nichts Besonderem ... Oder von allem zusammen ... Jedenfalls habe ich dir nicht beigebracht, Leute, die uns treu ergeben sind, schlecht zu behandeln.«

Lange Stille.

Stimme Irenes: »Vargas ist einer von uns. Und jetzt kümmern wir uns lieber wieder um Román.«

Ein Telefon klingelt.

Stimme Vargas': »Ja … Verstehe … Alles klar … Vielen Dank. Mein Mann in San Nicolás sagt, dass das Möbelgeschäft Sabaté bis vor Kurzem geöffnet war, aber jetzt geschlossen ist, und das ist offenbar nicht normal. Außerdem hat Adolfo Sabaté gestern und heute verschiedene Sachen gekauft, die er sonst nie kauft. Mehr Brot, mehr Milch, mitten in der Woche eine Menge Croissants, Handtücher, Schnuller …«

Stimme Irenes: »Sie sind also dort.«

Stimme Vargas': »Soll ich meinen Kollegen mal nachsehen lassen? Oder soll ich selbst hinfahren?«

Stimme Roviras: »Selbst, oder besser, wir fahren zusammen nach San Nicolás, Vargas.«

Stimme Irenes: »Das halte ich für keine gute Idee, Fernando. Lass Vargas allein fahren.«

Stimme Roviras: »Pack schon mal alles Nötige zusammen, in zwei Stunden fahren wir los. Leider habe ich gleich eine Verabredung mit Zanetti, die kann ich nicht absagen. Außerdem will ich noch mit Sylvestre sprechen, bevor wir aufbrechen.«

Stimme Irenes: »Warum denn Sylvestre? Wenn du mich fragst, hat der nur in einem einzigen Punkt recht, und zwar, dass auf der Stadt La Plata ein Fluch liegt.«

Stimme Roviras: »Ich will mit ihm sprechen, weil mir das Ganze am Ende vielleicht sogar nützlich sein kann, wer weiß …«

Kurze Stille.

Stimme Irenes: »Du bist schon ein schlaues Kerlchen, das muss ich zugeben. Man muss immer versuchen, aus allem das Beste zu machen.«

Stimme Roviras: »Das hast du mir beigebracht, Mama.«

Stimme Irenes: »Also los. Ich kümmere mich inzwischen um Vargas, ich stelle ihn energetisch perfekt ein, dann kann nichts schiefgehen. Alles wird gut, glaub mir.«

Stimme Roviras: »Einverstanden. Vargas, ich gebe Bescheid, wenn ich so weit bin.«

Stimme Vargas': »Alles klar, sobald du willst, kann es losgehen.«

Geräusch einer Tür, die sich öffnet.

Geräusch einer Tür, die sich schließt.

Stille.

Stimme Irenes: »Eine wichtige Sache muss ich Ihnen noch sagen, Vargas. Wir sind damals zu weit gegangen, und wie. Und das wird nie ein anderer Mensch erfahren, niemals.«

Stimme Vargas': »Natürlich nicht, darauf habe ich Ihnen mein Wort gegeben.«

Stimme Irenes: »Genau, so ist es. Aber wer einmal zu weit gegangen ist, für den gelten manche Sachen nicht mehr, verstehen Sie, was ich meine?«

Stimme Vargas': »Nun ja …«

Stimme Irenes: »Falls nötig, gehen Sie also noch mal zu weit, ich werde mich deswegen nicht beschweren. Alles klar?«

Stimme Vargas': »Alles klar, diesmal ist wirklich alles klar.«

Stimme Irenes: »Sehr gut. Ich sage doch, dass Sie einer von uns sind. Also dann, an die Arbeit, Vargas.«

Stimme Vargas': »Wollten Sie nicht meine Energie einstellen?«

Stimme Irenes: »Mit Ihrer Energie ist alles in Ordnung, Vargas, könnte gar nicht besser sein.«

Geräusch einer Tür, die sich öffnet.

Geräusch einer Tür, die sich schließt.

Stille.

27

Fernando Roviras großer Fehler war es, Joaquín mir anzuvertrauen. In seiner üblichen Selbstüberschätzung sah er darin offenbar keinerlei Gefahr, ja, er redete sich womöglich ein, mich auf diese Weise am besten unter Kontrolle zu haben. Er verließ sich darauf, dass ich ihm immer und ewig bedingungslos ergeben sein würde, für allezeit sein Knecht. Ohne diese Fehleinschätzung würde ich diese Geschichte jetzt wahrscheinlich nicht erzählen. Hätte er mich nicht aufgefordert, mich um das kurz zuvor geborene Kind zu kümmern, hätte ich mich vielleicht niemals als dessen Vater gefühlt. Was macht einen Vater aus? Ich meine nicht rechtmäßig, vor dem Gesetz. Ich meine in Wirklichkeit, was führt dazu, dass wir uns als Vater, oder Mutter, fühlen? Ich war davon ausgegangen, dass mein verordneter Geschlechtsverkehr mit Lucrecia Bonara und die daraus resultierende Geburt eines Kindes mich niemals zu einem Vater machen würden. Das, was ich getan hatte, betrachtete ich als bloße Samenspende unter besonderen Bedingungen. Unter »natürlichen« Bedingungen, sozusagen. Und dabei hätte es auch bleiben können. Wäre das Gleiche passiert, wenn ich, als Lucrecia endlich schwanger war, aus dem Leben der Roviras verschwunden wäre? Oder wenn ich zwar bei *Pragma* geblieben, aber nur minimalen Kontakt zu Joaquín gehabt hätte? Wäre es mir andererseits ebenso ergangen, hätte ich mich, aus welchem Grund auch immer, um ein von Rovira selbst gezeugtes Kind kümmern müssen?

Unmöglich zu sagen.

Alles, was ich weiß und woran für mich kein Zweifel besteht, ist, dass Joaquín heute mein Sohn ist.

Als er schließlich geboren war, gab mir niemand Bescheid. Auch während der Schwangerschaft hatte ich nicht das Geringste erfahren, weder von Rovira noch von seiner Frau. Als hätten die Treffen im Schlafzimmer der Roviras nie stattgefunden, ja, als wäre Fernando Rovira in jeder, auch biologischer Hinsicht, Joaquíns Vater.

Kaum hatte sie Joaquín zur Welt gebracht, bekam Lucrecia eine heftige postnatale Depression. Sie konnte den Kleinen weder stillen noch auf den Arm nehmen noch wickeln noch sonst in irgendeiner Weise seine Bedürfnisse befriedigen. Und lieben konnte sie ihn offenbar erst recht nicht. Das machte ihnen Angst, glaube ich, Lucrecia selbst zumindest. Wie sehr elterliche Liebe für Fernando Rovira eine Rolle spielt, weiß ich nicht, für ihn wird sie wahrscheinlich erst wichtig, wenn Sylvestre sagt, dass das für den Wahlkampf von Bedeutung ist. Jedenfalls ließ er mich eines Tages in sein Büro kommen und erzählte, was los war.

»Der Arzt sagt, das kommt häufig vor, vielen Frauen geht es angeblich so, und in zwei, drei Monaten ist voraussichtlich alles wieder in Ordnung. Aber bis dahin braucht sie Hilfe«, erklärte er. Er schien tatsächlich besorgt, weshalb genau, kann ich allerdings nicht sagen. »Ich wollte eine Amme anstellen, oder wie auch immer man das heutzutage nennt. Das heißt, ich habe bereits eine angestellt, es gibt da richtig tolle Spezialistinnen, mit einer extra Ausbildung. Aber Lucrecia ist dagegen«, klagte er. Angeblich wollte sie keinesfalls, dass jemand, der nicht zur Familie gehört, das Kind auch nur anrührt. »Darüber lässt sie nicht mit sich reden, sie sagt, falls so jemand ins Haus kommt, fängt sie an zu schreien und hört nicht mehr auf. Aber unsere Familie ist klein, und unsere Beziehungen sind ziemlich kompliziert, wie bei den meisten Familien. Von der Seite können wir mit keiner Unterstützung rechnen. Der Therapeut wiederum, den der Arzt uns empfohlen hat, hat gesagt, *ich* soll die Sache übernehmen, am besten ist es in solchen Fällen angeblich, wenn der Vater sich um alles kümmert.«

Für einen Augenblick kam es mir seltsam vor, dass er von sich selbst als dem Vater dieses Kindes sprach, aber dann machte ich mir klar, dass das ja nur unserer Verabredung entsprach.

»Also wenn du mich fragst, ich glaube diesen Psychologen kein Wort«, fuhr Rovira fort, »und der hier scheint mir besonders unfähig. Entweder er hat keine Ahnung von Politik, oder er liest weder Zeitung, noch sieht er fern. Oder sag du mir, wie ausgerechnet ich die Mutter ersetzen soll? Wann denn? Wie denn? Soll ich etwa alles andere sein lassen?«

»Nein, natürlich nicht«, sagte ich, und das war ehrlich gemeint. Wer Fernando Rovira kannte, hätte niemals ein derartig abwegiges Opfer von ihm verlangt. Rovira lebte einzig und allein für seine politische Karriere, für sie hatte er seine höchst erfolgreichen Aktivitäten als Bauunternehmer eingestellt und *Pragma* gegründet, noch bevor er Lucrecia Bonara kennengelernt hatte. Konnte man ihm das zum Vorwurf machen? Sollte er all das tatsächlich aufgeben, nur weil seine Frau nicht bereit war, fremde Hilfe anzunehmen?

»Ich bin der Erste, der will, dass dieses Problem gelöst wird. Aber mich ganz dafür aufgeben? Nein.«

Einmal mehr gelang es Rovira, mich auf subtil manipulierende Weise auf seine Seite zu ziehen. Zu diesem Zeitpunkt nahm ich ihm die Besorgtheit ab und konnte nachvollziehen, dass es schwierig war, eine Lösung zu finden.

»*Ich* müsste derjenige sein, der die Sache übernimmt, aber das kann ich nicht.«

Er führte all die Dinge an, die ich ohnehin wusste, schließlich arbeitete ich schon lange genug mit ihm zusammen – die Tatsache, dass er sich hundertprozentig dem Aufbau von *Pragma* als Alternative zu den herkömmlichen, alten Parteien widmen musste, die endlosen Wahlkampfauftritte und so weiter und so fort. »Ohne Politik kann ich nicht leben, da sterbe ich.«

Kaum hatte er es so zusammengefasst, fing er wieder von vorn an. Fernando Rovira betrieb einmal mehr sein übliches Katz-und-Maus-Spiel mit mir. Und ich griff zu meiner alten Taktik – ich sah ihn an und war dabei innerlich ganz woanders. Sagte stumm das kleine Einmaleins auf oder wiederholte die Mannschaftsaufstellung von Unión de Santa Fe im Finale von 1979 gegen River Plate – ich war damals noch nicht mal geboren. Oder den Text von »Auf der Straße wird es hell«, oder einfach das Vaterunser, allerdings ohne jede religiöse Empfindung. Was auch immer, Hauptsache, es funktionierte wie ein Mantra.

Doch dann hörte ich ihn sagen: »Lucrecia und ich haben lange darüber gesprochen und über alle möglichen Lösungen nachgedacht, aber zuletzt war uns klar, dass du die Sache übernehmen musst. Du musst noch einmal Fernando Rovira sein.«

Ich hatte es kommen sehen, ich hatte gewusst, dass all die Umwege zwangsläufig zu diesem Punkt führen würden. Während er weitersprach, überlegte ich krampfhaft, wie ich es anstellen sollte, Nein zu sagen, welche Ausrede ich ihm entgegenhalten könnte. Erneut fasste ich die Möglichkeit ins Auge, die Arbeit bei *Pragma* zu beenden. Meine Gedanken rasten nur so, und mein Herz klopfte wie wild. Bis er etwas hinzufügte, das endgültig eine Linie überschritt: »Lucrecia und ich, wir übergeben dir unseren Sohn, Román. Größeres Vertrauen kann man jemandem nicht entgegenbringen.« Er zeigte mir nicht zum ersten Mal, dass ich in seinen Augen ein Niemand war, aber so drastisch hatte er es noch nie ausgedrückt. Und das tat weh. Ich war nichts als eine willfährige Masse, die er sich je nach den Umständen zurechtformte. Sein Sklave, den er auf dem Markt ausgewählt und für seine Zwecke geeignet befunden hatte. Wieder wäre ich am liebsten mit den Fäusten auf ihn losgegangen. Aber damit hätte ich mir keinen Gefallen getan.

Das Spiel um die Macht, das zwischen uns ausgetragen wurde, entschied sich auf einem anderen Feld und bei einer anderen, womöglich kaum wahrnehmbaren Gelegenheit. Irgendwann würde es so weit sein, dass er, der Herr, seinem Knecht unterlegen wäre. Aber wie würde ich merken, dass dieser Augenblick gekommen war? Nun – er war es, jetzt. Ich sah ihn an und sagte ruhig und entschlossen, aber ohne jedes Anzeichen von Unterwerfung: »Gut, ich kümmere mich um ihn.«

Ich war selbst überrascht, dass ich seinen Vorschlag so gelassen und selbstsicher annahm. Rovira ging es wahrscheinlich genauso. Er war sich zweifellos sicher gewesen, wie gewohnt seinen Willen durchzusetzen, hatte aber bestimmt mit mehr Widerstand von meiner Seite gerechnet, wie bei anderen Gelegenheiten. Er sah mich argwöhnisch an. Ein gespanntes Schweigen trat ein. Nach einer ziemlichen Weile forderte er mich durch eine Handbewegung auf, weiterzusprechen.

Und das tat ich: »Ich kümmere mich um ihn. Du kannst dich darauf verlassen.«

Endlich schien er sein Misstrauen abzulegen. »Schön«, sagte er, »freut mich, dass du uns so entgegenkommst.«

»Ja, du kannst mit mir rechnen, Fernando.«

Vielleicht zum ersten Mal sprach ich ihn mit seinem Vornamen an. Genau das forderte er schon seit Längerem erfolglos von mir, schließlich funktioniert das in der Politik als Ausdruck von Nähe und Verbundenheit mit dem Anführer. Dass ich es jetzt tat, bedeutete jedoch, auch wenn nur ich selbst mir dessen bewusst war, dass ich mich auf eine Stufe mit ihm stellte. Ob Rovira es merkte, weiß ich nicht. Er tat jedenfalls, als wäre nichts, wichtig war für ihn bloß, dass ich Ja gesagt hatte. Als Nächstes wandte er sich wieder dem Konkreten zu: »Ich weiß nicht, wie viel Ahnung du davon hast, wie man mit Babys umgeht, für alle Fälle ist ja die Amme da, sie kann dir helfen.«

»Keine Sorge, wenn ich nicht weiterweiß, wende ich mich an sie.«

»Aber denk dran, dass sie Joaquín nicht anrühren darf. Zurzeit macht sie es heimlich, Lucrecia erzählen wir, ich würde mich um alles kümmern, aber lange lässt sich diese Geschichte natürlich nicht aufrechterhalten. Schon nächste Woche muss ich verreisen, für mehrere Tage, deshalb ist die Sache auch so eilig.«

»Verstehe, Fernando.«

Wieder sprach ich ihn mit seinem Vornamen an, diesmal mit Nachdruck. Und spätestens jetzt schien ihm tatsächlich etwas aufzufallen, denn er sah mich erneut misstrauisch an.

»Großartig«, sagte er nach einer Weile. Auf ein »vielen Dank« wartete ich allerdings vergeblich. »Ich werde dich jetzt von allen übrigen Aufgaben freistellen, damit du dich mit ganzer Kraft deinem neuen Job widmen kannst. Du weißt ja, was es heißt, Vater zu sein, damit bist du rund um die Uhr beschäftigt, 365 Tage im Jahr.«

Ich nickte. Obwohl ich natürlich keine Ahnung hatte, was es bedeutet, Vater zu sein. Er auch nicht.

So begann meine Beziehung zu Joaquín. Zuerst mit einer gewissen Furcht und Zurückhaltung, ich wollte mich lieber nicht allzu sehr auf dieses kleine Wesen einlassen, das für die ganze unangenehme Situation nicht verantwortlich war. Ich ging davon aus, dass Rovira eines Tages erscheinen und mir mitteilen würde, dass es Lucrecia inzwischen wieder besser ging und sie meine Hilfe nicht mehr benötigten. Doch diese Besserung ließ auf sich warten. Dazu kam, dass Joaquín, als ich ihm einmal beim Einschlafen die Überdecke zurechtzog, plötzlich einen meiner Finger umfasste. Er klammerte sich geradezu an ihn, mit der ganzen Hand. Dass ein so kleines Kind so fest zupacken konnte, ahnte ich nicht. Zuerst war ich erschrocken, unsicher, ob ich abwarten sollte, bis er wieder losließ, oder versuchen, meinen Finger vorsichtig freizubekommen.

Ich sah ihn an, und Joaquín erwiderte meinen Blick, sah mir direkt in die Augen. Ohne zu lächeln, beobachtete er mich, als wollte er mir eine Frage stellen. So unterhielten wir uns mehrere Sekunden lang, nur mit den Augen. Bis ich irgendwann begriff, dass er mich als seinen Vater ausgewählt hatte. Es war wie eine plötzliche Offenbarung und ließ keinen Zweifel zu. Da lächelte ich ihn an und sagte: »Ja, mein Augenstern, ich bin dein Vater.«

Mein Augenstern – so hatte mich mein Vater immer genannt. Ich hob ihn aus seinem Bettchen, legte seinen Kopf an meine Schulter, summte ihm ein Schlaflied ins Ohr, das aus wer weiß welchen Tiefen in mir aufstieg, und streichelte und wiegte ihn sacht hin und her, bis er einschlief. Die Amme hatte zwar gesagt, ich solle ihn allein in seinem Bettchen einschlafen lassen und nicht an meine Arme gewöhnen. Und bis dahin war ich ihrem Rat gefolgt. An diesem Abend jedoch gab Joaquín mir zu verstehen, dass ich inzwischen selbst entscheiden konnte, wie dieses kleine Kind am besten zu erziehen war. Wie ich seit diesem Augenblick auch wusste, dass ich nie mehr von seiner Seite weichen würde.

Ich tat alles, um mich für die Roviras unersetzlich zu machen, was mir nicht weiter schwerfiel. Selbst als die Depression abgeklungen war, blieb Lucrecia dem Kleinen gegenüber so unsicher, dass sie, um einigermaßen die Ruhe zu bewahren, bei allem meine Unterstützung brauchte. Fernando Rovira wiederum zeigte nicht das geringste Interesse an dem Raum, den ich inzwischen eingenommen hatte. Obwohl meine Anwesenheit für beide eine so große Erleichterung darstellte, verstehe ich nicht, warum Rovira das damit verbundene Risiko nicht wahrnahm. Ja, manchmal frage ich mich sogar, warum er sich meiner nicht endgültig entledigte – auf welche Weise auch immer. Vielleicht redete er sich ein, dass ich ihn niemals verraten würde, wenn er mir »seinen« Sohn überließ. Als ob meine

Loyalität zu Joaquín sich automatisch auch auf ihn erstrecken würde. Doch da täuschte er sich.

Hätte er mich umbringen sollen? Aber wann? Gleich zu Beginn? Oder nach der Ermordung Lucrecias, die ja am stärksten auf meiner Anwesenheit bestanden hatte? War ich auch ohne sie für Rovira noch so wichtig? Warum? All das frage ich mich bis heute. Wird er jetzt imstande sein, mich umzubringen? Ich weiß es nicht. Vielleicht nicht, vielleicht taugt Fernando Rovira trotz allem einfach nicht zum Mörder.

Zum Mörder wird man erst, wenn man auf sein Opfer anlegt, abdrückt und trifft.

So wie man erst zum Vater wird, wenn man imstande ist, auf ein Kind zu reagieren, das einen am Finger packt, ansieht und fragt, ob man sein Vater ist.

28

Endlich macht Román sich daran, China und Adolfo zu erklären, was er vorhat. Zuerst will er aber begründen, warum er sich auf diese Weise von *Pragma* verabschiedet hat. Und noch davor will er, für China, klarstellen, dass er Joaquíns Vater ist. Das verkündet er deshalb jetzt umstandslos, ohne lange Einleitung.

»Joaquín ist mein Sohn.«

Besonders überrascht ist China nicht. Im Gegenteil, ihre früheren Wahrnehmungen werden dadurch nur bestätigt. Darum stellt sie auch keine weiteren Fragen. Joaquín ist Románs Sohn, fertig. Welches Recht hat sie, ihm wegen irgendwelchen alten Geschichten mit egal welcher Frau Vorhaltungen zu machen? Sie hat Román immer schon als den Vater des Kleinen erlebt. Er hat die Vaterrolle übernommen und ist in Wirklichkeit also auch der Vater. All das wäre weder besonders kompliziert, noch würde sich durch die Neuigkeit viel verändern, wäre da nicht zusätzlich Fernando Rovira mit im Spiel.

»Alles, was ich will, ist, dass Rovira öffentlich zugibt, dass Joaquín mein Sohn ist. Wie es dazu gekommen ist, kann er meinetwegen erklären, wie er will – so wie es eben für seine politische Karriere am besten passt. Ich möchte bloß, dass Joaquín auch rechtlich als mein Sohn anerkannt wird und alle dafür nötigen bürokratischen Schritte unternommen werden. Und dann soll Rovira aus unserem Leben verschwinden. So wie wir aus seinem«, sagt Román.

»Das hinzukriegen, dürfte nicht einfach sein …«, sagt China.

»Allerdings«, stimmt Adolfo zu.

»So ist es«, sagt Román, »aber ich sehe keine andere Möglichkeit. Eins ist mir jedenfalls klar – alle Menschen, die ich liebe, sollen nichts mehr mit Fernando Rovira zu tun haben, damit meine ich auch dich, China.«

China ist so verdutzt, dass sie nicht weiß, wie sie reagieren soll.

Sähe sie Adolfo an, würde sie feststellen, dass auch er überrascht ist, aber fröhlich zustimmend lächelt. Sie nicht, sie verzieht keine Miene. Was sie gerade gehört hat, bedeutet genau das, was sie sich schon so lange wünscht – dass Román Sabaté sie zu den Menschen zählt, die er liebt. Doch unter den gegebenen Umständen verschlägt ihr das die Stimme. Wie soll sie verkünden, was sie empfindet, wenn sie alle in einem derartigen Schlamassel stecken? Deshalb bleibt sie stumm und behält vorläufig für sich, dass Román unangefochten die Nummer eins auf der Liste der von ihr geliebten Menschen ist. Erst jetzt sieht sie Adolfo an, und der blickt zurück, als wüsste er, was in ihr vorgeht. Auch Adolfo sagt nichts. Beide warten sie schweigend, dass Román weiterspricht, verzichten darauf, die Lücke zu füllen, die sich aufgetan hat.

Doch Román kümmert sich zunächst um Joaquín, der vor ihm steht und gestreichelt werden möchte. Er hebt ihn hoch. Der Kleine sieht müde aus. Er ist den ganzen Tag spielend durch die Wohnung gelaufen und hat dabei immer wieder den Sessel als Trampolin benutzt. Gerne wäre Román eine Weile mit ihm rausgegangen, auf den Platz, oder wenigstens einmal um den Block – seit ihrer Ankunft haben sie Adolfos Wohnung nicht mehr verlassen. Aber er weiß, dass das unklug wäre. Román setzt Joaquín neben sich aufs Sofa und schiebt ein paar Kissen zurecht, damit der Kleine sich bequem ausstrecken kann. Der lässt es geschehen und kommt allmählich zur Ruhe, während Román sein Haar streichelt. Erst als er kurz davor ist, einzuschlafen, fährt Román fort.

»Vorgestern habe ich nach einer Schachtel gesucht, in der Lucrecia die medizinischen Unterlagen von Joaquín aufbewahrt hat. Ich brauchte seinen Impfpass, in der Schule hatten sie mich schon mehrmals darum gebeten, sie müssen eine Kopie davon bei ihren Akten aufbewahren, sonst bekommen sie Schwierigkeiten mit der Gesundheitsaufsicht. Wie auch immer, ich wusste jedenfalls, dass es so eine Schachtel gibt, und dass Lucrecia sie irgendwo in Joaquíns Zimmer verstaut hatte. Bis dahin hatte ich ihren Inhalt nie gebraucht und deshalb auch nie danach gesucht, weder ich noch, zum Glück, sonst jemand. Die Schachtel war schließlich ganz einfach zu finden, sie stand in einem Fach ganz oben in Joaquíns Kleiderschrank. Ich muss sie vorher schon oft gesehen haben, ohne mir etwas dabei zu denken. Ich habe sie also rausgenommen, aufs Bett gestellt und aufgemacht. Als ich den Impfpass gefunden hatte und sie eigentlich schon wieder wegräumen wollte, habe ich doch noch angefangen, die übrigen Papiere darin durchzusehen. Ein Ordner enthielt die Unterlagen der Klinik, in der Joaquín offiziell als Sohn von Lucrecia Bonara und Fernando Rovira zur Welt gekommen ist. In einem Umschlag befanden sich die Ergebnisse eines Bluttests, der ein Jahr nach seiner Geburt gemacht worden war. Joaquín hatte damals ohne erkennbaren Grund mehrere Tage sehr hohes Fieber gehabt. Und in einem wesentlich größeren Umschlag steckten die Röntgenbilder, die für alle Fälle gemacht wurden, als Joaquín einmal aus der Wiege gefallen war. Und unter diesem Umschlag schließlich lag ein weiterer, kleiner Umschlag mit der Aufschrift ›Román Sabaté‹. Er war verschlossen. Erst nach einigem Zögern öffnete ich ihn. Ich nahm an, Lucrecia wollte Joaquíns Unterlagen um ein paar Angaben zu mir ergänzen, schließlich bin ich sein biologischer Vater. Das schien mir nur vernünftig. Aber ich hatte mich getäuscht, in dem Umschlag war ein Foto, sonst nichts.«

Román steht auf, geht zu seinem Rucksack, kramt etwas heraus und kommt dann zu den anderen zurück. Zuerst zeigt er das Foto China. Während sie es betrachtet, steht er wartend neben ihr. Es handelt sich um ein Hochzeitsfoto von Fernando Rovira und Lucrecia Bonara, eine Aufnahme aus dem Standesamt. Die beiden lächeln glücklich in die Kamera und halten den Trauschein wie eine Trophäe in die Höhe. Hinter ihnen steht die Standesbeamte, und zu den Seiten die Trauzeugen – neben Lucrecia eine Frau und neben Fernando ein Mann. Auch sie lächeln.

»Sie hatte das Foto für mich dort hinterlegt, das ist klar. Ich weiß nicht, ob sie fürchtete, dass ihr etwas zustoßen könnte. Aber in jedem Fall sollte ich dieses Foto irgendwann finden, es sollte eine Botschaft für mich sein.«

»Das verstehe ich nicht«, sagt China. »Was hat ihr Hochzeitsfoto mit dir zu tun?«

Román antwortet nicht. Stattdessen reicht er das Foto Adolfo. Sein Onkel setzt die Brille auf und betrachtet es aufmerksam.

»Kommt dir da jemand bekannt vor?«, fragt Román.

»Rovira und seine Frau, nehme ich an«, sagt Adolfo.

»Ja, aber da ist noch jemand, den du kennst. Die Aufnahme ist zwar schon ein paar Jahre alt, aber die Person ist unverkennbar.«

»Also, wenn du mich fragst ...«

»Der Typ rechts neben Fernando Rovira ...«

»Na gut, das Gesicht kenne ich irgendwoher, aber ich weiß trotzdem nicht, wer das sein soll.«

»Martín Capardi, der Arzt, der damals Mama nach dem Unfall geholfen hat. Falls er überhaupt Arzt ist. Ich bin mir da nicht mehr so sicher.«

Adolfo betrachtet das Foto erneut, und seine Züge verhärten sich. Dann blickt er Román an, wagt aber nicht, seine

Befürchtung auszusprechen. »Sag mir, dass es nicht das ist, was ich denke«, flüstert er schließlich.

»Was ist denn los?«, beklagt sich China. »Könnt ihr mir vielleicht mal erklären, worum es geht?«

»Rovira hat ihn benutzt, damit wir glauben sollten, dass Mama ohne seine Hilfe gestorben wäre. Welche Rolle genau Capardi an dem Tag übernahm, kann ich nicht sagen. Es war alles sehr seltsam. Warum meine Mutter sich auf den Weg gemacht hat und wie es zu dem Unfall gekommen ist, hat sich nie richtig geklärt. Falls es tatsächlich ein Unfall war. Ganz sicher ist dagegen, dass die beiden, also Rovira und Capardi, so getan haben, als würden sie sich nicht kennen, dabei sind sie enge Freunde. Uns erschien Capardi wie der große Retter. Aber in Wirklichkeit war er Roviras Mann vor Ort. Rovira hat es so eingerichtet, dass wir ihm jedes Wort glaubten. Und dass ich das Gefühl hatte, ihm einen so großen Gefallen schuldig zu sein, dass ich es ihm nicht abschlagen konnte, mit seiner Frau ein Kind zu zeugen.«

»Wie? Hattet ihr denn kein Verhältnis, du und Lucrecia?«, unterbricht ihn China.

»Nein. Fernando Rovira ist unfruchtbar, er kann keine Kinder zeugen«, erwidert Román.

»Unfruchtbar?«, sagt China.

»Verdammt«, sagt Adolfo. »Ist dir klar, dass er den Unfall möglicherweise herbeigeführt hat?«

»Natürlich ist mir das klar. Und Mamas Koma, das angeblich die Folge ihrer Herzinfarkte war, war womöglich bloß ein künstliches Koma. Aber ich denke lieber nicht so genau darüber nach«, sagt Román, »sonst bekomme ich noch Lust, den Kerl umzubringen. Ich weiß weder, ob Capardi Arzt ist, noch, ob Rovira den Unfall herbeigeführt hat, noch, ob es meiner Mutter wirklich so schlecht ging. Letzteres bestritten ja die Ärzte im Cullen-Krankenhaus in Santa Fe. Ich weiß bloß, dass

Rovira gelogen hat, um mich zu manipulieren, und dass ihm dafür jedes Mittel recht war. Und ich weiß, dass Lucrecia Bonara wollte, dass ich im Fall des Falles Bescheid wissen sollte.«

»Was für ein Mistkerl!«, ruft Adolfo aus.

»Kann mich endlich jemand aufklären?«, bittet China.

Da erklärt ihr Román in allen Einzelheiten, was passiert ist, vom Auftauchen des ominösen Doktor Capardi bis zu dem Augenblick, in dem er sich trotz allem auf Roviras Vorschlag eingelassen hat, woraufhin schließlich das Kind zur Welt gekommen ist, das in diesem Augenblick neben ihm auf dem Sofa liegt und schläft.

»Verstehst du jetzt?«, fragt er abschließend.

»Na klar, du hast ihnen deinen Samen gespendet«, sagt China.

»Nein«, verbessert Román.

»Na gut, ich gebs auf …«, sagt China.

»Lucrecia Bonara und ich haben miteinander geschlafen, damit dieses Kind gezeugt werden konnte. Fernando Rovira wollte es so, und ich habe es akzeptiert.«

»Jetzt blicke ich auch nicht mehr durch …«, sagt Adolfo.

»Ich schon«, sagt China, »aber ich muss das Ganze erst mal verarbeiten.«

»Ich übernehme die Verantwortung für das, was ich getan habe«, sagt Román. »Niemand hat mich dazu gezwungen. Allerdings haben sie mich manipuliert. Und dafür haben sie es auch in Kauf genommen, das Leben meiner Mutter aufs Spiel zu setzen.«

»Rovira ist wirklich zu allem fähig«, sagt Adolfo, »das merkt man ihm an, falls nötig, geht der Kerl über Leichen.«

»Und darum musste ich auch unbedingt von dort weg, ich und Joaquín, sofort.«

»Und wie kann ich euch da helfen?«, fragt China.

»Rovira wird uns nicht einfach so gehen lassen, auch wenn

Joaquín ihm womöglich nicht das Geringste bedeutet. Aber mit deiner Hilfe könnte ich mir vielleicht etwas beschaffen, was ihn zwingt, nachzugeben. Ich möchte, dass du mich filmst, während ich ganz genau erzähle, was passiert ist, seit ich bei *Pragma* angefangen habe. Und dann sollst du die Aufnahme an einem sicheren Ort hinterlegen, oder am besten gleich an mehreren, bei einem Notar, bei irgendwelchen unabhängigen Organisationen, wo auch immer, Hauptsache, die Leute dort lassen sich nicht von Rovira kaufen. Und wenn das geschafft ist, würde ich Rovira ein Angebot machen. Ich würde ihm versprechen, mein Wissen für mich zu behalten, wenn er mich im Gegenzug gehen lässt. Das heißt, uns, mich und Joaquín. Mein Schweigen im Tausch für meinen Sohn. Rovira muss allerdings klar sein, dass, falls uns etwas zustoßen sollte, die Leute, bei denen die Aufnahmen hinterlegt sind, umgehend dafür sorgen werden, dass das Ganze ans Licht kommt.«

»Bist du dir bewusst, dass du gerade einer Journalistin erklärt hast, dass du ihr eine Wahnsinnsgeschichte anbietest, und zwar exklusiv, die sie aber, wenn alles läuft wie geplant, nicht veröffentlichen darf?«, fragt China.

»Natürlich ist mir das klar. Ich biete meine Geschichte aber nicht irgendeiner Journalistin an, sondern dir …«

»Ich setz mal Mate auf«, sagt Adolfo, der merkt, dass er die beiden besser einen Augenblick allein lässt.

»Wie kommst du darauf, dass ich die Geschichte nicht verwenden würde, wenn sie so gut ist?«, fragt China.

Román lässt sich Zeit mit der Antwort und sieht China tief in die Augen. Wie damals im »toten Winkel« von Roviras Haus entsteht zwischen den beiden eine immer stärkere Spannung.

»Das sagt mir mein Gefühl«, erklärt Román schließlich, »schon seit Langem.«

»Und was sagt es dir noch?«

»Alles Mögliche. Dass ich dich küssen möchte, zum Beispiel«, erwidert Román.

Aber da wacht Joaquín weinend auf, als hätte er schlecht geträumt. Román wendet sich ihm zu und streichelt seinen Kopf, bis er wieder eingeschlafen ist. Dann winkt er China zu sich heran. Sie setzt sich neben ihn aufs Sofa, und Román legt ihr den Arm um die Schulter. So sind alle drei ganz eng beieinander. Als Adolfo mit dem Mate erscheint, zieht Román den Arm zurück, und China richtet sich auf.

»Fallen dir irgendwelche Orte ein, wo man die Aufnahme sicher unterbringen könnte, China?«, fragt Román.

Adolfo merkt, dass er im unpassendsten Moment hereingekommen ist. Verlegen steht er da. China kommt ihm zu Hilfe.

»Bestimmt, aber ich muss ein bisschen überlegen. Ich habe gute Kontakte, zu mehreren Journalistenverbänden und Menschenrechtsorganisationen, da gibt es fantastische Leute. Ich möchte es strategisch auf drei, vier Orte verteilen.«

»Danke«, sagt Román und sieht sie inständig an. »Wenn du möchtest, können wir gleich mit der Aufnahme anfangen.«

»Einverstanden«, sagt China.

»Darf ich dabei sein und zuhören?«, fragt Adolfo.

»Na klar, du sollst ja endlich auch Bescheid wissen, jetzt schon.«

China holt ihr Mobiltelefon hervor, überprüft den Akku, schließt für alle Fälle das Aufladekabel an, sucht nach der Einstellung für Videoaufnahmen, und als alles bereit ist, macht sie ein Zeichen.

»Fertig?«, fragt sie.

»Fertig«, sagt Román, wartet ein paar Sekunden und fängt dann an zu sprechen: »Ich heiße Román Sabaté. Im Folgenden möchte ich darüber berichten, was ich in den letzten Jahren an der Seite von Fernando Rovira, dem Gründer der *Pragma*-Partei, erlebt habe.«

Er macht eine kurze Pause, um diese Einleitung von dem, was er gleich erzählen wird, abzuheben, und spricht danach umso entschlossener weiter. Es ist, als wüsste er den Text auswendig: »Man kann aus allen möglichen Gründen bei der Politik landen. Völlig zu Recht, oder nicht ganz so. Oder auch aus Versehen, aus Nachlässigkeit, weil man nicht Nein sagen kann. Weil man zur richtigen Zeit am richtigen Ort war. Oder zur falschen Zeit am falschen. Weil man von irgendwas leben muss – das war für mich ein berechtigter Grund, damals, vor fünf Jahren …«

29

Mit dem Rest des Whiskys, den er sich nach dem Treffen mit Vargas und seiner Mutter eingeschenkt hatte, nimmt Rovira ein Beruhigungsmittel. Bevor er das Glas ganz geleert hatte, hatte seine Sekretärin Zanettis Eintreffen angekündigt, und da Rovira nicht wollte, dass sein wichtiger Geldgeber ihn um diese Uhrzeit mit etwas Hochprozentigem in der Hand antraf, hatte er den Drink kurzerhand in einer Schreibtischschublade verschwinden lassen. Normalerweise trinkt er auch nicht so früh am Tag, aber in diesem Augenblick brauchte er einfach einen Schluck. Er kann immer noch nicht glauben, dass Román Sabaté tatsächlich getan hat, was er getan hat. Er, Rovira, kann viele Fehler und Schwächen verzeihen, nur eins nicht, Mangel an Loyalität. Und Román hat sich illoyal verhalten, er war nicht fair, er hat ihm übel mitgespielt. Er ist abgehauen und bildet sich ein, dass das, was er mitgenommen hat, ihm zusteht. Tut es aber nicht. Und damit meint Rovira nicht bloß Joaquín. Nicht nur der Junge gehört ihm nicht – alles, was ihm hier zur Verfügung stand, war sozusagen nur geliehen. So gesehen, steht Román jetzt mit weniger als nichts da. Wie konnte er nur so blind sein für das, was um ihn herum ablief? Alles, was er bei *Pragma* ist, oder vielmehr war, hat er nur erreicht, weil er, Rovira, es wollte. Román bildet sich wahrscheinlich ein, dass er aufgrund seiner Verdienste und Fähigkeiten so weit gekommen ist. Unfair, anmaßend und dumm – so erscheint ihm dieser Román Sabaté jetzt. Er kann es nicht erwarten, ihm gegenüberzutreten und ins Gesicht zu spucken. Und dann wird er auf ihn einschlagen. So lange, bis er kapiert, wer er ist und was er getan hat. Vor allem aber, was er nie wieder sein wird.

Noch ein Whisky wäre schön, er hat aber kein Eis mehr, und Whisky schmeckt ihm nur, wenn er richtig kalt ist. Er weiß selbst nicht, wie er das Treffen mit Zanetti gerade eben überstanden hat, bei all dem, was ihm im Kopf umherschwirrt. Aber er musste unbedingt mit ihm sprechen. Trotz ihrer sehr erfolgreichen Begegnung in dem Grillrestaurant an der Pferderennbahn hat Zanetti die mit der Finanzabteilung von *Pragma* vereinbarte Summe noch nicht überwiesen – angeblich steht eine Inspektion der Finanzbehörde bei ihm bevor, und da sollten bestimmte Ausgaben vorläufig besser nicht auftauchen. Darauf musste Rovira unbedingt reagieren, schließlich war es noch nie vorgekommen, dass Zanetti nach einem Treffen eine konkrete Zahlungszusage nicht eingehalten hatte. Ihr gemeinsames Essen ist zwar gerade einmal einen Tag her, aber Rovira will, was diese Dinge angeht, auf keinen Fall schlechte Sitten einreißen lassen. Während sie sich vorhin gegenübersaßen, kam das Thema zwar nicht zur Sprache – Rovira hält eisern daran fest, weder mit Zanetti noch mit sonst jemandem persönlich über Parteispenden zu reden. Aber es ist auch gar nicht nötig, direkt Druck auf Zanetti auszuüben. Dafür gibt es andere Mittel und Wege. Diesmal hat er ihn unter dem Vorwand angerufen, er müsse dringend mit ihm über einen Gesetzesentwurf sprechen, der sich nicht nur unmittelbar negativ auf Zanettis Unternehmen auswirken, sondern auch schon ganz bald umgesetzt werden könne. Es handle sich um eine ganz frische Information, er habe nach der heutigen Pressekonferenz von einem anwesenden Senator davon erfahren und sofort beschlossen, ihn, Zanetti, in Kenntnis zu setzen. Und das stand dann auch im Zentrum ihrer Unterhaltung – die gravierenden Folgen für Zanettis Unternehmen, falls das Vorhaben im Kongress eine Mehrheit fände. Und dass Rovira natürlich alles unternehmen würde, um genau dies zu verhindern. Wofür er im Gegenzug selbstverständlich auf Zanettis bedingungslose Unterstützung zählte, was in diesem Fall – auch wenn weder er noch Zanetti es aussprachen – bedeutete, dass Zanetti unverzüglich die Anweisung der verabredeten Summe anordnete. Sie seien aufeinander angewiesen – das machte Rovira hingegen in aller Deutlichkeit klar. Um gleich anschließend noch einmal ausdrücklich darauf hinzuweisen, wie wichtig es sei, dass die Provinz Buenos Aires, dieser unregierbare Moloch, in zwei nachhaltige Teile aufgespalten werden müsse. Die einflussreichsten Bürgermeister hätten ihre Unterstützung signalisiert, zugleich aber zu verstehen gegeben, dass diese nicht ohne Gegenleistung zu bekommen sei. Deshalb müssten nun alle ihren Beitrag leisten, er, Rovira, selbst, Zanetti auch, und außerdem noch alle möglichen anderen Leute. In der Politik dürfe man solche Gelegenheiten nicht ungenutzt verstreichen lassen, andernfalls laufe man Gefahr, für immer den Anschluss zu verlieren. Er aber gedenke zunächst Gouverneur der neuen Provinz Vallimanca zu werden, und danach Präsident Argentiniens. Doch dafür brauche er die nötige Unterstützung mehr denn je.

Rovira glaubt, dass Zanetti ihn verstanden hat und das Geld trotz aller angeblich bevorstehenden Inspekteursbesuche bereitstellen wird. Eine Investition in *Pragma* ist eine Investition in die Zukunft, das weiß Zanetti genau. Und dennoch, Rovira ist sich bewusst, dass es höchste Zeit ist, zusätzliche Unterstützer zu gewinnen. Das bisherige Arrangement mit Zanetti war praktisch und bequem, aber ein Projekt wie seins, das von Tag zu Tag größer wird, kann es nicht riskieren, derart abhängig von einem einzigen Zuträger zu sein. Das wird er als Allererstes angehen müssen, mit ganzer Kraft, sobald er die Sache mit Román erledigt hat und wieder Ruhe in die *Pragma*-Zentrale einkehrt.

Die Tür geht auf, und Rovira macht sich bereit, Arturo Sylvestre zu empfangen. Doch nicht Sylvestre kommt herein, sondern Roviras Sekretärin.

»Herr Sylvestre hat gerade angerufen und gesagt, dass er in zwei Minuten hier ist. Soll ich ihn gleich durchlassen oder Ihnen vorher Bescheid geben?«, fragt sie.

»Er soll sofort reinkommen.«

»Okay, dann lasse ich ihn also gleich rein. Vargas fragt außerdem, welchen Wagen er bereit machen soll.«

»Den gepanzerten.«

»Okay, sag ich ihm. Noch etwas?«

»Ja, sieh zu, dass du alles schleunigst erledigst. Und dann verschwindest du, verstanden?«

Verdattert verlässt die Sekretärin mit schnellen Schritten das Zimmer. Rovira tritt ans Fenster und sieht hinaus auf die Straße, die Bäume, den gegenüberliegenden Bürgersteig. So wie damals, vor fünf Jahren, als er sich von hier aus für Román Sabaté entschied. Den Ausschlag gab die starke Ähnlichkeit, genau wie er war der junge Mann groß, hatte einen dunklen Teint und helle Augen, wie er aus der Entfernung allerdings nur erahnen konnte. Wie hat er sich bloß so sehr in ihm täuschen können? Unten auf der Straße ist in diesem Augenblick Vargas damit beschäftigt, den gepanzerten Wagen genau vor dem Gebäudeeingang zu parken. Vargas, ja, der hat noch nie auch nur das kleinste Anzeichen von Illoyalität erkennen lassen. Er ist wirklich »einer von uns«, wie seine Mutter gesagt hat. Und so sollen alle Leute in seiner Umgebung sein – ihm, Fernando Rovira, bedingungslos ergeben. Vom Laufburschen bis zum engsten Mitarbeiter, das ganze Team. Eigentlich hat ihn der Ausdruck »Team« nie richtig überzeugt, aber andere Parteien benutzten ihn schon seit Langem und sehr erfolgreich. Und da ihm letztlich nichts Besseres einfiel, ließ er sich von Sylvestre einreden, dass es manchmal klüger ist, andere nachzuahmen, als auf einer eigenen, jedoch schlechteren Lösung zu bestehen. Allerdings wird Fernando Rovira selbst nie Teil eines Teams sein, so viel ist klar, ein Fernando Rovira braucht ein Team, das ihm zur Verfügung steht und für ihn arbeitet. Sobald es daran irgendwelche Zweifel gibt, fangen die Probleme an. Wie im Fall von Román Sabaté.

Jetzt geht erneut die Tür auf, und herein kommt Arturo Sylvestre.

»Danke, dass du gekommen bist«, sagt Rovira und geht ihm entgegen.

»Ich bitte dich, Fernando. Du hast doch gesagt, dass es sich um etwas handelt, worüber man nicht am Telefon sprechen kann.«

»In diesem Land kann man über nichts am Telefon sprechen. Román Sabaté ist abgehauen. Und er hat Joaquín mitgenommen.«

»Hast du schon die Polizei benachrichtigt?«

»Nein, ich will ihn erst mal selbst finden. *Ich* will entscheiden, wie und wann die Öffentlichkeit von der Sache erfährt.«

»Vollkommen richtig.«

»Ich will lieber nicht riskieren, dass Román Sabaté irgendwelches Zeug erzählt, sobald ihm jemand ein Mikrofon vor den Mund hält.«

»Was könnte er denn erzählen?«

»Dass er Joaquíns Vater ist.«

»Ist er das denn?«

»Ja. Du weißt ja, dass ich keine Kinder zeugen kann, wir haben seinerzeit darüber gesprochen. Wir haben überlegt, ob wir vielleicht eins adoptieren, aber Lucrecia war dagegen. Und aus verschiedenen Gründen, die ich hier nicht alle erklären möchte, wollten wir auch auf keinen Samenspender zurückgreifen.«

»Ich erinnere mich, ja.«

»Lucrecia ist schließlich trotzdem schwanger geworden, aber ich habe dir nie gesagt, wie wir das geschafft haben.«

»Du hast nichts gesagt, und ich habe nicht gefragt.«

»Bis jetzt wäre es auch nicht nötig gewesen, dass du Bescheid weißt, ich konnte davon ausgehen, dass ich die Sache völlig unter Kontrolle habe.«

»Aber so war es dann doch nicht …«

»Genau. Román Sabaté und ich hatten eine Verabredung. Sie bestand darin, dass er Lucrecia schwängern würde. Er hat mir ihr geschlafen, sozusagen in meinem Auftrag, aber es war klar, dass das dabei gezeugte Kind unser Kind sein würde, das Kind von mir und Lucrecia. Und für ihn wäre damit alles erledigt. Anscheinend kann man sich auf diesen Sabaté aber nicht verlassen. Ich habe ihm vertraut, und er hat mein Vertrauen missbraucht.«

»Und was möchte er jetzt?«

»Das weiß ich nicht, vorläufig hat er sich nicht gerührt. Aber er hat den Kleinen dabei. Ich nehme an, er möchte ihn für sich behalten. Davon abgesehen, gehört er nicht zu den Leuten, die es unbedingt zu etwas Besonderem bringen möchten. Bald weiß ich mehr. Inzwischen habe ich herausgefunden, wo er steckt, und ich werde jetzt gleich mit ein paar Leuten dorthin aufbrechen. Ich wollte dich vorher noch sprechen, damit ich weiß, was ich sagen soll, falls er vorher an die Öffentlichkeit geht. Ich möchte wissen, wie ich mich verhalten soll, falls er auspackt und erzählt, dass er Joaquíns Vater ist.«

»Okay, ich denke jetzt einfach mal laut nach, einverstanden? Das hat mich nämlich wirklich ein bisschen kalt erwischt, ich sag also, was mir gerade so einfällt, ja?«

»Ja, natürlich.«

»Nach dem, was du sagst, werden wir das mit Románs Vaterschaft nicht ewig bestreiten können, eine Zeit lang vielleicht, aber mit den heutigen DNA-Tests lässt sich viel zu einfach nachweisen, dass er der biologische Vater ist. Das Ganze lässt sich also bloß bis zu einem gewissen Punkt manipulieren, die Gefahr ist aber groß, dass es am Ende noch viel schlimmer ausgeht.«

»Genau das habe ich mir auch gedacht.«

»Wir können allerdings sehr wohl beeinflussen, *wie* erklärt wird, wie es dazu gekommen ist, dass Román Joaquíns biologischer Vater wurde. Da können wir uns für die Version entscheiden, die für dich am besten ist. Eine, radikale, Möglichkeit wäre es, einfach die Wahrheit zu erzählen, also dass ihr einen ›Sex-Pakt‹ geschlossen hattet, wie es die Zeitungen formulieren würden. Das käme bei den Wählern garantiert sehr schlecht an. Eine andere Möglichkeit bestünde darin, zu behaupten, Román habe Lucrecia vergewaltigt, zum Sex gezwungen, oder einfach reingelegt, und du, großzügig, wie du bist, hättest aus Liebe zu ihr und dem Kind die Verantwortung übernommen. Ich denke weiter laut nach, nimm das nicht wörtlich.«

»Jaja, schon gut, mach weiter.«

»Zwischen diesen beiden extremen Varianten gibt es jede Menge anderer Möglichkeiten. Machen wir es doch so, ich setz mich gleich mit ein paar von meinen Leuten zu einem kleinen Brainstorming zusammen, und dann gebe ich dir Bescheid. Bist du auf dem Mobiltelefon zu erreichen?«

»Ja, ich starte jetzt in Richtung San Nicolás, aber du kannst mich jederzeit anrufen.«

»Sehr wichtig ist, dass Román uns nicht zuvorkommt, er darf sich auf keinen Fall früher in der Öffentlichkeit äußern als wir. Wenn er sich mit dir in Verbindung setzt, musst du, egal, was er fordert, zuallererst darauf bestehen, dass die offizielle Version von dir kommt.«

»Okay.«

»Eine Frage noch, wärst du bereit, ihm den Jungen zu überlassen?«

»Was meinst du dazu?«

»Inwiefern?«

»Also, ich hab nie eine besonders gute Beziehung zu Joaquín aufbauen können. Keine Ahnung, ich habs versucht, aber nach dem Tod von Lucrecia ist es mir noch schwerer gefallen. Vielleicht hab ich was falsch gemacht. Wie auch immer, so ist es nun mal gelaufen.«

Rovira denkt eine Weile nach und fragt dann unumwunden: »Was glaubst du, wie würde es sich auf mich auswirken?«

»Das hängt davon ab.«

»Für mich als Politiker ist es jedenfalls kein besonders gutes Gefühl, für ein Kind verantwortlich zu sein, da fühle ich mich irgendwie eingeengt. Ständig diese Abhängigkeit davon, dass sich jemand um den Kleinen kümmert – wenn nicht Román, dann eben wer anders. Und wer weiß, wie diese Person sich mir gegenüber verhält, vielleicht werde ich wieder reingelegt. Ich weiß, wir haben mal darüber gesprochen, dass die Wähler sich für Leute mit Kindern entscheiden und dass ich deshalb für meine Karriere als Politiker ein Kind haben sollte. Aber in den letzten Jahren haben sich, glaube ich, manche Sachen verändert, auch was das Thema Kinder angeht.«

»Ja, kann sein. Unser Gespräch darüber ist schon drei oder vier Jahre her. Ich merke auch, dass sich in der Richtung was tut. Denk nur mal an die neuen Fernsehserien, daran kann man eine Menge ablesen. Frank und Claire, zum Beispiel, können keine Kinder bekommen, und trotzdem haben sie Erfolg.«

»Wer?«

»Die Underwoods, aus *House of Cards*. Sag bloß, du kennst das nicht?«

»Ach so, ja, doch, die ersten Folgen habe ich gesehen, aber dann habe ich keine Zeit mehr dafür gehabt …«

»Das musst du dir ansehen, das ist unglaublich! Ich organisiere mal ein Wochenende für das ganze *Pragma*-Team, irgendwo auf dem Land, da schauen wir uns ganz entspannt alle Staffeln hintereinander an.« Sylvestre macht sich eine entsprechende Notiz im Terminkalender seines Telefons. »Aber noch mal zurück zu dem Brainstorming: Wir sehen uns also auch an, wie es sich auswirken könnte, wenn du den Kleinen Román überlässt.«

»Wenn du meinst …«

»Unbedingt! Ich werde genau analysieren, wie sich die verschiedenen Varianten auf dein Image und auf das Wählerverhalten auswirken. Das ist nicht automatisch das Gleiche, verstehst du? Also – ich denke weiter laut nach –, wie auch immer die Sache ausgeht, du landest dadurch in jedem Fall auf den Titelseiten von sämtlichen Zeitungen, und, was noch besser ist, auch in allen Nachrichten- und Klatschsendungen. Das ist dieser berühmte ›sich selbst verstärkende Effekt‹, mein Kollege spricht ständig davon, dieser Typ, der für die Opposition arbeitet, du weißt schon, wen ich meine … Was deinen Bekanntheitsgrad angeht, kann man sich jedenfalls gar nichts Besseres vorstellen. Du wirst schon sehen, Fernando, am Ende gehst du aus dem ganzen Schlamassel noch gestärkt hervor. Lass mich nur machen, dafür bezahlst du mich schließlich. Und ich denke jetzt nicht nur an den Gouverneursposten, unser eigentliches Ziel ist und bleibt die Präsidentschaft, Fernando!«

Rovira nickt begeistert und beglückwünscht sich innerlich dafür, dass er vor dem Aufbruch nach San Nicolás noch Sylvestre kontaktiert hat.

»Ich leg gleich los, und in ein, zwei Stunden rufe ich dich an, Fernando, keine Sorge.«

»Ja, ruf mich an.«

»Mach ich.«

30

Hätte er mich umbringen sollen? Aber wann? Gleich zu Beginn? Oder nach der Ermordung Lucrecias, die ja am stärksten auf meiner Anwesenheit bestanden hatte? War ich auch ohne sie für Rovira noch so wichtig? Warum? All das frage ich mich bis heute. Wird er jetzt imstande sein, mich umzubringen? Ich weiß es nicht. Vielleicht nicht, vielleicht taugt Fernando Rovira trotz allem einfach nicht zum Mörder.«

Kaum hat Román seine Geschichte beendet, klingelt es an der Haustür. China fährt erschrocken zusammen.

»Keine Sorge, das wird ein Nachbar sein. Den Leuten hier ist es egal, ob der Laden zu ist oder nicht, die klingeln einfach, wann es ihnen passt«, sagt Adolfo in dem Versuch, die anderen zu beruhigen. »Das heißt aber noch lange nicht, dass ich öffnen muss …«

Wieder klingelt es. Diesmal lange und durchdringend. Adolfo versucht weiter, so zu tun, als ginge es ihn nichts an, dennoch merkt man, dass so viel Hartnäckigkeit auch ihn verunsichert.

»Ich seh mal nach. Es ist bestimmt nichts Wichtiges, aber wenn ich nicht reagiere, geben die keine Ruhe. Ich bin gleich wieder da …«

Román und China sehen sich fragend an. Beide versuchen gleichermaßen vergeblich, sich die Unruhe nicht anmerken zu lassen. Joaquín bewegt sich im Schlaf. Man hört, dass Adolfo sich mit jemandem unterhält, zunächst leise, dann immer lauter und am Schluss schreiend. Román weiß nicht, ob er hingehen und ihm helfen oder sich verstecken soll. China nimmt Joaquín auf den Arm und geht ins Nebenzimmer. Der Kleine jammert und fängt an zu weinen. Im Hinausgehen ruft China Román zu: »Schnell, versteck dich!« Doch im selben Augenblick kommt Sebastián ins Zimmer, gefolgt von Adolfo.

»Raus hier! Was erlauben Sie sich? Verlassen Sie sofort mein Haus!«, ruft Adolfo.

»Román, erklär ihm, wer ich bin, sag ihm, dass alles in Ordnung ist …«

Román steht verunsichert da. Adolfo packt Sebastián am Arm und versucht, ihn aus dem Zimmer zu zerren.

»Keine Sorge, Adolfo, du kannst ihn loslassen, das ist Sebastián Petit, ein Arbeitskollege von mir.«

»Hat Sie etwa dieses Arschloch geschickt, für das Sie arbeiten?«, fragt Adolfo.

»Mich hat niemand geschickt. Aber ›dieses Arschloch‹, wie Sie sagen, ist unterwegs hierher. Wir sollten also so schnell wie möglich verschwinden, Román«, erwidert Sebastián, »ich bringe dich an einen sicheren Ort.«

»Glaubst du dem?«, fragt China, die, immer noch mit Joaquín auf dem Arm, zurückgekehrt ist. »Woher wissen wir, dass Rovira ihn nicht geschickt hat, vielleicht soll er dich ja bloß zu ihm bringen.«

»Das können Sie nicht wissen«, sagt Sebastián, »Román aber schon, er kennt mich und weiß, dass ich nicht lüge.«

»Ich glaube Ihnen kein Wort«, erwidert China.

»Glauben Sie von mir aus, was Sie wollen, von einer Journalistin hätte ich allerdings mehr Gespür erwartet«, sagt Sebastián und fährt, bevor China auf seine Beleidigung reagieren kann, an Román gewandt fort: »Fernando Rovira ist ungefähr zwei Stunden nach mir aufgebrochen, er kommt mit Vargas, wir müssen also schleunigst verschwinden.«

Román steht immer noch unschlüssig da, seine Gedanken rasen, China würde Sebastián am liebsten eine Ohrfeige geben, Sebastián wiederum hält es nicht am Fleck, er geht nervös hin und her, und Adolfo verfolgt die Szene misstrauisch. Irgendwann sagt er: »Ich traue ihm auch nicht, unter anderen Umständen hätte ich längst die Polizei gerufen.«

»Es ist nun mal, wie es ist, und allzu viele Wahlmöglichkeiten haben wir im Augenblick nicht«, sagt Sebastián, und dann, an Román gewandt: »Du kennst mich, du weißt, wer ich bin, du hast mich aus meiner Depression geholt, als niemand mich aushielt. Du weißt, dass ich dir niemals schaden würde.«

»Ja, wenigstens nicht absichtlich.«

»Danke«, sagt Sebastián erleichtert. »Wir müssen unbedingt los, Román, wir haben keine Zeit zu verlieren, Rovira kann jeden Augenblick hier sein.«

»Ich kann mit ihm verhandeln, Sebastián«, sagt Román, »ich weiß viel zu viel über ihn, lauter Sachen, von denen er bestimmt nicht möchte, dass sie bekannt werden. China hat eine Aufnahme von mir gemacht, da erzähle ich das alles, und die schickt sie an verschiedene vertrauenswürdige Leute.«

»Gut, dann aber gleich, ihr müsst die Aufnahme jetzt sofort auf den Weg bringen.«

»Glaubst du wirklich, dass es so eilig ist?«, fragt China verunsichert.

»Ja, allerdings!«

»Ich glaube, er hat recht«, sagt Román zu China, »also, schick die Aufnahme bitte los.«

»Und Sie«, sagt Sebastián zu Adolfo, »rufen bitte Ihre Freundin an und sagen ihr, dass Román über Iguazú ans Dreiländereck fährt.«

»Was für eine Freundin?«, fragt Román.

»Was hat denn Mónica damit zu tun?«, erwidert Adolfo verwirrt.

»Ans Dreiländereck?«, fragt China. Dann spricht sie in ihr Telefon: »Hallo? Ja, Marcos …«

»Wir fahren natürlich in die entgegengesetzte Richtung, aber ich will Rovira auf eine falsche Fährte setzen.«

»Wollen Sie etwa behaupten, dass Mónica für Rovira arbeitet?«

»Nein, aber sie hat etwas weitererzählt, was sie nicht hätte erzählen sollen, und das ist bis zu Rovira gelangt. Sie haben auch etwas erzählt, was Sie nicht hätten erzählen sollen.«

»Was sagen Sie da?«, empört sich Adolfo.

»Sie haben Ihrer Freundin erzählt, dass Román hier ist. Und sie hat es Románs Mutter erzählt. Und Románs Mutter hat es einer Facebook-Freundin erzählt, die niemand anders ist als Roviras Mutter.«

»Das kann ja wohl nicht wahr sein«, sagt Román zu seinem Onkel. »Sogar meine Mutter weiß also, dass ich hier bin …«

»Wie kann man nur so geschwätzig sein?«, jammert Adolfo. »Ich habe sie bloß um das Auto gebeten, und sie hat geschworen, dass sie niemandem was sagt.«

»So, Marcos hat die Aufnahme jetzt«, verkündet China. »Ich mache dann gleich mit den anderen Adressaten weiter. Und wenn ihr so weit seid, erklärt ihr mir bitte, wovon ihr sprecht, ich verstehe nämlich gar nichts …«

»Entschuldigen Sie, wenn ich insistiere«, sagt Sebastián, »aber jetzt geht es nicht ums Verstehen, sondern darum, dass wir zwei, Román und ich, sofort aufbrechen.«

»Wir drei, Joaquín kommt mit, er ist mein Sohn«, bestimmt Román.

»Ich weiß«, sagt Sebastián, »aber wir werden uns nicht um ihn kümmern können.«

»Trotzdem, er kommt mit, eine andere Möglichkeit gibt es nicht.«

»Dann müsste noch jemand dabei sein, der auf den Kleinen aufpasst. Wir beiden müssen jederzeit freie Hand haben.«

»Wie meinst du das?«, fragt Román.

»Für alle Fälle …«

»Ich komme mit, ist doch klar«, sagt China.

»Und ich auch, ihr glaubt doch nicht, dass ich hierbleibe und Däumchen drehe …«, verkündet Adolfo.

»Ich weiß nicht, ob das so gut ist …«, sagt Román.

»Keine Widerrede!«, ruft Adolfo.

»Also gut, aber dann nichts wie los«, sagt Sebastián.

»Aber wohin fahren wir?«, fragt Román.

»An den einzigen Ort, wo wir Rovira überlegen sind, weil er Angst vor diesem Ort hat«, sagt Sebastián.

»Nach La Plata«, verkündet China, die allmählich begreift.

»Genau, nach La Plata«, sagt Sebastián.

31

Der Alsina-Fluch (Projektskizze)

7. La Plata – eine Stadt wie aus einem Traum?

Arbeitstitel für dieses Kapitel: Eine Stadt wie aus einem Traum.

Andere mögliche Titel: Die Planstadt. Die Stadt vom Reißbrett. Eine Stadt wie aus einem Roman von Jules Verne. Die verfluchte Stadt.

La Plata ist eine typische Planstadt, also eine dieser seltenen Städte, die erdacht und mit einem Grundriss ausgestattet wurden, bevor auch nur ein einziger Ziegelstein verlegt war, geschweige denn sich irgendwelche Menschen dort niedergelassen hatten. Wo nichts war, erhob sich auf einmal eine prachtvolle Stadt. Ihrem wie einem Traum entsprungenen Grundriss sind jedoch alle möglichen Geheimnisse, Mysterien, Verdrehungen und gute wie schlechte Absichten eingewoben. Ja, sogar eine Menge Literatur. Alldem sowie einer Reihe von Zufällen verdankt sich der märchenhafte Charakter La Platas.

Für Fernando Rovira ist La Plata ein mit allen Flüchen dieser Welt beladener Ort.

Aber ist die Stadt das wirklich, oder ist sie im Gegenteil ein Ort, an dem man vor allem Übel geschützt ist?

La Plata ist ein Meisterwerk des aufgeklärt-rationalistischen Denkens, das sich im Gefolge der Französischen Revolution, der industriellen Revolution und der positivistischen Wissenschaft durchsetzte. Kaum eine Stadt verkörpert so vollkommen die zu ihrer Entstehungszeit herrschenden Vorstellungen.

Zitate von wichtigen Vertretern der Architektur jener Zeit heraus-

suchen. Cantón fragen, ob dieses Kapitel auch Illustrationen enthalten soll und welchen Raum diese gegebenenfalls einnehmen sollen.

Der Stadtplan wurde lange Zeit Pedro Benoit zugeschrieben, dem Leiter der zuständigen Bauabteilung. Er wurde bei der zum hundertsten Jahrestag der Französischen Revolution veranstalteten Pariser Weltausstellung von 1889 vorgestellt und trug in der Tat Benoits Signatur. Ursprünglich war er jedoch von dem Ingenieur Carlos Glade entworfen worden, der sich durch den strahlenförmig um das Schloss des Markgrafen von Baden-Durlach herum angeordneten Grundriss der Stadt Karlsruhe sowie einen Plan des Architekten Juan Manuel Burgos inspirieren ließ, den Burgos einige Zeit zuvor Dardo Rocha präsentiert hatte. Burgos wiederum hatte seinen Entwurf eigentlich in Europa als Vorlage für die geplante neue Hauptstadt Italiens konzipiert. Der aus dieser Kombination hervorgegangene Stadtplan La Platas wurde unter dem Namen Benoits bei der erwähnten Weltausstellung, der Paris den Eiffelturm verdankt, ins Rennen um den Preis der besten Stadt der Zukunft geschickt und mit der Goldmedaille ausgezeichnet. In ihrer Begründung bezeichnete die Jury La Plata auch als »die Stadt Jules Vernes«. Hat Benoit sich womöglich vom Vorbild der in Vernes Roman *Die 500 Millionen der Begum* beschriebenen Stadt »France-Ville« anregen lassen?

Exemplar des Romans besorgen.

Für diese These spricht einiges. Verne soll 1870 zu einem Freimaurerkongress nach Buenos Aires gereist sein. Dort könnte er die Bekanntschaft Pedro Benoits gemacht haben, der im Gegenzug einige Jahre später in Europa Kontakt zu Verne aufnehmen sollte. Tatsächlich lesen sich ganze Passagen von Vernes Roman wie Beschreibungen La Platas. Andererseits zählten zu Benoits Assistenten mehrere Hygienespezialisten, die mit dem Konzept der von dem Schriftsteller Benjamin Ward Richardson erdachten Stadt »Hygeia« – alias »The City of Health« – vertraut waren, welche ihrerseits als Vorbild für Vernes »France-Ville« gedient haben soll. *In Bildarchiven nach entsprechenden Illustrationen suchen.* Eine Stadt, die die Kopie einer Stadt kopiert. Literatur und Rationalismus in ein und demselben Entwurf vereint. Die rasterförmige Anordnung, die vielen Diagonalen, der zentral gelegene Hauptplatz, die großzügigen Grünflächen, all das sollte nach Vorstellung der Hygienespezialisten für eine gesunde Stadt sorgen, in der sich Krankheiten und Epidemien nicht so leicht würden einnisten können.

Verdankt sich der gesamte Entwurf also letztlich Jules Verne und einer Gruppe von Hygienespezialisten? Diese Vorstellung wäre zweifellos zu eng gefasst. Dardo Rochas wie auch Benoits zentrale Leitbegriffe waren Ordnung und Fortschritt, beide empfanden große Sympathie für die neuen positivistischen Wissenschaften, den Rationalismus und – ein wichtiger Punkt – die Freimaurerei. Manche wollen im Grundriss La Platas an allen Ecken und Enden freimaurerische Symbole erkennen und machen dies vor allem an der Anordnung der herausragenden Gebäude und der Durchnummerierung der Straßen fest. Übertreibung?

Richten wir den Blick zunächst auf mögliche, dem Grundriss La Platas eingeschriebene Symbole. Einfach auszumachen sind hier die beiden Symbole des Freimaurertums schlechthin, Winkelmaß und Zirkel. Letzteren bilden die Diagonalen 77 und 78, das Winkelmaß dagegen die Diagonalen 73, 74, 79 und 80. Daneben gibt es etwa den sogenannten »Baum des Lebens«, der durch zehn Punkte beziehungsweise zehn über die Stadt verteilte Plätze symbolisiert wird, die zugleich die Vertreter der höchsten freimaurerischen Logengrade repräsentieren sollen. Auch das berühmte Maßverhältnis des Goldenen Schnitts, das der Mensch der Natur abgelesen und in Bauwerken wie den Pyramiden oder dem Parthenon zur Anwendung gebracht hat – manche Symphonien Beethovens weisen es ebenfalls auf –, lässt sich im Stadtplan La Platas wiederfinden, genau genommen in einer Raute, die von den vier Hauptdiagonalen – sie tragen die Nummern 75, 76, 77 und 78 – gebildet wird. Abschließend zu erwähnen wären die vielen Kombinationen der Zahlen 13 und 6, die sich ebenfalls nachweisen lassen. Wobei die 13 hier nicht wie nach volkstümlicher Vorstellung für Unglück und die 6 ebenso wenig für den Teufel steht. Im freimaurerischen Kontext, der dem Grundriss La Platas zugrunde liegt, ist die 6 vielmehr ein Symbol der Männlichkeit, der menschlichen Seele und des Makrokosmos, während die 13 Veränderung, Wiederauferstehung und Unsterblichkeit repräsentiert.

Hier Stadtplan von La Plata einfügen, auf dem diese Bezüge kenntlich gemacht sind. Außerdem die Abbildung eines Ein-Dollar-Scheins. Dort auf die dreizehnstufige Pyramide und auf den Adler hinweisen, der im einen Fang ein Bündel aus dreizehn Pfeilen, im anderen einen Ölzweig mit dreizehn Blättern und dreizehn Früchten hält, wie auch auf die dreizehn Streifen und dreizehn Sterne. Warum sind es immer noch dreizehn Sterne, obwohl die Anzahl der nordamerikanischen Bundesstaaten sich längst fast vervierfacht hat?

Weitere auffällige Zahlenbeziehungen: Die Straßen La Platas haben keine Namen, sondern sind durchnummeriert, allerdings fehlt zwischen der Straße Nummer 51 und der Straße Nummer 53 die Nummer 52. An ihrer Stelle verläuft eine Achse, die die wichtigsten Gebäude der Stadt verbindet, so den ehemaligen Sitz des 7. Regiments, die Kathedrale, die Höhere Schule Nummer 1, den D'Amico-Palast – Sitz des Erzbischofs –, das Colegio San José, das Teatro Argentino, das Rathaus, das Oberste Gericht, den Sitz der Regierung, das Sicherheitsministerium und das Gesundheitsministerium.

Abbildungen all dieser Bauwerke beschaffen.

Die Straße Nummer 52 gibt es also nicht, heißt es. Dem widersprechen Behauptungen, in sieben Metern Tiefe gebe es einen geheimen Verbindungsgang zwischen den erwähnten Gebäuden. Nachdem bis heute niemals Grabungen genehmigt wurden, die diese These hätten überprüfen können, bleibt es jedem selbst überlassen, was er davon hält. An anderen Stellen der Stadt ist es gelegentlich zu Einstürzen gekommen, in deren Folge Tunnel freigelegt wurden, was die Behauptung von der Existenz eines Tunnels anstelle der – an der Oberfläche nicht vorhandenen – Straße Nummer 52 bestätigen könnte. Warum hat gerade die Straße Nummer 52 einen so geheimnisvollen

Status? Vielleicht weil 52 das Produkt von 4 mal 13 ist? Die Avenida Nummer 13 wiederum kreuzt den quadratischen Platz in der Stadtmitte und markiert dabei die Stelle, unter der der Grundstein La Platas vergraben liegt. Dardo Rochas Personalausweis trug zudem die Nummer 13. *Und so weiter und so fort – zusätzliche Beispiele anfügen.*

Für die Aufstellung der Statuen in der Stadt können deren Begründer nicht verantwortlich gemacht werden, erfolgte jene doch viel später, allerdings sind auch in diesem Fall freimaurerische Bezüge unübersehbar. Die Mitglieder der Skulpturengruppe der »Vier Jahreszeiten« auf der Plaza Moreno etwa blicken in Richtung der Kathedrale, als sollten sie diese katholische Institution stets wachsam im Auge behalten, ja, der Winter hält ihr eine Hand mit ausgestrecktem Zeigefinger und kleinem Finger entgegen, als wollte er ihren schlechten Einfluss abwehren. »Der himmlische Schütze« wiederum, ein Werk des Bildhauers Troiano Troiani, hat seinen Bogen zwar verloren, der imaginäre Pfeil dazu zielt jedoch weiterhin unverwandt auf die große Rosette über dem Haupteingang. Die mit Faunsköpfen verzierten großen Steinvasen auf demselben Platz dagegen symbolisieren für die einen Fülle, Fruchtbarkeit und Glück, für die anderen jedoch den Teufel, in jedem Fall sind sie so verteilt, dass sie den Grundstein der Stadt beschützen.

Zu entscheiden, ob La Plata aufgrund all dieser Symbole als Stadt einen guten oder einen schlechten Einfluss ausübt, bleibt letztlich jedem selbst überlassen.

Was Fernando Rovira diesbezüglich denkt, ist klar, nicht alle teilen jedoch seine Meinung.

32

China setzt sich auf den Beifahrersitz, neben Sebastián, der darauf besteht, die ganze Strecke von San Nicolás nach La Plata am Steuer zu bleiben. Sie fühlt sich unwohl an Sebastiáns Seite und würde viel lieber hinten bei Román sitzen, aber sie sieht ein, dass es so weniger auffällt: Familienausflug mit Vater und Mutter vorne, Kind, Onkel und Großvater hinten. Oder so ähnlich, jedenfalls vermitteln sie auf diese Weise nicht den Eindruck von vier Draufgängern, die sich samt einem Dreijährigen in ein waghalsiges Abenteuer stürzen. Davor hat China noch rasch die Schlüssel von Iváns Auto unter dessen Fahrersitz deponiert, damit ihr Ex seinen Wagen gegebenenfalls selbst abholen kann. Sobald es gefahrlos möglich ist, wird sie ihm mitteilen, dass er 237 Kilometer von Buenos Aires entfernt bereitsteht. Román, wieder mit Schirmmütze und Sonnenbrille, und Adolfo machen es sich auf der Rückbank bequem, Joaquín nehmen sie in die Mitte. Über einen Kindersitz verfügt Mónicas Wagen nicht, weshalb Román dem Kleinen nur so gut wie möglich den Sicherheitsgurt anpassen kann.

»Fertig?«, fragt Sebastián.

»Fertig«, antworten die andern im Chor.

»Alle haben den Chip aus ihrem Mobiltelefon rausgenommen, richtig?«, vergewissert sich Sebastián.

»Ich hab in Buenos Aires noch vor der Abfahrt sogar Akku und Chip entfernt«, sagt Román.

»Bravo«, antwortet Sebastián.

»Mein Chip ist auch draußen«, sagt China, während sie noch verstohlen damit beschäftigt ist, Sebastiáns Aufforderung nachzukommen.

»Los gehts«, sagt Sebastián und startet den Motor.

Die Stimmung im Auto ist angespannt, aber auch hoffnungsvoll. Obwohl keiner der Erwachsenen es ausspricht, sind die vier von der verrückten Vorstellung beseelt, am Ende könne sich alles zum Guten wenden. Nur Joaquín, für den, seinem Alter entsprechend, nur die Gegenwart existiert, ist sich der Gefahr, in der sie sich befinden, nicht bewusst. Er baumelt mit den Beinchen und lacht vergnügt.

Nach einer Weile fängt Sebastián an zu sprechen. Es sprudelt nur so aus ihm heraus. Er erteilt den anderen eine großartige Lehrstunde über die Stadt La Plata und ihre Geschichte. Ab und zu gelingt es China, etwas zum Thema der Stadtgründung einzuflechten. Vor allem aber versucht sie, sich die zahlreichen, ihr bislang unbekannten Dinge zu merken, die Sebastián anführt, um sie später in ihr Buch über den *Alsina-Fluch* aufzunehmen. Nach jeder Zwischenmeldung Chinas reißt Sebastián das Gespräch sofort wieder an sich.

»Ich habe euch damals die Kopien von dem Bild von Quincio Cenni geschickt.«

»Ach … und ich dachte schon, ich habe einen heimlichen Verehrer«, sagt China. »Und was wolltest du uns damit sagen?«

»Nicht allzu viel, das, was man auf dem Bild eben sieht, also dass bei der Grundsteinlegung die damaligen Politstars nicht anwesend waren und Dardo Rocha sie für die Nachwelt hinzugefügt hat. Er hat eine Fiktion geschaffen. In unserer Geschichte ist das nichts Neues. Immer wieder manipulieren und retuschieren Politiker die Wirklichkeit nach Lust und Laune. Ich hab das Ganze ohne Absender geschickt und mit seltsamen Markierungen und Notizen verziert, um Román nach der Ermordung von Lucrecia Bonara aus seiner Lethargie zu holen.

Ich habe allerdings das Gefühl, dass das Bild dir nicht den geringsten Eindruck gemacht hat, stimmts, Román?«

»Ich habe keine Ahnung, wovon du sprichst«, antwortet Román.

»Manchmal funktionieren meine Methoden eben nicht ...«, gibt Sebastián selbstironisch zu.

»Ich hoffe nicht, dass das heute auch wieder der Fall ist«, sagt Adolfo.

»Mir hat es was gebracht, ich habe ein ganzes Kapitel für mein Buch daraus gezogen, nicht schlecht«, gesteht China, die auf diese Weise allmählich Frieden mit Sebastián schließt.

»Freut mich«, sagt Sebastián und nimmt seinen Monolog wieder auf, während sie mit hoher Geschwindigkeit die kaum befahrene Straße entlangrasen, einer Stadt entgegen, auf der für Rovira ein Fluch liegt. Román ist Sebastián dankbar dafür, dass er niemanden zu Wort kommen lässt, er selbst hat nicht die geringste Lust, zu sprechen, fühlt sich aber als Hauptfigur dieses Abenteuers verpflichtet, etwas zu sagen, sobald im Auto Stille eintritt. Deshalb macht er ab und zu kurze Bemerkungen, die nur dem Zweck dienen, Sebastián zum Weitersprechen zu ermuntern. Und das tut Sebastián nur zu gern, mit der Exaktheit eines Lexikons verbreitet er sich über den ursprünglichen Grundriss La Platas, die freimaurerischen Symbole und andere Mythen der Stadt, die Art, wie die Straßen durchnummeriert sind, ja sogar über einen Algorithmus, der es angeblich erlaubt, zu berechnen, wo sich was innerhalb der Anordnung der Straßen befindet. Vor allem aber erklärt er, weshalb er sich so sicher ist, dass Rovira Angst hat, sich der Stadt auch nur zu nähern.

»Ich habe auf der Aufnahme gehört, wie er sich mit seiner Mutter und Vargas unterhält. Der Typ ist verrückt. Ich bin mir sicher, dass mehr als bloßer Aberglaube der Grund dafür ist, dass er eine so schlechte Meinung von La Plata hat. Er wirkt ganz normal, aber in Wirklichkeit ist er völlig verrückt!«

»So ist das mit vielen Politikern, die ganze Länder regieren, das gibt es überall auf der Welt, traurig, aber wahr«, sagt Adolfo.

»Und wenn wir zusammen eine neue Partei gründen und bei den Wahlen antreten?«, sagt Sebastián, und das ist eindeutig nicht als Witz gemeint.

»Ich lasse mich nicht noch mal für eine Partei einspannen, auf keinen Fall, ich bin doch nicht verrückt«, sagt Román, und auch das ist kein Witz.

»Ich erst recht nicht«, schließt China sich ihm an.

»Und ich bin Radikaler«, sagt Adolfo, »und Radikaler bleibt man sein Leben lang.«

»Es wäre nicht das erste Mal, dass jemand von der Radikalen Bürgerunion zu einer anderen Partei wechselt …«, sagt Sebastián.

»Wer so was macht, ist kein echter Radikaler«, sagt Adolfo aufgebracht, »die, die das getan haben, haben uns nur als Karrieresprungbrett benutzt. Nicht mit mir!« Das sagt er mit so viel Nachdruck, dass niemand wagt, ihm zu widersprechen.

»Wenn keiner mitmacht, bleibt mir immer noch Joaquín. Vielleicht kann ich ihn ja in ein paar Jahren überzeugen …«, sagt Sebastián.

»Nur über meine Leiche«, fällt Román ihm ins Wort, »vergiss nicht, ich bin sein Vater«, fügt er hinzu, und zum ersten Mal auf der Fahrt lachen alle.

In Escobar legen sie einen Zwischenstopp ein. Es ist bereits Nacht. Román sagt, alle sollen bitte die Zeit nutzen und auf die Toilette gehen, Getränke und etwas zu essen kaufen und sich die Beine vertreten, so brauchen sie vor der Ankunft in La Plata nicht noch einmal anzuhalten. Wenn alle so weit sind, möchte er vor der Weiterfahrt aber noch ein paar Dinge besprechen. Er geht mit Joaquín auf die Toilette, obwohl der Junge immer wieder sagt, er müsse nicht – offensichtlich würde er viel lieber ein wenig herumrennen. Sebastián kümmert sich inzwischen um das Auto, und China kauft für alle Sandwiches und Limonade.

Adolfo geht zu Sebastián, der gerade den Wagen volltankt. »Alles so weit in Ordnung?«

»Ja, ich denke, wir kommen kurz vor Tagesanbruch in La Plata an und suchen uns eine Stelle, wo wir ein bisschen ausruhen können. Sobald es hell wird, fahren wir dann in die Stadt rein, bis zur Plaza Moreno. Aber davor müssen wir ein bisschen schlafen. Und dabei müsste immer abwechselnd einer von uns Wache halten.«

»Einverstanden, die erste Wache übernehme ich«, sagt Adolfo und begleitet Sebastián zur Kasse, um zu bezahlen. Unterwegs fragt er neugierig: »Sagen Sie mal, woher kennen Sie eigentlich diese ganzen Geschichten über La Plata, sind Sie Freimaurer?«

»Nein, ich bin nur ein fleißiger und methodischer Leser, ich nehme mir alles vor, was mich interessiert, falls nötig, noch mehr. Und wenn ich doch Freimaurer wäre?«

»Egal, ich frag bloß aus Neugier, das mit der Freimaurerei habe ich nämlich nie so richtig begriffen.«

»Das begreifen angeblich nur die Freimaurer selbst.«

»Eben, Sie scheinen ziemlich viel davon zu verstehen …«

»Gerade einmal das Grundlegende. Wie alle Geheimgesellschaften behalten die Freimaurer vieles für sich. Angeblich ist ihr Leitbild die Aufklärung. Sie bilden vor allem Leute mit Führungsqualitäten aus, sie versuchen, ihresgleichen an den Schaltstellen der Macht unterzubringen, um so die Welt zu verändern. Sie selbst definieren sich als philanthropisch-progressive Vereinigung, frei von religiösen Dogmen und tolerant. Auch in den Reihen Ihrer Partei gab es berühmte Freimaurer.«

»Wen meinen Sie?«

»Leandro N. Alem, Hipólito Yrigoyen.«

»Also, da hab ich so meine Zweifel, ich hab schon mal davon gehört, das stimmt … Aber, na ja …«

»Außerdem sind da natürlich noch Napoleon, unser Unabhängigkeitsheld General José de San Martín, Arthur Conan Doyle, Isaac Asimov, Phil Collins … oder unser Foltergeneral Emilio Massera, und natürlich Augusto Pinochet …«

»Scheiße …«

Román und Joaquín kommen von der Toilette zurück. Kurz danach ist auch China wieder da. Román klagt, er habe den Kleinen einfach nicht dazu bringen können, sein Geschäft zu verrichten, er sei viel zu aufgedreht und wolle bloß spielen. Sebastián sagt, keine Sorge, falls nötig, könnten sie ja noch mal anhalten. Dann fordert er Román auf, mitzuteilen, was er, wie zuvor angekündigt, mitteilen wolle. Daraufhin erläutert Román, erst solle China überprüfen, ob ihre Kontaktpersonen tatsächlich alle die Datei mit seiner Geschichte erhalten haben. Sobald das geklärt sei, wolle er Rovira über WeTransfer ebenfalls eine Kopie zukommen lassen und ihm außerdem klarmachen, dass weitere Exemplare an unterschiedlichen Stellen hinterlegt sind und gegebenenfalls der Öffentlichkeit bekannt gemacht werden. Das alles am besten über Chinas Handy, die dazu kurz den Chip einsetzen muss, aber von ihnen allen am ehesten nicht kontrolliert wird. Sebastián nickt und rät, er solle Rovira außerdem schreiben, dass er nicht mehr in San Nicolás ist und dass er sich später noch einmal mit ihm in Verbindung setzen wird, um ihm mitzuteilen, wo er sich befindet. Dann sagt er zu China, sie solle bitte bei ihrem Sender anrufen und darauf dringen, dass sie so schnell wie möglich einen Übertragungswagen zur Plaza Moreno in La Plata auf den Weg bringen. Außerdem solle sie weitere Kollegen mobilisieren.

»Das mache ich auf meine Art. Jeder, so wie er es am besten kann und versteht. Für einen Ü-Wagen sorge ich, darauf kannst du dich verlassen. Aber weitere Kollegen einbestellen, das geht nicht, ich bin schließlich nicht die Sendeleiterin oder was auch immer. Ich weiß aber trotzdem, wie ich Presseleute zusammenbekomme, keine Sorge, da habe ich eine bessere Idee …«, sagt China.

»Und zwar, wenn ich fragen darf?«, sagt Sebastián.

»Darfst du, auch wenn du ganz schön neugierig bist. Also, ich werde ein paar ziemlich skrupellose Kollegen fragen, ob einer von ihnen morgen an meiner Stelle den Journalismuskurs an der Uni abhalten kann. Als Grund werde ich angeben, dass ich die Chance meines Lebens habe, ein Exklusivinterview auf der Plaza Moreno in La Plata, und dass ich schon ganz früh am Morgen dort sein muss, weil sich später sämtliche anderen Medien auf die betreffende Person stürzen werden. Daraufhin werden sie alle irgendwelche Ausreden erfinden, so wie immer – die haben mir nämlich noch nie einen Gefallen getan. Dafür werden sie aber bestimmt die Ersten sein, die morgen auf der Plaza Moreno erscheinen …«

»Der typische Kampf aller gegen alle, wenn es um die große Sensationsmeldung geht«, sagt Román.

»Ganz genau«, erwidert China, »die haben mir schon immer alles abgejagt, was sie nur konnten. Und jetzt stell dir vor, was passiert, wenn ich mit so einer Meldung daherkomme. Die WhatsApp-Gruppe, die ich mit mehreren Kollegen gebildet habe, werde ich auch entsprechend anstacheln: ›Weiß jemand, was da morgen auf der Plaza Moreno für eine Bombe hochgehen soll? Reicht es, wenn man um sieben da ist, oder sollte man noch früher kommen?‹ So finden sich garantiert noch ein paar mehr Journalisten ein …«

»Großartig. Sobald es morgen hell wird, muss der Platz voller Leute und Kameras sein«, sagt Román. »Die bilden dann unseren Schutzschild.«

»Ich kann die Kollegen von der Radikalen Bürgerunion von La Plata aktivieren, falls das was bringt, ich sag ihnen, sie sollen zur Plaza kommen und ihre Parteifahnen mitbringen. Einen besonderen Grund brauche ich dafür nicht zu nennen, manche kenne ich seit Jahren, die vertrauen mir blind. Wenn ich sage, sie sollen kommen, kommen sie und bringen alle ihre Leute mit. Ich würde es an ihrer Stelle genauso machen.«

»Ja, das wäre gut«, sagt Sebastián, »je mehr Zeugen da sind, umso schwerer wird es für Rovira, uns jemanden auf den Hals zu hetzen. Er selbst kommt bestimmt nicht, da bin ich mir sicher, das traut er sich nicht, aber er findet garantiert jemanden, der die Sache für ihn übernimmt. Journalisten und Parteiaktivisten, das ist jedenfalls ein guter Schutz.«

»Soll ich Rovira jetzt schreiben? Oder anrufen?«, fragt Román.

»Inzwischen müsste er in San Nicolás sein. Oder schon unterwegs zum Dreiländereck, wenn der Trick mit der Facebook-Nachricht geklappt hat. Sobald er dein Video bekommt, wird er aber bestimmt anhalten. Ich würde sagen, warte noch, bis China die Bestätigung hat, dass alle Videos ihre Empfänger erreicht haben. Dann schickst du ihm eine Kopie, wir lassen ihm ein bisschen Zeit, um das Ganze zu verarbeiten, und danach rufst du ihn mit Adolfos Handy an, erklärst ihm deinen Vorschlag und sagst, dass du ihn in La Plata erwartest – auf dem Grundstein der Stadt. Für ihn wird das fast so sein, als würdest du ihn zum Duell fordern. Darauf wird er sich nicht einlassen. Er wird zum Gegenangriff ansetzen. Aber zu dem Zeitpunkt sind wir schon gut aufgestellt in La Plata.«

»Also gut, dann los, ich möchte das so schnell wie möglich hinter mich bringen«, sagt Román.

»Vor uns liegt zweifellos eine schwierige Zeit«, sagt Adolfo auf einmal in pathetischem Tonfall, »uns fällt die ungeheure Verantwortung zu, heute ein für alle Mal sicherzustellen, dass auf argentinischem Boden Demokratie herrscht und die Menschenwürde geachtet wird.«

China und Sebastián sehen ihn fassungslos an, Román dagegen hat eine Ahnung, was das für Worte sind.

»Onkel Adolfo, ich bitte dich …«, sagt er.

»Das ist der Anfang von Alfonsíns Rede, als er im Parlament das Präsidentenamt angetreten hat«, erklärt Adolfo.

»Alle meine Kontaktpersonen haben bestätigt, dass sie das Video erhalten haben«, meldet sich da China, nach einem Blick auf ihr Mobiltelefon.

»Also gut, dann bist du jetzt dran, Román«, sagt Sebastián.

Román lässt sich von China das Mobiltelefon geben. Sie überreicht es ihm feierlich, als handelte es sich um einen wertvollen Schatz. Die anderen sehen angespannt zu. Román tippt eine Weile auf dem Gerät herum. Das Einzige, was zu hören ist, sind die Lastwagen, die auf der Straße an der Tankstelle vorbeifahren.

»Gesendet«, sagt Román schließlich und holt den Chip wieder raus.

»Alea jacta est«, sekundiert Adolfo. »Das ist aber nicht von Alfonsín.«

33

Als Rovira und Vargas gerade vor dem Möbelgeschäft Sabaté parken, trifft Románs Video ein. Rovira möchte es sofort ansehen, allerdings allein, ohne Zeugen. Obwohl er nicht annimmt, dass Román und die anderen noch da sind, fordert er Vargas auf, das Geschäft und Adolfos Wohnung gründlich zu durchsuchen, für alle Fälle. Danach soll Vargas sich in der Umgebung umsehen. Er soll sich ruhig Zeit lassen – Rovira vermutet, dass die Aufnahme nicht gerade kurz ist. Als Vargas ausgestiegen ist, startet Rovira das Video und sieht es einmal ohne Unterbrechung an, auch wenn er den einen oder anderen Satz nicht sofort versteht. Er hört die Aufnahme mehr, als dass er sie ansähe – er kann den Anblick von Román Sabatés Gesicht nicht ertragen. Am liebsten würde er durch den Bildschirm hindurch auf ihn einschlagen. Schon Románs Stimme ist für ihn kaum auszuhalten. Am Ende liest er noch einmal, was Román dazu geschrieben hat: »Mehrere Kopien sind an sicheren Orten hinterlegt. In Kürze werde ich mich mit dir in Verbindung setzen, um meine Bedingungen zu nennen.«

»Meine Bedingungen« – er kann es nicht fassen.

Der Kerl ist auf der Flucht vor ihm und glaubt, er kann Bedingungen stellen. Dieser hochmütige, illoyale Schwachkopf bildet sich ein, er hätte gegen ihn eine Chance. Er ruft Arturo Sylvestre an, teilt ihm in dürren Worten mit, dass »die Sendung« eingetroffen ist und keine guten Neuigkeiten enthält, und sagt dann, er, Sylvestre, solle sich in drei Stunden in der *Pragma*-Zentrale einfinden. Obwohl er glaubt, dass er noch schneller wieder dort sein wird. Er überlässt Vargas seinem Schicksal und macht sich sofort auf den Weg zurück nach Buenos Aires. Bevor er losrast, sagt Sylvestre noch beruhigend, das Brainstorming habe gute Ergebnisse erbracht, die Sache sehe gar nicht schlecht aus.

»Wir machen es so wie an dem Tag, als deine Frau gestorben ist und du auf einmal allein mit dem Kleinen dastandst. Das hat dich in den Umfragen gleich um fast fünf Prozent nach oben katapultiert. Wir bringen die Gefühlsebene ins Spiel, die Emotionen, alles, was den Wählern ans Herz geht. Du wirst schon sehen, wir verwandeln deine scheinbare Schwäche in Stärke.«

Fernando Rovira gibt sich alle Mühe, ihm zu glauben. Trotzdem fällt es ihm schwer, die Wut über Román Sabaté unter Kontrolle zu halten, die Wut, oder vielmehr den blanken Hass.

Zweieinhalb Stunden später sitzt er tatsächlich wieder in seinem Büro in der *Pragma*-Zentrale. Er hat die sinnloseste Fahrt seines Lebens hinter sich. Es wird hell. Er hat die ganze Zeit kein Auge zugetan und fühlt sich dennoch fit und in Form, von Müdigkeit keine Spur. Das Telefon klingelt, und man teilt ihm mit, dass Arturo Sylvestre bereits im Haus ist und gleich in seinem Büro eintreffen wird. Im nächsten Moment läutet sein Mobiltelefon. Die Nummer auf dem Display kennt er nicht, und normalerweise würde er das Gespräch in solch einem Fall nicht annehmen, doch etwas sagt ihm, dass er diesmal eine Ausnahme machen sollte. Das tut er, und am anderen Ende der Leitung meldet sich, wie erwartet, die Stimme Románs.

»Ja«, sagt Rovira knapp. Die Wut lässt er sich nicht anmerken, er hat schon vor Langem gelernt, dass man seine Gegner mit nichts so sehr aus der Fassung bringt, wie wenn man ihnen scheinbar völlig ruhig begegnet.

»Alles, was ich will, ist Joaquín, das ist meine einzige Bedingung.« Román dagegen hört man an, wie angespannt er ist.

»Noch was?«, fragt Rovira.

»Nein. Nur Joaquín. Dafür bekommst du mein Schweigen.«

»Wie kommst du darauf, dass ich dir meinen Sohn überlassen könnte?«

»Er ist nicht dein Sohn.«

»Bis ein Gericht darüber entschieden hat, können leicht ein paar Jahre vergehen …«

»Wir werden die Entscheidung aber keinem Gericht überlassen. Du wirst mir Joaquín überlassen, und zwar in jeder Hinsicht, die rechtlichen Fragen klären wir später in Ruhe.«

»Ich frage noch mal: Wie kommst du darauf, dass ich mich auf so was einlassen würde?«

»Bleibt dir etwas anderes übrig?«

»Dich abknallen, zum Beispiel?«

»Dann mach dich auf den Weg. Ich erwarte dich. Hier kannst du mich abknallen, auf der Plaza Moreno in La Plata. Schalt mal den Fernseher an, dann siehst du mich. Die Liveübertragung hat schon angefangen, auf *TvNoticias*. Weitere Ü-Wagen sind unterwegs. Ich würde lieber zuerst mit dir sprechen, bevor ich meine öffentliche Erklärung abgebe. Danach wird ganz schön was los sein in der Provinz Buenos Aires. Kommst du jetzt, oder soll ich gleich loslegen?«

Stille. Rovira hätte jetzt wirklich am liebsten, dass jemand kommt und den Kerl abknallt. Er selbst würde das nicht machen, er sieht sich einfach nicht als Mörder. Aber wenn jemand anders das übernähme, würde er jubeln. Macht es ihn zum Mörder, wenn er jemandem so sehr den Tod wünscht, dass ein Dritter sich veranlasst fühlt, ihn an seiner Stelle umzubringen? Ohne das Mobiltelefon wegzulegen, schaltet er den Fernsehapparat an und stellt fest, dass Román nicht gelogen hat. Zu sehen ist eine Totale des Platzes vor der Kathedrale, aber der junge Mann mit einem Kind auf den Schultern, der auf dem Grundstein steht und wie zum Gruß ein Mobiltelefon schwenkt, ist Román Sabaté, kein Zweifel. Fernando Rovira hat das Gefühl, gleich werde in seinem Kopf etwas explodieren. Er traut seinen Augen nicht. Ob seine Mutter das gerade sieht? Ob sie den Kerl erkannt hat? Ob sie versucht, ihrem Sohn mit ihren besonderen Fähigkeiten zu helfen? Aber warum tut sich dann nichts? Vielleicht, gibt er sich selbst die Antwort, weil an diesem Ort, von dem aus Román Sabaté ihn so dreist herausfordert, alle gegen ihn gerichtete Energie zusammenströmt. Und dagegen ist selbst eine Mutter machtlos. Für die Uhrzeit sind viel zu viele Menschen auf dem Platz. Lauter Feinde. Fahnen der Radikalen Bürgerunion? Kokettiert Román etwa immer noch mit den Radikalen? Der ist ja wirklich völlig übergeschnappt. Der Lauftext am unteren Bildrand verkündet: »In wenigen Minuten live, das ungewöhnlichste Abstammungsdrama der aktuellen argentinischen Politik.«

Auf dem Grundstein stehen aber nicht nur Román und Joaquín, da ist noch ein Mann, den Rovira nicht kennt. Und China Sureda, die ist wahrscheinlich vom Sender geschickt worden, sagt sich Rovira, aber da täuscht er sich. Und Sebastián Petit. Gehört der also auch zu den Verrätern?, fragt sich Rovira bestürzt. Da betritt Arturo Sylvestre das Zimmer.

»Ist ja unglaublich!«, ruft er aus, als er den Bildschirm erblickt. »Aber immer mit der Ruhe«, sagt er dann, an Rovira gewandt, der ihm seinerseits mit einer Handbewegung zu verstehen gibt, dass er gerade mit Román spricht.

»Okay«, sagt Rovira ins Telefon, »die Situation ist klar. Ich glaube aber nicht, dass ich selbst nach La Plata zu kommen brauche. Gib mir zwei Stunden, dann bekommst du meine Antwort.«

»Eine Stunde«, erwidert Román, »wenn du mich in einer Stunde nicht zurückgerufen hast, kannst du dir im Fernsehen anschauen, was ich dir zu sagen habe.«

»Soll das eine Drohung sein?«

»Nimms, wie du willst.«

»Wer hätte das gedacht, Román Sabaté ... Dass einer wie du ...«

»Was ... einer wie ich?«

»Ein Verlierer wie du ...«

»Da hast du wohl nicht so genau hingeschaut ...«

»In einer Stunde hörst du von mir.«

»Bis dann«, sagt Román und beendet das Gespräch.

Was Fernando Rovira auf dem Bildschirm nicht sehen kann, ist, dass Román Sabaté die Knie zittern und die Hände schwitzen. Rovira schaltet den Fernseher aus und setzt sich an seinen Schreibtisch.

Arturo Sylvestre lässt sich ihm gegenüber nieder. »Lass ihm den Jungen. Das kostet dich am wenigsten. Ich habe einen Brief verfasst, den wir auf deiner Facebook-Seite posten können, sobald er raus ist, werden ihn sämtliche Medien weiterverbreiten. Ich habe ihn den anderen bei unserem Brainstorming zum Lesen gegeben. Ein Riesenerfolg. Fünfunddreißig Prozent der verheirateten Testleserinnen haben geweint. Und sechsundvierzig Prozent der unverheirateten. Keine Sorge, Fernando, der Schaden wird äußerst überschaubar bleiben.«

Rovira nickt und nimmt die Papiere entgegen, die Sylvestre ihm hinhält.

Beim Lesen fragt er sich erneut, in welchem Punkt er sich getäuscht hat, als er sich damals für Román Sabaté als *den* Kandidaten entschied.

34

Facebook-Seite von Fernando Mario Rovira
Vor 12 Minuten

Schon oft habe ich Ihnen hier von Vorhaben und Aktivitäten meiner Partei *Pragma* berichtet, die allesamt nur ein Ziel verfolgen – unser Land besser machen.

Heute dagegen »öffne ich Ihnen mein Herz«, wie es in dem Lied heißt, das meiner Frau Lucrecia Bonara so gut gefiel. Heute öffne ich Ihnen allen also mein Herz.

Nehmen Sie es mir bitte nicht übel, es muss einfach sein.

Wie Sie wissen, bin ich Witwer und habe einen Sohn. So sagt es mir mein Gefühl: Ich habe einen Sohn. Dieser Sohn ist aber nicht mein biologischer Sohn. Sein biologischer Vater hat vor ein paar Tagen beschlossen, seinen Fehler wiedergutzumachen. Er hat mich gebeten, ihm zu helfen, die Tatsache in Ordnung zu bringen, dass er bei der Geburt des Kindes nicht zugegeben hat, dass er sein biologischer Vater ist. Soll ich einem anderen Menschen die Möglichkeit verwehren, den schwersten Fehler seines Lebens wiedergutzumachen?

Ich liebe Lucrecia Bonara, meine Frau, noch immer. Dass sie von Mafiosi ermordet worden ist, hat uns nicht trennen können. Auch wenn sie heute nicht mehr unter uns ist, trage ich sie stets bei mir, in meinem Herzen. Irgendwann habe auch ich einen Fehler begangen, ich habe mich nicht genug um sie gekümmert, habe sie nicht ausreichend beachtet, ich war so damit beschäftigt, unsere Provinz und unser Land voranzubringen, dass ich vergessen habe, wie sehr ich meine Frau liebte. Lucrecia war eine sehr sensible Frau, und auch sie hat damals einen Fehler begangen. Oder vielleicht auch nicht – kann man ihr einen Vorwurf machen, weil sie sich von mir allein gelassen fühlte und deshalb bei einem anderen Mann Zuflucht suchte? Machismus ist nicht meine Sache, ich verlange von einer Frau nichts, was ich nicht auch von einem Mann verlangen würde, ich habe ihr damals keinen Vorwurf gemacht und tue das auch heute nicht. Ich liebe sie, ganz einfach. Und weil ich sie liebe und immer geliebt habe, habe ich ihr verziehen, als sie mir mit Tränen in den Augen ihren Seitensprung gestand. Wir haben uns damals weinend umarmt. Unsere Fehler, mein Fehler und ihr Fehler, haben unsere Liebe nur stärker gemacht, weil wir begriffen haben, dass wir einander fast verloren hätten. Wir haben die Sache durchgestanden und aus unseren Fehlern gelernt. Und dabei wäre es geblieben, und Sie hätten von dieser so intimen Angelegenheit nie erfahren, hätte der Seitensprung nicht noch andere Folgen gehabt. Kurz danach stellte Lucrecia fest, dass sie schwanger war. Natürlich haben wir in dieser schwierigen Lage mit Román Sabaté gesprochen, Joaquíns biologischem Vater. Aber der war damals noch viel zu jung und unerfahren und nicht darauf vorbereitet, die Vaterschaft zu übernehmen. Er hat es abgelehnt, und wir konnten das verstehen, wir haben es akzeptiert und gemeinsam beschlossen, dass ich Joaquíns Vater sein würde. In Joaquíns Geburtsurkunde wurden also ganz offiziell Lucrecia und ich als die Eltern eingetragen, worüber Lucrecia unendlich glücklich war. So glücklich, wie Joaquín seitdem bei uns aufgewachsen ist. Und wäre meine Frau nicht so grausam ermordet worden, wäre ich an ihrer Seite der glücklichste Mann und Vater der Welt gewesen. Nach Lucrecias Tod, dem Schlimmsten, was uns passieren konnte, haben Joaquín und ich weiter als Sohn und Vater zusammengelebt, so schwer es auch war, mit dem schrecklichen Verlust zurechtzukommen. Das ist uns mit der Zeit immer besser gelungen. Aber auch Román Sabaté ist in der Zwischenzeit reifer geworden und hat angefangen, sich seinem eigenen Schmerz zu stellen, der Tatsache, dass er Vater ist, aber nicht mit seinem Sohn zusammenlebt. Zu sehen, wie dieser junge Mann von Schuldgefühlen gequält wird, weil er nicht zu seiner Vaterschaft gestanden und sein Kind im Stich gelassen hat, hat mich nicht unberührt gelassen. Da habe ich zu mir gesagt: Habe ich das Recht, ihm die Möglichkeit zu verwehren, seinen Fehler wiedergutzumachen? Ich habe lange darüber nachgedacht. Bis ich mir gesagt habe, nein, Román Sabaté hat eine Chance verdient, genau wie ich damals. Er soll die Chance bekommen, dieses Kind endlich ganz als sein Kind empfinden und lieben zu lernen. Deshalb haben wir gemeinsam beschlossen, dass Joaquín künftig Román Sabatés Nachnamen tragen und bei ihm leben soll, bei ihm, seinem biologischen Vater. Obwohl Joaquín immer zwei Väter haben wird, Román und mich. Für mich wird Joaquín immer das Kind meines Herzens sein. So wie Lucrecia für immer meine große Liebe sein wird, auch wenn sie nicht mehr auf dieser Welt ist. Ich liebe meinen Sohn, ich liebe Lucrecia, ich liebe die Frauen, ich verstehe, was sie empfinden, wenn sie sich in jemanden verlieben, ich verstehe, wenn ihre Gefühle sie dazu bringen, Fehler zu begehen, und ich kämpfe jeden Tag für ihre Rechte.

Ich habe niemandem einen Vorwurf gemacht.

Und ich hoffe, Sie machen auch mir keinen Vorwurf.

Ich versuche immer, mein Bestes zu geben.

Auch wenn ich jemanden liebe.

Und damit endet diese Mitteilung.

Nehmen Sie es mir nicht übel, dass ich Sie in eine so persönliche Angelegenheit verwickelt habe.

Ich hoffe, Sie an dieser Stelle schon bald über neue Vorhaben informieren zu können.

Damit wir endlich zwei nachhaltige Provinzen bekommen, damit es mit dem unregierbaren Moloch Buenos Aires ein für alle Mal vorbei ist.

Fernando Rovira

Gefällt mir | Kommentieren | Teilen

35

Irene hat den offenen Brief gelesen, den ihr Sohn vor wenigen Minuten auf seiner offiziellen Facebook-Seite gepostet hat. Hätte er ihr vorher Bescheid gesagt, hätte sie ihm zwei, drei Änderungen vorgeschlagen, die das Ganze deutlich verbessert hätten. Aber in Kommunikationsfragen vertraut Fernando blind seinem Berater Arturo Sylvestre, sosehr ihr das missfällt. Doch sie hat gelernt, es hinzunehmen. Soll Sylvestre sich ihretwegen um Fernandos öffentliche Erscheinung kümmern, es gibt ebenso wichtige, wenn nicht noch wichtigere Dinge im Leben ihres Sohns, für die sie zuständig ist. Immerhin hat Fernando sie selbst telefonisch auf die Veröffentlichung des Briefs hingewiesen, sie hätte es ihm nicht verziehen, wenn sie durch die Medien davon erfahren hätte. Oder durch eine ihrer Facebook-Freundinnen. Sie ist schließlich die Mutter, und die hat oberste Priorität. Was den Brief selbst angeht, wird ihre verstorbene Schwiegertochter darin für ihren Geschmack viel zu sehr in den Himmel gehoben, die Liebesbeteuerungen ihres Sohns erscheinen ihr weit übertrieben. Ein bisschen davon war unvermeidlich, aber was Sylvestre da produziert hat, ist ein kitschig-süßliches Gesülze, das einem spätestens beim dritten Absatz auf die Nerven geht. Fernandos Stil ist das nicht. Aber was solls, jetzt heißt es nach vorne blicken. Den Kleinen wird sie vermissen, aber wenn sie sich damit hat abfinden können, ihren Sohn Pablo, der zwanzig Jahre bei ihr gelebt hat und ihr eigen Fleisch und Blut ist, nicht mehr zu Gesicht zu kriegen, wird sie über den Verlust des Kleinen umso schneller hinwegkommen. Genau genommen ist er ja gar nicht ihr Enkel, sondern das Kind ihrer verstorbenen Schwiegertochter und des Erzeugers. Der einzige Mensch, der ihr eigen Fleisch und Blut ist und in diesem Augenblick all ihre Unterstützung verdient hat, ist Fernando.

Sie schaltet den Fernseher aus, sie hat genug von dem pathetischen Anblick des Platzes voller Leute, und mittendrin der Kleine auf einer Art improvisiertem Altar, rings umgeben von Menschen ohne jedes innere Leuchten. Es reicht, sie will nichts mehr von alldem wissen, erst recht nicht von dem Erzeuger. Und schon gar nicht will sie sich anhören müssen, was dieser zweifellos in wenigen Minuten verkünden wird. Ihr wäre ohnehin eine andere Lösung lieber gewesen, mehr im Sinne von Vargas' »Daumenschrauben anziehen«. Aber dafür ist es jetzt zu spät, das ganze Land hat ihn bereits dort auf dem Platz zu sehen bekommen, sein Bild wird in diesem Augenblick von sämtlichen Sendern verbreitet. Es ist, wie es ist. Beziehungsweise wie es nun einmal nicht geworden ist. Trotzdem nimmt sie sich vor, später noch einmal genau darüber nachzudenken, an welcher Stelle sie einen Fehler begangen hat. Denn irgendwas ist schiefgegangen, auch wenn das nicht unbedingt für die Art und Weise gilt, wie sie die Energie ihres Kandidaten-Sohns kontrolliert hat. Was die Schwangerschaft anging, hat sie sich an vielen Stellen eingeschaltet, nicht nur bei der Auswahl des Erzeugers. Zunächst bei dem ersten und grundlegenden Schritt, Fernando zu überzeugen, dass nichts Gutes dabei herauskommen könne, wenn man einfach eine mit Samenflüssigkeit gefüllte Spritze in der Vagina seiner Frau entleert. Genau so hat sie sich damals ausgedrückt. Es war ihr keineswegs leichtgefallen, die passenden Worte zu finden.

»Da ist keinerlei Liebe im Spiel, keine Magie, keine gute Energie. Vor allem aber, und das ist das Wichtigste: Dabei wird die Aura des künftigen Kindes zerstört.«

Als sie das zu ihm sagte, zweifelte ihr Sohn ohnehin schon an einer künstlichen Befruchtung, vor allem was den Umgang der vielen Beteiligten mit der so heiklen Information seiner Unfruchtbarkeit anging. Irene hatte sich seine Ängste zunutze gemacht, ja, sie noch verstärkt: »Die Runen sagen mir, dass am Ende alle Welt erfahren wird, wie ihr vorgegangen seid.«

Als noch wirksamer erwiesen sich jedoch ihre selbst erdachten Argumente – das Kind, das zur Welt kommen solle, brauche eine saubere, positive, leuchtende Aura, und die könne nur aus einem natürlichen Akt hervorgehen, einer Vereinigung voller Liebe, Licht und Magie. Sie machte auch den Vorschlag, es zu dritt zu versuchen. Mit den eigenen Kindern über Sex zu sprechen, ist immer äußerst schwierig. Aber in diesem Fall war es unerlässlich, also tat sie es: »Wenn zwei Männer mit Lucrecia ins Bett gehen, und am Ende ist sie schwanger, ist einer der beiden logischerweise dafür verantwortlich. Einer oben, einer unten, dann tauscht ihr die Stellung, jeder penetriert sie – du willst mir doch nicht erzählen, dass das Kind, das dabei herauskommt, nicht auch von dir ist? Und weißt du, was für eine unglaubliche Aura ein Kind hat, das von zwei Männern gezeugt worden ist?«

Fernando ließ sich irgendwann überreden, auch wenn ihm die Vorstellung, das Bett mit einem anderen Mann zu teilen, Unbehagen bereitete. Wer dagegen unmöglich zu überzeugen war, war Lucrecia. Wobei Fernando seiner Mutter nicht erlaubte, mit ihr darüber zu sprechen, das behielt er sich selbst vor. Irene musste schließlich die »voyeuristische« Lösung akzeptieren. Fernando gestand ihr, dass es nicht das erste Mal wäre, dass er seine Frau heimlich mithilfe einer Kamera beobachtete.

»Während du ihnen zusiehst, musst du masturbieren, mein Sohn, sag dir dabei, dass auch du bei ihnen im Bett bist, dass das dein Samen ist, der dort fließt, dass du derjenige bist, der in deine Frau eindringt«, beschwor sie ihn.

»Das mache ich ja sonst auch, wenn ich sie heimlich beobachte, Mama«, erwiderte Fernando unumwunden.

Da war sie beruhigt, obwohl das so intime Geständnis ihres Sohns sie nicht unberührt ließ. Das werde genügen, sagte sie sich, auf diese Weise werde es auf jeden Fall so sein, als wäre Fernando tatsächlich selbst der »Erzeuger«. Aber dem war nicht so. Das war der große Irrtum. Vielleicht.

Jetzt spielt es ohnehin keine Rolle mehr. Jetzt ist für Irene nur noch die Zukunft von Bedeutung. Zwei nachhaltige Provinzen anstelle des unregierbaren Molochs Buenos Aires. Dass Fernando unbedingt ein Kind brauche, um seine Karriere abzusichern, wie Sylvestre behauptete, hat sie ohnehin nie wirklich überzeugt. Noch weniger überzeugend fand sie allerdings ihre Schwiegertochter, die nur ein Kind wollte, um mit sich selbst ins Reine zu kommen – um »sich selbst zu verwirklichen«, wie sie sich ausdrückte. Da hätte Lucrecia sonst was unternehmen können, sagt sich Irene, auch mit einem Kind hätte sie sich niemals »verwirklicht«, dafür fehlte es ihr an innerer Glut, an Anmut, an was auch immer. Aber wozu weiter über ihre tote Schwiegertochter nachdenken – alles, was jetzt zählt, ist Fernandos Karriere. Und sie wird mehr als wachsam sein, wenn es von nun an darum geht, dass ihr Sohn nicht nur Gouverneur der neu zu schaffenden Provinz Vallimanca, sondern schließlich auch Präsident Argentiniens wird. Sie wird für ihn da sein, immer an seiner Seite. Zusammen werden sie die weibliche Dreifaltigkeit sein – Mutter, Sohn und Heiliger Geist.

36

Vor einer knappen Stunde haben sie über die Diagonale Nummer 74 die Plaza Moreno erreicht. Aus dem Vorhaben, abwechselnd zu schlafen, ist nichts geworden. In der Stadt war zunächst noch alles ruhig. Dann aber sind nach und nach die Leute eingetroffen, die sie hierherbestellt hatten. Wie von China vorausgesagt, waren die Kollegen, die sie wegen der Vertretung angefragt hatte, bereits vollständig mit eigenen Kamerateams vor Ort. Ihnen schlossen sich weitere Reporter an, die auf anderem Weg informiert worden waren – China weiß nichts davon, aber Sebastián hatte mit Adolfos Handy eine Reihe, aus seiner Sicht unverzichtbarer, Telefonate geführt. So sind letztlich sämtliche örtlichen und mehrere der wichtigsten landesweit operierenden Zeitungen und Fernsehsender vertreten. Bei ihrer Ankunft begrüßte sie außerdem, wenige Meter von der Platzmitte entfernt, eine große Fahne der Jugend der Radikalen Bürgerunion von La Plata. Fast gleichzeitig mit ihnen traf auch der Übertragungswagen von *TvNoticias* ein. China ging zu ihren Leuten, forderte sie auf, gleich neben dem Grundstein alles für die Übertragung Nötige bereitzustellen, schnappte sich ein Mikrofon und streifte sich den Kopfhörer über. Zuvor bestimmte sie noch, welcher Lauftext auf dem Bildschirm zu sehen sein sollte: »In wenigen Minuten live, das ungewöhnlichste Abstammungsdrama der aktuellen argentinischen Politik.« Als ein anderer Reporter sich näherte und fragte, ob sie ihm nicht ein paar zusätzliche Informationen geben könne, fertigte sie ihn mit den Worten ab:

»Das ist *mein* Exklusivbericht. Ich komme zuerst dran, alle anderen müssen warten. So ist das nun mal, Kollege.«

Dass Román Sabaté und der kleine Junge, der jetzt schlafend an seiner Brust lehnt, die Hauptfiguren dieses Berichts sein würden, konnte keiner ahnen. Román trägt wieder Schirmmütze und Sonnenbrille. Während des Telefonats mit Rovira hatte er beides abgesetzt, damit Rovira sich im Fernsehen davon überzeugen konnte, dass wirklich er gerade mit ihm sprach und ihn auf dem Platz erwartete. Einige Reporter, die Sebastián Petit von der Präsentation am Tag davor wiedererkannten, haben ihn gefragt, ob *er* die angekündigte Neuigkeit bekannt geben werde. Und obwohl er die Frage verneint hat, schwirren sie seitdem um ihn herum wie die Fliegen. Und wo sie sich nun schon so weit aus dem Fenster gehängt haben, hat Sebastián über Twitter gleich noch zwei Hashtags kreiert, um die Spannung weiter anzuheizen: #Abstammungsdrama, #PlazaMorenoLaPlata. Adolfo wiederum hat sich zu den jungen Leuten von der Bürgerunion gesellt, ihnen für ihr Erscheinen gedankt, ansonsten aber keine weiteren Erklärungen abgegeben, sie jedoch ermuntert, weiterhin in der Mitte des Platzes auszuharren, gleich neben dem Grundstein und der Stelle, von wo aus China die Übertragung moderieren wird. Je mehr Leute sich um Román und Joaquín scharen, desto besser.

So ist es also bis vor wenigen Minuten gewesen. Auf dem Platz herrschte angespannte Stille, und Román war froh, mit Joaquín auf den Schultern vorläufig noch niemandes Interesse zu wecken. Kaum hatte Fernando Rovira jedoch auf Facebook seinen Brief gepostet, änderte die Situation sich schlagartig.

Schon oft habe ich Ihnen hier von Vorhaben und Aktivitäten meiner Partei Pragma *berichtet, die allesamt nur ein Ziel verfolgen – unser Land besser machen. Heute dagegen* »öffne ich Ihnen mein Herz« …

Die Leute sehen sich verdutzt an, erstaunte Ausrufe sind

zu hören, manche halten anderen die Displays ihrer Mobiltelefone und Tablets entgegen, Kameraleute und Tontechniker unterbrechen die Arbeit und rufen auf ihren eigenen Geräten Facebook auf, die einen lachen nervös mit weit aufgerissenen Augen, andere schütteln fassungslos den Kopf, wieder andere fangen – wie von Arturo Sylvestre vorausgesagt – zu weinen an. Gleichzeitig läuten Hunderte von Mobiltelefonen, und von sämtlichen Sendezentralen aus werden die Reporter vor Ort aufgefordert, umgehend Román Sabaté zu zeigen, auf den sich von einem Moment zum anderen sämtliche Blicke richten, als wäre er soeben erst erschienen.

Sein biologischer Vater hat vor ein paar Tagen beschlossen, seinen Fehler wiedergutzumachen. Er hat mich gebeten, ihm zu helfen, die Tatsache in Ordnung zu bringen, dass er bei der Geburt des Kindes nicht zugegeben hat, dass er sein biologischer Vater ist. Soll ich einem anderen Menschen die Möglichkeit verwehren, den schwersten Fehler seines Lebens wiedergutzumachen?

China hat jedoch mit ihrem Übertragungsteam einen Sicherheitskordon um Román gebildet, der niemanden sonst an ihn heranlässt. Sollen die anderen ruhig draufhalten wie wild, hemmungslos Mikrofone und Mobiltelefone in die Höhe recken – ihr Interviewpartner gehört ihr, so ist das nun mal, und deshalb hat sie ihm auch bereits einen Kopfhörer von *TvNoticias* übergestreift. Ihre Kollegen versuchen unterdessen, ihr die herandrängenden anderen Journalisten vom Leib zu halten. Allerdings lässt China sich mit dem Startzeichen weiterhin Zeit – sie muss erst einmal verdauen, was sie soeben, aus dem Mund Sebastiáns, der den anderen Roviras Facebook-Posting vorgelesen hat, zu hören bekommen hat.

Román Sabaté hat eine Chance verdient, genau wie ich damals. Er soll die Chance bekommen, dieses Kind endlich ganz als sein Kind empfinden und lieben zu lernen.

Gleich darauf trifft über WhatsApp eine lange Sprachbotschaft von Eladio Cantón ein. China wendet sich ein wenig zur Seite, um sie anhören zu können. Cantón ist bei ihrem Anblick im Fernsehen fast ausgeflippt:

»China, Schätzchen, das ist ja der totale Wahnsinn! Das muss alles unbedingt in dein Buch rein, das ist pures Gold! Über den Titel sollten wir auch noch mal nachdenken, ›Fluch‹ ist gut, aber statt ›Der Alsina-Fluch‹ wäre vielleicht irgendwas wie ›Verfluchte Politiker‹, ›Verfluchte Kaste‹ oder so besser. Und dann ist da ja noch die Sache mit dem Mord an Lucrecia Bonara, kann man da nicht irgendwas andeuten von wegen einer geheimen Absprache zwischen Román Sabaté und Fernando Rovira, die sie aus unterschiedlichen Gründen loswerden wollten? Wenn sie sich wegen dem Kleinen so leicht einig geworden sind, könnte das doch auch in Bezug auf seine Mutter so gewesen sein, oder? Ich sag nicht, dass es so sein muss, ich versuche bloß, das, was sowieso bekannt ist, ein bisschen aufzupeppen. Die Leser werden dir dafür dankbar sein. Natürlich gibt es die offizielle Version. Aber ein klein bisschen infrage stellen wird man die ja wohl noch dürfen, die Literatur darf so was. Mach alles im Konjunktiv, klar, nicht, dass es Stress mit der Justiz gibt. Am besten, du streust hier und da ein paar entsprechende Sätze in den Text ein, so, dass das Ganze spannender wird. Was meinst du, China? Rufst du mich mal an, du Goldstück?«

Am liebsten würde China zurückrufen und sagen, dass sie auf diesen Scheiß keine Lust hat und wie er überhaupt auf die Idee kommt, sie in diesem Augenblick anzurufen. Sie löscht die Nachricht. Da meldet sich ihr Chef Perales, ebenfalls über WhatsApp. Im Gegensatz zu Eladio Cantón braucht er nur wenige Worte, um zu sagen, was er zu sagen hat: »Leg endlich los!«

Er ist nicht der Einzige, der das von ihr verlangt – eine Kollegin teilt China mit, dass Roviras Facebook-Posting auf sämtlichen Bildschirmen des Landes als Breaking News vermeldet wird und Román jetzt unbedingt sein Statement abgeben soll, sie können die Leute nicht länger hinhalten. »Fang an, China, sonst werden wir hier noch überrannt!«

Nehmen Sie es mir nicht übel, dass ich Sie in eine so persönliche Angelegenheit verwickelt habe.

Ich hoffe, Sie an dieser Stelle schon bald über neue Vorhaben informieren zu können.

Damit wir endlich zwei nachhaltige Provinzen bekommen, damit es mit dem unregierbaren Moloch Buenos Aires ein für alle Mal vorbei ist.

»Román, wir können nicht länger warten«, zischt China Román zu. Der nickt, und China legt los: »Sie alle kennen die Botschaft, die Fernando Rovira soeben über Facebook bekannt gegeben hat. Ich freue mich, Ihnen jetzt live und exklusiv auf *TvNoticias* Román Sabaté präsentieren zu können.«

Román bringt sich vor den Kameras von *TvNoticias* in Position. Er hält immer noch Joaquín im Arm, seit sie auf dem Platz eingetroffen sind, hat er ihn nicht einen Augenblick abgesetzt. Ein Blitzlichtgewitter geht auf die beiden nieder. In dem Versuch, sich vor der blendenden Helligkeit und der hektischen Aktivität in Sicherheit zu bringen, krümmt Joaquín sich zusammen und wendet das Gesicht ab. Román nimmt alle verbliebene Kraft zusammen, um in das Mikrofon zu sprechen, das China ihm hinhält.

»Herr Sabaté, unsere Zuschauer kennen die Erklärung, die Fernando Rovira gerade abgegeben hat – was können Sie uns dazu sagen?«

»Allzu viel bleibt nicht hinzuzufügen. Fernando Rovira hat recht, ich bin Joaquíns Vater, der vor drei Jahren aus einer außerehelichen Verbindung mit Lucrecia Bonara hervorgegangen ist. Ich habe Fehler begangen, in welchem Sinn allerdings, darüber werde ich hier nicht sprechen. Ich liebe meinen Sohn über alles und danke Fernando Rovira dafür, dass er so viel Verständnis für meine Situation aufbringt, er hat den Weg freigegeben, damit Joaquín als mein legitimes Kind anerkannt wird und ich mich ab sofort in jeder Hinsicht um ihn kümmern kann. Der Junge, den ich hier im Arm halte, heißt Joaquín Sabaté. Vielen Dank.«

Jetzt lassen sich die übrigen Reporter nicht mehr zurückhalten. Román rettet sich, indem er wieder auf den Grundstein steigt. Die jungen Leute von der Radikalen Bürgerunion umgeben ihn, dirigiert von Adolfo, mit einem undurchdringlichen Ring. Die Reporter beschweren sich lautstark, Románs Erklärung reicht ihnen bei Weitem nicht. Sie bestürmen ihn mit Fragen, die allesamt unbeantwortet bleiben. China versucht, sie zu besänftigen, indem sie eine Pressekonferenz ankündigt – beziehungsweise erfindet –, die Román angeblich in ein paar Tagen abhalten wird. Aber die Reporter lassen sich nicht darauf ein. Solange Román keine weiteren Erklärungen abgibt, werden sie sich nicht von der Stelle rühren, ihre Telefone glühen, ihre Chefs verlangen, dass Román sich nach dem Exklusivinterview mit *TvNoticias* endlich auch den anderen Sendern zur Verfügung stellt. Die Stimmung heizt sich immer stärker auf. Román ist vor allem damit beschäftigt, Joaquín gegen all das abzuschirmen, davon abgesehen, bleibt er aber dabei: Er wird keine weiteren Erklärungen abgeben. Sollen sie ihn fotografieren und filmen, soviel sie wollen, er sagt kein Wort mehr. Allmählich sehen die Reporter enttäuscht und verärgert ein, dass es aussichtslos ist, sie werden Román Sabaté nicht mehr entlocken können.

Trotzdem harren sie weiter auf dem Platz aus. Auch die Übertragung wird fortgesetzt, für die Leute vom Fernsehen ist die Sache noch längst nicht zu Ende. China nimmt den Kopfhörer ab und zieht auch gleich die Schuhe aus – schon seit einer ganzen Weile drücken sie unerträglich. Barfuß steigt sie anschließend zu Román auf den Grundstein. Jetzt ist sie nicht mehr die Reporterin Valentina Sureda, jetzt ist sie nur noch die Frau aus dem »toten Winkel«. Adolfo wiederum kann sich vor Müdigkeit kaum auf den Beinen halten. Seine größte Sorge ist inzwischen, wie und wann er nach San Nicolás zurückkehren kann. Román fragt China – ganz leise, für den Fall, dass noch irgendwo ein Mikrofon eingeschaltet ist –, ob er und Joaquín eine Weile in ihrer Wohnung unterschlüpfen können, »bis wir was Passendes finden«. China gesteht sich ein, dass sie offenbar alt wird, denn statt dass es ihr zwischen den Beinen kribbelt, spürt sie einen Kloß im Hals, während ihr Tränen in die Augen steigen. Und Joaquín sagt etwas zu Román, was der jedoch nicht versteht.

»Wie bitte? Sprich ein bisschen lauter.«

»Pipi …«

»Was?«

»Pipi …«

»Ich versteh dich nicht …«

Der Kleine löst sich ein wenig von Román, sieht ihm ins Gesicht und sagt laut: »PIPI!«

»Ach so, du musst pinkeln. Na endlich, ich hab mir schon Sorgen gemacht. Komm, wir gehen schnell auf eine Toilette …«, sagt Román und sieht sich suchend nach einer Stelle um, wo das Gedränge nicht ganz so dicht ist.

»Nein, ich muss *jetzt* Pipi …«, sagt Joaquín.

»Das scheint wirklich eilig zu sein«, sagt China.

»Kein Wunder, seit wir in San Nicolás aufgebrochen sind, war er nicht mehr auf der Toilette«, erwidert Román.

»Pipi!!!«, schreit Joaquín und windet sich in Románs Armen.

Román setzt ihn ab, nimmt seine Hand und will mit ihm vom Grundstein steigen. Aber Joaquín weigert sich, er macht sich los und nestelt an seiner Hose. Der Kleine ist offensichtlich fest entschlossen.

»Okay, immer mit der Ruhe«, sagt Román und hilft ihm,

die Hose runterzuziehen. Gleichzeitig verdeckt er ihn, so gut es geht.

Und während die Stadt La Plata noch damit beschäftigt ist, die letzten Reste der Nacht abzustreifen, pinkelt Joaquín unbekümmert um alles, was sich gerade ereignet hat, auf ihren Grundstein. Genau auf das Stadtwappen, das darauf abgebildet ist, mit der aufgehenden Sonne, dem Fluss, mehreren Pferden, einem Schaf, einer Kuh und ausgedehnten Feldern. Scheinbar unaufhörlich strömt der durchsichtige und völlig geruchlose Kinderurin. Und ebenso unermüdlich leuchten die Blitzlichter der Fotoapparate und Kameras auf, die die Szene für die Ewigkeit festhalten.

»Denkst du auch, was ich jetzt denke?«, fragt Adolfo Sebastián.

»Ich glaube nicht an Flüche«, erwidert Sebastián.

»Ich auch nicht«, sagt Adolfo.

»Und ich auch nicht«, sagt China, die sich wieder zu ihnen gesellt hat. »Ich glaube nicht an Flüche, aber ich glaube an Symbole. Und wenn das hier nicht symbolisch ist …«

Schweigend betrachten die drei die Szene, die sich vor ihnen abspielt.

»Hoffentlich hast du recht«, sagt Adolfo schließlich.

»Ja, hoffentlich«, sagt Sebastián.

Román bekommt von ihrer Unterhaltung nichts mit. Als Joaquín fertig ist, hebt er ihn hoch und setzt ihn sich diesmal richtig auf die Schultern. Dann baut er sich, immer noch auf dem Grundstein, vor seinen Freunden und den Kameras auf und hebt Joaquíns einen Arm in die Höhe wie bei einem Boxer, der soeben einen Titelkampf gewonnen hat. »Beifall für unseren Helden!«, ruft er.

»Bravo!«, stimmt China ein, und auch Adolfo und Sebastián applaudieren. Nach und nach schließen sich ihnen die Reporter, Kameramänner, Fotografen, jungen Radikalen und wer sich sonst noch an diesem Morgen auf dem Platz befindet, an. Ja, selbst die Figuren der »Vier Jahreszeiten« und der »Himmlische Bogenschütze« scheinen Beifall zu klatschen.

Joaquín sitzt wieder auf den Schultern seines Vaters und lächelt.

Unbelastet vom historischen Hintergrund.

Er, der Held der Geschichte, die in diesem Augenblick beginnt.

»Piñeiro beweist sich als Meisterin der Ironie. Sie ist in der Lage, Themen von gesellschaftlicher Brisanz mit tiefschwarzem Humor in einen spannenden Roman zu gießen.« *Rheinischer Merkur*

Ein wenig Glück

Ein psychologischer Spannungsroman um die Frage »Was ist Glück?«

Ein Kommunist in Unterhosen

Der Roman einer Kindheit, einer Epoche, einer Klasse und eines ganzen Landes.

Betibú

Ein filmreifer Thriller um Medien, Macht und Manipulation.

Der Riss

Eine Midlife-Crisis, ein Immobilienprojekt und eine Leiche.

Die Donnerstagswitwen

Die Reichen und Schönen der Gated Community und ihre tödlichen Geheimnisse.

Elena weiß Bescheid

Das Drama einer Mutter-Tochter-Beziehung und eine überraschende Wahrheit.

Ganz die Deine

Ein perfider Rachefeldzug gegen einen undankbaren Ehemann.

Der Privatsekretär

Románs rasanter Aufstieg führt ihn mitten in den Politiksumpf aus Machthunger und Intrigen.

FEDERICO JEANMAIRE *Richtig hohe Absätze*

Die junge Su Nuam lebt in einem China, das ihr völlig fremd ist. Aufgewachsen in Buenos Aires, musste sie die Stadt und ihre Freunde eines Tages fluchtartig verlassen. Als sie wieder nach Argentinien reist, wird ihr Tagebuch zum Hüter eines dramatischen Geheimnisses – denn Su Nuam muss sich zwischen Rache und Gerechtigkeit entscheiden.

CLAUDIA PIÑEIRO *Elena weiß Bescheid*

Rita wird tot aufgefunden, erhängt im Glockenturm der Kirche. Doch Elena, die Mutter, kann oder will nicht an Selbstmord glauben. Trotz ihrer schweren Parkinson-Erkrankung begibt sie sich auf die Suche nach dem Geheimnis um Ritas Tod – und muss sich am Ende einer Wahrheit stellen, mit der sie nicht gerechnet hat.

RAÚL ARGEMÍ *Chamäleon Cacho*

Der Journalist Manuel Carraspique wacht nach einem schweren Verkehrsunfall im Krankenhaus auf. Als er seinen Zimmernachbarn nach und nach zum Reden bringt, kommt Haarsträubendes ans Licht. Immer wieder fällt der Name »Cacho« – ein Priester, ein Dealer, ein während der Diktatur gefürchteter General? Ein atemberaubendes Verwirrspiel nimmt seinen Lauf.

PABLO DE SANTIS *Die Übersetzung*

Rätselhaftes geschieht an einem Kongress, an den Miguel De Blast nur gefahren ist, um seine Jugendliebe Ana wieder zu treffen, die er an seinen Rivalen verloren hat. Erst werden Seehunde tot aufgefunden, dann mehrere Kongressteilnehmer. Miguel De Blast gerät auf die Spur eines uralten Fluchs und einer magischen, vergessenen Sprache.

GARRY DISHER *Leiser Tod*

Im abgelegenen Buschland hinter Waterloo stolpert den Kommissaren eine junge Frau vor die Füße – nackt, verdreckt und verstört. Der Täter: ein Vergewaltiger in Polizeiuniform? Gleichzeitig lässt eine Reihe von perfekt geplanten Einbrüchen und Raubüberfällen die Ermittler an ihre Grenzen stoßen. Hal Challis sieht sich an allen Fronten belagert.

LEONARDO PADURA *Ein perfektes Leben*

Teniente Mario Conde soll einen Verschwundenen finden, Rafael Morín, der mit Conde zur Schule gegangen ist. Der Mann mit der scheinbar blütenweißen Weste war schon damals ein Musterschüler, der immer das bekam, was er wollte – auch Condes Freundin Tamara. Der Teniente muss sich den Träumen und Illusionen seiner eigenen Generation stellen.

JEAN-CLAUDE IZZO *Die Marseille-Trilogie*

Fabio Montale: ein kleiner Polizist mit großem Herz. Für ihn ist es reiner biografischer Zufall, ob einer Polizist wird oder Gangster. Freund bleibt Freund. Deshalb rächt Fabio zwei seiner Gangster-Freunde, die ermordet wurden. Das Spiel wird allerdings nach Regeln von Leuten gespielt, denen ebenso egal ist, ob einer Polizist ist oder Verbrecher.

MERCEDES ROSENDE *Krokodilstränen*

Der Schauplatz: die Altstadt von Montevideo. Der Coup: ein Überfall auf einen gepanzerten Geldtransporter. Die Besetzung: Germán, gescheiterter Entführer. Úrsula López, resolute Hobbykriminelle. Doktor Antinucci, zwielichtiger Anwalt. Und schließlich Leonilda Lima, erfolglose Kommissarin mit einem letzten Rest von Glauben an die Gerechtigkeit.

Colin Dexter *Zuletzt gesehen in Kidlington*

Vor zwei Jahren ist die junge Valerie Taylor spurlos verschwunden. Inspector Morse soll den Fall neu aufrollen, sieht aber keine Chance, das Mädchen noch lebend zu finden. Bis ein Brief eintrifft, der Valeries Unterschrift trägt und der damalige Ermittler kurz darauf bei einem Verkehrsunfall ums Leben kommt. Morse glaubt nicht an einen Zufall.

Xavier-Marie Bonnot *Im Sumpf der Camargue*

Der Marseiller Polizeikommandant Michel de Palma wird von Ingrid Steinert um Hilfe gebeten: Ihr Ehemann, ein milliardenschwerer Industrieller, ist verschwunden. Kurz darauf wird seine Leiche in den schlammigen Sümpfen der Camargue gefunden. Und es bleibt nicht die einzige Leiche. Ist die Tarasque, das Ungeheuer aus den Sümpfen, mehr als ein Mythos?

Avtar Singh *Nekropolis*

Kommissar Dayal und sein Team müssen die aufsehenerregendsten, rätselhaftesten Kriminalfälle Delhis lösen. Sie arbeiten mit modernster Technik und stoßen auf archaische Bräuche. Ihre Ermittlungen führen uns durch alle Schichten dieser brodelnden, vielgesichtigen und geschichtsträchtigen Stadt, in die Villen der Reichen, in die Hütten der Slums.

Petra Ivanov *Heiße Eisen*

Der engagierte Politiker Moritz Kienast setzt sich in der Debatte um das Ufer des Zürichsees für eine rigorose Lösung ein – bis er plötzlich verschwindet. Kurz darauf wird eine verkohlte und aufgespießte Leiche gefunden. Die Nachforschungen der Staatsanwältin Regina Flint führen sie an Abgründe, die mit »menschlich« nichts mehr zu tun haben.